미치도록
시끄러운
정적에 관하여

미치도록
시끄러운
정적에 관하여

사라 데센 지음 · 박수현 옮김

바람의아이들

***일러두기**

본문의 각주는 모두 옮긴이의 것이다.

최선의 탈출법은 관통하는 것이다.

-로버트 프로스트

1

한참 전 4월, 아직 아무 일도 일어나지 않았을 때 광고를 찍고는 잊고 있었다. 몇 주 전 광고가 방송되더니 곳곳에 내 모습이 나타났다.

체육관 운동기구에 달린 모니터 속에. 우체국에서 줄 서서 기다리는 동안 지루하지 않도록 틀어 놓은 화면 속에. 그리고 지금 여기, 주먹을 꽉 움켜쥐고 침대에 걸터앉아 애써 몸을 일으키려는 내 앞, 내 방 티브이 화면 속에.

"다시 때가 돌아왔어요……."

화면 속 다섯 달 전의 내 모습을 보며 지금과 다른 점, 내게 일어난 일의 뚜렷한 증거를 찾아보려 했다. 하지만 거울이나 사진이 아닌 내 자신을 보는 그 기묘한 느낌이 나를 먼저 휩싸고 돌았다. 지금까지 단 한 번도 가져 보지 못한 느낌이었다.

"축구 경기." 그렇게 말하는 내 모습을 보았다. 하늘색 치어리더 복장에 머리는 단단히 묶어서 뒤로 넘기고, 'K'라고 쓰인 커다란 확성기,

이제는 아무도 사용할 것 같지 않은 확성기를 움켜쥐고 있었다.

"자습 시간." 이번에는 빳빳한 주름치마에 짧은 스웨터 차림이었다. 지금 떠올려도 까끌까끌 갑갑하고 입기 어려운 스웨터였다.

"그리고 당연히, 친구들." 몸을 내밀고, 화면 속의 나를 들여다보았다. 이번에는 청바지에 화려한 티셔츠 차림으로 긴 의자에 앉아, 내 뒤에서 소리 없이 재잘거리는 여자아이들 무리에게 말을 거는 모습이었다.

영상 학교를 갓 졸업한 앳된 얼굴의 감독은 자기 작품의 주제를 이렇게 설명했다.

"모든 것을 다 갖춘 여학생이야." 감독은 온 세상을 품에 안기라도 하듯 두 손으로 둥근 원을 만들며 말했다. 그건 두말할 것도 없이 확성기와 똑똑한 머리, 그리고 수많은 친구를 가진 여학생이라는 뜻이었다. 그 순간 '수많은 친구'라는 말의 명백한 아이러니를 곰곰이 생각해 보려는데 화면 속의 나는 벌써 다른 곳에 가 있었다.

"모두 올해 일어난답니다."

이번에는 분홍색 드레스 차림에 '동문회 여왕'이라고 쓴 띠를 두른 내 곁으로 턱시도를 입은 남자애가 팔을 내밀며 다가오는 장면이었다. 나는 활짝 웃는 얼굴로 그 애의 팔짱을 꼈다. 그 남자애는 지역 대학 2학년생이었는데 촬영장에서 만난 사람과는 잘 안 어울리는 편이었다. 그런데 나중에 내가 떠날 때 내 전화번호를 물었다. 그걸 어떻게 잊고 있었을까?

화면 속의 내가 말했다. "최고의 순간, 최고의 추억, 그 모든 순간에 어울리는 옷이 콥프 백화점에 있어요."

카메라가 점점 가까이 움직이면서 나머지 배경은 사라지고 내 얼굴만 화면에 가득 찼다. 그날은 바로 그 전날 밤, 소피와 얽힌 일이 벌어진 날, 이 길고 외로운 비밀과 침묵의 여름이 오기 전날이었다. 그사이 나는 혼란에 빠져 있었는데 이 아이, 화면 속 아이는 멀쩡했다. 그 아이가 나와 세상을 자신만만한 얼굴로 바라보며 다시 입을 열었다.

"올해를 최고의 해로 만들어 보세요." 나는 그 뒤를 이어서 나올 말, 마지막 말을 떠올리며 숨을 죽였다. 이번만큼은 사실과 다르지 않은 말이었다.

"이제 학교로 돌아갈 시간입니다."

화면이 멈추고 아래쪽으로 콥프 백화점의 로고가 떴다. 이 15초짜리 영상은 냉동 와플 광고나 날씨 예보 따위로 바뀌면서 매끄럽게 넘어가겠지만 기다리지 않았다. 대신 리모컨을 들어서 내 모습을 꺼 버리고 문 앞으로 갔다.

세 달이 넘도록 소피를 만날 마음의 준비를 했다. 하지만 막상 마주쳤을 때도 여전히 준비는 되어 있지 않았다.

시작종이 울리기 전, 주차장에 있던 나는 어떻게든 밖으로 나가서 그럭저럭 새 학년을 맞아 보려고 했다. 무리를 이룬 아이들이 재잘거리고 웃어 대며 내 곁을 스쳐 운동장으로 가는 동안 여러 가지 추측을 했다. 이제 걔 마음도 풀렸을 거야. 어쩌면 여름 동안 다른 일이 생겨서 우리한테 일어난 일은 아무것도 아니게 되었을 거야. 사실은 생각만큼 나쁜 상황이 아닐 거야. 모두 승산 없는 추측이었지만 그래도 가능성은 있었다.

늦게까지 앉아 있다가 결국 자동차 열쇠를 잡아 뺐다. 문손잡이를 잡으며 창 쪽으로 고개를 돌리는데 그 아이가 거기 있었다.

잠깐 동안, 서로를 빤히 보는 사이 그 아이의 바뀐 모습을 알아챘다. 검은 곱슬머리가 짧아졌고 귀걸이는 새것이었다. 안 그래도 마른 체형인데 더 야위었고 지난봄처럼 두꺼운 아이라인도 칠하지 않았다. 대신 자연스러운 브라운과 핑크빛 색조로 바뀌어 있었다. 그 아이가 나를 보는 순간 나는 어떻게 달라졌을지 그게 궁금했다.

막 그런 생각을 하는데 소피가 실눈을 뜬 채 야무진 입으로 내가 여름 내내 기다렸던 판결을 내렸다.

"창녀."

우리 사이에 있는 유리창으로는 그 소리와 지나가는 사람들이 보인 반응을 감출 수 없었다. 작년에 영어 수업을 같이 들은 여자애가 눈살을 찌푸리고 다른 여자애와 낯선 사람이 큰 소리로 웃는 모습이 보였다.

하지만 소피는 아무렇지도 않은 얼굴로 돌아서더니 가방을 메고 운동장 쪽으로 발길을 옮겼다. 얼굴이 화끈거리는 가운데 사람들이 나를 힐끔거리는 게 느껴졌다. 나는 그런 상황을 맞을 준비가 되지 않은 상태였다. 나중에라도 그런 준비가 될 리는 없지만. 시간은 기다려주지 않을 것이었다. 나는 사람들의 눈총을 받으며 차에서 내려 혼자가 되는 것 말고는 선택의 여지가 없었다. 그리고 그렇게 했다.

소피를 처음 만난 건 4년 전, 6학년 여름이 시작될 무렵이었다. 동네의 수영장 매점 앞에서 축축한 1달러 두 장을 들고 콜라를 사려고 줄을 서 있는데, 내 뒤로 누군가 다가오는 기척이 느껴졌다. 고개를 돌렸더니 생전 처음 보는 여자애가 몸에 꼭 끼는 오렌지색 비키니 수영복에 굽 있는 쪼리를 신고 서 있었다. 올리브 빛 살갗에 숱 많은 검은 머리카락을 높이 올려 묶고 까만 선글라스를 썼는데, 따분하고 조급한 표정을 짓고 있었다. 서로 모르는 이웃이 없는 동네라 갑자기 하늘에서 떨어진 아이 같았다. 나는 그 아이를 노려볼 마음이 없었다. 그런데 그렇게 보인 모양이었다.

"뭔데?" 그 아이가 나에게 말했다. 아이가 쓴 선글라스에 작고 일그러진 내 모습이 비쳤다. "뭘 보는데?"

누가 내게 목소리를 높이면 언제나 그렇듯 얼굴이 붉어졌다. 말투에 매우 민감한 편이라서 재판을 다룬 방송만 봐도 당황할 때가 많았다. 판사가 누군가를 몰아세우면 얼른 다른 방송으로 돌려 버리는 거다.

"아무것도 아니야." 나는 대답하고 고개를 앞으로 돌렸다.

잠시 뒤, 매점에서 일하는 고등학교 남학생이 지친 얼굴로 나에게 손짓했다. 그가 음료수를 채우는 동안 내 뒤에 있는 여자애의 짓누르는 듯한 무거운 존재감이 느껴졌다. 나는 유리 위에 지폐를 놓고 접힌 주름을 하나도 놓치지 않으려고 손가락으로 반듯이 폈다. 계산한 다음에는 우둘투둘한 시멘트 길만 똑바로 보면서 물이 깊은 쪽을 빙 돌아 가장 친한 친구 클라크 레이놀즈가 기다리는 자리로 돌아왔다.

"휘트니 언니가 먼저 집에 간다고 전해달래. 우리는 걸어가겠다고 했어.” 의자 옆 바닥에 콜라를 조심조심 내려놓는데 클라크가 코를 풀며 말했다.

“알았어.” 내가 대답했다. 휘트니 언니는 최근에 운전면허증을 땄는데 그건 나를 태우고 다녀야 한다는 뜻이기도 했다. 하지만 언니는 집까지 걸어 갈 수 있는 수영장이든 걷기에는 먼 쇼핑센터든 나한테 알아서 오라는 식이었다. 휘트니 언니는 그 무렵에도 외톨이로 지냈다. 언니 주위는 다 언니의 개인 공간이라는 듯, 누가 얼씬거리기만 해도 침범이라고 여겼다.

자리를 잡고 앉은 뒤에야 다시 한번 오렌지색 비키니 여자애를 볼 마음이 생겼다. 그 아이는 매점을 벗어나 우리 쪽 수영장 건너편에 서서 한쪽 팔에 수건을 두르고 다른 손으로는 음료수를 든 채 벤치와 해변용 의자들을 훑어보고 있었다.

“받아. 네 차례야.” 클라크가 카드 한 묶음을 건네며 말했다.

클라크와 나는 여섯 살 때부터 가장 친한 친구였다. 이웃에 아이들은 무척 많았지만 어쩐 일인지 우리 언니들처럼 십 대이거나, 2~3년 전 베이비 붐 시기에 태어난 네 살 이하의 꼬마들이 대다수였다. 클라크네 가족은 워싱턴 D.C.에서 살다 왔는데 동네 모임에서 클라크네 엄마와 우리 엄마가 만났다. 엄마들은 우리가 같은 또래라는 걸 알고는 함께 어울리게 했고, 그 뒤로 우리는 줄곧 사이좋게 지냈다.

클라크는 중국에서 태어났는데, 6개월 무렵 레이놀즈 씨 부부에게 입양되었다. 우리 둘이 비슷한 점이라고는 키가 똑같다는 것뿐이다. 나는 금발에 눈이 푸른 백인이고, 클라크는 유난히 검고 윤기 흐르는 머리에 눈동자는 갈색이다 못해 검은빛이 도는 아이였다. 나는 겁이 많고 지나치게 친절한 성격이고, 클라크는 말투나 성격, 생김새까지 나보다 진지하고 신중했다. 나는 기억조차 희미한 때부터 언니들을 따라 광고 모델을 했는데, 클라크는 못 말리는 말괄량이에 축구로는 골목대장이고 특히 '진 러미' 라는 카드놀이 선수여서 여름 내내 나를 이겨 먹는 중이었다.

"네 음료수 한 모금 마셔도 되니?" 클라크가 물었다. 그러고는 재채기를 했다. "여기 정말 덥다."

나는 고개를 끄덕이며 밑에 있는 음료수를 건네주었다. 클라크는 일년 내내 심한 알레르기를 달고 사는데 여름이면 더 심해졌다. 4월부터 10월까지는 콧물을 틀어막거나 코를 푸느라 바빴고, 주사와 약도 어마어마하게 맞고 먹는데 효과는 없어 보였다. 그즈음 나는 주머니나 손에 휴지를 장착한 것 같은 클라크의 모습뿐 아니라 코맹맹이 소리에도 익숙해진 지 오래였다.

우리 수영장에는 모두 앉는 자리가 정해져 있었다. 구조대원은 매점 옆에 야외 테이블을 가져다 놓았고 엄마들이랑 꼬마들은 얕은 물과 아기 수영장(오줌 수영장이라고 함) 옆에 붙어 있었다. 클라크와 나는 어린이 미끄럼틀 뒤 반쯤 그늘진 곳을 골랐다. 인기 많은 고등학생 오빠들이 다이빙대 옆에 붙어 살았는데 그 무렵 내 눈엔 우리 동네, 아니 어쩌면 온 세상에서 가장 멋진 꽃미남이고 나보다 세 살 많은 크리스 페닝턴도 거기 있었다. 가장 좋은 자리는 매점과 수영장 레인 사이에 늘어놓은 의자들로 대개 인기 많은 여고생들이 차지했다. 거기엔 큰언니 커스틴이 핫핑크색 비키니 차림으로 의자에 누워서 〈글래머〉 잡지로 부채질을 하고 있었다.

나는 카드를 나누다가 오렌지색 비키니를 입은 여자애가 커스틴 언니 옆에 있는 의자에 앉는 것을 보고 깜짝 놀랐다. 반대편 옆자리에 앉아 있던 언니의 가장 친한 친구 몰리 클레이턴이 언니를 팔꿈치로 슬쩍 찌르며 고갯짓을 해 보였다. 커스틴 언니는 고개를 들어서 쳐다보더니 어깨를 으쓱하고는 두 팔로 얼굴을 덮으며 다시 누워 버렸다.

"애너벨? 너 뽑을 차례야." 벌써 카드를 집어 든 클라크가 나를 얼른 이기고 싶어 안달을 했다.

"아, 그래." 나는 클라크에게 고개를 돌렸다.

이튿날 오후, 그 여자애가 또 나왔는데 이번에는 은색 수영복 차림이었다. 그 애는 벌써 전날 우리 언니가 앉았던 의자에 수건을 펼치고 무릎 위에 잡지를 올린 채 자리 잡고 있었다. 옆에는 물병도 놓여 있었다. 클라크는 테니스 수업을 듣는 날이라서 한 시간 뒤 커스틴 언니와 언니 친구들이 올 때까지 난 혼자였다. 언니들은 언제나 그렇듯 요란하게 신발을 바닥에 끌며 들어섰다. 그러다 자기들의 지정석에 앉아 있는 여자애를 보더니 걸음을 늦추며 서로를 바라보았다. 몰리 클레이턴 언니가 기분 나쁜 표정을 지었지만 커스틴 언니는 네 칸 떨어진 자리에 언제나처럼 자기들만의 캠프를 지었다.

그 뒤로 며칠 동안 새로 온 여자애가 우리 언니 무리에 끼려고 끈질기게 시도하는 모습을 지켜보았다. 처음에는 의자를 차지하는 걸로 시작해서 사흘째 되는 날엔 언니들을 따라 매점으로 가는 모습을. 그다음 날 오후 언니들이 물에 들어가서 수다를 떨고 물싸움을 하자, 그 아이는 곧바로 따라 들어가 한 발 떨어진 곳을 서성거렸다. 주말쯤 그 아이는 살아 있는 그림자처럼 언니들을 졸졸 따라다녔다.

무척이나 성가실 노릇이었다. 나는 몰리 언니가 두어 번 짜증스러운 눈길을 보내고, 커스틴 언니마저 깊은 물 쪽에서 꽤 가까이 접근하는 그 아이에게 부탁인데 뒤로 좀 물러나라고 요구하는 걸 보았다. 하지만 그 아이는 아무렇지 않아 보였다. 어찌 됐든 언니들이 말을 걸어 주기만 하면 그게 무슨 내용이든 상관없다는 듯 끈질기게 접근했다.

“참, 저 건너 단풍나무길, 도트리 씨 댁에 새 식구가 이사했대요.” 어느 날 저녁 시간에 엄마가 말했다.

“도트리 씨네 이사 갔어?” 아빠가 물었다.

엄마는 고개를 끄덕이며 말했다. “지난 유월에 갔잖아요. 톨레도로 이사했는데, 생각나요?”

아빠는 잠깐 생각하더니 고개를 끄덕이며 대답했다. “맞다, 톨레도.”

“그리고 있잖아.” 엄마가 파스타 그릇을 휘트니 언니에게 건네며 말을 이었다. 휘트니 언니는 곧바로 내게 그 그릇을 넘겼지만 말이다. “그 집에 딸이 하나 있는데, 애너벨 너랑 동갑이라더라. 생각해 보니까 지난번에 나도 걔를 본 것 같아.”

“정말요?” 내가 말했다.

엄마는 고개를 끄덕이며 대답했다. “머리가 까맣고, 키는 너보다 좀 크더라. 너도 동네 어디서 봤을 텐데.”

나는 잠깐 생각하다가 대답했다. “잘 모르겠는데……”

"개가 개구나!" 커스틴 언니가 갑자기 소리쳤다. 언니는 포크를 쨍그랑 소리가 나게 내려놓았다. "수영장 스토커 말이야. 세상에, 어쩐지 우리보다 어린애 같더라니까."

"잠깐만, 수영장에 스토커가 있다는 말이니?" 이번에는 아빠가 관심을 보였다.

"그럴 리가요." 엄마가 걱정스러운 목소리로 말했다.

"진짜 스토커는 아니에요. 우리 곁을 맴도는 애죠. 진짜 오싹한 애야. 있잖아요 걔, 우리 옆에 앉고 우리를 졸졸 따라다니고 말은 한마디도 안 하면서 우리가 하는 얘기는 다 듣는다니까요. 내가 꺼지라고 했는데 들은 척도 안 해요. 세상에! 겨우 열두 살이라니 믿어지지가 않네. 알고 보니 더 역겨워지잖아."

"진짜 드라마 같네." 휘트니 언니가 포크로 상추를 찌르며 중얼거렸다.

딱 맞는 말이었다. 커스틴 언니는 우리 집 드라마 여왕이었으니까. 커스틴 언니는 언제나 감정을 거르지 않고 쏟아 냈다. 상대가 귀 기울이지 않는다는 걸 알면서도 말을 멈추지 않았다. 반면에 휘트니 언니는 조용한 편으로, 어쩌다 몇 마디 할 때는 그만큼 중요한 말이란 뜻이었다.

"커스틴, 착하게 굴어라." 엄마가 말했다.

"엄마, 저도 그러려고 했어요. 하지만 걔를 보면 엄마도 이해하실 거예요. 진짜 이상하거든요."

엄마는 와인을 한 모금 마셨다. "새 동네로 이사하는 건 힘든 일이야. 아무래도 그 아이가 친구 사귀는 방법을 잘 모르는 것 같은데."

"진짜 모르는 애죠." 커스틴 언니가 말했다.

"그러니까 네가 먼저 다가가야겠네." 엄마가 되받아쳤다.

"걔는 열두 살이란 말이에요." 언니는 그게 마치 질병이나 화재라는 투로 말했다.

"그러니까 너한테는 동생이잖아." 아빠가 지적했다.

커스틴 언니는 포크로 아빠를 가리키며 말했다. "제 말이 그 말이라고요."

내 옆에 있던 휘트니 언니가 콧방귀를 뀌었다. 그런데 아니나 다를까 엄마의 관심은 어느새 나한테 옮겨와 있었다. "저기, 애너벨, 그 아이 만나면 네가 먼저 인사라도 해 봐."

나는 벌써 만났다는 얘기는 하지 않았다. 그 아이가 내게 건방지게 굴었다는 걸 알면 엄마가 질색하고도 남을 테니까. 하지만 엄마는 나까지 그 아이처럼 행동하라고 하지는 않았을 거다. 엄마는 예의를 잘 차리기로 유명해서 상황을 막론하고 우리들이 예의 바르기를 바랐다. 우리는 항상 체면을 잃지 않아야 했다.

"네, 인사해 볼게요." 내가 대답했다.

"착하구나." 엄마가 말했다. 내가 바란 것도 바로 그거였다.

그런데 다음 날 오후, 클라크와 수영장에 갔더니 커스틴 언니가 먼저 와서 몰리 언니랑 그 여자애를 양옆에 두고 나란히 앉아 있었다. 못 본 척하려 했는데, 우리 자리로 가면서 끝내 나를 쳐다보는 언니의 눈길과 마주치고 말았다. 잠시 뒤 언니가 자리에서 일어나 나한테 눈짓을 하고 매점으로 가자 그 여자애가 곧바로 언니 뒤를 따랐고, 나는 내가 해야 할 일이 무엇인지 눈치챘다.

"금방 올게."

나는 스티븐 킹의 소설을 읽으며 코를 푸는 클라크에게 말했다.

"그래."

나는 팔짱을 낀 채 다이빙대를 돌아 크리스 페닝턴 오빠를 지나쳐 갔다. 오빠는 해변용 의자에 누워 수건으로 눈을 덮고 있고, 친구 둘은 수영장 가장자리에서 서로를 밀치며 놀고 있었다. 오빠를 힐끔 엿보지 않고 아무 관심 없는 척 지나갔다. 그건 다 우리 자매들이 선한 사마리아인 중에서도 최고가 되어야 한다는 엄마의 주장 때문이었다. 사실 그 여름에 내가 수영장에서 주로 한 일이라고는 수영과 카드놀이가 아니라 그 오빠를 몰래 쳐다보는 일이었는데도 말이다.

그 여자애와 내가 이미 한 번 부딪쳤다는 얘기를 커스틴 언니에게 할 수도 있었겠지만, 안 하는 게 더 낫다는 걸 알고 있었다. 나와 달리 커스틴 언니는 무슨 일이 닥치면 소심하게 피하는 게 아니라 아예 달려들어서 완전히 제압해 버렸다. 집안의 화약고인 언니는 온갖 골칫거리들, 이를테면 외판원, 길에서 부딪치는 운전자들, 또는 그 숱한 전 남자친구들을 도맡아서 처리했다. 나는 걸핏하면 갓길로 밀려나서 움츠리고 부끄러워하는 사람이었다. 나는 언니를 사랑하지만 털어놓고 말하자면 언니가 무서웠다.

반면 휘트니 언니는 조용한 강적이었다. 휘트니 언니는 화가 나도 절대로 말하지 않았다. 다만 표정, 잔뜩 찌푸린 눈살, 땅이 꺼지게 내쉬는 한숨으로 언니가 화났다는 걸 알게 되는데, 그것만으로도 무서워서 차라리 말로 화를 내는 게 낫지 싶었다.

두 살 터울인 휘트니와 커스틴 언니가 (꽤 자주) 싸울 때면, 끝없이 퍼붓고 멸시하는 커스틴 언니 목소리 때문에 처음에는 언제나 결과가 뻔한 승부처럼 여겨졌다. 그런데 조금만 주의를 기울이면 휘트니 언니의 단단하고 무거운 침묵과 간간이 정곡을 찌르는 날카로운 반박이, 커스틴 언니가 소용돌이처럼 쏟아 내는 말보다 매섭다는 걸 알게 된다.

한쪽은 열리고 한쪽은 닫힌 상태. 두 언니를 생각하면 제일 먼저 문이 떠오르는 건 이상한 일도 아니었다. 커스틴 언니 몫의 문은 현관문, 언니가 시도 때도 없이 들락거리는 현관문이었다. 언니는 그 현관문에 버티고 서서 줄줄이 달고 온 친구들을 상대로 시끄럽게 떠들어 대기 일쑤였다. 휘트니 언니의 문은 언니 방의 방문, 언제나 자신과 나머지 세상 사이를 가로막으려고 닫아 둔 문이었다.

나로 말할 것 같으면 언니들의 강한 개성 사이 어중간한 지점에 떨어진 아주 흐릿한 존재였다. 당차고 거리낌 없는 아이도, 조용하고 생각이 복잡한 아이도 아니었다. 다른 사람이 나를 어떻게 묘사할지, 내 이름을 발음하면 무슨 생각이 떠오를지 알지 못했다. 나는 그냥 애너벨이었다.

갈등을 싫어하는 엄마는 언니들이 다투면 질색했다. "서로 좀 잘하면 안 되니?" 엄마는 부탁했다. 언니들은 흘려들었지만 나에게는 엄마 말이 스며들었다. 착한 상황, 사람들이 시끄럽거나 너무 조용하다고 겁을 주지 않는 곳이 나의 이상이었다. 그냥 착하게만 굴면 싸움 같은 건 걱정할 필요도 없었다. 하지만 착해진다는 건 생각만큼 쉽지 않았다. 특히 세상이 너무 심술궂게 나올 때는 말이다.

내가 매점에 이르렀을 때 (당연한 일이지만) 커스틴 언니는 사라져 버렸고, 그 여자애는 카운터 점원이 막대사탕값을 계산해 주기를 기다리고 있었다. 그 아이에게 다가가며 생각했다. 헛수고라도 해 보자.

"안녕." 그 아이가 힐끗 나를 보았다. 알 수 없는 표정이었다. "음, 난 애너벨이라고 해. 새로 이사 왔지?"

그 아이는 정말이지 한참이 지나도록, 커스틴 언니가 뒤편에 있는 화장실에서 나올 때까지 아무 대꾸도 하지 않았다. 언니는 우리가 얘기하는 모습을 보더니 걸음을 멈추었다.

"난 저기, 음 우린 같은 학년인 것 같아." 몹시 불편한 마음으로 다시 입을 열었다.

여자애는 선글라스를 콧등 위로 밀어 올렸다. "그래서?" 지난번처럼 날카롭고 깔보는 듯한 말투로 물었다.

"그냥 그러니까, 우린 동갑이니까. 같이 놀고 싶어 할지도 몰라서. 그 얘기야."

또 대꾸가 없었다. 그러더니 분명하게 하자는 듯이 말했다. "네가 나랑 놀고 싶은 거잖아. 네가."

말투가 너무 터무니없어서 나는 곧바로 물러섰다. "내 말은, 싫으면 안 놀아도 돼. 난 그냥……"

"싫어, 절대로 안 되지." 그 아이가 내 말을 싹둑 자르며 말했다.

만약 그 자리에 나만 있었다면 괜찮았을 것이다. 그랬다면 얼굴을 붉히며 돌아서서 클라크한테 돌아가면 끝이었다. 하지만 나만 있는 게 아니었다.

“잠깐, 너 지금 뭐라고 그랬어?” 커스틴 언니가 목소리를 높이며 말했다.

여자애가 뒤를 돌아보았다. 그리고 우리 언니를 보더니 눈이 휘둥그레졌다. “뭐가?” 여자애가 입을 열었다. 나한테 던진 말투와는 달라도 너무 다른 말투였다.

“방금 재한테 뭐라고 그랬냐고?” 커스틴 언니가 특유의 날카로운 목소리로 다시 한번 말했다.

일 났네, 나는 생각했다.

“아무 말도 안 했어. 난 그냥……”

“재는 내 동생이야. 근데 네가 내 동생한테 건방지게 굴었잖아.” 커스틴 언니가 나를 가리키며 말했다.

그때 이미 나는 몸이 움츠러들고 얼굴이 화끈거렸다. 하지만 커스틴 언니는 엉덩이에 두 손을 받쳤다. 그건 이제 시작이라는 뜻이었다.

“건방지게 군 게 아니라, 나는 그냥……” 여자애가 선글라스를 벗으며 말했다.

“건방졌어, 너도 알고 있잖아.” 커스틴 언니가 그 아이의 말을 잘랐다. “그러니까 아니라는 소리는 그만하지. 그리고 내 뒤를 졸졸 따라다니는 짓도 그만둬, 알았어? 소름 끼치니까. 애너벨, 이리 와.”

나는 자리에 얼어붙은 채 그 아이의 얼굴만 바라보았다. 선글라스를 벗은 채 겁에 질린 얼굴, 갑자기 열두 살짜리로 보이는 얼굴이 우리를 빤히 보는 사이 커스틴 언니는 내 손목을 낚아채 언니랑 친구들이 노는 곳으로 끌고 갔다.

“웃기지도 않네.” 언니는 말을 멈추지 않았고, 수영장 너머에서 커스틴 언니가 날 의자에 눌러 앉히는 모습을 어리둥절하게 지켜보는 클라크가 눈에 들어왔다. 몰리 언니가 풀어진 비키니 수영복 끈을 붙잡으며 놀란 얼굴로 바로 앉았다.

“무슨 일이야?” 몰리 언니가 묻자 커스틴 언니가 얘기를 시작했다. 나는 매점 쪽을 돌아봤는데 그 아이는 없었다. 그때 뒤에 있는 담 너머로 고개를 푹 숙인 채 맨발로 주차장을 가로질러 가는 그 아이의 모습이 보였다. 그 아이의 소지품과 수건, 신발, 잡지랑 지갑이 든 가방, 분홍색 빗이 모두 내 옆 의자에 놓여 있었다. 나는 그 아이가 그걸 알아차리고 돌아오기를 한참 기다렸지만 그런 일은 일어나지 않았다.

그 아이의 소지품은 오후 내내 그 자리에 있었다. 내가 자리로 돌아가서 클라크에게 모두 얘기한 뒤에도. 우리가 카드놀이를 몇 번이나 하고, 손가락이 붓도록 수영을 즐긴 뒤에도. 커스틴과 몰리 언니가 자리를 뜨고, 다른 사람들이 의자를 가져간 뒤에도. 마침내 구조대원이 호루라기를 불어 문 닫을 시간을 알려 주고, 클라크와 소지품을 챙겨 수영장 가장자리를 돌아 나와 햇볕에 그을린 피부, 허기진 몸으로 집에 갈 때까지 내내.

나는 그 아이를 신경 쓰지 않아도 된다는 걸 알고 있었다. 나한테 심술궂게 굴었으니까, 두 번씩이나 그랬으니까, 내 동정이나 도움을 받을 가치가 없는 아이였다. 그런데 의자 곁을 지나던 클라크가 걸음을 멈췄다. “그냥은 못 가겠다.” 클라크는 몸을 굽히고 그 애의 신발과 물건을 가방 속에 챙겨 넣으며 말을 이었다.

“집 가는 길에 갖다주자.”

트집 잡을 수도 있었지만 문득 그 아이가 맨발로 혼자 주차장을 가로질러 걸어가는 모습이 떠올랐다. 그래서 나도 의자에서 수건을 집어 내 수건 위에 포갰다. “그래, 그러자.”

도트리 씨 가족이 살던 집에 도착했을 때 창문은 모두 어둡고 집 앞엔 차가 한 대도 안 보여서 오히려 마음이 놓였다. 이제 그 애의 소지품을 놓고 가기만 하면 끝이었다. 그런데 클라크가 가방을 현관에 기대어 놓는 순간 문이 열리더니 그 아이가 나타났다.

그 아이는 찢어진 반바지에 빨간 티셔츠를 입고, 머리는 묶고 있었다. 선글라스도 쓰지 않았고, 굽 높은 샌들도 신고 있지 않았다. 우리를 보자 그 아이의 얼굴이 붉어졌다.

“안녕.” 어색한 침묵이 한참 흐른 뒤에 클라크가 입을 열었다. 그리고 재채기를 한 뒤 덧붙였다. “네 물건들 가져왔어.”

그 아이는 도대체 무슨 말을 하는지 이해 못 하겠다는 얼굴로 클라크를 보았다. 클라크의 코맹맹이 소리 때문에 잘 못 들었을 수도 있겠다 싶었다. 나는 몸을 숙여서 가방을 들어 그 아이에게 내밀었다.

“이걸 두고 갔더라.”

그 아이는 가방을 보고 다시 나를 보더니 조심스럽게 말했다. “아, 고마워.”

우리 뒤로 자전거를 탄 아이들 무리가 떠들썩한 목소리로 서로의 이름을 부르며 지나갔다. 그리고 다시 조용해졌다.

"애야? 누가 있니?" 그 아이 뒤쪽 어두운 거실 안에서 목소리가 들려왔다.

"아무 일 없어요." 그 아이가 어깨 너머로 말했다. 그러더니 밖으로 나와 등 뒤로 문을 닫고 현관 앞에 섰다. 그 아이는 잽싸게 우리를 지나쳤었지만 나는 지금 빨갛게 부어오른 그 아이의 눈이 보였다. 울고 있었던 거다. 그때 문득, 언제나 그렇듯이 머릿속에 엄마 목소리가 울렸다. '새 동네로 이사하는 건 힘든 일이야. 아무래도 그 아이가 친구 사귀는 방법을 잘 모르는 것 같구나.'

"저기 있잖아. 우리 언니 말인데……"

"괜찮아, 난 괜찮다고." 그 아이가 내 말을 잘랐다. 하지만 목소리가 살짝 떨리는가 싶더니 등을 돌리고 손을 입으로 가져갔다. 나는 어쩔 줄 몰라 멍하니 서 있는데 클라크는 어느새 반바지 주머니를 뒤져서 한 몸과도 같은 휴지를 꺼냈다. 클라크는 휴지 한 장을 뽑아서 그 아이에게 내밀었다. 잠시 뒤, 그 아이는 조용히 휴지를 받아 얼굴을 덮었다.

"난 클라크라고 해. 이쪽은 애너벨이야."

몇 년이 지나도 내가 언제나 떠올리게 될 순간이었다. 우리들의 6학년 여름, 나와 클라크가 등을 돌린 그 아이의 뒤에 서 있던 순간. 바로 그때 다른 일이 있었다면 나와 우리 모두는 지금과는 아주 많이 다를 터였다. 그렇지만 그 순간은 수많은 순간들이 그렇듯 쏜살같이, 그리고 대수롭지 않게 흘렀고 그 아이는 울음을 그치고 놀랄 만큼 부드러워진 표정으로 우리에게 말했다.

"안녕, 난 소피라고 해."

2

"소피!"

드디어 점심시간, 그건 적어도 개학 첫날의 절반이 끝났다는 뜻이었다. 내 근처 복도 쪽은 아이들로 와글와글 시끄럽고 사물함 문이 삐걱거리는 소리와 스피커에서 나오는 온갖 방송 소리가 윙윙거리는데도 에밀리 슈스터의 목소리가 또렷하게 들렸다.

중앙 계단으로 이어지는 복도를 바라보는데 붐비는 아이들 틈으로 살짝살짝 드러나는 빨간 머리, 그 아이가 나한테 오고 있다고 믿었다. 마침내 내가 서 있는 곳으로 다가온 순간 눈이 마주쳤지만 그건 아주 잠깐이었다. 그 아이는 재빨리 나를 스쳐 지나가더니 소피가 기다리는 쪽으로 가버렸다.

소피보다 에밀리를 먼저 알았으니까 어쩌면, 정말 어쩌면, 나는 아직도 우리가 친구일 거라고 생각했다. 겉으로는 아닌 것 같아도. 그런데 이제 아이들과 나 사이에 선이 그어졌고 나는 그 선 밖에 서 있다는 걸 확실히 깨달았다.

내게 다른 친구들도 있긴 했다. 반에서 알게 된 아이들도 있고 몇 년에 걸쳐 모델 회사에서 만난 사람들도 있었다. 그렇지만 여름 동안 스스로 자처한 고립이 생각보다 더 큰 효과를 발휘했다는 게 점점 분명해졌다. 그 모든 일이 벌어진 뒤, 스스로를 철저하게 소외시키는 편이 사람들한테 심판당하는 위험보다 안전하다고 생각했다. 전화는 받지 않았고 쇼핑센터나 극장에서 사람들을 만나면 피했다. 내가 겪은 일에 대해서 말하기 싫었고 그러자니 아예 입을 안 여는 게 가장 안전해 보였다. 그런데 아이들에게 인사도 하지 않고 수다 떠는 무리에 끼어들지도 않은 결과로 아침 내내 냉담함과 거리감을 느껴야 했고, 그 느낌은 내가 스스로를 변명하며 걸어 나올 때까지도 사라지지 않았다. 지난 5월, 내가 바라는 건 오로지 혼자 있는 거였다. 그리고 이제 그 바람은 이루어졌다.

소피와 친했던 건 당연히 도움이 되지 않았다. 소피와 어울리는 건 온갖 못된 짓을 저지르는 일이어서 아이들 대다수는 나를 썩 달가워하지 않았다. 소피가 욕하고 따돌렸던 애들에겐 아무것도 안 하며 옆에서 있던 내가 이런 처지인 것이 고소할 것이었다. 소피에게 뭐라고 할 수 없다면, 나한테라도 하고 싶었을 것이다.

나는 중앙 복도로 내려가 운동장을 내다보며 줄줄이 늘어선 유리문 앞에서 멈췄다. 바깥에는 온갖 패거리들, 운동부, 예쁜 여자애들, 수다쟁이 그리고 조용한 무리까지 풀밭과 산책로에 흩어져 있었다. 다들 자기 자리를 차지하고 있었고 거기 한때는 내 자리도 있었다. 중앙 산책로 바로 오른쪽, 소피와 에밀리가 앉아 있는 긴 나무 의자. 이제 나는 꼭 밖으로 나가야 할 필요가 있을지 생각 중이었다.

"다시 때가 돌아왔어요." 뒤에서 누군가 여자 목소리를 흉내 내며 소리쳤다. 와, 하고 웃음이 터졌고 고개를 돌려보니 교무실 옆을 어슬렁거리는 축구부 아이들이 눈에 들어왔다. 레게머리에 키가 큰 녀석 하나가 광고에서 남자에게 팔을 내미는 나를 흉내 냈고 나머지 녀석들이 키득키득 웃어 댔다. 한심한 짓이란 걸 아니까 다른 때 같았으면 신경도 안 썼을 것이다. 하지만 이번에는 얼굴이 달아오르는 걸 느끼며 앞에 있는 문을 열고 밖으로 나섰다.

오른쪽으로 이어진 긴 담장을 따라가며 어디라도 좋으니 앉을 만한 곳을 찾았다. 딱 두 사람이 담장 위에 앉아있었는데 서로 멀찍이 떨어져 앉은 걸로 봐서 친한 사이는 아닌 것 같았다. 한쪽은 클라크 레이놀즈, 다른 한쪽은 오언 암스트롱이었다. 앉느냐 마느냐를 두고 선택할 여지가 없었기 때문에 나는 둘 사이에 앉았다.

아침에 엄마가 싸 준 도시락을 급히 꺼내는데, 맨다리에 닿는 담장 벽돌이 따뜻했다. 도시락에는 칠면조 오픈 샌드위치와 물병, 천도복숭아 한 개가 들어 있었다. 물병을 열고 한 모금 마신 다음 그제야 주위를 살폈다. 건너편 의자를 보는 순간 소피가 나를 지켜보고 있다는 걸 알았다. 눈이 마주치자 소피는 옅은 미소를 짓더니 머리를 흔들며 시선을 돌려 버렸다.

딱하군, 소피의 말이 머릿속에 들리는 것 같아 재빨리 털어 냈다. 소피랑 나란히 앉기는 나도 싫었다. 그렇다고 클라크, 그리고 전교에서 제일 무서운 남자애 사이에 앉을 날이 올 거라고는 한 번도 생각해 보지 못했다.

적어도 클라크는 내가 아는, 아니 한때 알던 아이였다. 오언 암스트롱에 대해선 아는 게 별로 없었다.

큰 키에 어깨가 넓고 근육이 탄탄한 아이라는 것. 언제나 고무창이 두꺼운 부츠를 신고 다녀서 몸집이 더 커 보이고 걸음걸이가 무거워 보인다는 것. 검은 머리를 짧게 잘랐는데 끝은 살짝 올리고 다닌다는 것. 옷 안에 걸치든 밖에 걸치든, 교실 안이든 밖이든, 아이팟과 이어폰을 끼고 산다는 것. 그리고 친구가 없을 리 없겠지만 누군가와 이야기 나누는 것을 본 적이 없다는 것 정도였다.

그리고 그 아이가 싸우는 걸 본 적이 있다. 지난 1월, 시작종이 울리기 전 주차장에서였다. 내가 막 차에서 내리는데 오언이 배낭을 메고 늘 그렇듯 이어폰을 낀 채 본관 쪽으로 가고 있었다. 가는 길에 자기 차에 기대어 패거리들과 시시덕거리고 있는 로니 워터맨을 스쳐 지나갔다. 로니는 어느 학교에나 하나쯤 있을 법한 멍청이 녀석인데 복도에서 남에게 시비 걸기로 유명했고, 지나가는 여학생들에게 '엉덩이 죽이는데!'라고 소리치기 일쑤인 그런 유형의 아이였다. 로니의 형 루크는 동생과 완전히 딴판이어서 축구부 주장에 전교회장이었던, 누구나 좋아할 멋진 사람이었다. 바로 그 형 때문에 다들 지긋지긋한 로니를 눈감아 주었다. 그런데 작년에 루크가 졸업하면서 로니는 혼자가 되었다.

오언은 주변에 아무 관심도 없이 갈 길을 가는데 로니가 뭐라고 소리쳤다. 그래도 대꾸가 없자 로니는 차에서 몸을 벌떡 일으키더니 오언 앞으로 가 길을 가로막았다. 별 상관없는 내가 생각해도 그리 잘하는 짓은 아니었다. 덩치는 둘째치고 로니가 작은 편은 아니었지만 적어도 머리 하나는 더 큰 오언에 비하면 꼬마처럼 보였다. 그런데 로니는 그걸 모르는 것 같았다. 로니가 무슨 말을 또 던지자 오언은 잠깐 보는가 싶더니 걸음을 뗐다. 오언이 다시 걷는 순간 로니가 오언의 턱을 쳤다.

오언은 살짝 비틀거렸다. 그러고는 가방을 툭 던지고 팔을 뒤로 힘껏 당기더니 로니의 얼굴 정중앙을 냅다 공격했다. 주먹이 퍽, 하고 뼈에 부딪히는 소리가 내가 서 있는 곳까지 들렸다.

로니는 곧장 쓰러졌다. 몸뚱이가 먼저 푹 고꾸라지고 무릎이 꺾이더니 어깨에 이어 머리까지 바닥으로 털썩. 오언은 주먹을 내리고 아주 사뿐히 로니를 넘어가서 가방을 집어 든 다음, 어느새 모여들었다가 재빨리 길을 터 주는 구경꾼들을 뚫고 가던 길을 갔다. 친구들이 와서 로니를 에워싸고 주차장 관리인을 부르기도 했지만, 내가 기억하는 건 오언이 그저 걸어 나가던 모습이다. 한 번도 걸음을 멈춘 적 없다는 듯 좀 전과 똑같은 보폭으로 성큼성큼 걸어 나가던 장면.

그 무렵, 오언은 아직 모두에게 낯선 아이였다. 우리 학교에 다닌 지 고작 한 달쯤 되었으니까. 그 사건 때문에 오언은 정학 처분을 받았다. 다시 학교에 나온 날 아이들은 너나없이 오언 얘기를 했다. 한동안 소년원에서 지냈다든가, 다니던 학교에서 깡패였는데 퇴학당했다는 소문이 들려왔다. 몇 달이 지나자 소문은 눈덩이처럼 불어났고 오언이 주말에 클럽에서 싸워서 체포됐다는 소리까지 떠돌았지만, 나는 헛소문일 거라고 생각했다. 그런데 오언은 자취를 완전히 감추고 학교에 오지 않았었다. 지금까지는.

그런데 가까이서 보니 오언은 괴물 같은 모습과 거리가 멀었다. 그냥 저만치서 선글라스에 빨간 티셔츠 차림으로 앉아서 손가락으로 무릎을 톡톡 두드리며 음악을 듣고 있었다. 그렇지만 그 아이를 쳐다보는 것을 들키면 안 될 것 같아서 나는 샌드위치 포장을 벗겨 한 입 베어 문 다음 숨을 들이쉬며 오른쪽, 클라크 쪽으로 주의를 돌렸다.

클라크는 저 멀리 담장 끝에서 한 손으로는 사과를 먹고 다른 손으로는 무릎 위에 펼친 공책에 뭔가를 끄적거리고 있었다. 머리는 수수한 고무줄로 낮게 묶고 무늬 없는 흰색 티셔츠에 카고바지, 쪼리 차림으로 1년 전부터 쓴 작은 호피 무늬 뿔테 안경을 콧등에 걸치고 있었다. 잠시 뒤 클라크가 고개를 들어 나를 쳐다보았다.

클라크도 지난 5월 일에 대해 들었을 터였다. 모두가 들었으니까. 클라크가 눈길을 피하지도, 고개를 돌리지도 않기에 어쩌면 나를 용서했을지도 모른다는 생각이 들었다. 새로운 사건이 생겼으니까 옛날의 갈등은 해결할 수 있을 거라는. 이제 우리 둘 다 소피에게 소외당하는 처지였다. 우리 둘에게 다시 공통점이 생긴 것이다.

클라크는 아직도 나를 보고 있었다. 나는 샌드위치를 내려놓고 숨을 들이쉬었다. 지금 내가 해야 할 일은 그 아이에게 얘기를, 뭔가 괜찮은 얘기를 하는 거였는데……

그런데 그때 클라크가 고개를 돌려 버렸다. 공책을 가방에 집어넣고 지퍼를 닫는 행동까지 모두 단호했다. 내 쪽으로 보이는 팔꿈치 각도도 날카로웠다. 클라크는 이내 담장 밑으로 뛰어내리더니 가방을 걸치고

가 버렸다.

반쯤 남은 샌드위치를 내려다보는데 덩어리 하나가 목구멍을 타고 오르는 느낌이 들었다. 클라크가 나를 얼마나 미워하는데, 어리석기 짝이 없는 생각을 하다니. 이건 적어도 새롭지 않은 일이었다.

남은 점심시간 내내 나는 아무도 쳐다보지 않으려고 노력하면서 그냥 거기 앉아 있었다. 시계로 5분 남은 점심시간을 확인하고 최악의 시간은 끝났다고 생각했다. 틀린 생각이었다.

가방에 물병을 넣는데 담장을 돌아들어 오는 자동차 소리가 들렸다. 나는 빨간색 지프가 인도 쪽에 멈추는 걸 힐끗 건너보았다. 조수석 문이 열리고 귀에 담배를 꽂은 까만 머리 남자가 내리더니 고개를 숙이고 운전자와 얘기를 나누었다. 그 사람이 차 문을 닫고 걸음을 옮기는 사이 나는 운전자를 보았다. 윌 캐쉬였다.

가슴이 까마득한 높이에서부터 내리꽂히듯 쿵, 떨어졌다. 시야가 좁아지면서 소리는 희미하게 멀어지고 손에는 땀이 흥건하게 고였다. 쿵 쿵 쿵, 큰 소리로 뛰는 내 심장 소리가 귓가에 들렸다.

윌 캐쉬에게서 눈을 뗄 수 없었다. 윌 캐쉬는 한 손을 운전대에 얹은 채 앞에 있는 스테이션왜건에서 어떤 여자애가 첼로 비슷한 큰 악기를 꺼낼 때까지 가만히 앉아 있었다. 잠시 뒤 윌 캐쉬가 조급한 듯 머리를 흔들었다.

쉬이이, 애너벨. 나야.

지난 몇 달 동안 수없이 많은 빨간 지프가 내 앞을 스쳐 지나갔고 나는 무의식중에 그 얼굴, 바로 저 얼굴을 찾아 한 대 한 대 살폈다. 그런데 지금 여기, 실제로 그 얼굴이 나타난 거였다. 밝은 낮이라면 나도 당당하고 무서울 것 없다고 스스로 되뇌어 왔는데 막상 닥치자 환한 대낮인데도 마치 무방비 상태처럼, 그날 밤처럼, 나는 힘이 없었고 불안했다.

마침내 여자애가 스테이션왜건에서 악기 상자를 내리더니 문을 닫으며 운전석에 손을 흔들었다. 그 차가 빠져나가자 윌은 운동장을 훑어보았고, 나는 특별히 찾는 사람은 없다는 듯한 그 눈길을 지켜보았다. 그러던 차에 윌과 눈이 마주쳤다.

심장이 쿵쾅거렸지만 윌을 똑바로 보았다. 단 몇 초, 낯선 사람을 보듯 무심한 표정인 윌은 나를 못 알아보는 것 같았다. 그러다 차를 몰고 앞으로 나아갔고 흐릿한 빨간 점이 됐다. 그렇게 끝이었다.

문득 나를 둘러싼 소음과 소란이 다시 느껴졌다. 아이들은 서로를 부르고 쓰레기통에 쓰레기를 던지며 다음 수업에 들어가느라 시끄러웠다. 그때까지도 나는 큰길로 이어지는 언덕을 올라 점점 멀어지는 지프에서 눈을 떼지 못했다. 바로 그때 온갖 소음과 목소리들, 숨 가쁜 움직임의 한복판에서 나는 고개를 돌리고 한 손으로 입을 틀어막았다가 뒤쪽 잔디밭에 그대로 토했다.

조금 뒤 다시 고개를 돌려보니 운동장은 거의 비어 있었다. 건너편 담장에 있던 운동부 무리는 사라졌고 나무 밑 잔디밭도 휑했고 에밀리와 소피도 긴 의자만 남기고 떠난 뒤였다. 입가를 닦을 사이도 없이 옆을 보니 오언 암스트롱이 거기 서서 나를 보고 있었다. 오언의 검고 강렬한 눈빛에 놀라 나는 재빨리 고개를 돌렸다. 얼마나 지났을까 다시 돌아보니 오언은 사라지고 없었다.

소피는 나를 미워했다. 클라크도 나를 미워했다. 모두 나를 미워했다. 아니, 어쩌면 모두는 아닐지도 모른다.

“무샤카 사람들이 네 광고를 보고 마음에 들어 한다더라.” 7교시가 끝나고 주차장을 빠져나가기 위해 길게 늘어선 자동차 사이에 끼어 있는 사이 엄마는 내 기분과 정반대인 들뜬 목소리로 말했다. “린디가 그러는데 그 사람들이 전화해서 입이 마르게 칭찬하더래.”

“정말요? 진짜 잘됐네요.” 나는 핸드폰을 다른 쪽 귀에 대며 말했다.

어떻게든 신난 것처럼 말해 보려 했지만 사실 며칠 전에 에이전트인 린디가 새 광고 모델을 구하는 무샤카 수영복 회사에 내 사진을 보냈다는 얘기를 엄마에게 듣고서도 까맣게 잊은 참이었다. 당연히 그즈음 모델 활동은 내게 가장 중요한 일이 아니었다.

“그건 그렇고 린디가 그러는데 너를 직접 보고 싶다고 했다는구나.” 엄마는 계속 말했다.

“아, 네. 언제요?” 나는 차를 앞으로 살짝 움직이며 말했다.

“그게 사실은…… 오늘이야.”

“오늘요?” 내가 묻는 순간 아만다 치커가 내 쪽은 보지도 않은 채 새 차 같은 BMW를 몰고 앞으로 불쑥 끼어들었다.

“그래. 광고 담당자가 우리 동네에 있는데 오늘 밤까지만 머무는 것 같더라.”

“엄마. 안 돼요. 오늘은 기분이 너무 안 좋은데다……” 다시 앞으로 살짝 움직인 뒤 나는 목을 길게 빼고 길을 막고있는 사람이 누구인지 보려고 애를 썼다.

"애야, 나도 안다." 엄마는 어떤 상황인지 전혀 모르면서도 정말 안다는 투로 말했다. 딸 셋을 키우는 동안 우리 엄마는 여자아이들의 복잡한 관계에 이해가 깊어졌다. 그 덕분에 나는 어느 날 느닷없이 완벽하게 내 삶에서 사라져 버린 소피에 대해서도 '하는 짓이 너무 이상했다'거나 '무슨 일인지 나도 모르겠다'는 말로 쉽게 설명을 마칠 수 있었다. 엄마는 소피와 내가 그냥 어쩌다 사이가 멀어졌다고 생각했다. 사실대로 털어놓으면 엄마가 어떻게 생각할지 짐작할 수 없었다. 아니, 사실은 짐작할 수 있었고 그래서 털어놓지 않았고 털어놓을 생각도 없었다.

"하지만 린디가 그러는데 그 사람들이 너한테 아주 관심이 많대."

나는 사이드미러를 통해 빨갛게 달아오른 얼굴이며 짓눌린 머리, 눈 주위로 얼룩덜룩 묻어난 마스카라를 보았다. 6교시가 끝나고 화장실에서 참고 참았던 눈물을 터뜨린 결과였다. 내 기분만큼이나 처참한 몰골이었다. "엄마가 모르셔서 그래요." 나는 겨우 차 한 대만큼 앞으로 움직이며 말을 이었다. "어젯밤에 잠을 깊이 못 자서 너무 피곤해 보이고 온몸에 땀이……"

"애야, 애너벨." 길고 끔찍한 오늘을 감싸 주는 듯한 엄마의 부드럽고 포근한 말투에 나는 울컥 목이 메었다. "아가, 알고 있다. 하지만 그저 만나기만 하면 되는 거야."

"엄마, 그냥……" 햇빛이 눈에 비치고 피로감이 와락 몰려왔다.

"엄마 말 들어 봐. 이러면 어떨까? 집에 가서 얼른 샤워하는 동안 내가 샌드위치를 만들어 주고 화장해 줄게. 그리고 너를 태운 다음 가서 볼일을 보면 다 끝나는 거야. 괜찮지?" 엄마가 말했다.

그게 엄마의 문제였다. '이러면 어떨까'라는, 적어도 듣기엔 부드러운 그 말 한마디면 엄마는 처음 뜻을 굽히지 않고도 어떤 일이든 어렵지 않게 이루어냈다. 싫다고 거절할 내 권리를 행사하기 전에 말이다. 이제 싫다고 하면 나는 분별없는 아이가 되는 거였다.

"그럴게요." 내가 대답했다. 마침내 막힌 길이 뚫리고 차가 속도를 내기 시작했다. 저 앞쪽에서 경비원이 뒤 범퍼가 부서진 파란색 도요타 주변 사람들에게 손을 흔들어 신호를 보내고 있었다. "약속 시간이 언젠데요?"

"네 시야."

나는 시계를 보았다. "엄마, 지금 세 시 반인데, 아직 주차장도 못 빠져나왔어요. 어디서 만나는데요?"

"그게……" 종이를 뒤적거리는 소리가 들렸다. "시청 쪽이구나."

이십 분은 걸리는 곳이었다. 지금 바로 간다면 시간을 맞출 수도 있겠지만, 그것도 신호등이 최대한 도와주어야 가능한 일이었다. "와, 도저히 안 되겠네요."

내가 신경질적이고 까다로운 성격이라는 건 알았다. 하지만 결국 최대한 예쁜 표정을 짓고 약속 장소에 가게 될 것을 알았는데, 아무리 신경질적이고 까다로워도 엄마를 속상하게 할 마음은 없었기 때문이다. 아무튼 나는 착한 아이였으니까.

"그래, 네 사정이 그렇다면 린디한테 전화해서 못 간다고 해야겠구

나. 나는 괜찮다." 엄마가 한결 작은 목소리로 말했다.

"아니에요. 괜찮아요. 갈게요." 마침내 주차장 출구에 이르러서 방향 지시등을 켜며 내가 말했다.

나는 기억도 나지 않을 만큼 어렸을 때부터 모델 활동을 해 왔다. 정말로 기억이 나기 전부터였는지도 모른다. 9개월 때 스마트 마트 전단지에 유아복을 입고 나간 게 첫 촬영이었으니까. 엄마가 휘트니 언니를 데리고 모델 면접을 보러 가는 날, 나를 돌볼 베이비시터가 나오지 않아서 하는 수 없이 나까지 데리고 갔고 거기서 나의 첫 모델 일을 얻게 되었다. 채용 담당자가 나를 써도 되냐고 물었고 우리 엄마가 좋다고 대답하는 걸로 결정됐다.

하지만 본격적으로 먼저 모델 활동을 시작한 건 커스틴 언니였다. 언니가 여덟 살 때 발레 공연을 마치고 나오는 주차장에서 연예 기획사 직원이 엄마 아빠를 쫓아와서 명함을 내밀고 연락을 달라고 했다. 아빠는 사기꾼인 줄 알고 웃어넘겼지만 엄마는 약속을 잡고 커스틴 언니를 데리고 나가는 데 망설임이 없었다. 기획사 에이전트는 곧바로 지역 자동차 판매 회사 광고에 오디션을 볼 수 있도록 했는데 떨어졌고, 뒤이어 레이크뷰 쇼핑센터에서 주최한 부활절 축제 광고 오디션을 연결하여 합격시켰다. 나는 유아복을 입고 모델 활동을 시작했지만 커스틴 언니는 풍성한 흰색 드레스를 입고 몸을 살짝 구부린 채 바구니에 반지르르한 달걀을 집어넣으며 카메라를 향해 활짝 웃는 토끼, 엄청 큰 토끼 역할을 할 수 있었다.

커스틴 언니가 규칙적으로 일을 시작하자 휘트니 언니도 욕심을 냈다. 둘은 이내 돌아가면서 하거나, 때로는 함께 촬영하게 되어 둘 사이의 신경전은 그칠 줄 몰랐다. 하지만 둘의 모습은 서로의 성격만큼이나 달랐다. 휘트니 언니는 완벽한 골격과 강렬한 눈빛을 갖춘 미인이지만 커스틴 언니는 단번에 발랄한 기운을 전달하는 개성을 지니고 있었다. 휘트니 언니는 지면 광고에서 두각을 드러냈고 커스틴 언니는 화면에서 두드러졌다. 아무튼 그런 식이었다.

따라서 내가 모델 일을 시작할 쯤 우리 가족은 백화점과 마트의 지면 광고, 그리고 지역 광고 방송에 두루 출연하며 얼굴을 알린 상태였다. 아빠는 탐폰에서 실연에 이르기까지 여자아이들과 관련된 것이라면 모두 한발 물러서서 일관했듯 모델 일에도 지켜보는 쪽을 택했다면 엄마는 적극 관여하는 편이었다. 우리를 촬영장으로 나르고 린디와 전화로 일 얘기를 나누고 우리의 포트폴리오를 업데이트하기 위해 사진 모으는 일을 다 좋아했다. 그렇지만 우리 일에 대해 질문을 받으면 언제나 그걸 선택한 건 엄마가 아니라 우리 자신이라는 점을 먼저 지적했다.

"아이들이랑 마당에서 진흙으로 파이를 만들며 노는 게 훨씬 행복했을 거예요. 하지만 애들이 이 일을 하고 싶다는 걸 어떡하겠어요."

나는 엄마가 사람들에게 그렇게 얘기하는 걸 수도 없이 들었다. 하지만 솔직히 말해서, 엄마는 인정하지 않을 수도 있지만 엄마는 모델 일을 좋아했다. 아니, 좋아하는 것 이상이었다. 어떤 면에선 그 일이 엄마를 구원해 준 것 같았다.

처음부터 그랬던 건 아니다. 처음 우리의 모델 일은 아빠 사무실에서 일을 하다가 그만둔 엄마에게 그저 재미있어 보이는 취미생활이었다.

아빠의 사무실을 두고 우리는 이 세상에서 가장 비옥한 땅이라고 농담하고는 했는데 그도 그럴 것이 일하는 비서마다 임신을 해서 나가기 일쑤였기 때문이다. 그때마다 엄마는 사무실에 나가서 새 비서가 올 때까지 전화 받는 일을 했다. 그런데 내가 아홉 살 무렵, 외할머니가 돌아가시면서 뭔가 달라졌다.

외할머니에 대한 내 기억은 실물보다 사진이 더 낯익을 만큼 멀고도 희미했다. 외동딸인 엄마는 서로 멀리 떨어져 사는 탓에 일 년에 몇 번 만나지도 못했지만 외할머니와 무척 살갑게 지냈다. 거의 매일 아침 엄마는 커피를 마시며 할머니와 전화로 얘기를 나누었다. 시간을 맞춰 놓은 것처럼 열 시 반쯤 부엌에 들어가면 엄마는 의자에 앉아 창밖을 내다보며 핸드폰을 어깨와 귀 사이에 걸치고 커피잔의 크림을 휘젓고 있었다. 내가 듣기에 날마다 이어지는 그 대화는 나는 한 번도 보지 못한 사람들, 또는 전날 밤에 엄마가 만든 음식, 심지어 시시하기 짝이 없는 내 이야기같이 세상에서 가장 따분한 내용이었다. 그렇지만 엄마는 달랐다. 엄마에게는 중요했다. 그게 얼마나 중요했는지 우리는 외할머니가 돌아가신 뒤에야 깨달았다.

엄마는 모두에게 버팀목이 되어주는 든든한 사람은 아니었다. 조용한 성격에 말투가 부드럽고 표정이 온화해서 안 좋은 일을 당했을 때 멀리서 얼굴만 봐도 위안이 되는 사람이었다. 어떤 일이 생기면 나는 늘 엄마를 의지했던 터라 할머니의 장례식이 끝나고 몇 주 사이에 변해버린 엄마가 낯설었다. 엄마는 다만…… 전보다 더 조용해졌다. 훨씬. 엄마 얼굴에는 갑자기 겨우 아홉 살인 내가 보기에도 눈에 띄게 피로하고 헛헛한 표정이 어렸다. 처음엔 아빠도 슬프면 누구나 그렇다고, 엄마는 피곤한 것뿐이니 금세 좋아질 거라고 우리를 다독였다. 그렇지만 시간이 지나도 엄마는 나아지지 않았다. 나아지는 게 아니라 잠자리에서 일어나는 시간이 늦어지고 또 늦어지더니 아예 침대를 벗어나지 않는 날까지 생겼다. 엄마가 일어난 날 아침, 부엌에 가 보면 전과 같은 의자에 앉은 엄마는 빈 잔을 들고 창밖을 내다보고 있었다.

"엄마." 불러도 대답이 없었고, 나는 다시 엄마를 불렀다. 어떤 때는 세 번을 부른 뒤에야 천천히 고개를 돌렸는데 그럴 때면 갑자기 너무 무서워서 엄마 얼굴이 보기 싫어지기도 했다. 이런 순간에 엄마는 변해 갔는지도 모른다. 내가 전혀 모르는 사람으로, 점점 더 깊이.

언니들은 나보다 몇 살 더 먹은 만큼 그 시기를 더 잘 기억했다. 둘은 각자의 고유한 방식으로 그 시간을 다루었다. 커스틴 언니는 특유의 허세를 부리며 마치 아무 일도 없다는 듯 청소를 하고 우리 점심을 준비하기도 하며 집안일을 하기 시작했다. 반면 휘트니 언니는 반쯤 열린 엄마의 침실 안을 훔쳐보거나 엿들을 때가 종종 있었는데 내가 나타나면 눈길을 피하며 다른 곳으로 가 버렸다. 막내인 나는, 어찌할 바를 모른 채 그저 말썽을 안 부리거나 될 수 있으면 질문 같은 건 많이 안 하는 것으로 대처했다.

우리 생활은 엄마의 기분에 따라 달라졌다. 엄마의 기분이 곧 우리의 판단 기준이었다. 내 마음은 아침마다 엄마를 처음 본 순간에 따라 정해졌다. 엄마가 자리에서 일어나 제시간에 옷을 갖춰 입고 아침을 준비하면 그날은 좋은 날이었다. 하지만 엄마 대신 아빠가 부엌에서 없는 솜

씨로 차가운 시리얼과 토스트를 준비하거나 그런 모습마저도 볼 수 없는 날이면 좋은 하루가 될 수 없다는 걸 알았다. 허술한 판단법이긴 했지만 대개 맞아떨어졌다. 그것 말고 별다른 방법이 있는 것도 아니었다.

식탁에 둘러앉는데 휑하니 빈 엄마 자리가 보일 때, 또는 온종일 방에서 나오지 않고 커튼 사이로 들어오는 한 줄기 빛에 의지해 우리가 겨우 볼 수 있는 건 이불을 푹 뒤집어쓴 형체뿐일 때. 우리가 엄마에 대해 물으면 아빠는 늘 이렇게 말했다.

“엄마가 몸이 안 좋단다. 엄마 기분이 나아질 때까지는 우리 모두 최선을 다해서 문제가 잘 풀리도록 노력해 보자. 알았지?”

나는 고개를 끄덕였고 언니들도 마찬가지였다. 하지만 실제로 우리가 어떻게 해야 하는 지는 막막할 뿐이었다. 나는 어떻게 해야 엄마가 좋아질지 알 수 없었다. 처음부터 문제의 원인이 나였다고 해도 다르지 않았을 것이다. 내가 아는 것이라고는 엄마가 화를 낼 만한 상황이 없도록 지켜 주는 게 최고라는 거였다. 화를 낼 만한 상황이 어떤 건지도 잘 몰랐지만 말이다. 그래서 나는 다른 방법을 익혔다. 뭐가 뭔지 분간이 안 갈 때는 아예 얼씬거리지 않는 것, 불러도 소리가 안 들리는 곳으로, 집 바깥으로 나가는 거였다. 그런다고 문제가 풀리는 건 아니었지만.

엄마의 우울증이랄까, 사건이랄까, 아무튼 그게 뭐든 이름을 붙이면 더 설명하기 힘들어지는 것 같아서 또렷한 용어를 쓰고 싶지 않았던 그 증상은 석 달 동안이나 이어졌다. 아빠는 엄마를 설득해 치료사를 만나게 했다. 처음엔 마지못해 두 번 나갔다가 그만두는가 싶더니 다시 일어나서 이듬해까지 꼬박꼬박 나갔다. 그래도 두드러진 변화는 일어나지 않았다. 어느 날 오전 열 시 반에 부엌에 갔더니 엄마가 밝고 쾌활한 모습으로 나를 기다리고 있다던가 하는 변화 말이다. 그 대신 느릿느릿, 조금씩 조금씩, 하루에 반 뼘쯤 움직이는 듯한 변화가 멀리서 보면 알아채지 못할 정도로 진행되고 있었다. 엄마는 먼저 온종일 자는 일을 멈추더니 오전에 일어나기 시작했다. 그리고 마침내 가끔 아침밥을 준비했다. 저녁 식탁을 비롯한 곳곳에서 엄마의 침묵은 눈에 띄었는데 차츰 입을 떼기 시작하더니 여기서 조금, 저기서 조금 말을 하기 시작했다.

결국은 모델 일을 통해서 우리가 모두 가장 힘든 시기를 헤치고 나왔다는 사실을 깨달았다. 우리에게 일을 연결해 주고 시간 관리와 오디션에 관한 것까지 린디와 상의하는 일은 엄마 몫이어서, 엄마가 아팠을 때는 일이 많지 않았다. 아빠가 휘트니 언니 촬영을 두어 번 데려다주고 나도 일찌감치 잡아둔 촬영을 하나 했지만 일이 눈에 띄게 줄어드는 상황이었다. 일이 너무나 뜸해지자 어느 날 저녁 린디가 전화로 미팅 얘기를 하면서도 우리가 이번 건은 넘길 거라고 생각하는 것 같았다.

"아무래도 그게 낫겠습니다." 아빠는 식탁에 앉아 있던 우리를 힐끗 본 다음, 부엌 안쪽에 있는 전화기를 들고 말했다. "지금 시기가 별로 좋지 않은 것 같아서요."

빵 한 조각을 먹고 있던 커스틴 언니가 말했다. "지금 시기가 왜?"

"일이지. 일 아니면 린디가 저녁 시간에 전화할 일이 있겠어?" 휘트니 언니가 심드렁하게 말했다.

아빠가 전화기 옆에 있는 서랍을 뒤지더니 연필을 꺼냈다. "예, 좋습니다." 아빠가 메모지를 끌어당기며 말했다. "일단 적어 놓겠습니다만,

아무래도…… 네. 주소를 다시 한번 알려 주시겠어요?"

언니들은 어떤 일인지, 누가 하게 될 일인지 궁금한 얼굴로 아빠가 쪽지에 적는 모습을 지켜보았다. 하지만 나는 무릎에 있던 냅킨을 집어서 입가를 톡톡 두드리며 언니들처럼 아빠를 바라보는 엄마를 보았다. 아빠가 식탁으로 돌아와서 자리를 잡고 포크를 드는 동안 나는 언니들이 자세한 내용을 물어봐 주기를 기다렸다. 하지만 먼저 입을 연 사람은 엄마였다.

"무슨 일인데요?"

아빠가 엄마를 건너보더니 말했다. "아, 내일 오디션이 있대. 린디는 우리가 관심 있을 거라고 하더군."

"우리요?" 커스틴 언니가 말했다.

"너 말이다." 아빠가 포크로 콩을 찍어 올리며 말했다. "아무래도 시간이 안 될 거라고 얘기했다. 아침 시간인데, 나는 사무실에서 할 일이……"

아빠는 굳이 다 얘기할 필요가 있겠느냐는 듯 말끝을 흐렸다. 건축가인 아빠는 본업만으로도 바쁜데 엄마를 보살피고 집안일을 돌보는 것도 모자라 여기저기 우리를 데리고 다녀야 하는 처지였다. 커스틴 언니도 그 사정을 잘 알고는 있었지만 실망한 기색이 역력했다. 그런데 침묵 속에서 우리가 다시 밥을 먹는 순간 엄마가 숨을 들이쉬는 소리가 들렸다.

"내가 데리고 갈게요. 저기, 커스틴이 가고 싶다면 내가 가죠." 엄마가 말했다. 우리는 모두 엄마를 쳐다보았다.

"정말요? 가기만 하면……" 커스틴 언니가 말했다.

"여보. 무리할 필요 없어요." 아빠가 걱정스러운 목소리로 입을 열었다. 커스틴 언니는 입을 다물고 의자 깊숙이 물러앉았다.

"알아요. 하지만 딱 하루잖아요. 볼일도 그거 한 가지고. 하고 싶어요." 엄마가 미소를 지으며 말했다. 희미하지만 미소는 미소였다.

그 이튿날을 나는 또렷이 기억한다. 엄마가 일어나서 아침을 준비했고 휘트니 언니와 나는 학교로, 엄마는 커스틴 언니를 데리고 볼링장 광고 오디션을 보러 갔다. 커스틴 언니는 그 일을 따냈다. 언니가 처음 따낸 일도 아니고, 경험상 그리 큰일도 아니었다. 그렇지만 그 광고가 방영되고 언니가 만들어 낸 완벽한 스트라이크(편집 덕이다. 언니는 볼링 실력이 형편없어서 걸핏하면 공을 레인 양쪽의 홈에 빠뜨렸다) 장면을 볼 때마다 그날 저녁 식사에 대해, 마침내 모든 게 정상으로 돌아온 것 같던 그 순간에 대해 생각했다.

그리고 그럭저럭 정상적인 생활이 시작됐다. 엄마가 늘 밝고 쾌활한 모습은 아니었지만 다시 우리를 데리고 오디션을 보러 다녔다. 어쩌면 엄마는 애초부터 그리 밝고 쾌활한 사람이 아니었을지도 모른다. 많은 일이 그렇듯 엄마의 모습도 내가 상상하거나 추측한 것에 지나지 않을 수도 있으니까. 그렇게 시간이 흘렀지만 나는 여전히 상황이 정말 좋아지고 있다는 믿음은 생기지 않았다. 희망을 가지면서도 이 상황이 계속되지는 않을 거라는 생각에 숨이 막혔다. 엄마를 둘러싼 일이 시작도, 확실한 끝도 없이 어느 날 갑자기 벌어졌으므로 언제라도 똑같은 방식으로 나타날 것만 같았다. 그때를 돌이켜보면 나쁜 일이 단 한 가지만 생겨도, 단 한 번의 실망으로도 엄마가 다시 우리를 떠나 버릴 것 같았다. 그리고 지금도 그렇게 느껴진다.

내가 아직도 모델 일을 그만두고 싶다고 엄마에게 말하지 못 한 이유 중 하나이다. 사실 그해 여름 오디션을 보러 다녔을 때 나는 이 전과 달리 자주 낯설고 떨렸다. 낯선 사람들 사이를 걷는 동안 나를 뜯어보는 시선이 싫었다. 한번은 6월 수영복 촬영을 위해 옷을 입는데 스타일리스트가 옷을 정리해 주는 동안 몸이 계속 움츠러드는 바람에 입으로는 괜찮다고, 미안하다고 말하면서도 울컥 목이 메기도 했다.

그런 얘기를 엄마한테 해 보려고도 했지만 번번이 말문이 막히고 말았다. 이제 모델 일을 하는 사람은 나 혼자였다. 어떤 사람을 만족시키는 일을 관두기도 힘들지만, 그게 그 사람을 만족시키는 유일한 일이라면 더더욱 힘든 법이었다.

따라서, 15분 뒤 시청 근처로 갔을 때 나를 기다리고 있는 엄마가 놀랍지 않았다. 가까이 다가섰을 땐 늘 그렇듯 너무나 작은 엄마의 몸집에 나는 움찔했다. 내 키는 세 자매 중 가장 작아서 170센티미터였는데도 엄마는 내 시야 아래에 있었다. 커스틴 언니는 나보다 2센티미터쯤 컸고, 휘트니 언니는 175센티미터였다. 아빠는 185센티미터로 우리보다 훌쩍 더 컸는데 그 때문에 가족들이 모두 모이면 엄마만 딴 나라 사람처럼 보여서, 마치 초등학생 때 맞추고 놀았던 퍼즐 가운데 유난히 모양이 다른 조각처럼 겉돌았다.

엄마의 차 옆으로 차를 대는데 휘트니 언니가 팔짱을 끼고 조수석에 앉아 있는 게 보였다. 짜증 난 얼굴이었지만 놀랄 일도 새로울 일도 아니어서 신경 쓰지 않았다. 나는 핸드백에서 화장품 파우치를 꺼낸 다음 트렁크 문을 여는 엄마 곁으로 갔다.

"엄마는 안 오셔도 됐는데요."

"알아." 엄마가 고개를 숙인 채 플라스틱 그릇에 포크를 얹어 내밀며 대답했다. "과일샐러드야. 시간이 없어서 샌드위치는 못 만들었어. 앉아라."

나는 앉아서 뚜껑을 열고 포크로 한 조각 집었다. 생각해 보니 겨우 조금 먹은 점심조차 토해 버리고 속이 빈 상태여서 배가 고팠다. 맙소사, 정말이지 진절머리 나는 날이었다.

엄마는 가져간 내 화장품 파우치를 뒤지더니 아이섀도 팔레트와 파우더를 꺼냈다. "휘트니, 그 옷들 좀 뒤로 넘겨줄래?" 엄마가 소리쳤다.

휘트니 언니는 한숨을 내쉬며 몸을 돌리더니 뒷문 고리에 걸어둔 셔츠들을 내렸다. "여기요." 언니가 겨우 뒷자리에 닿을락 말락 팔을 뻗으며 심드렁하게 말했다. 엄마가 받으려고 했지만 손이 닿지 않아서 내가 대신 팔을 내밀었다. 옷걸이를 잡고 끌어당기려는데, 휘트니 언니가 힘을 꽉 주며 놓지 않는 바람에 언니 얼굴을 쳐다보았다. 그러자 언니는 갑자기 힘을 빼며 다시 돌아앉았다.

나는 언니를 참아주려고 애썼다. 지금 생각하면 문제는 언니가 아니라 언니의 거식증이었던 것 같다. 하지만 또 막상 언니 자체가 문제 같기도 하고 그 반대인 것도 같아서 판단하기가 어려웠다.

"물 좀 마셔라. 그리고 여기 좀 봐." 엄마가 물병을 건네고 셔츠를 받아 가며 말했다.

나는 물을 한 모금 마시고 엄마가 얼굴에 파우더를 발라 주는 동안 가만히 앉아 있었다. 눈을 감은 채, 섀도와 라이너를 발라 준 다음 엄마가 옷걸이를 뒤적거리며 셔츠를 고르는 동안 뒤쪽 고속도로를 오가는 자동차 소리를 들었다. 눈을 떴더니 엄마가 분홍색 스웨이드 상의를 내밀었다.

쉬이이, 애너벨. 나야.

"싫어요." 내가 말했다. 그럴 생각은 아니었는데 목소리가 날카롭고 사납게 나왔다. 나는 숨을 한 번 들이쉰 다음 여느 때와 같은 목소리로 덧붙였다. "그 옷은 안 입을래요."

엄마는 의아한 얼굴로 옷을 한 번 보고 다시 나를 보았다. "그래? 이게 너한테 잘 어울리는데. 네가 좋아하는 옷인 줄 알았다."

나는 고개를 저으며 재빨리 시선을 돌리고 지나가는 미니밴을 쳐다보았다. '우리 아이는 우등생입니다'라는 스티커를 뒤에 붙이고 다니는, 그렇고 그런 미니밴 말이다. "싫어요." 다시 말했다. 그래도 엄마가 나를 쳐다보기에 덧붙였다. "그 옷 입으면 이상해 보인단 말이에요."

"흠." 엄마 목소리가 들렸다. 엄마는 목이 깊게 파인 파란색 셔츠를 대신 골랐다. "그럼 이걸 입어라." 나는 셔츠에 붙은 가격표를 보며 옷을 가까이 들여다보았다. "안에 들어가서 갈아입어. 세 시 오십 분이다."

고개를 끄덕이고 범퍼에서 내린 다음, 뒷좌석 쪽으로 돌아가서 문을 열었다. 안으로 들어가서 몸을 굽히고 탱크톱을 벗고는 멈칫 얼어붙었다. "엄마."

"응?"

"브라가 없어요."

차를 빙 돌아서 다가오는 발소리가 들렸다. "브라를 안 했니?"

나는 고개를 저으며 몸을 낮게 숙였다. "브라가 달린 탱크톱을 입었거든요."

엄마는 잠시 생각하더니 입을 열었다. "휘트니, 네 걸……"

휘트니 언니가 고개를 저었다. "안 돼요."

이제 엄마가 한숨을 내쉴 차례였다. "얘야, 부탁이다. 우리 좀 도와다오. 응?"

그런 식으로 우리는 지난 9개월 동안 휘트니 언니를 걱정하며 기다려야 했다. 긴 침묵 끝에 언니가 마침내 셔츠 밑으로 팔을 빼고 몸을 더듬더니 등 뒤로 베이지색 브래지어를 떨어뜨렸다. 나는 바닥에 떨어진 브래지어를 집어서 입었다. 언니와 나는 사이즈가 달랐지만 안 하는 것보다는 나았다. 나는 그 위에 셔츠를 입으며 말했다. "고마워." 하지만 두말할 필요 없이 언니는 들은 척도 안 했다.

"세 시 오십이 분이다. 서두르자."

나는 차에서 내려 엄마 옆으로 가 핸드백을 챙겼다. 엄마는 핸드백을 건네주더니 마지막으로 내 얼굴을 들여다보며 엄마의 솜씨를 점검했다. "눈 좀 감아 봐." 엄마가 손을 내밀어서 속눈썹에 뭉친 마스카라 가루를 조심스럽게 떼어냈다. 눈을 뜨자 엄마는 미소를 짓고 있었다. "예쁘구나."

"아, 네." 대답 끝에 나를 보는 엄마의 눈빛을 보고 한마디 덧붙였다. "고맙습니다."

엄마는 시계를 두드렸다. “얼른 가. 우리는 여기서 기다리고 있을게.”

“안 기다려도 돼요. 저는 괜찮아요.”

휘트니 언니가 갑자기 차에 시동을 걸더니 창문을 내리고 팔을 밖으로 내밀었다. 언제나처럼 긴소매 옷을 입고 있었지만 손가락으로 차 옆면을 두드릴 때 살짝 드러난 팔목은 너무 가늘고 가냘팠다. 엄마는 언니를 본 후 나를 보았다.

“그럼 너 들어가는 것만 보고 갈게. 알았지?”

나는 고개를 끄덕이며 엄마 볼에 립스틱 자국이 묻지 않도록 가볍게 뽀뽀했다. “네, 알았어요.”

건물에 들어가기 전 뒤를 돌아보았다. 엄마가 손을 흔들어 주기에 나도 손을 흔들어 주며 엄마의 뒤쪽, 사이드미러에 비치는 휘트니 언니를 보았다. 언니도 나를 보고 있었는데 표정이 하나도 없었다. 나는 가슴을 쥐어짜는 듯한 아픔을 느꼈다. 요즘 들어 종종 맛보는 아픔이었다.

“행운을 빈다.” 엄마가 소리치자 나는 고개를 끄덕이며 휘트니 언니를 보았다. 그렇지만 언니는 의자에 몸을 파묻은 채 시야에서 사라진 뒤였고 사이드미러는 텅 비어 있었다.

3

휘트니 언니는 언제나 마른 편이었다. 커스틴 언니 몸매가 곡선미를 드러낸다면 나는 탄탄한 운동선수 쪽에 가까웠는데, 작은 언니는 키가 크고 깡마른 게 진정한 모델 몸매를 타고난 사람이었다. 사진가들은 커스틴 언니와 나를 두고 얼굴은 예쁘지만 한쪽은 너무 풍만하고 한쪽은 너무 키가 작아서 무게감 있는 사진 작업을 하기 힘들다고 했다. 그에 반해 휘트니 언니는 잠재된 가능성을 일찌감치 드러냈다.

따라서 휘트니 언니가 졸업반이었던 해 여름, 뉴욕으로 가서 모델 활동에 운을 걸어 본 건 무리한 시도가 아니었다. 2년 전 커스틴 언니가 간 길이기도 했다. 언니가 모델 회사에서 알게 된 언니 둘과 뉴욕에 가겠다고 조르자 부모님은 대학에 등록해야 한다는 조건을 붙여서 허락했다. 처음에 커스틴 언니는 모델 일과 학업, 두 가지 다 균형 있게 가져가는 듯했지만 지면과 방송 광고 두어 개를 찍으면서부터는 학교에서 낙제하고 말았다. 언니는 직업이 모델인데도 돈은 웨이트리스나 호스티스 일로 벌었다.

언니는 그런 일을 별로 꺼리지 않았다. 뭐가 먼저인지 모르겠지만 고등학생 때부터 남학생과 맥주에 관심을 가지더니 모델 일에는 눈에 띄게 흥미를 잃어 갔다. 휘트니 언니는 일하기 전날 푹 자고 약속 시간에 늦지 않는 반면, 커스틴 언니는 숙취와 잠에서 덜 깬 부스스한 몰골로 지각도 마다하지 않았다. 한번은 콥프 백화점 파티 의상 촬영장에 분장으로도 가리지 못할 큼지막한 키스 마크를 달고 나타났다. 몇 주 뒤, 광고가 방송되자 언니는 공주 같은 드레스의 끈 밑으로 희미하게 보이는 갈색 자국을 내게 가리켜 보이며 깔깔거렸다.

엄마는 휘트니 언니에게 더 큰 희망을 걸었다. 졸업 2주 뒤, 부모님은 언니의 짐을 싸서 커스틴 언니가 혼자 살고 있던 아파트로 데려갔다. 내가 보기에 둘이 함께 사는 건 처음부터 잘못된 일인 것 같았다. 그렇지만 엄마 아빠의 마음은 확고했다. 휘트니 언니는 겨우 열여덟 살이니 돌봐 줄 가족이 필요하다고 여긴 데다 집을 얻을 때 엄마 아빠의 돈을 보탰으므로 커스틴 언니가 불평할 처지도 아니라고 생각한 거다(언니는 그래도 툴툴거렸지만 말이다). 게다가 엄마는 언니들도 이제 다 컸으니 더는 싸울 일이 없을 거라고 했다.

휘트니 언니가 이사한 다음 엄마는 잠시 그곳에서 지내면서 언니의 적응을 도와주고, 강의 등록을 시키고, 처음으로 잡힌 모델 에이전시와의 약속에 함께 나갔다. 그리고 밤마다 저녁 시간이 지나면 전화해서 아빠와 내게 그곳의 상황을 자세히 알려 주었는데 연예인들을 마주친 소감이며 에이전트들과의 미팅, 그리고 바쁘게 돌아치는 뉴욕의 속도에 대해 말하는 엄마의 목소리는 그 어느 때보다 행복하게 들렸다. 일주일도 지나지 않아 휘트니 언니는 면접을 보고 첫 계약을 성사시켰다. 한 달 뒤, 엄마가 떠나올 무렵에는 커스틴 언니가 그동안 한 일보다 더 많은 일을 하게 되었다. 그때까지는…… 모든 게 계획대로 풀리는 듯했다.

언니들이 함께 산 지 네 달이 지나면서부터 커스틴 언니는 엄마에게 전화해 휘트니 언니가 이상하다는 말을 전했다. 살이 많이 빠졌고, 음식을 거의 입에 대지 않는데 커스틴 언니가 그런 얘기를 꺼내기만 하면 신경질을 부린다는 거였다. 처음엔 그다지 걱정스러운 일이 아닌 것 같았다. 휘트니 언니가 우울한 모습을 보인 게 하루 이틀이 아닌데다 부모님도 두 언니가 같이 지내는 생활이 순조로울 거라는 기대는 하지 않았으니까. 엄마는 아무래도 커스틴 언니가 늘 그렇듯 호들갑을 떠는 것이고 휘트니 언니가 살이 좀 빠졌다고 해도 치열한 경쟁시장에서 일을 하고 있으니 외모 때문에 부담을 좀 느낀 것일 거라 여겼다. 휘트니 언니가 자신감을 얻기만 하면 풀릴 문제라고 생각했다.

하지만 휘트니 언니를 다시 만났을 땐 모습이 변한 게 확연했다. 나긋나긋하고 기품 있던 전과는 달리 앙상하게 말라서 몸에 비해 너무 커 보이는 머리가 목을 짓누르고 있는 것만 같았다. 추수감사절을 맞아 언니들이 집으로 오는 날, 공항으로 마중을 나갔는데 둘의 모습은 놀라우리만치 달랐다. 맑고 푸른 눈에 볼이 통통한 커스틴 언니는 밝은 분홍빛 스웨터 차림으로 나를 끌어안고 우리가 몹시 보고 싶었다며 소리를 질렀다. 내 몸에 닿는 언니의 살갗은 따뜻했다. 그런데 추리닝 바지에 까만색 긴소매 터틀넥 니트를 입은 휘트니 언니의 화장기 없는 얼굴은 창백했다. 놀라운 모습이었지만 처음에는 다들 별다른 말 없이 그저 인사하고 껴안고 오는 길은 재미있었느냐는 가벼운 얘기만 주고받았다. 그런데 수하물을 찾으러 가는 길에 엄마가 마침내 입을 열었다.

"얘야, 휘트니. 기운이 없어 보이는구나. 아직도 감기가 안 나았니?"

"괜찮아요."

"쟤, 안 괜찮아요." 커스틴 언니가 컨베이어에서 여행 가방을 끌어 내리며 심드렁하게 말했다. "뭘 안 먹어요. 아무것도. 죽기로 작정한 거죠."

엄마와 아빠가 눈길을 주고받았다. "저런, 아니야, 아파서 그런 거야." 엄마가 말했다. 엄마는 커스틴 언니를 노려보는 휘트니 언니를 보며 물었다. "휘트니, 그런 거지?"

"아니라니까요." 그리고는 커스틴 언니가 휘트니 언니에게 말을 걸었다. "아까 비행기에서 얘기했잖아. 네 입으로 말해. 아니면 내가 할 테니까."

"시끄러워." 휘트니 언니가 이를 악문 소리로 말했다.

"자, 자, 가방이나 내리자." 아빠가 말했다.

그런 식이었다. 여성 호르몬이 넘치는 집안의 외로운 남자. 우리 아빠는 감정싸움이 일어나는 순간이 되면 언제나 구체적이고 확실한 것들에 집중하는 식으로 무마했다. 아침 식탁에서 생리통과 생리양에 대한 대화가 이어지면? 아빠는 일어나서 밖으로 나간 다음 아무 자동차나 붙들고 오일을 갈았다. 눈물을 흘리며 집에 와서는 아무 말도 하기 싫어서 입을 다물고 있다면? 아빠는 구운 치즈를 만들어 주었다. 보통은 아빠 혼자 먹게 되지만. 공공장소에서 가정 분란이 일어난다면? 가방이다. 가방을 챙기는 것.

엄마는 여전히 걱정스러운 얼굴로 휘트니 언니를 살펴보고 있었다. "아가? 그게 정말이니? 무슨 문제가 있는 거야?"

아빠가 벨트 위에서 다른 가방 하나를 잡아채는 동안 엄마가 부드러운 목소리로 물었다. "괜찮아요. 내가 일을 많이 하니까 질투가 나서 저러는 거예요." 휘트니 언니가 대답했다.

"야! 그딴 건 신경도 안 쓰니까 지랄하지 마." 커스틴 언니가 말했다.

엄마 눈이 휘둥그레졌고, 나는 다시 우리 틈에 낀 엄마가 너무 작고 연약하게 여겨졌다. "입 좀 조심해라." 아빠가 커스틴 언니에게 말했다.

"아빠, 모르는 말씀이에요. 이건 심각한 문제라고요. 휘트니 쟤, 거식증이에요. 누가 안 도와주면 쟤……"

"닥쳐!" 휘트니 언니가 날카로운 목소리로 소리쳤다. "입 닥치란 말이야!"

감정을 폭발하는 쪽은 항상 커스틴 언니 쪽이었기 때문에 우리는 깜짝 놀라서 한동안 멍하니 서 있었다. 그게 실제로 일어난 일인지 가늠해 보려는 것처럼 말이다. 때마침 사람들이 우리를 힐끔거리는 걸 보고서야 실감이 났다. 나는 당황해서 붉어진 엄마 얼굴을 보았다.

"여보, 나는……" 엄마가 아빠 곁으로 바짝 다가서며 말했다.

"차 있는 데로 갑시다. 어서." 아빠가 휘트니 언니의 가방을 들며 말했다.

우리는 그 자리를 떠났다. 침묵 속에서 엄마 어깨에 팔을 두른 아빠가 앞장서고 바람에 맞서 고개를 숙인 휘트니 언니가 그 뒤를, 커스틴 언니와 내가 맨 뒤에서 따라갔다. 걷는 도중 커스틴 언니가 살며시 팔을 내리더니 내 손을 잡았다. 날씨는 쌀쌀한데 언니 손은 따뜻했다. "엄마 아빠도 아셔야 해." 언니가 말했다. 고개를 돌리자 눈길을 피해서 내게 말한 건지 헷갈렸다. "할 일은 해야 하는 거야. 난 하고 말겠어."

차에 탄 뒤에도 침묵은 이어졌다. 공항을 빠져나와 고속도로에 들어선 뒤에도 계속. 뒷자리, 언니들 사이에 끼어 앉은 나는 커스틴 언니가 무슨 말을 하려는 듯 숨을 고르는 기척을 느꼈지만 언니는 끝내 아무 말도 하지 않았다. 휘트니 언니는 두 손을 무릎에 올리고 유리창에 몸을 바짝 기댄 채 바깥만 내다보고 있었다. 나는 가늘고 마디가 툭 불거진 데다 까만색 바지 때문에 더 창백해 보이는 언니의 손목을 훔쳐보았다. 아빠와 엄마는 묵묵히 앞만 바라보고 있었는데, 이따금 아빠의 어깨가 움직이는 걸 보니 아빠가 엄마 손을 어루만지며 위로하고 있다는 걸 알 수 있었다.

차고에 이르기 무섭게 휘트니 언니는 문을 열고 내렸다. 그 길로 곧장 부엌으로 가는 문을 열더니 쾅 소리가 나게 닫고 안으로 사라져버렸다. 내 옆에 있던 커스틴 언니가 한숨을 내쉬었다.

"이제, 얘기 좀 해요." 아빠가 시동을 끄기를 기다렸다가 커스틴 언니가 말했다.

셋은 얘기를 나누었지만 나는 그 틈에 끼워 주지 않았다. 나는 참여할 수 없다는 게 분명해졌다("애너벨, 올라가서 숙제하고 있을래?"). 나는 내 방으로 들어가서 무릎에 수학책을 펼치고는 아래층에서 무슨 얘기들이 오가는지 듣기 위해 귀를 쫑긋 세웠다. 아빠의 낮은 음성과 그보다 높은 엄마 목소리 그리고 성난 커스틴 언니의 목소리가 간간이 들려왔다. 옆에 있는 휘트니 언니의 방은 조용했다.

마침내 엄마가 올라오더니 내 방을 지나 휘트니 언니 방으로 가서 문을 두드렸다. 대답이 없자 엄마가 말했다. "휘트니. 아가, 엄마 좀 들어갈게." 아무 기척이 없었다. 엄마가 거의 1분 넘게 기다리나 싶은 순간 잠긴 문고리가 돌아가더니 문을 열고 닫는 소리가 들려왔다.

아래층으로 내려가니 식탁엔 아빠와 휘트니 언니가 앉아 있고 언니 앞에 놓인 접시에는 손도 안 댄 구운 치즈가 놓여 있었다. "들어보세요, 걔는 이리저리 잘도 꾸며 댈걸요. 삼 초 안에 엄마를 속이고 말 거라고요." 내가 유리잔을 꺼내려고 찬장 문을 여는데 커스틴 언니가 아빠에게 말했다.

"그럴 리가 없다. 엄마를 믿어 봐."

커스틴 언니는 고개를 가로저었다. "아빠, 걔는 아프다니까요. 뭘 통 안 먹는 것도 그렇지만 먹어도 이상하게 먹는단 말이에요. 사과 사분의 일 조각으로 아침을 때우지 않나 점심에는 크래커 세 조각만 먹지 않나. 그리고 항상 운동을 하고 있어요. 가끔 자다가 깨면 휘트니가 없는 거예요. 길모퉁이에 24시간 하는 헬스장이 있는데 거기 가 있는다고요."

"그럴 리가 있겠니."

"따라가 봤단 말이에요. 몇 번씩이나. 러닝머신 위에서 몇 시간씩 뛰기만 해요. 있잖아요, 처음 뉴욕에 갔을 때 만난 친구의 룸메이트가 그랬어요. 살이 빠져서 몸무게가 사십 킬로그램도 안 됐어요. 억지로 병원에 데리고 가야만 했단 말이에요. 진짜 심각해요."

아빠는 잠시 말이 없었다. "우선은 휘트니의 말도 들어보자. 그런 다음에 다시 생각해 보는 거야. 그리고 애너벨?"

"네?" 나는 깜짝 놀라서 대답했다.

"가서 남은 숙제, 마저 하지 그러니?"

"네." 나는 물을 마시고 잔을 식기 세척기에 넣은 다음 위층으로 올라갔다. 마음에도 없는 평행사변형 문제를 붙들고 씨름하는데 옆방에서 엄마의 목소리가 들렸다. 차분하게 달래는 투였다. 숙제를 거의 다 했을 때 언니 방문이 열렸다.

"그래. 그럼 이렇게 하자. 샤워를 하고 한숨 자는 거야. 그러면 저녁 식사 시간 맞춰서 깨워 줄게. 알았지? 자고 나면 기분이 훨씬 좋아질 거야."

코를 훌쩍이는 소리가 나길래 휘트니 언니가 엄마 말을 들으리라 생각했다. 엄마가 다시 내 방 앞을 지나다가 안을 들여다보며 말했다.

"다 괜찮으니까 걱정하지 마라."

돌이켜보면 그때 엄마는 정말로 그렇게 믿었던 게 틀림없다. 나는 나중에 휘트니 언니가 엄마를 어떻게 안심시켰는지 알았다. 일을 너무 많이 해서 지쳤으며 더 열심히 운동하고 덜 먹은 이유는 모델로서 다른 여자애들보다 몸집이 큰 것 같아서였을 뿐, 심하게 걱정할 수준은 절대 아니라고 주장한 거였다. 음식을 아예 먹지 않는다고 커스틴 언니가 우기는 건, 커스틴 언니는 밤에 일하고 휘트니 언니는 낮에 일하기 때문에 서로 생활하는 시간이 달라서 모르고 하는 얘기라고 했다. 게다가 진짜 걱정할 일은 그게 아니라고도 했다. 뉴욕으로 옮긴 뒤 휘트니 언니가 커스틴 언니의 전체 경력보다 훨씬 많이 일을 하게 되었는데, 그걸 못마땅하게 여긴 것 같다는 거였다. 아무래도 질투를 하는 것 같다는 소리였다.

"질투하는 거 아니란 말이에요!" 엄마가 아래층으로 내려가고 얼마 뒤, 커스틴 언니의 화난 목소리가 들려왔다. "엄마가 걔한테 속은 거예요. 똑바로 좀 아세요!"

거기서 끝난 건 당연히 아니지만 그 이상은 들을 수 없었다. 그리고 한 시간쯤 뒤 저녁 식탁에 둘러앉은 우리는 평상시의 우리 가족 모습 그대로 무슨 일이 있었느냐는 듯 시치미를 뚝 떼고 있었다. 적어도 누군가 밖에서 볼 때는 모두 평온한 모습으로 비칠 게 틀림없었다.

아빠가 설계한 우리 집은 동네에서 가장 현대 감각이 돋보였다. 집 전체에서 앞면만 유리로 꾸몄는데도 사람들은 '유리 집'이라고 불렀다. 밖에서 아래층이 훤히 들여다보이는 구조였다. 거대한 석재 벽난로를 중심으로 둘로 나뉜 거실과 부엌, 그리고 뒷마당의 수영장까지 모두. 계단, 내 방과 휘트니 언니 방으로 이어지는 복도, 굴뚝이 놓인 층계참을 포함한 위층 일부도 보였다. 나머지 공간은 뒤쪽으로 감춰져서 보이지 않았다. 집안 전체가 다 보이는 것 같지만 실제로는 아니었다. 전체처럼 보이는 작은 부분일 뿐.

그런데 식당은 맨 앞쪽에 있어서 우리 가족의 모습이 언제나 훤히 들여다보였다. 식탁 내 자리에 앉아 있으면 자동차들이 서서히 미끄러져 가는 모습이며, 행복한 가족이 따뜻한 식탁에 둘러앉은 풍경을 힐끗 훔쳐보는 운전자들의 시선을 언제라도 볼 수 있었다. 하지만 눈에 보이는 모습이 다가 아니란 것은 누구나 알고 있다.

그날 밤, 휘트니 언니는 저녁을 먹었다. 하지만 먹는 시늉만 하다가 말았다는 걸 나는 알았다. 커스틴 언니는 와인을 연거푸 마셔 댔고, 엄마는 온 식구가 모여서 정말 기쁘다는 소리를 되풀이했다. 그리고 그 뒤로도 사흘 동안 내내 똑같은 풍경이 펼쳐졌다.

언니들이 떠나는 날 아침, 엄마는 부엌 탁자 앞에 둘을 앉히고 약속을 받아 내려 했다. 휘트니 언니에게는 스스로 잘 챙기고 잠을 푹 자고 건강한 다이어트를 하라고 했다. 커스틴 언니에게는 낯선 곳에서 힘들게 일하며 지내는 동생이 받을 스트레스를 이해하고 잘 보살피라고 부탁했다. “알겠니?” 엄마가 언니 둘을 번갈아 보며 말했다.

“알았어요. 약속할게요.” 휘트니 언니가 대답했다.

그렇지만 커스틴 언니는 고개를 가로저었다. “저는 아니에요.” 커스틴 언니가 의자를 밀치고 일어서며 엄마에게 말했다. “엄마한테 이미 경고했잖아요. 전 이미 다 얘기했어요. 엄마는 제 말을 안 들으신 거고요. 식구들 모두 그 점을 똑바로 알았으면 좋겠네요.”

“커스틴.” 엄마가 불렀지만 언니는 자리를 떠나 차고로 나가 버렸다. 차고에서는 아빠가 여행 가방을 챙기고 있었다.

“걱정하지 마세요. 별일 없을 거예요.” 휘트니 언니가 일어나서 엄마 볼에 뽀뽀를 하며 말했다.

한동안은 그럭저럭 탈 없이 흘러가는 듯했다. 휘트니 언니는 가장 큰 경력으로 손꼽을 만한 뉴욕지 촬영을 비롯해 여러 매체와 함께 일을 해 나갔다. 커스틴 언니는 아주 유명한 식당에서 웨이트리스 일을 얻었고 케이블 티브이 광고 모델도 했다. 그나마 각자 그렇게 잘 지냈기에 소식을 전한 거였다. 둘은 일주일에 한 번 같이 있는 자리에서 수화기를 바꿔 가며 전화를 한 게 아니라 서로 따로따로, 커스틴 언니는 주로 아침 시간에 휘트니 언니는 저녁 시간에 전화했다. 그런데 크리스마스를 맞아 언니들이 집에 오기로 한 일주일 전, 저녁 시간에 전화 한 통이 걸려 왔다.

"잠깐만, 뭐라고요?" 엄마가 부엌에서 식탁으로 이어지는 통로에 서서 전화기를 귀에 대고 말했다. 소리를 더 잘 들으려고 나머지 손으로 한쪽 귀를 막는 엄마를 아빠가 건너보았다. "지금 뭐라고 하셨죠?"

"여보? 왜 그래요?" 아빠가 의자를 밀고 일어나 엄마에게 다가가며 물었다.

엄마는 고개를 저었다. "모르겠어요." 엄마가 수화기를 아빠에게 건네며 말했다. "무슨 소린지……"

"여보세요?" 아빠가 전화를 받았다. "누구시죠? ……아 ……예 …… 그래요, 착오가 있는 것 같군요…… 잠깐만요, 제대로 된 걸 찾아보겠습니다."

아빠가 전화를 끊자 엄마가 물었다. "무슨 말인지 못 알아듣겠어요, 도대체 그 사람이 뭐라고 하는 거예요?"

"휘트니의 보험 카드에 문제가 생겼대요. 오늘 병원에 갔던 모양이야."

"병원이라고요?" 엄마가 떨리는 목소리로, 들을 때마다 내 가슴을 철렁 내려앉게 만드는 그 목소리로 말했다. "그래서 괜찮대요? 무슨 일로 갔는데요?"

"잘 모르겠네. 벌써 퇴원은 했는데, 치료비 수납에 문제가 좀 생겼나 봐. 아무래도 새 카드를 찾아서……"

아빠가 카드를 찾으러 서재로 간 사이, 엄마는 자세한 내용을 알아보려고 소식을 전한 여자에게 다시 전화를 걸었다. 하지만 그쪽에서는 개인 정보를 알려줄 수 없다는 이유로 휘트니 언니가 그날 아침에 구급차에 실려 왔다가 몇 시간 전에 떠났다는 얘기만 해 주었다. 아빠는 병원비 문제를 처리하자마자 언니들이 사는 아파트로 전화를 걸었다. 전화를 받은 사람은 커스틴 언니였다.

"말씀드리려고 했어요." 언니 대답은 그게 다였다. 내가 앉아 있는 곳에서도 언니 목소리가 들렸다. "저는 얘기하려고 했다니까요."

"네 동생 바꿔라, 당장."

수화기 너머에서 휘트니 언니가 목소리를 한껏 높여서 밝고 빠르게 얘기를 시작하자 엄마와 아빠는 동시에 수화기 쪽으로 몸을 바짝 기울이고 들었다. 나는 나중에야 언니가 전한 얘기를 알게 되었다. 별일 아니며, 감기 비슷한 증상 때문에 탈수가 심해져서 촬영 중에 잠깐 정신을 잃었다는 거였다. 알고 보면 큰일도 아닌데 누군가 당황해서 구급차를 불렀다고 했다. 엄마가 알면 걱정할까 봐 연락하지 않았고 정말로 아무 일도 아니라고 했다.

“아무래도 내가 가 봐야겠구나. 그래야 마음을 놓겠어.” 엄마가 말했다.

휘트니 언니는 아니라고, 그럴 필요 없다고, 크리스마스 때 2주 동안 집에서 푹 쉬고 푹 자면 깨끗이 회복될 거라고 말했다. “정말이니?” 엄마가 물었다.

휘트니 언니는 정말이라고 자신만만하게 대답했다.

아빠는 전화를 끊기 전에 다시 한번 커스틴 언니에게 물었다. “네 동생, 정말로 괜찮은 거냐?”

“아뇨, 안 괜찮아요.” 커스틴 언니가 대답했다.

엄마는 그래도 가지 않았다. 돌이켜보면 그건 아무리 생각해도 풀리지 않는 수수께끼 중의 하나다. 무슨 까닭인지 몰라도 엄마는 휘트니 언니를 믿었다. 그게 실수였다.

크리스마스를 앞두고 커스틴 언니가 며칠 더 남아서 해야 할 일이 생기는 바람에 휘트니 언니는 혼자 돌아왔다. 아빠가 언니를 데리러 공항에 간 사이 엄마와 나는 부엌에서 저녁 준비를 했다. 얼마 뒤, 아빠와 언니가 왔다. 처음 언니를 본 순간 나는 내 눈을 믿을 수가 없었다.

언니는 몹시 말라 있었다. 쇠약해 보였다. 지난번보다 옷을 헐렁하게 더 껴입었지만 두드러지게 야윈 몸을 가리지는 못했다. 눈은 움푹 꺼지고 목에는 힘줄이 불거져서 고개를 돌릴 때마다 꼭두각시에 매달린 줄처럼 움직였다. 나는 멍하니 언니를 바라보았다.

“애너벨, 와서 언니 좀 안아 봐.” 언니가 어색한 얼굴로 말했다.

나는 들고 있던 채소 필러를 내려놓고 머뭇머뭇 언니에게 다가갔다.

두 팔로 언니를 감싸는데 너무 연약해서 내가 언니 몸을 부러뜨릴 것만 같았다. 언니 뒤에서 여행 가방을 들고 서 있는 아빠 또한 불과 한 달 사이에 변한 언니 모습에 충격을 받은 얼굴이었다.

엄마는 그런 언니에 대해 아무 말도, 아니 최소한 입 밖으로는 아무 말도 하지 않았다. 대신 내가 언니를 감싼 팔을 풀자 웃음 띤 얼굴로 다가서서 언니를 끌어당기더니 이렇게 말했다. “어머, 아가, 그동안 힘들었나 보구나.”

휘트니 언니는 엄마 어깨 위로 몸을 굽혀 기대며 가만히 눈을 감았다. 투명하다시피 한 언니의 눈꺼풀을 보니 몸이 떨렸다.

“맛있는 것 먹게 해 줄게. 당장 시작하자. 기운 차리고 가서 저녁 먹는 거야.”

“저기, 배 안 고픈데요. 비행기 기다리면서 뭘 좀 먹었거든요.”.

“먹었어?” 엄마는 아쉬운 표정을 지었다. 온종일 요리했으니 그럴 수밖에. “그럼, 야채수프라도 좀 먹어. 너 주려고 특별히 만든 거야. 너한테 필요한 면역력을 높여주는 음식이거든.”

“정말로 배 안 고파요. 그냥 자고 싶어요. 너무 피곤해서요.”

엄마는 그때까지도 걱정스러운 얼굴로 휘트니 언니를 살피는 아빠를 힐끗 보았다. “그래, 알았다, 그럼 잠깐 쉬어. 음식은 나중에 일어나서 먹자. 알았지?”

하지만 휘트니 언니는 먹지 않았다. 그날 밤 엄마가 몇 번씩이나 음식을 들고 들어갔지만 언니는 내리 잠만 잤다. 다음 날 아침에도 먹지 않았다. 언니는 언제나 가장 먼저 일어나 커피를 끓이러 아래층으로 내려가는 아빠에게 아침은 벌써 새벽에 먹었다고 우겼다. 점심때는 다시 잠을 잤다. 저녁 먹을 시간이 되자 엄마는 기어이 언니를 우리 앞에 앉혔다.

아빠는 저녁을 차릴 준비를 하고 있었다. 아빠가 구운 소고기를 잘라서 접시에 담는 동안 나는 옆에 앉은 언니가 한시도 가만히 있지 못하고 헐렁한 티셔츠 소매를 불안하게 잡아당기고 있다는 것을 알아차렸다. 언니는 다리를 꼬았다가 풀고, 물을 한 모금 마시더니 다시 소매를 잡아당겼다. 언니의 긴장감이 또렷이 느껴지는 가운데 아빠가 고기와 감자, 콩, 그리고 큼직한 우리 엄마표 마늘빵 한 덩이까지 접시에 가득 담아서 내밀자 언니가 입을 열었다.

“저, 진짜 배 안 고파요.” 언니는 재빨리 말하고 접시를 밀어냈다. “안 먹을래요.”

“휘트니, 먹어라.” 아빠가 말했다. “먹고 싶지 않다니까요.” 언니는 화를 냈고, 맞은편에서 몹시 속상한 표정을 짓고 있는 엄마 때문에 나는 몸 둘 바를 몰랐다. “다 언니 때문에 그런 거죠, 안 그래요? 언니가 이러라고 했죠?”

“아니, 우리는 네가 걱정이야. 빨리 나아야지.” 엄마가 말했다.

“저 안 아파요. 괜찮다고요. 그냥 피곤한 것뿐이고 배가 안 고프면 안 먹는 거잖아요. 먹기 싫어요. 억지로 먹을 수는 없단 말이에요.”

우리는 모두 자리에 앉아 식탁을 노려보며 다시 소매를 잡아당기는 언니를 지켜보았다. “휘트니.” 아빠가 입을 열었다. “너, 너무 말랐어. 너한테 필요한 건……”

"그런 말 하지 마세요." 언니가 의자를 밀치듯 일어서며 말했다. "나한테 필요한 게 뭔지 아빠는 몰라요. 안다면 이런 얘기는 주고받지도 않겠죠."

"아가, 우리는 너를 도와주려는 거야." 엄마가 부드러운 목소리로 말했다. "우리는 그냥……"

"그럼 혼자 있게 내버려 두세요!" 언니는 음식 접시가 튀어 오르도록 거칠게 의자를 식탁으로 밀어 넣은 뒤 나가 버렸다. 잠시 뒤, 현관문 여닫는 소리가 들리고 언니 모습이 사라졌다.

그리고 이런 일이 이어졌다.

갖은 애를 써서 엄마를 안정시킨 뒤 아빠는 차를 몰고 휘트니 언니를 찾으러 나갔다. 엄마는 아빠 눈에 잘 띄도록 현관에 의자를 놓고 앉아 있었고 나는 얼른 저녁을 먹어 치운 다음, 식구들이 남긴 음식 접시를 랩으로 싸서 냉장고에 넣고 설거지를 했다. 설거지를 끝마칠 무렵 아빠의 차가 집 앞 도로로 들어오는 게 보였다.

아빠를 따라 안으로 들어온 휘트니 언니는 아무에게도 눈길을 주지 않았다. 고개를 숙인 채 바닥만 보는 언니를 대신해 아빠가 설명했다. 언니가 이제 음식을 좀 먹을 거고, 자고 나면 내일 아침에는 한결 나아질 거라는 설명이었다. 그런 합의를 이룬 과정에 대해서도 합의 결과에 대해서도 토를 다는 사람은 없었다. 그렇게 하기로 이미 결정된 일이었다.

엄마가 위층으로 올라가라고 했기 때문에 나는 휘트니 언니가 저녁 먹는 모습을 못 봤고, 다시 실랑이가 벌어졌는지는 모르겠지만 아무 소리도 들리지 않았다. 그저 나중에 집 안이 조용하길래 다들 자고 있다고 생각하고 아래층에 내려갔다. 식탁에는 내가 싸서 넣어 둔 접시 가운데 하나가, 깨끗이 비운 것과는 거리가 먼 상태로 어디선가 불쑥 튀어나온 것처럼 놓여 있었다.

나는 간식을 먹은 다음 신청자의 집을 실제로 고쳐 주는 프로그램 재방송과 지역 뉴스를 보았다. 다 보고 다시 올라가는데 창문을 통해 여기저기를 환히 비추는 달빛이 어쩐지 으스스한 밤이었다. 달빛이 집 안 구석구석 쏟아져 들어오는 걸 보면 늘 이상한 느낌이 들었기 때문에 두 눈을 가리고 걸었다.

내 방과 휘트니 언니 방으로 이어지는 복도에도 달빛이 환했는데 가운데만 굴뚝의 그늘이 져서 어두웠다. 그 갑작스러운 어둠 속으로 발을 들여놓는 순간 수증기 냄새가 밀려들었다.

냄새가 아니라 느낌이었는지도 모른다. 내가 아는 건 갑작스러웠다는 것, 느닷없이 공기가 바뀐 것처럼 무겁고 축축한 느낌이 들어서 잠시 그 자리에 선 채, 숨을 들이쉬었다는 거였다. 복도 맨 끝에 있는 욕실 문틈으로 빛이 새어나오진 않았지만 가까이 다가갈수록 수증기가 뿌옇게 짙어지는 데다 물 떨어지는 소리까지 들려왔다. 이상한 일이었다. 수도꼭지에서 나오는 물소리는 아닌 것 같은데, 그렇다면 샤워기에서? 그러고 보니 휘트니 언니는 집에 돌아오고 나서부터 이상한 일을 많이 했으므로 이 시간엔 샤워를 하고도 남을 사람이었다. 나는 반쯤 열린 욕실 문을 밀어 보았다.

문은 어딘가에 부딪히더니 다시 닫혔다. 다시 한번 조심스럽게 문을 밀었다. 수증기가 몰려오면서 얼굴이 축축하게 젖었다. 깜깜해서 아무것도 보이지 않고 물소리만 들리길래 오른쪽 벽을 더듬어서 스위치를 찾았다.

내 발밑에 휘트니 언니가 누워 있었다. 처음 문을 열었을 때 부딪친 건 언니의 어깨였다. 수건이 널브러져 있고 가냘픈 몸으로 웅크려 있는 언니는 뺨을 바닥에 짓누르고 있었다. 짐작했던 대로 세게 틀어놓은 샤워기 물이 내려가지 못하고 웅덩이를 이룬 상태였다.

"언니?" 나는 쪼그려 앉으며 언니를 불렀다. 언니가 그 늦은 시간에 어둠 속에서 혼자 무슨 일을 하고 있는지 짐작이 가지 않았다. "언니……"

그때 변기가 눈에 들어왔다. 좌대가 들린 변기 안에 붉은빛이 감도는 누르스름한 토사물이 보이는데 붉은빛은 한눈에 봐도 피였다.

"언니." 언니 얼굴에 손을 대 보았다. 살갗은 뜨겁고 축축한데 눈꺼풀이 파르르 떨렸다. 언니의 어깨를 흔들었다. "언니, 정신 차려!"

언니는 눈을 뜨지 않았다. 하지만 수건이 살짝 흔들릴 만큼의 움직임은 있었다. 그러다가, 나는 언니의 몰골을 보고 말았다.

언니의 몸은 뼈만 앙상했다. 그게 처음 든 생각이었다. 척추는 온통 뼈와 뼈마디만 도드라져 있었다. 엉덩이는 뾰족하고 바짝 말라붙은 무릎은 창백했다. 그렇게 마른 몸으로 살아 있다는 것이, 게다가 그런 몸을 감출 수 있었다는 게 도무지 믿어지지 않았다. 그러나 그 무엇보다, 내가 영원히 잊지 못할 어떤 장면을 보고야 말았다. 살갗을 비집고 날카롭게 솟아오른 언니의 어깨뼈. 그건 마치 언젠가 뒷마당에서 발견한 죽은 새끼 새의 날개, 갓 태어나 털도 없는 상태에서 부러진 날개 같았다.

"아빠!" 나는 좁은 공간이 쩌렁쩌렁 울리도록 소리를 질렀다. "아빠!"

그날 밤의 나머지 일은 조각난 기억으로만 드문드문 남아 있다. 아빠는 잠옷 바람에 간신히 안경만 걸치고 달려왔다. 나를 밀치며 쪼그리고 앉은 아빠가 언니 가슴에 귀를 대는 사이 엄마는 저만치 떨어진 복도 끝에서 한 줄기 빛에 의지하여 선 채 두 손으로 얼굴을 감싸고 있었다. 구급차가 오고 불빛이 번쩍거리는 집 안의 모습은 꼭 만화경 같았다. 구급차가 휘트니 언니와 엄마를 싣고 떠나고 아빠가 차로 그 뒤를 따라간 뒤 다시 정적이 찾아왔다. 나한테는 집에 남아서 소식을 기다리라고 했다.

나는 무슨 일을 해야 할지 알 수 없었다. 그래서 욕실로 돌아가서 청소를 했다. 시선을 돌린 채 변기 물을 내리고 바닥에 흥건한 물을 닦아내고 사용한 수건을 모아 세탁기에 넣었다. 그러고는 달빛이 환하게 비치는 거실에 앉아서 기다렸다.

두 시간 뒤 아빠가 드디어 전화를 했다. 벨소리에 깜짝 놀라 정신을 차리고 수화기를 드는데 창밖으로 해가 뜨며 하늘이 불그스름하게 물들었다. "언니는 괜찮아질 거야. 집에 가서 자세히 설명해 주마." 아빠가 말했다.

전화를 끊은 후 나는 내 방 침대로 기어들어 가 잠이 들었다. 두 시간쯤 지나자 차고 문이 열리고 가족들이 돌아온 것 같았다. 부엌으로 내려갔더니 엄마가 등을 돌린 채 커피를 끓이고 있었다. 어젯밤 옷차림

그대로인 엄마는 머리에 빗질도 하지 않은 모습이었다.

"엄마?"

돌아보는 엄마의 얼굴을 본 순간 가슴이 덜컥 내려앉았다. 몇 년 전 엄마 얼굴이 되살아난 것 같았다. 피곤함에 젖은 얼굴, 울어서 퉁퉁 부은 눈, 넋이 나간 모습이었다. 덜컥 겁이 난 나는 엄마를 온몸으로 껴안았다. 세상이 엄마에게, 나에게, 우리 모두에게 할 수 있는 일들을 내가 막아주고 싶었다.

그때였다. 엄마가 울기 시작했다. 눈시울을 붉히더니 떨리는 두 손을 내려다보며 흐느끼는데 그 소리가 조용한 부엌을 가득 채웠다. 나는 이 상황을 어떻게 수습해야 할지 모른 채 그저 엄마에게 다가섰다. 다행히도 내가 나서야 하는 상황은 오지 않았다.

"여보." 아빠의 사무실로 이어지는 통로에 아빠가 서 있었다. "여보. 별일 아니야."

숨을 들이쉬는 엄마의 어깨가 바르르 떨렸다. "세상에, 여보. 우리가 대체……"

아빠가 성큼성큼 다가와 엄마를 두 팔로 폭 감싸 안았다. 엄마는 아빠의 가슴에 얼굴을 묻은 채 소리 죽여 흐느꼈고 나는 뒤로 물러선 뒤 문을 넘어 저만치 떨어진 식탁에 앉았다. 계속 이어지는 엄마의 울음소리가 나를 두렵게 했다. 하지만 엄마의 우는 모습을 보는 것보다는 듣는 편이 나았다.

마침내 아빠는 엄마를 진정시키고, 위층에 올라가 샤워를 한 뒤 쉬게 만들었다. 그런 다음 다시 내려와 나에게 다가왔다.

"언니가 많이 아프다. 살이 너무 많이 빠진 데다 몇 달 동안 제대로 된 음식을 안 먹은 것 같더구나. 어젯밤에는 탈진해서 쓰러진 거야."

"괜찮을까요?"

아빠는 손으로 얼굴을 쓸어내린 다음 대답했다. "의사가 당장 치료 시설에 들어가야 한다더라. 엄마랑 아빠는……" 아빠는 말끝을 흐리며 내 시선을 피해 바깥에 있는 수영장을 보았다. "휘트니를 위해 최선을 다할 거다."

"그럼 언니는 안 와요?"

"당장은 못 올 거야. 치료를 받아야 하니까. 우리는 그냥 지켜보는 수밖에 없구나."

나는 손가락을 벌려 식탁 위에 올려놓은 내 손을 바라보았다. 손바닥에 닿는 나무 식탁이 차갑게 느껴졌다. "어젯밤에 처음 언니를 봤을 때 저는 그냥……"

"알고 있단다." 아빠는 의자를 밀며 일어섰다. "하지만 언니는 이제 도움을 받게 될 거야. 알았지?"

나는 고개를 끄덕였다. 아니나 다를까 아빠는 무슨 일이든 감정이 드러나는 얘기는 꺼렸다. 나에게는 있는 그대로의 사실과 앞으로의 예후에 대해서만 알려주었고, 그게 다였다.

휘트니 언니는 병원에서 이틀을 지내고 치료 시설로 옮겼다. 시설이 그렇게 마음에 안 들었는지 처음 엄마 아빠가 찾아갔을 때 언니는 말도 붙이지 않았다. 그래도 언니에게는 도움 되는 곳이어서 하루하루 지날수록 조금씩 몸무게가 붙었다. 한편 크리스마스이브에 온 커스틴 언니는 스트레스로 지친 엄마 아빠와 굳이 혼자 놀려고 하는 나를 보며, 보나마나 즐거운 휴일이 되기는 틀렸다는 것을 알아차렸다. 그렇다고 해서 터뜨릴 폭탄이 있는데도 애써 참을 언니가 아니었다.

"저, 결심했어요." 그날 저녁, 식구들이 식탁에 둘러앉아 있는데 언니가 입을 열었다. "모델 일 때려치우기로 했거든요."

식탁 끝에 앉아 있던 엄마가 포크를 내려놓으며 물었다. "뭐라고?"

"이제 관심이 없어졌어요." 커스틴 언니가 와인을 홀짝거리며 말했다. "털어놓고 말하면, 한동안 일도 안 했어요. 지금까지 일을 그렇게 많이 한 것 같지도 않지만요. 어쨌든 이젠 공식적으로 그만두기로 마음먹었어요."

나는 엄마를 힐끔 보았다. 지칠 대로 지치고 속상할 대로 속상한 엄마에게 전혀 도움 안 되는 얘기인 건 틀림없었다. 아빠도 엄마를 보았다. "커스틴, 너무 성급하게 결정하지 마라." 아빠가 말했다.

"그런 건 아니에요. 생각은 할 만큼 했거든요." 우리 중에서 혼자만 음식을 먹던 언니는 포크로 감자를 듬뿍 뜨며 말했다. "저기, 까놓고 말해서 난 죽어도 몸무게 52킬로는 유지 못 해요. 53킬로도 힘들어요."

"지금까지 그 몸으로도 일 많이 했잖아."

"몇 가지는 했죠." 커스틴 언니가 엄마 말을 바로잡았다. "하지만 생활비도 못 버는 수준인데요, 뭘. 여덟 살 때부터 그 일을 했어요. 그리고 이제 스물두 살이 됐죠. 다른 일을 해 보고 싶어요."

"예를 들면?" 아빠가 물었다.

커스틴 언니는 어깨를 으쓱해 보이며 말했다. "아직 잘 모르겠어요.

식당에서 웨이트리스 일도 하고 있고, 친구 중에 살롱 주인이 있는데 저한테 계산대를 맡아 달래요. 그러면 그럭저럭 생활비는 해결되죠. 강의를 들어 볼까 싶기도 하고요."

아빠가 눈을 치켜뜨며 말했다. "학교를 다니겠단 말이지."

"그렇게 놀랍다는 듯이 말하지 마세요." 커스틴 언니가 받아쳤다. 언니 말이 틀린 건 아니지만 그 점은 나한테도 충격이었다. 뉴욕에서 학업을 그만두기 전에도 언니는 정규 과정에 그다지 충실하지 못했다. 고등학교에 다닐 때도 모델 일 때문이 아니라 후줄근하고 자유분방한 남자 친구랑 노느라 수업을 빼먹기 일쑤였다. "내 나이 또래 아이들은 거의 다 졸업해서 번듯한 직업을 갖고 있단 말이에요. 그에 비하면 나는 뭔가 많이 놓쳐 버린 기분이라고요. 저도 학위를 받고 싶어요."

"학교에 다니면서 모델 일도 할 수 있어. 꼭 둘 중에 한 가지만 선택할 필요는 없잖아." 엄마가 말했다.

"그렇죠. 하지만 저는 아니에요. 저는 한 가지만 할 수 있다고요." 커스틴 언니가 대꾸했다.

다른 때 같았으면 부모님도 더 강하게 주장했을 것이다. 하지만 엄마 아빠는 지쳐있었고 커스틴 언니가 한번 고집을 피우면 좀처럼 꺾을 수 없다는 걸 알고 있었다. 최근 몇 년 동안은 모델 활동도 뜸했으므로 따지고 보면 그리 놀랄 일이 아니었다. 그렇지만 휘트니 언니가 무너지는 시점이어서 커스틴 언니의 발언이 더 무겁게 다가온 거였다. 그때는 미처 몰랐지만 내 부담은 더욱더 커졌다.

치료 시설에서 지낸 한 달 동안 휘트니 언니의 몸무게는 5킬로그램

늘었다. 언니는 그곳에서 나와 뉴욕으로 돌아가고 싶다고 했지만, 부모님은 다시 모델 생활로 돌아가면 지금까지 받아온 치료 과정에 차질이 생길 수 있고 앞으로의 치료 효과도 기대하기 힘들다는 의사의 의견에 따라 집에서 지내기를 권했다. 그때가 1월이었는데 언니는 지금까지 뾰로통한 얼굴로 집에 머물며 외래 환자 프로그램에 참가하고 일주일에 두 번은 별도의 치료사를 찾아가 진료를 받고 있다. 그런가 하면 커스틴 언니는 약속대로 뉴욕의 한 대학에 등록하고 강의를 듣는 한편, 다른 두 가지 일도 병행하고 있었다. 놀랍게도 고등학교 때와 달리 학교를 아주 마음에 들어 했고 주말마다 전화해서 무슨 강의가 어떻고, 공부가 어떻고, 시시콜콜 신나게 떠들어 댔다. 언니들은 항상 전혀 다르면서도 동시에 비슷한 면이 있었다. 둘 다 새로운 생활을 시작했으니까. 한 사람은 자기의 뜻이었고 한 사람은 아니었지만.

휘트니 언니는 몸무게도 늘고 정말로 좋아지는 것처럼 보일 때도 있었다. 그런가 하면 아침을 안 먹겠다고 거부하고, 늦은 밤 언니 방에서 먹지 말라는 과자를 먹다가 들키고, 병원으로 데려가서 강제로 먹이겠다고 협박을 해야만 다시 괜찮아지곤 했다. 어쨌든 그 과정을 통해 한 가지 남은 건 있었다. 휘트니 언니가 커스틴 언니와는 아예 말도 안 하게 됐다는 점.

휘트니 언니는 커스틴 언니가 전화해도 받지 않았다. 봄을 맞아 주말에 잠깐 집에 왔을 때도 말을 안 했다. 커스틴 언니는 처음엔 서운해 하다가, 나중에는 화를 내더니 급기야 자기도 입을 다무는 것으로 앙갚음했다. 나머지 세 식구는 중간에서 오도 가도 못한 채 짤막한 말 몇 마디와 어색한 침묵으로 그 틈을 메웠다. 그 뒤로 엄마 아빠는 여러 번 커스틴 언니를 만나러 갔지만 언니가 집에 온 일은 한 번도 없었다.

이상한 일이었다. 어렸을 때는 언니들이 싸우는 게 너무 싫었는데 서로 말을 안 하는 것보다는 차라리 싸우는 게 나을 것 같았다. 언니들이 완전히 대화를 끊은 지 이제 아홉 달째에 접어들지만 영원처럼 길게 느껴져서 두려웠다.

지난해 언니들의 변화는 양쪽 다 손에 잡힐 듯 분명한 것이었다. 싫든 좋든 한쪽은 눈에 들어왔고 한쪽은 귀로 들렸다. 나로 말할 것 같으면 언제나처럼 중간 어딘가에 끼어 있는 존재 같았다.

그렇지만 나도 변했다. 내 입으로 말하지 않는 이상 아무도 모르겠지만 말이다. 나도 변했다. 나도 달라졌다. 바깥에서 지나가는 차 안의 사람들에게는 우리 다섯 식구가 우리들의 유리 집에서, 행복한 가족의 모습으로 사이좋게 밥을 먹는 것처럼 비쳤겠지만 실상은 아니었던, 모든 변화가 시작됐던 그날 밤만큼이나 나도 달라졌다.

4

학교에서의 첫 주 내내 소피는 나를 무시했다. 힘들었다. 그렇지만 그 아이가 나에게 말을 걸기 시작하면서 차라리 무시하는 게 나았다는 걸 금세 깨달았다.

"창녀."

언제나 단 한마디였다. 한마디, 그 한마디면 나를 찌르는 악의를 분명하게 전달하고도 남았다. 어떤 때는 그 한마디가 내 뒤에서 예상치 못한 순간 어깨를 타고 넘어왔다. 아니면 내 눈앞에서 면전에 대고 쏘아붙이기도 했다. 문제는 늘 나무랄 데 없이 적절한 때를 맞춰서 그 말을 한다는 거였다. 내 기분이 조금 나아지는 기미가 보이는 순간이라든가 아니면 일이 잘 풀리는 날 느낌이 좋아지려는 순간에 어김없이 나타나서 그건 착각이라는 확신을 심어 주는 식이었다.

이번에는 담장에 걸터앉아서 점심시간을 보내고 있는데 소피가 걸어왔다. 요즘 들어 언제나 붙어 다니는 에밀리와 함께였다. 나는 그쪽은 보지 않고 무릎 위에 펼쳐 놓은 공책과 역사 문제지만 뚫어지게 들여다 보았다. '점령 기간'이라는 낱말을 막 적은 참이었는데, 에밀리와 소피가 지나가기를 기다리며 펜으로 'ㄱ'자 두 개를 진하게, 진하게 덧칠하고 있었다.

그렇게 생각하고 싶지는 않았지만 거기엔 어떤 숙명적인 상황이 있었다. 사실 불과 얼마 전까지만 해도 비열한 짓을 하는 소피 옆에 줄곧 함께 있었던 사람은, 부추기지는 않았지만 말리지도 않던 나였다. 클라크에게 그랬을 때처럼.

그런 생각을 하며 고개를 들고 운동장을 둘러보는데 친구들과 함께 야외 테이블에 앉아 있는 소피의 모습이 보였다. 의자 끝에 앉은 소피는 앞에 펼쳐 놓은 교과서를 건성건성 넘기며 나란히 앉은 아이들의 얘기를 듣고 있었다. 분명 그 첫날 내가 혼자 앉아 있었던 건 소피 때문이었다. 그 뒤로 소피는 담장 근처 내 곁에는 얼씬도 하지 않았다.

그런데 거기 오언 암스트롱이 있었다. 다른 아이들도 여럿이 또는 혼자서 담장을 오고 갔지만 하루도 빠짐없이 그곳에 머문 사람은 나와 오언밖에 없었다. 우리는 언제나 2미터 안팎의 암묵적인 거리를 두고 앉아 있었기 때문에 누구라도 그사이를 차지할 수 있었다. 한결같은 점은 또 있었다. 내가 알기로 오언은 단 한 번도 점심을 먹지 않았다. 나는 엄마에 대한 예의로 언제나 도시락을 깨끗이 비웠다. 오언은 다른 사람들이 뭘 하든 전혀 신경 쓰지 않고 눈치도 안 보는 것 같았다. 나는 사람들이 나를 쳐다보고 나에 대해 수군거리고 있다고 믿으며 불안해하고 있는데 말이다. 나는 숙제를 하고 오언은 음악을 들었다. 그리고 우리는 절대, 절대로 말을 하지 않았다.

그건 아무래도 내가 혼자 보낸 시간이 너무 길어서 그런 것 같았다. 아니면 점심시간에 숙제할 시간이 너무 많아서였는지도. 이유야 어떻든, 나는 점점 오언 암스트롱에게 끌리고 있었다. 날마다 오언을 곁눈질하는 시간이 늘어났고 오언의 생김새나 버릇을 눈여겨보게 되었다. 그렇게 해서 꽤 많은 정보를 모았다.

예를 들면 이어폰이다. 오언은 절대 이어폰을 떼어 놓지 않았다. 틀림없이 음악을 좋아하는 것 같았고, 아이팟은 언제나 오언의 주머니나 손, 담장 위 옆자리에 놓여 있었다. 노래를 듣는 오언의 반응이 다양하다는 것도 눈치챘다. 보통은 가만히 앉아서 머리만 살짝살짝 거의 눈에 띄지 않을 만큼 끄덕거렸다. 가끔 손가락으로 무릎을 톡톡 두드리기도 하고 아주 드물게는 콧노래로 들릴락 말락 조그맣게 따라 부르기도 했다. 옆을 지나가거나 근처에서 얘기하는 사람들이 없을 때만 말이다. 그럴 때면 오언이 무슨 노래를 듣고 있는지 정말 궁금했다. 오언을 닮아서 어둡고 강렬하고 시끄러운 음악일 거라고 상상하긴 했지만.

외모에 대한 정보도 있다. 당연히 첫눈에 들어오는 건 체격이었다. 키, 두툼한 손목, 언뜻 보기에도 거대한 존재감. 반면에 조그만 것들도 있었는데 초록색 혹은 갈색의 짙은 눈동자, 그리고 양손 가운뎃손가락에 하나씩 낀 납작하고 두꺼운 은반지 같은 것들이었다.

다시 힐끗 건너다보니 오언은 다리를 길게 뻗고 손바닥으로 머리를 받친 채 뒤로 기대앉아 있었다. 얼굴에 비스듬히 햇살 한 줄기를 받으며 두 눈을 감고 이어폰을 낀 채 머리를 가볍게 끄덕거리고 있었다. 포스터 보드를 든 여자아이 하나가 내 곁을 지나, '잭과 콩나무'에 나오는 잭이 잠자는 거인 곁을 살금살금 지나가듯 오언의 다리를 조심스럽게 넘어가는 게 보였다. 오언은 움직이지 않았고 여자아이는 종종걸음으로 지나갔다.

나도 오언에게 그 아이와 같은 느낌을 가진 때가 있었다. 모든 사람들이 그렇듯 말이다. 하지만 날마다 가까이서 지내보니 마음이 느슨해지고 볼 때마다 움찔 놀라는 일도 줄어들었다. 요즘엔 확실한 위협을 주는 소피나, 아직도 나를 미워하는 게 틀림없는 클라크 쪽이 더 신경 쓰였다.

한때 나랑 가장 친했던 두 사람보다 오언이 더 안전하게 여겨지다니 이상한 일이었다. 하지만 가장 두려운 건 모르는 사람이 아니라는 사실을 깨닫고 있었다. 나를 가장 잘 아는 사람이 더 위험한 존재가 될 수 있는데 그건 그 사람들이 하는 말과 생각이 더 날카로울 뿐 아니라 진실일 가능성이 높기 때문이다.

나는 오언과는 얽힌 사연이 없었다. 그렇지만 소피와 클라크는 달랐다. 내가 외면하고 싶어도 거기엔 어떤 연관성이 있었다. 공정하거나 옳다고 여겨지지는 않지만 이 모든 것을, 그리고 내가 처한 상황을 우연이라고 밀어붙이기에는 무리였다. 그건 어쩌면 내가 받아야 하는 대가인지도 몰랐다.

클라크와 내가 소지품을 가져다준 다음부터 소피는 우리와 어울리기 시작했다. 소피는 별다른 과정 없이도 우리 사이에 잘 섞여 들었다.

어느 날부터 수영장에는 의자 세 개가 놓이고, 카드놀이 하는 사람이 하나 더 늘고, 음료수 살 차례가 되면 콜라 한 잔을 더 가져오게 되었다. 오랫동안 둘이서 단짝으로 지낸 클라크와 나한테 새 친구가 생기는 건 기분 좋은 일이었고 소피는 그 역할을 아주 잘해 주었다. 비키니와 화장, 댈러스에서 사귀었던 남자 친구들 얘기, 소피는 우리와 전혀 딴판인 아이였다.

소피는 목소리도 크고 대담해서 남자애들과 얘기하는 데도 거리낌 없었다. 소피는 입고 싶은 옷은 뭐든지 다 입었다. 하고 싶은 말도 다 했다. 그런 점은 커스틴 언니와 비슷했지만 언니의 똑 부러지는 면이 늘 불편했던 것에 반해 소피는 달랐다. 나는 소피의 성격이 마음에 들다 못해 부럽기까지 했다. 나는 내가 하고 싶어도 못 하는 말을 언제라도 소피가 나서서 말해 주기를 바랐고 소피가 벌이는 일들이 좀 위태롭게 보이기 일쑤였지만 짜릿한 재미도 있었다. 그 모든 게 나 혼자였다면 겪어보지 못할 것들이었다.

그런데 딱히 이유를 알 수 없지만 어쩐지 소피가 불편하게 느껴지는 순간은 있었다. 소피와 어울리면 어울릴수록, 소피가 내 일상의 한 부분이 되어 갈수록 나는 수영장 매점에서 처음 만난 날 나에게 심술궂게 굴었던 모습을 지울 수가 없었다. 소피가 조잘거리거나 내 침대 끝에 누워서 손톱을 칠하는 모습을 물끄러미 보다 보면 이따금 그 아이가 왜 그런 행동을 했는지 궁금해졌다. 그런 상황이 또 생긴다면 소피가 똑같이 행동할지도.

그런데 허세를 부리기는 하지만 소피도 나름의 문제가 있다는 걸 알았다. 소피의 부모님은 최근에 이혼했다. 소피는 텍사스에 살 때 자기 아빠가 옷이며 보석이며 갖고 싶은 건 다 사주었다는 소리를 입이 닳도록 했는데, 어느 날 우리 엄마와 엄마 친구가 이야기하길 소피 부모님의 이혼 과정이 아주 꼴사나웠다는 걸 엿듣게 되었다. 소피의 아빠가 어린 여자 때문에 떠났으며 댈러스에 살던 집을 두고 씁쓸한 싸움이 있었다는 것. 지금은 소피 아빠가 소피 모녀와는 아예 교류를 끊고 지낸다는 얘기도. 하지만 소피는 그런 얘기를 한 번도 하지 않았고 나도 묻지 않았다. 얘기를 하고 싶으면 소피가 먼저 꺼낼 거라고 여겼으니까.

어쨌거나 소피는 뭐든 주저하고 망설이는 법이 없었다. 예를 들면 나랑 클라크를 언제나 어린애 취급했다. 소피 눈에 비친 우리는 엉망이었다. 우리가 입은 옷(아주 유치함), 우리가 하는 행동(지루함), 그리고 우리가 겪은 일(전무함)까지 모두. 소피는 내가 하는 모델 일에 흥미를 느끼고 우리 언니들을 동경했지만 언니들이 나를 대하듯 싹 무시하자 클라크를 힘들게 했다.

"넌 남자애 같아." 어느 날 셋이 함께 쇼핑센터에 가는 길에 소피가 말했다. "잘하면 진짜 귀엽게 꾸밀 수 있을 텐데 말이야. 너는 왜 화장 같은 것도 안 해?"

"엄마 아빠가 하지 말랬어." 클라크가 코를 풀며 대답했다.

"제발. 너희 엄마랑 아빠가 모르게 하면 되잖아. 집 나올 때 하고 들어가기 전에 싹 지우면 되지."

하지만 클라크는 말을 듣지 않았고 나는 그럴 줄 알았다. 엄마 아빠 말을 잘 듣고 거짓말은 안 하는 아이였으니까. 하지만 소피는 멈추지 않았다. 화장 얘기가 안 먹히면 클라크의 옷차림이며 끝없이 하는 재채기, 그도 아니면 우리보다 한 시간 먼저 집에 들어가야 해서 무슨 일이든 클라크에게 맞춰 중간에 그만두어야 하는 상황까지 시비를 걸었다. 그때 조금 더 주의를 기울였다면 무슨 일이 벌어지고 있는지 깨달았을지도 모른다. 하지만 나는 우리 셋이 서로 익숙해지는 과정이며 그러다 보면 다 잘될 거라고 여겼다. 적어도 6월 초의 그날 밤까지는 말이다.

그날은 토요일 밤이었고 우리는 다 같이 클라크네 집에 모였다. 클라크네 부모님이 관현악 연주회에 간 사이 우리는 집을 차지해 피자를 데워 먹고 영화를 볼 예정이었다. 여느 때와 다름없는 토요일이었다. 예열을 시키려고 오븐을 켠 다음 클라크가 티브이 채널을 살피고 있는데 소피가 데님 미니스커트에 햇볕에 그을린 피부를 강조하는 흰색 탱크 톱 그리고 굽이 높은 흰색 샌들 차림으로 들어섰다.

"와, 멋지다." 신발 굽으로 바닥을 울리며 다가오는 소피를 보고 내가 말했다.

"고마워." 부엌으로 따라 들어가는 나에게 소피가 대답했다.

"피자 먹는데 엄청 차려입었네." 말을 하고는 클라크가 코를 풀었다.

소피는 빙그레 웃으며 대답했다. "피자 때문에 입은 게 아니야."

클라크와 나는 서로를 보았다. "그럼 뭐 때문에 입은 건데?" 내가 물었다.

"남자들."

"남자들?" 클라크가 되물었다.

"그래." 소피는 조리대 위로 폴짝 뛰어오르더니 다리를 꼬고 앉았다.

“오늘 수영장에서 집에 가다가 남자들을 만났거든. 오늘 밤에 수영장에서 놀 거니까 우리한테도 오라더라.”

“수영장 밤에는 문 닫잖아.” 클라크가 피자를 오븐에 넣으며 말했다.

“그래서? 다들 가는데 뭐. 별일도 아니야.”

나는 클라크가 가지 않을 거라는 걸 금세 눈치챘다. 왜냐면 첫째, 클라크네 부모님이 알면 가만두지 않을 테니까. 둘째, 클라크는 사람들이 다 무시하는 규칙이라도 반드시 지키는 아이였는데, 예를 들면 수영장에 들어가기 전에는 샤워를 하고 구조대원이 어른 수영 시간이라는 신호를 보내면 그 즉시 물 밖으로 나오는 식이었다. 나는 그런 생각을 하며 대답했다. “글쎄, 가면 안 될 것 같은데.”

“아, 왜 그래. 애너벨, 겁쟁이처럼 굴지 마. 그리고 어떤 남자가 콕 집어 너에 대해서 물어 봤단 말이야. 우리 셋을 다 안다면서 너도 올 거냐고 묻더라.”

“나를?”

소피가 고개를 끄덕였다. “그래, 귀엽던데. 이름이 크리스 펜 뭐라던데. 페너? 페닝……”

“페닝턴. 크리스 페닝턴 말이야?” 내가 말했다. 클라크가 나를 보고 있다는 게 느껴졌다. 내가 크리스 페닝턴 오빠한테 홀딱 반했다는 걸 아는 사람은 클라크밖에 없었다.

“맞다. 너도 아는 사람이니?” 소피가 고개를 끄덕이며 물었다.

나는 클라크를 힐끗 훔쳐봤다. 클라크는 피자를 오븐 틀에 끼워 맞추고 있었다. “우리도 그 오빠 알아. 그렇지, 클라크?”

“그 오빠 진짜 멋있더라. 여덟 시쯤에 거기 있을 거래. 맥주도 가져온다던데.”

“맥주?” 내가 물었다.

“어머, 걱정하지 마. 마시기 싫으면 안 마셔도 되니까.” 소피가 웃음을 터뜨리며 말했다.

클라크가 탕, 소리를 내며 오븐 뚜껑을 닫았다. “난 못 가.” 클라크가 말했다.

“야, 너도 가야 돼. 너희 부모님은 모르실 거야.” 소피가 말했다.

“난 가기 싫어. 그냥 집에 있을래.” 클라크가 잘라 말했다.

클라크를 보며 나도 그렇게 대답해야 한다고 생각했지만 어쩐 일인지 입이 떨어지지 않았다. 수영장에서 수도 없이 훔쳐보았던 크리스 페닝턴 오빠가 나에 대해서 물어봤다는 게 머릿속에서 떠나지 않았다. “저기, 그러면……” 나는 쥐어 짜내듯 입을 열었다.

“그럼 나랑 애너벨만 갈게. 별일도 아닌데 뭘. 안 그러냐, 애너벨?” 소피가 조리대에서 뛰어내리며 말했다.

이번에는 클라크가 나를 보았다. 고개를 돌리면서 나를 조심스럽게 바라보는 클라크의 까만 눈동자가 느껴졌다. 문득, 내가 어떤 길을 선택해도 우리 셋 사이의 균형이 무너지겠다는 생각이 들었다. 한쪽에는 지금껏 모든 걸 같이 하고 모르는 것 없이 일상을 공유한 가장 친한 친구 클라크가 있었다. 다른 한쪽에는 소피와 크리스 페닝턴 오빠뿐만 아니라 그 하룻밤, 아주 잠깐 동안 은밀하게 열리는 전혀 다른 세계가 있었다. 나는 가고 싶었다.

"클라크, 잠깐만, 그러니까 삼십 분만 갔다 오자. 그리고 다시 와서 피자 먹고 영화 보면 되잖아. 괜찮지?" 나는 클라크에게 다가가며 말했다.

클라크는 감정에 휘둘리는 아이가 아니었다. 대신 타고난 절제력과 지극히 논리적인 방식으로 풀어야 할 문제에 접근해서 해결책을 내놓은 다음 다른 문제로 옮겨 가는 성격이었다. 그런데 그 순간 클라크의 얼굴에는 그와 다른 낯선 표정이 어려 있었다. 놀랍게도 서운한 느낌이 깃들어 있었다. 뜻밖이었지만 그 표정은 순식간에 사라지고 말아서 내가 정말로 보긴 보았는지 의심스러웠다.

"싫어. 난 안 갈래." 클라크는 거실을 가로질러 소파로 가 앉더니 리모컨을 집어 들었다. 이내 클라크가 이리저리 돌리는 채널에 따라 색깔과 그림들이 화면 위에서 일렁였다.

"알았어." 소피가 어깨를 으쓱하더니 나를 보며 말을 이었다. "그럼 가자."

소피는 현관으로 가고 나는 잠시 그 자리에 서 있었다. 클라크네 부엌을 비롯한 그 밤의 모든 풍경이 익숙했다. 오븐에서 나는 피자 냄새, 조리대 위에 놓인 2리터짜리 콜라, 소파에 앉아 있는 클라크, 내가 와서 앉기를 기다리는 클라크의 옆자리까지. 하지만 나는 저만치서 현관문을 열고 서 있는 소피를 바라보았다. 소피의 뒤쪽으로 어슴푸레한 어둠과 깜박이는 가로등 불빛이 보였고 나는 마음이 바뀌기 전에 현관으로 발을 내디뎠다.

몇 년이 지난 뒤에도 나는 그날 밤을 또렷이 기억했다. 수영장 철조

망에 난 구멍을 지나 깜깜한 주차장을 가로질러 웃음 띤 얼굴로 내 이름을 크게 부르는 크리스 페닝턴 오빠에게 다가서던 순간의 느낌도. 그 오빠가 가져온 맥주를 처음으로 홀짝일 때 가볍게 쏘며 입 안에 감돌던 맛도. 그리고 나중에 오빠가 수영장 뒤를 돌아서 나에게 걸어 온 뒤에 나눈 키스, 내 입술을 누르는 오빠의 따뜻한 입술, 등 뒤로 차갑게 눌리는 담장의 감촉도. 저만치 고요한 수영장 건너편에서 단짝 남자 친구 빌과 함께 있던 소피의 웃음소리도 생각난다. 빌은 그해 여름이 끝날 무렵 다른 곳으로 이사했다. 그리고 그보다 시간이 더 지난 뒤 그 모든 기억 위로 떠오르는 한 장면, 한 순간이 있다. 수영장 담 너머로 시선을 돌렸을 때 길 건너 가로등 밑에 서 있던 한 아이의 모습이 들어왔다. 까만 머리에 작은 키, 반바지 차림에 화장기 없는 얼굴로 우리를 보진 못하고 목소리만 듣고 있던 여자아이였다.

"애너벨, 빨리 와, 늦었어." 그 아이가 소리쳤다.

우리는 모두 입을 다물었다. 크리스 오빠가 어둠 속으로 곁눈질하는 모습이 보였다. "뭐야?"

"쉬이이, 저쪽에 누가 있어." 빌이 말했다.

"누구긴 누구야. 칼라크지." 소피가 눈을 굴리며 말했다.

"칼, 누구?" 빌이 웃음을 터뜨리며 말했다.

소피는 손가락 두 개로 자기 코를 잡었다. "칼—라크 말이야." 소피가 클라크처럼 꽉 막힌 코맹맹이 소리를 흉내 내며 말했다. 다들 웃음을 터뜨렸지만 나는 가슴을 찌르는 듯한 통증을 느끼며 그 소리를 듣고 있을 클라크를 다시 돌아보았다. 클라크는 아직도 거기, 길 건너 가로등 밑에 있었다. 나는 클라크가 더 가까이 다가오지 않을 것이고, 이제 그만 그 자리를 벗어나 클라크 곁으로 가는 게 내가 할 일이라는 걸 알았다.

"난 이제……" 나는 걸음을 내디디며 입을 열었다.

"애너벨." 소피가 나를 째려보며 말했다. 그때는 몰랐지만, 그게 짜증과 조바심이 섞인 소피의 표정이라는 걸 나는 나중에야 차차 알게 되었다. 그 뒤로 자기가 하자는 대로 따르지 않는다 싶으면 소피는 그 눈길로 수도 없이 나를 째려보았다. "뭐 하는 거야?"

크리스 오빠와 빌이 우리를 보았다. "그냥." 나는 입을 다물었다가 다시 열었다. "이제 가야 돼."

"안 돼. 못 가." 소피가 말했다.

그때 소피와 모두에게서 벗어나 걸어가는 게 올바른 행동이었을 것이다. 하지만 그렇게 하지 못했다. 나는 나중에 스스로에게 말했다. 그건 순전히 크리스 페닝턴 오빠가 내 허리에 손을 대고 있었기 때문이며 그 전에 입을 맞추고 두 손으로 내 머리카락을 헤집으며 눈부시게 아름답다고 속삭였기 때문이라고. 하지만 사실은 그 순간 소피에게 맞서다가는 무슨 일이 생길 것만 같은 두려움 때문이었다. 그 사실이 두고두고 나를 부끄럽게 만들었다.

그래서 나는 자리에 남았고 클라크는 집으로 돌아갔다. 나중에 클라크 집에 다시 가 보았지만 불이 꺼지고 문은 잠겨있었다. 그래도 들어가 보려고 했는데 우리가 함께 소피네 집에 갔던 날과 달리 문은 열리지 않았다. 내가 그랬던 것처럼 클라크도 나를 기다리게 했고, 얼마 후 하는 수 없이 집으로 돌아갔다.

클라크가 나 때문에 화가 많이 났다는 건 알고 있었다. 하지만 다시 좋아질 거라고 믿었다. 딱 하룻밤 실수였고, 클라크의 화도 가라앉을 거라고 생각했다. 그렇지만 이튿날, 수영장에서 옆으로 다가가는 나를 클라크는 본 척도 하지 않았고 내가 거듭 인사했지만 들은 척도 하지 않았으며 옆자리에 앉자 고개를 돌려버렸다.

"나 좀 봐줘. 거기 가는 게 아니었어, 미안해. 괜찮아?" 클라크는 대답이 없었다.

그렇다고 괜찮은 상황은 아니었다. 여전히 날카로운 옆모습만 보인 채 나를 쳐다보지 않았다. 클라크는 화가 너무 많이 났고 나는 어찌할 줄 몰라 앉아 있다가, 자리에서 일어나고 말았다.

"그래서 뭐?" 소피네 집에 가서 그 얘기를 했더니 소피가 그렇게 되물었다. "그러거나 말거나 왜 그렇게 신경을 쓰는데?"

"걔는 나랑 가장 친한 친구잖아. 근데 걔가 나를 미워하니까."

"걔는 너무 어려." 소피가 대답했다. 나는 소피의 침대에 앉아서 옷장 거울 앞에 서 있는 소피를 보았다. 소피는 빗으로 머리를 몇 번 빗었다. "애너벨, 솔직히 말해서 걔 좀 바보 같잖아. 내 말은, 정말로 그렇게 여름방학을 보내고 싶냐는 소리야. 카드나 하면서 걔가 코 훌쩍거리는 소리나 들으면서 말이야. 관둬. 너 어젯밤에 크리스 오빠랑 좋았잖아. 재미있게 살란 말이야."

"알았어." 내 입으로 말하면서도 스스로 믿어지지 않았지만 그렇게 대답했다.

"좋아." 소피는 빗을 내려놓고 돌아서서 나를 보았다. "그럼 됐어. 이제 쇼핑센터나 가 보자."

그게 다였다. 같이 카드놀이를 하고 피자를 먹으며 함께 보낸 밤들이, 몇 년 동안 쌓은 우정이 스물네 시간도 안 되어 끝나 버렸다. 돌이켜 보면 내가 한 번 더 클라크에게 다가갔다면 화해했을지도 모른다. 하지만 나는 그렇게 하지 않았다. 잠깐 지나면 풀릴 문제라고 생각했는데 내 죄책감과 부끄러움이 그 시간의 틈을 점점 더 넓게 벌려 놓았다. 한때는 얼마든지 뛰어넘을 수 있는 틈인 줄 알았는데 끝내는 너무 멀어져서 끝이 보이지 않았고 건너가는 길을 찾을 수도 없었다.

클라크와 다시 마주친 순간은 많았다. 우리는 같은 동네에 살았고 같은 버스를 탔고 같은 학교에 다녔으니까. 그렇지만 얘기를 나눈 적은 없었다. 이제 나와 가장 친한 친구는 소피였다.

크리스 페닝턴 오빠와도 아무 일 없었다. 그날 밤 어둠 속에서 많은 얘기를 했던 것과 달리 오빠는 내게 다시는 말을 걸지 않았다. 한편 클라크는 가을에 축구부에 가입해서 새 친구들을 만났고 공격수가 되기 위해 뛰었다. 결국 우리는 서로 너무 달랐고 각자 색깔이 전혀 다른 무리로 옮겨 갔으며 한때 우리가 가까운 친구였다는 사실도 믿어지지 않았다. 그렇지만 내 사진첩 속에는 페이지마다 우리 둘이 함께 찍은 사진이 들어 있었다. 뒷마당에서 벌인 야외 요리 파티, 자전거 타는 모습, 클라크네 현관 계단에서 찍은 사진, 그리고 우리 둘 사이에 빠지지 않고 등장하는 휴지 상자까지.

아이들은 언니들과 하는 모델 일 때문에 이미 나를 알긴 했지만 소피와 친구가 되자 그 사실 하나만으로도 유명해졌다. 우리 사이에 한 가지 다른 점은 있었다. 소피는 두려움이라고는 모르는 특유의 성격으로 중고등학교의 여러 패거리와 사건들을 마음껏 휘젓고 다녔다. 나는 우두머리 행세를 하는 여자애들이나 여기저기서 수군거리는 소문에 기가 죽기 일쑤였지만 그런 걸 전혀 개의치 않는 소피가 뚫고 지나온 덕분에 내가 한결 수월하게 여러 장벽을 뛰어넘었다는 사실을 알았다. 늘 멀리 떨어진 곳에서 구경하며 부러워하던 모든 것들, 아이들, 파티, 그리고 특히 남자애들과 갑자기 가까워졌을 뿐 아니라 한꺼번에 내 영역이 되었다. 모두 소피 덕분이었다. 그런가 하면 내가 참을 수밖에 없는 점도 생겼는데 소피의 변덕과 클라크에 대한 일들이었다. 그쯤은 참을 만한 가치가 있다고 생각했다. 참을 만하다고.

아무튼 나와 클라크 그리고 소피에 얽힌 모든 일들은 몇 년 전에 벌어진 이야기였다. 그런데 지난여름, 특히 수영장에 혼자 있을 때면 내가 부쩍 클라크를 많이 떠올리고 있다는 사실을 알았다. 만약 그날 밤 내가 클라크의 옆자리에 남고 소피 혼자 가게 내버려 두었다면 많은 것들이 달라졌을 것이다. 하지만 선택은 내가 했고 되돌릴 길은 없었다. 그런데도 이따금 늦은 오후 무렵에 눈을 감고 아이들이 물장구치는 소리며 구조대원이 호루라기를 부는 소리를 듣고 있으면 그때나 지금이나 아무것도 변한 게 없는 것처럼 느껴졌다. 그러다가 화들짝 눈을 떠보면 어느새 땅거미가 지면서 몸에 와 닿는 공기가 서늘했고 집으로 돌아갈 시간이 훌쩍 지나 있었다.

학교에서 돌아오니 집에는 아무도 없고 자동응답기 불빛만 깜박거리고 있었다. 나는 냉장고에서 사과 하나를 꺼내 셔츠에 문질러 닦으며 응답기를 확인하러 거실로 갔다. 첫 번째는 내 에이전트인 린디가 엄마에게 남긴 거였다.

"안녕하세요, 전데요, 전화하셨다면서요. 늦게 전화 드려서 죄송해요. 직원이 그만두는 바람에 임시로 전화 받을 사람을 썼는데 일 처리하는 게 형편없어서 상황이 엉망이네요. 그건 그렇고, 아직 소식은 없습니다. 하지만 제가 무샤카 사무실에 전화를 했으니까 조만간 좋은 소식이 올 거예요. 다시 연락할게요. 잘 지내시고, 애너벨한테도 안부 전해 주세요. 안녕히 계세요!"

삑. 며칠 동안 무샤카 면접은 잊고 있었는데 엄마는 여전히 마음을 쓰고 있는 게 분명했다. 하지만 새삼스럽게 그 생각을 하는 것도 내키지 않아서 다음 내용을 확인했더니 커스틴 언니였다. 언니는 메시지를 길게 남기기로 유명했다. 두서없는 얘기를 이것저것 하다가 녹음 용량이 차면 다시 전화해 2부까지 남기기 십상이었으므로 언니 목소리를 듣자마자 의자부터 준비했다.

"저예요." 언니가 시작했다. "그냥 어떻게 지내는지 궁금해서 안부 전화했어요. 지금 강의실에 가는 길인데, 여기는 날씨가 끝내주네요……. 이 얘기를 했는지 모르겠는데, 아무튼 이번 학기에 커뮤니케이션 강의를 듣고 있거든요. 친구가 엄청 추천해서 등록했는데 아주 마음에 들어요. 심리학 관점에서 가르치는데, 진짜 배우는 게 많아요……. 그리고 조교가 진짜 끝내 주게 멋진 분이에요. 강의를 듣다가 넋이 홀딱 빠질 때가 한두 번이 아닌데 강의 내용도 좋긴 좋죠, 근데, 브라이언은 핑 돌게 매력적인 사람이거든요. 진짜예요. 그 조교님 덕분에 커뮤니케이션 부전공도 생각 중이에요. 그 수업에서 얻는 게 정말 많거든요…… 그런데 지금 듣고 있는 영화 제작 강의도 진짜 재미있어서, 아무튼 잘 모르겠어요. 그건 그렇고 인제 강의실에 거의 다 왔거든요, 다들 잘 지내세요, 사랑해요, 안녕!"

커스틴 언니는 언제나 용건이 끝나갈 때면 급하게 몰아붙이다가 불쑥 인사하고 끊어 버렸다. 나는 '저장' 버튼을 눌렀고 집 안은 다시 고요해졌다.

나는 사과를 들고 일어나 거실을 가로질러 나갔다. 종종 그랬듯 현관에 이르러 걸음을 멈추고 현관 맞은편 벽에 걸린 커다란 흑백 사진을 보았다. 삼촌의 여름 별장 근처에 있는 방파제에서 엄마와 우리 세 자매가 수평 구도로 찍은 사진이었다. 넷 다 흰색 옷을 입고 있었다. 커스틴 언니는 흰색 진 바지에 수수한 브이넥 티셔츠, 엄마는 여름용 드레스, 휘트니 언니는 수영복 상의에 끈으로 묶은 바지, 나는 탱크톱에 긴 스커트 차림이었다. 햇볕에 그을린 우리 뒤로 큰 파도가 부서지고 있었다.

그 사진은 3년 전 친척들과 간 가족 여행에서 찍은 거였다. 아빠 친구의 친구가 찍어주었다. 그때는 아저씨가 가서 서 보라고 해서 자연스럽게 찍은 사진인 줄 알았는데, 알고 보니 엄마의 크리스마스 선물을 위해 아빠가 몇 주 동안 계획한 일이었다. 이제 이름은 잊었지만 키가 크고 호리호리한 그 사진사 아저씨를 따라 모래사장을 가로질러 방파제로 가던 모습이 떠올랐다. 커스틴 언니가 앞장서서 방파제에 올라선 다음, 손을 내밀어서 엄마를 잡아 주었고 휘트니 언니와 나는 그 뒤를 따라갔다. 울퉁불퉁한 바위 가장자리를 지나 모두 평평한 지점에 이를 때까지 커스틴 언니가 엄마를 감싸며 데리고 갔다.

사진 속 우리는 꼭 붙어있었다. 커스틴 언니가 엄마의 손을 잡고, 휘트니 언니는 한 팔로 커스틴 언니의 어깨를 감싸고, 앞에 선 나는 엄마의 허리를 감싼 채 엄마 쪽으로 살짝 몸을 튼 모습이었다. 엄마와 커스틴 언니는 웃고 있고 휘트니 언니는 언제나처럼 숨이 멎도록 아름다운 얼굴로 가만히 카메라를 응시하고 있었다. 나는 플래시 불빛이 터질 때마다 웃었던 기억이 있는데 마지막으로 찍힌 내 표정은 커스틴 언니의 활짝 웃음과 휘트니 언니의 매력적인 무표정 사이의 중간 지점에서 포착된 느낌으로 나도 미처 알아차리지 못한 표정이었다.

어쨌든 사진은 아름답고 구도는 완벽했다. 우리 집에 들어오면 맨 먼저 보이는 그 사진을 두고 사람들은 한마디씩 했다. 하지만 최근 몇 달 동안 나는 그 사진이 어쩐지 서늘하게 느껴졌다. 단순히 멋진 흑백 사진, 각자 다르지만 비슷한 특징이 얼굴에 나타난 우리 자매의 사진으로 보이지 않았다. 나는 이제 그 사진에서 다른 것을 보았다. 이를테면 휘트니 언니와 커스틴 언니가 신기하게도 얼마나 한 치의 빈틈도 없이 꼭 붙어 서 있는지. 내 표정이 얼마나 편안해 보이는지. 엄마는 또 어쩌면 그렇게 왜소해 보이는지. 마치 엄마가 날아가 버리기라도 할 것처럼, 우리 모두가 엄마를 에워싸며 끌어당기고 있었다.

사과를 들어서 한 입 베어 무는데 엄마의 차가 차고로 들어왔다. 잠시 뒤 차 문이 닫히고 엄마와 휘트니 언니가 안으로 들어오는 소리가 들렸다.

“왔구나.” 엄마가 식료품 봉지를 조리대 위로 가져다가 무거운 소리와 함께 내려놓으며 나에게 말했다. “학교는 어땠니?”

“좋았어요.” 내가 대답했다. 휘트니 언니는 나를 본체만체 스쳐 지나가더니 잽싸게 모퉁이를 돌아 위층으로 사라져 버렸다. 수요일이었고 그건 언니가 정신과 의사를 만나고 온 날이라 기분이 몹시 안 좋은 상태라는 뜻이었다. 내 생각엔 의사를 만나면 기분이 나쁜 게 아니라 더 나아질 것 같은데 언니를 보면 그리 간단하지 않은 것 같았다. 하지만 휘트니 언니는 모든 게 복잡한 사람이니까.

“린디 아줌마가 메시지 남겼어요.” 엄마에게 말했다.

“뭐라고 했는데?”

“무샤카 쪽에서 아직 전화가 없대요.”

엄마는 실망한 눈치였지만, 아주 잠깐이었다. “아, 그래. 전화하겠지.” 엄마는 싱크대로 가서 손을 씻으며 창밖 수영장을 내다보았다. 오후 햇살에 비친 엄마는 지쳐 보였다. 하긴 수요일은 엄마에게도 힘든 날이었다.

“그리고 커스틴 언니도 전화했어요. 메시지를 길게 남겼던데요.”

엄마가 웃음을 지으며 말했다. “말해 뭐 하겠니.”

“강의 듣는 일이 재미있다는 게 요지였어요.”

“그래, 잘 됐구나.” 엄마가 접시 닦는 행주에 손을 닦으며 말했다. 그리고 행주를 접어서 조리대 옆에 놓은 다음 내 옆으로 와서 앉았다.

"자. 이제 오늘 어땠는지 얘기해 줘. 좋은 얘기 말이야."

좋은 얘기. 나는 소피와 얽힌 일이며, 오언 암스트롱을 관찰하는 일상이며, 아직도 나를 미워하는 클라크를 잠깐 떠올렸다. 좋은 얘기라는 주제와는 거리가 한참 먼 장면들이었다. 시간이 지날수록 무샤카 일이나 휘트니 언니 때문에 가라앉은 엄마의 기분을 풀어 줄 얘기를 어떻게든 찾아야 한다는 생각에 쫓겨 당황했다. 엄마는 아직도 기다리고 있었다.

"체육 시간에 귀여운 남학생을 만났는데요, 오늘 저한테 말을 걸었어요." 마침내 내가 입을 열었다.

"그래, 이름이 뭔데?" 엄마가 빙그레 웃으며 물었다. 성공이었다.

"피터 매친스키요. 졸업반이에요."

거짓말은 아니었다. 피터 매친스키는 실제로 체육을 같이 듣고 귀여운 편이며 졸업반이니까. 그리고 나한테 말도 걸었다. 곧 수영 시험을 보겠다고 한 선생님 얘기에 대해 물은 것뿐이지만 말이다. 평소엔 엄마에게 거짓말을 잘 하지 않지만 최근 몇 달은 이와 비슷한 작은 거짓말만큼은 스스로 눈감는 법을 배웠는데 그것으로 엄마를 즐겁게 만들 수 있어서였다. 사실대로 털어놓는다면 엄마를 괴롭히게 될 테니까.

"귀여운 졸업반 학생이라, 흠. 더 얘기해 봐."

그럴 생각이었다. 다른 이야기가 더 있는 건 아니었지만 말이다. 할 수만 있다면 이야기를 덧대고 채워 넣어 풍성하게 만들어서 내 생활에 대한 엄마의 궁금증을, 적어도 정상에서 벗어나지 않은 모습으로 바꾸어 충족시켜주고 싶었다. 내가 가진 가장 안 좋은 이야기들, 너무 많아서 셀 수도 없는 그 이야기들을 엄마한테 털어놓고 싶었지만 파장이 두려운 것들뿐이었다. 안 그래도 언니들 틈에서 시달리는 엄마에게 짐을 더 얹을 수는 없었다. 그래서 나는 진실이 아닐지라도 말을 보태고, 이야기를 보태고, 그렇게 조금씩 조금씩 보태서라도 엄마를 위로하기 위해 최선을 다했다.

***

학교에 가기 전 아침 시간에는 대개 엄마와 나만 아침을 먹었고 간혹 늦게 출근하는 날 아빠가 함께하기도 했다. 휘트니 언니는 잠이 깨도 오전 열한 시 전에는 침대 밖으로 나오지 않았다. 그래서 이 주쯤 지난 어느 날 샤워 후 옷까지 갈아입고 내 자동차 열쇠가 올려진 식탁에 앉은 휘트니 언니를 보니 무슨 일이 있는 게 분명했다. 내 느낌이 옳았다.

“오늘은 언니가 학교까지 태워다 줄 거야.” 엄마가 말했다. “그다음에 언니가 네 차를 갖고 가서 쇼핑 좀 하고, 영화도 보고 오후에 데리러 간대. 괜찮니?”

입을 굳게 다문 채 나를 보는 언니를 바라보았다. “그럼요.”

엄마가 빙그레 웃으며 나와 언니를 번갈아 쳐다보았다.

“그래. 잘 됐다.”

엄마는 짐짓 아무렇지도 않은 척 말했지만, 목소리에 걱정이 배어 있는 건 어쩔 수 없었다. 휘트니 언니가 병원에서 퇴원한 뒤로 엄마는 언니를 눈에 보이는 곳에 두고 부지런히 움직이게 만들었는데 그건 언니가 늘 일을 시켜도 질질 끌고 엄마 말을 잘 따르지 않아서였다. 휘트니 언니는 지지 않고 자유 시간을 더 달라고 했지만 엄마는 그랬다가는 언니가 폭식을 하고 토하거나, 운동을 하거나, 그 밖의 금지된 행동을 할까 봐 걱정했다. 그런데 무슨 이유인지 몰라도 뭔가 달라진 게 틀림없었다.

언니랑 밖으로 나간 후 나도 모르게 운전석 쪽으로 가다가 휘트니 언니도 그쪽으로 가는 걸 보고 멈춰 섰다. 잠깐 동안 우리는 그냥 서 있기만 했다. 그러다가 언니가 입을 열었다. "내가 운전할게."

"그래, 알았어."

차를 타고 가는 길은 어색했다. 휘트니 언니와 단둘이 차를 타고 가는 게 얼마 만인지 알 수 없었다. 나는 언니한테 무슨 말을 해야 할지 몰랐다. 쇼핑에 대해서 물을 수도 있지만 언니가 몸에 민감한 상태라서 다른 주제를 찾아보려고 했다. 영화에 대해? 교통에 대해? 마땅한 생각이 떠오르지 않았다. 그래서 그저 말없이 앉아만 있었다.

휘트니 언니도 말이 없기는 마찬가지였다. 언니가 운전을 꽤 오랜만에 한다는 게 티가 났다. 언니는 매우 조심스럽게 운전하면서 정지 신호에 걸리면 사람들이 다 지나갈 때까지 필요 이상으로 기다렸다. 빨간 신호에 멈췄을 땐 옆에 있던 스포츠 차 안에서 남자 회사원 두 사람이 언니를 빤히 쳐다보는 게 보였다. 둘 다 양복 차림이었는데 한 사람은 20대, 다른 한 사람은 아빠 또래였다. 언니가 알면 싫어하겠지만 나도 모르게 언니를 보호해야 한다는 생각이 들었다. 그런데 문득 그 사람들이 언니를 보는 건 언니가 말랐기 때문이 아니라 멋있기 때문이라는 사실을 알아차렸다. 한동안 잊고 있었지만 나는 우리 언니처럼 아름다운 사람을 본 적이 없었다. 세상 사람들은, 아니 적어도 세상 사람들의 일부는 아직도 나와 같은 생각인 것 같았다.

학교까지 1.5킬로미터 남짓 남았을 무렵 나는 애써 말을 붙여 보았다. "언니, 오늘 재미있을 것 같아?"

언니는 나를 힐끗 보더니 다시 눈길을 앞으로 돌렸다. "재미." 언니가 다시 되풀이했다. "내가 뭐가 재밌겠어?"

"저기, 그러니까, 음, 오늘 하루 내내 자유 시간이잖아." 차는 학교 정문 안으로 들어서고 있었다.

언니는 한동안 대답 없이 길 가장자리로 차를 대는 데만 집중했다. "딱 하루 말이지." 언니가 마침내 입을 열었다. "전에는 인생이 통째로 내 거였는데."

무슨 말을 해야 할지 몰랐다. "알았어, 그럼, 이따 봐!" 적당히 밝았는지 완전 부적절했는지 모르겠지만 일단 인사했다. 나는 문을 열고 뒷자리에 있는 가방을 집어 들었다.

"세 시 반에 보자."

"응." 내가 대답했다.

언니는 방향지시등을 켜고 어깨 너머로 뒤를 돌아보았다. 내가 문을 닫자 언니는 천천히 찻길로 접어든 뒤 멀어졌다.

그렇게 헤어진 뒤 오후에 치를 문학 시험을 앞두고 잔뜩 긴장한 탓에 언니는 까맣게 잊고 있었다. 그럴 만한 이유가 있었다. 전날 밤을 새우다시피 공부하고 점심시간엔 선생님과 예전 시험 문제를 복습했는데도 시원하게 풀지 못한 몇 문제가 있었다. 시험 시간, 시간이 다 됐다는 선생님 말씀에 따라 시험지를 제출하는 순간까지 나는 그저 멍하니 앉은 채 바보처럼 문제들만 내려다볼 수밖에 없었다.

본관 입구로 휘트니 언니를 만나러 가는 길에 내가 놓친 문제의 답을 찾으려고 공책을 꺼내서 뒤졌다. 자동차 회차 지점으로 아이들이 떼를 지어 몰려가고 있었고, 나는 공책에 정신이 팔린 탓에 빨간색 지프 바로 앞으로 걸어갈 때까지 모르고 있었다.

속을 시원하게 해 줄 인용문을 찾아 남부 문학에 대해서 적어놓은 페이지를 훑어보는 순간이었다. 무심코 고개를 들었는데 윌 캐쉬가 눈에 들어왔다. 이번에는 그쪽에서 먼저 나를 알아보았다. 윌 캐쉬는 나를 빤히 보고 있었다.

나는 재빨리 시선을 거두고 빠른 걸음으로 지프의 앞을 지나갔다. 인도에 거의 이르렀을 무렵 윌 캐쉬가 나를 불렀다. “애너벨.”

못 들은 척해야 한다는 건 나도 알고 있었다. 그런데 그런 생각을 하면서도 본능처럼 머리가 저절로 돌아갔다. 윌 캐쉬는 면도도 안 한 얼굴에 체크무늬 셔츠를 입고, 이마에는 선글라스를 얹은 채 운전석에 앉아 있었다. 선글라스는 금방이라도 미끄러져 내릴 것처럼 보였다.

“안녕.” 윌 캐쉬가 말했다. 나는 이제 열린 창을 통해 새어 나오는 에어컨 바람을 느낄 정도로 차에 가까이 있었다.

“안녕.” 단 한 마디였지만 뒤틀린 발음으로 내 목을 짓누르며 새어 나왔다.

창밖으로 팔꿈치를 내밀고 내 뒤에 있는 운동장을 건너다보는 윌 캐쉬의 모습은 신경 줄이 팽팽하게 곤두선 내 마음을 알아차리지 못한 것 같았다. “요새는 파티에 잘 안 보이더라. 요즘은 안 놀러 다녀?”

불어오는 맞바람에 펄럭거리는 공책 종이 소리가 조그만 날갯소리 같았다. 나는 공책을 단단히 붙잡았다. “응, 별로.” 나는 겨우 대답했다.

목이 서늘해지면서 금세라도 기절할 것만 같았다. 차마 윌 캐쉬를 볼 수가 없어서 눈을 내리깔았는데, 열린 창 너머로 내민 윌 캐쉬의 손이 눈에 들어왔고 어느 순간 손가락으로 차 문을 톡톡 두드려 대는 손가락들을 내가 보고 있다는 걸 알았다.

쉬이이, 애너벨. 나라니까.

“그럼, 또 보자.” 윌 캐쉬가 말했다.

나는 고개를 끄덕인 다음 마침내 돌아서서 걸음을 옮겼다. 나는 주변에 수많은 사람이 있다고, 안전한 곳이라고 스스로를 타이르며 숨을 들이마셨다. 그렇지만 그 순간 내 의지와는 달리 어쩔 수 없는 거부감이 느껴졌다. 배가 부글부글 뒤틀리며 참을 수 없는 구역질이 치밀어 올랐다. 맙소사, 나는 공책을 가방 안으로 재빨리 쑤셔 넣었다. 그리고 미처 지퍼도 잠그지 못한 가방을 어깨에 메고 가장 가까운 건물 쪽으로 걸었다. 제발 화장실에 갈 때까지만 참을 수 있기를 기도하면서 말이다. 아니면 적어도 사람들 눈에 안 띄는 곳까지라도. 하지만 그리 멀리 가지 못했다.

“방금 뭐였어?”

소피였다. 소피가 바로 내 등 뒤에 있었다. 걸음을 멈추었지만 쓴물은 여전히 솟구쳤다. 늘 한 마디씩만 쏘아붙이던 소피가 던진 세 마디

말이 나를 압도했다. 소피가 다시 말을 쏟아냈다.

"애너벨, 너 지금 도대체 무슨 짓을 하는 거야?" 내 곁을 지나가던 후배 여학생 둘의 눈이 휘둥그레졌다. 나는 가방끈을 꽉 움켜쥐고 다시 한번 꿀꺽 쓴 침을 삼켰다.

"그날 밤에 한 짓이 부족하니? 뭘 더 하고 싶어?"

나는 어떻게든 다시 가던 길을 가보려 했다. 토하지 말자, 돌아보지 말자, 아무 짓도 하지 말자, 스스로를 다독였지만 목은 따끔따끔 쑤시고 머리는 핑글핑글 어지러웠다.

"내 말 안 들려? 고개 돌리란 말이야, 창녀야!" 소피가 말했다.

내가 바란 건, 진심으로 바란 건 그냥 벗어나는 거였다. 어딘가 사방이 벽으로 막히고 아무도 나를 힐끔거리거나 손가락질하거나 소리치지 않는, 마음을 놓을 수 있는 작은 공간 속에 비집고 들어가고 싶었다. 하지만 나는 시야가 탁 트인 드넓은 공간에 서 있었다. 지금까지 그랬듯 소피가 하고 싶은 대로 마음껏 하게 내버려 둘 수도 있었다. 그런데 뜻밖의 일이 벌어졌다. 소피가 내 어깨를 움켜잡은 거다.

내 속에서 뭔가가 딱, 소리를 내며 꺾였다. 아주 크게, 뼈나 나뭇가지처럼 단단한 무엇인가가 부러졌다. 무슨 짓을 하는지 스스로도 알아차리지 못한 사이에, 나는 홱 돌아서서 눈앞에 있는 소피를 두 손으로 밀어 버렸다. 내 손이라는 의식도 없이 거칠게 소피의 가슴을 쳐서 밀었고 소피는 비틀비틀 넘어질 것처럼 뒤로 밀려났다. 순식간에 일어난 일이었고 둘 다 놀라긴 마찬가지였지만 충격은 내가 더 컸다.

눈을 크게 뜬 소피는 넘어지는 듯하더니 재빨리 균형을 잡고 내 앞으로 다가왔다. 까만 스커트에 샛노란 탱크톱을 입고 햇볕에 그을린 팔뚝은 단단했으며 머리는 어깨 위로 어지럽게 풀어 헤쳐져 있었다. "뭐 이런 게 다 있어." 소피가 낮은 목소리로 말했고 나는 떨어지지 않는 발길로 주춤주춤 물러섰다. "너 지금……"

아이들이 서로 몸을 부딪쳐 가며 우르르 우리를 에워쌌다. 물러서는 와중에 경비원 아저씨가 골프 카트를 타고 윙, 소리를 내며 다가오는 소리가 들렸다. "모두 흩어져. 주차장이나 버스 정류장 쪽으로 가란 말이야." 아저씨가 소리쳤다.

소피가 내 앞으로 바짝 다가서며 낮게 말했다. "너는 창녀야." 어디선가 우우우우, 야유하는 소리가 났고 뒤이어 경비원 아저씨가 두 번째로 경고하는 목소리가 들려왔다.

"내 남자 친구 옆에 얼씬거리지 마. 알아들어?" 소피가 윽박질렀다.

나는 멍하니 서 있었다. 손바닥에는 아직도 소피의 가슴을 쳐서 밀어붙인 감촉이 얼얼하게 남아 있었다. "소피……" 내가 입을 열었다.

소피는 고개를 가로저으며 다가오더니 나를 밀치고 가 버렸다. 소피가 어깨로 세게 치고 가는 바람에 나는 균형을 잡을 틈도 없이 넘어지면서 뒤에 있던 사람과 부딪치고 말았다. 흐릿한 얼굴들이 몰려든 사람들을 헤치고 나가는 소피를 보다가 내 쪽으로 일제히 쏠렸다.

나는 한 손으로 입을 틀어막은 채 아이들 틈을 비집고 나갔다. 여기저기서 떠들고 웃음소리가 들리는 가운데 앞길이 조금씩 트이더니 마침내 그 자리를 벗어날 수 있었다. 바로 앞쪽에 본관 건물이 있었다. 건물 뒤편으로 이어지는 키 큰 덤불 더미를 손으로 헤치며 달려갔다. 손안에서 뾰족한 잎들이 부서졌다. 채 멀리 가기도 전에 사람들 눈에 띄지 않기만을 바라며 나는 한 손으로 배를 움켜쥔 채 몸을 웅크리고 풀밭에 토해 버렸다. 기침 소리와 토하는 소리가 내 귀를 할퀴었다.

다 토하고 나니 피부가 축축하고 눈가에는 눈물이 그렁그렁 맺혔다. 끔찍하고 당황스러운 순간에는 무엇보다 혼자이고 싶기 마련이다. 특히 그 자리에 다른 사람이 있다는 걸 알게 되면 더욱더.

발자국 소리는 듣지 못했다. 그림자도 보지 못했다. 그런데 바닥에 웅크린 내 눈에 푸른 잔디가 들어오는가 싶더니 손이, 가운뎃손가락에 납작한 은반지 한 쌍을 나눠 낀 두 손이 보였다. 한 손은 내 공책을 붙잡고 있었다. 그리고 다른 손은 나에게 내밀었다.

5

오언 암스트롱은 거인 같았고, 나에게 내민 손은 어마어마하게 컸다. 나도 모르게 오언에게 등을 기댔고 오언은 내 손을 잡아 일으켜 주었다. 잠깐 서 있는 동안 머리가 빙글빙글 돌며 몸이 휘청거렸다.

“어, 잠깐만. 아무래도 좀 앉는 게 낫겠다.” 오언이 나를 붙들며 말했다.

오언이 두어 걸음쯤 뒤로 나를 부축해 주었고 나는 등에 닿는 차가운 벽돌의 감촉으로 뒤쪽에 건물이 있다는 걸 알 수 있었다. 나는 벽을 타고 스르르 미끄러져 풀밭으로 주저앉았다. 그 위치에서 보니 오언이 더 커 보였다.

갑자기 오언이 어깨에 멘 가방을 떨어뜨렸다. 가방이 탁 소리를 내며 바닥으로 떨어지자 오언은 몸을 웅크려서 안을 뒤지기 시작했다. 가방 속에서 물건들이 이리저리 흩어지고 부딪치는 소리가 났고 그 순간 내가 우려했던 상황이 바로 그런 거였는지도 모른다는 생각이 들었다. 마침내 오언이 행동을 멈추고 뒤로 조금 물러나 앉았다. 나는 마음을 단단히 다잡으며 오언의 손이 가방 밖으로 조금씩 조금씩 드러나다가 마침내…… 휴지 뭉치를 들고나오는 걸 지켜보았다. 구겨지고 뒤틀린 조그만 묶음이었는데, 오언은 그걸 가슴에, 정말이지 우람한 그 가슴에 대고 문질러서 편 다음 한 장을 뽑아서 내밀었다. 나는 그 휴지를 오언의 손이라도 잡는 것처럼 조심조심하며 받았다.

"통째로 다 써도 괜찮아. 필요하다면 말이야." 오언이 말했다.

"괜찮아." 나는 잠긴 목소리로 말했다. "한 장이면 돼." 나는 휴지로 입을 막고 숨을 들이쉬었다. 오언은 휴지 뭉치를 내 발밑에 놓아주었다. "고마워."

"고맙긴."

오언은 가방 옆에 앉았다. 점심시간에 시험 문제를 복습하느라 온종일 보지 못했지만 오언은 여느 날과 비슷해 보였다. 청바지와 밑단이 해진 티셔츠, 밑창이 두꺼운 윙팁 구두, 그리고 이어폰까지. 가까이서 보니 얼굴에 주근깨가 좀 있고 눈동자는 갈색이 아니라 초록색이었다. 운동장에서 나는 아이들 소리가 우리 머리 위를 떠다니는 것처럼 들려왔다.

"저기, 음, 괜찮니?" 오언이 물었다.

나는 고개를 끄덕이며 대답했다. "응, 갑자기 속이 안 좋았는데 왜 그랬는지 나도 잘 모르겠……"

"다 봤어."

"아 그래. 그게…… 최악이었지." 얼굴이 달아오르는 게 느껴졌다. 나는 열기를 가라앉히려고 안간힘을 썼다.

"그보다 더 나쁜 상황이 될 수도 있었어." 오언이 어깨를 으쓱하며 말했다.

"그래?"

"그럼." 거칠 거라고 상상했는데 오언의 목소리는 낮고 차분했다. 아니, 부드럽기까지 했다. "개를 한 대 때려 버릴 수도 있었잖아."

나는 고개를 끄덕이며 말했다. "그래, 니 말이 맞다."

"하지만 안 때리기 잘한 거야. 그럴 만한 가치가 없거든."

"잘했다고?" 솔직히 말해서, 때리는 건 생각도 안 해 봤지만 나는 그렇게 물었다.

"잘한 거야. 그때는 후련하겠지만 별로 안 좋아. 내 말을 믿어."

나는 정말 이상하기 짝이 없는 일을 했다. 오언을 믿은 거다. 나는 오언이 준 휴지 뭉치를 내려다보다가 한 장을 다시 뽑았다. 그때 가방 속에서 진동 소리가 났다. 내 핸드폰이었다.

나는 핸드폰을 꺼내서 발신자를 확인했다. 엄마였다. 받을까 말까 잠시 망설였다. 엄마 전화가 아니어도, 오언과 함께 앉아 있는 것만으로도 이상한 일이었다. 그런데 다시 생각해 보니 그 시점에서 내가 더 잃을 것도 없어 보였다. 오언은 내가 토하는 꼴을 그것도 두 번씩이나 봤고 전교생의 반이나 모인 자리에서 망신당하는 모습도 봤으니까 말이다. 이제 와서 격식을 차릴 때가 아니었다. 그래서 전화를 받았다.

"여보세요?"

"엄마다, 아가!" 엄마 목소리가 너무 커서 행여 오언이 듣지 않을까 걱정됐다. 나는 핸드폰을 귀에 바짝 눌렀다. “오늘은 어땠니?”

나는 걱정스러운 일이 있지만 아닌 척할 때 엄마의 말투에 숨어 있는 긴장감쯤은 이제 잡아낼 수 있었다. “좋았어요. 아무 일 없어요. 엄마는 어떠세요?”

“저기, 휘트니가 아직 쇼핑센터에 있다는구나. 굉장한 세일 상품을 발견했나 봐. 그래서 영화를 아직 못 봤대. 근데 언니가 그 영화를 꼭 보고 싶다면서 좀 더 있다가 오겠다고 전화를 했지 뭐니.”

건물 옆에서 아이들이 시끄럽게 떠드는 소리가 나서 핸드폰을 다른 쪽 귀로 옮겼다. 오언이 그 아이들을 힐끗 쳐다보았고 아이들은 이내 자리를 떠났다. “그래서 언니가 저를 못 데리러 온대요?”

“그게, 그렇게 됐네.” 자유를 얻은 첫날인데 휘트니 언니가 시간을 지킬 턱이 없었다. 보나 마나 엄마도 아, 그래, 더 있다 와야지, 괜찮다, 라고 대답한 뒤에야 정신이 아득해졌을 것이다. “하지만 내가 가도 되잖니. 아니면 친구 차 좀 얻어 타고 와도 되고.” 엄마가 말했다.

친구. 그래, 틀린 말은 아니었다. 나는 고개를 한 번 흔들고 손으로 머리를 쓸어 올리며 최대한 침착하게 말했다. “엄마, 그게 좀 늦은 시간이라서, 그래서……”

“아, 그래. 그럼 내가 지금 곧장 갈게! 십오 분이면 갈 거야.”

엄마가 데리러 오는 게 내키지 않다는 건 우린 둘 다 알고 있었다. 휘트니 언니가 전화를 하거나 집으로 갈 수도 있으니까. 아니면, 아예 안 나타날 수도 있었다. 처음은 아니었지만 엄마와 나 둘 다 속마음을 있는 그대로 얘기할 수 있으면 좋겠다고 생각했다. 하지만 다른 일들도 다 그랬듯 그건 불가능했다.

“괜찮아요, 얻어 타고 갈게요.”

“그래?” 엄마가 물었다. 하지만 목소리를 듣자마자 나는 이미 엄마가 마음을 놓았다는 걸, 적어도 이 문제는 해결했다는 안도감을 느꼈다는 걸 알 수 있었다.

“네. 타고 갈 차가 없으면 다시 전화할게요.”

“그래.” 그리고 내 화가 치밀어 오르려는 순간 엄마는 덧붙였다. “고맙다, 애너벨.”

나는 전화를 끊고 핸드폰을 손에 쥔 채 그냥 앉아 있었다. 또다시 모든 게 휘트니 언니를 중심으로 돌아가고 있었다. 언니한테는 그저 그런 하루일지 모르지만 내게는 정말 거지 같은 날이었다. 그리고 이제는 집까지 걸어가야 하게 생겼다.

나는 힐끗 오언을 돌아보았다. 내가 눈앞에 닥친 새로운 문제를 생각하는 동안 오언은 아이팟을 꺼내서 만지작거렸다. “그러니까 타고 갈 차가 필요하다는 거지.” 오언이 딴청을 피우며 말했다.

“아, 아니야.” 나는 머리를 내저으며 재빨리 말했다. “우리 언니가…… 언니가 좀 골칫거리거든.”

“사는 게 다 똑같네 뭐.” 오언은 버튼 하나를 누른 뒤 아이팟을 주머니에 넣고 일어서서 바지를 털었다. 그러고는 가방을 들어서 어깨에 멨다. “가자.”

학기가 시작한 뒤로 나는 참 많은 시선을 견뎌왔다. 하지만 함께 주차장으로 걸어가는 오언과 나를 보는 시선에 비하면 아무것도 아니었다. 우리를 스치고 지나가는 아이들은 너 나 할 것 없이 대놓고 쳐다봤고, 그중에는 '어머머, 너 봤니?'라고 수군거리는 경우도 있었다. 그것도 들으라는 듯 버젓이. 하지만 오언은 개의치 않는다는 태도로 나를 파란색 구식 랜드크루저 자동차로 데리고 갔다. 조수석에는 스무 개는 되어 보이는 시디가 쌓여 있었다. 오언은 운전석에 앉더니 시디를 치우고 팔을 뻗어서 문을 열어 주었다.

나는 차에 타고 안전벨트를 찾았다. 막 안전벨트를 당겨서 채우려는데 오언이 말했다. "잠깐만. 그게 고장이야." 오언이 벨트를 넘기라는 듯 손을 내밀었다. 내가 넘겨주자 손이 내 몸에 닿지 않도록 아주 정중하고 공손하게 벨트를 당긴 다음, 의자 밑에서 버클을 빼서 각도를 맞춰 끼워 넣었다. 그러고는 운전석 쪽 문에서 조그만 망치 하나를 꺼냈다.

나는 깜짝 놀라고 말았다. '17세 여학생, 주차장에서 시체로 발견되다.' 그도 그럴 것이 오언이 나를 힐끔 보며 이렇게 말했기 때문이다. "이렇게 해야 말을 듣거든." 오언은 망치로 버클 가운데 부분을 세 번 두드리고 벨트를 잡아당기며 제대로 잠겼는지 확인했다. 확인이 끝나자 망치를 다시 제자리에 두고 시동을 걸었다.

"와." 나는 벨트를 살짝 잡아당기며 말했다. 벨트는 빠지지 않았다. "그럼 풀 때는 어떻게 하지?"

"버튼을 누르기만 하면 돼. 푸는 건 쉽지."

주차장을 빠져나가며 오언은 창문을 내려 팔을 창턱에 걸쳤고 나는 차 안을 둘러보았다. 계기판은 찌그러지고 가죽 의자는 여기저기 흠집이 나 있었다. 게다가 희미한 담배 냄새 같은 게 났다. 살짝 열린 재떨이는 깨끗했고 안에는 꽁초 대신 동전이 있었는데 말이다. 뒷자리에는 헤드폰이며 붉은색 닥터 마틴 부츠 한 켤레 그리고 잡지 몇 권이 놓여 있었다.

그러나 그 무엇보다 내 눈에 들어온 건 시디, 어마어마하게 많은 시디였다. 나를 태우려고 치운 것들 말고도 뒷자리 바닥에는 시디가 수북했다. 음반 가게에서 산 것도 있지만 대다수는 집에서 구운 시디들이 바닥이며 의자며 할 것 없이 아무렇게나 쌓여 있었다. 나는 내 앞의 계기판 쪽을 살폈다. 차는 낡았지만 스테레오는 새것이나 다름없는 최신형 제품이었는데 온갖 불빛들이 깜박이고 있었다.

그런 생각을 하는 사이 차는 주차장 출구의 일단정지 표지판에 이르렀고 오언은 양쪽 길을 살피며 방향지시등을 켰다. 그리고는 스테레오를 켜고 엄지손가락으로 소리 높낮이 조절 버튼을 살짝 누른 뒤 오른쪽으로 차를 몰았다.

점심시간마다 오언을 살피고 확인한 끝에 사소한 것들은 많이 알아냈지만 여전히 모르는 채로 남아 있던 게 바로 그거였다. 오언의 음악. 아무튼 나는 내 나름대로의 예측에 따라 마음을 단단히 먹고 펑크 락이나, 스래쉬 메탈 같은 빠르고 시끄러운 음악을 들을 마음의 준비를 했다.

그런데 잠시 고요한 정적이 흐른 뒤에 들린 건…… 찌르르, 찌르르 지저귀는 소리였다. 찌르르, 찌르르, 마치 귀뚜라미들의 합창 같았다. 그 뒤를 이어 알아듣지 못할 언어로 누군가의 노랫소리가 들렸다. 찌르르, 소리가 커지고 더 커지고 목소리도 그와 함께 커지는 게 꼭 앞뒤에서 서로를 소리쳐 부르는 것 같았다. 옆자리에서 오언은 묵묵히 운전하며 고개를 살짝살짝 끄덕이고 있었다.

얼마나 지났을까, 나는 호기심을 참지 못하고 입을 열었다. "근데, 이게 무슨 음악이야?"

오언이 나를 한 번 보더니 대답했다. "마야인의 영성 노래야."

"뭐라고?" 나는 더욱더 커진 찌르르 소리 때문에 큰소리로 물었다.

"마야인의 영성 노래라고. 구전처럼 대대로 이어져 내려온 음악이지."

"아, 이런 걸 어디서 구했어?" 날카로운 고음에 가까워진 노랫소리는 이제 매우 커졌다.

오언이 팔을 내밀어서 소리를 조금 줄였다. "대학 도서관에서. 음악과 문화 수집 부문을 뒤졌지."

"그렇구나." 알고 보니 오언 암스트롱은 영적인 사람이었다. 그걸 누가 알았겠나? 거기다 내가 오언과 함께 자동차를 타고 영적인 음악을 들으리라고 그 누가 상상이나 했을까? 나는 아니었다. 그 누구도 아니었다. 그런데 이렇게 우리가 함께 있었다.

"근데 넌 정말로 음악을 좋아하나 보다." 나는 뒷자리에 있는 시디를 보며 말했다.

"너는 안 좋아해?" 오언이 차선을 바꾸며 물었다.

"좋아하지. 내 말은 음악 안 좋아하는 사람은 없다는 뜻이야, 안 그러니?"

"아니." 오언이 무심하게 말했다.

"아니라고?"

오언은 고개를 가로저었다. "세상에는 음악을 좋아한다고 하면서도 그게 뭔지 전혀 모르는 사람들이 있지. 스스로를 속이고 있는 거야. 그리고 음악에 대한 주장이 강하지만 제대로 된 음악을 듣지 않는 사람들도 있어. 음악에 대해 제대로 배우지 못한 사람들이지. 그리고 나 같은 사람들이 있어."

나는 그저 가만히 앉아서 오언을 뜯어보았다. 오언은 아직도 창밖으로 팔꿈치를 내밀고 의자 깊숙이 앉아 있었는데, 머리가 차 천장에 곧 닿을 듯 스쳤다. 가까이서 봐도 오언은 여전히 선뜻 다가서기 힘든 위압감을 풍겼는데 이번에는 다른 이유도 더해졌다. 체격도 체격이지만 나머지 부분, 이를테면 진한 눈동자와 단단한 팔뚝, 강렬한 눈빛도 한몫했으니까. 오언은 고개를 돌려서 나를 힐끔 보더니 다시 앞쪽으로 시선을 돌렸다.

"너 같은 사람들은 어떤 사람들인데?" 내가 물었다.

오언은 다시 방향지시등을 켜고 속도를 줄였다. 눈앞으로 내가 다닌 중학교가 나타났다. 학교 주차장에서 노란 스쿨버스 한 대가 빠져나오고 있었다.

"음악을 위해서 살고 가능한 어디에서나 음악을 찾는 사람들이지. 음악이 없는 삶은 상상할 수 없는 부류야. 깨우쳤다고 할 수 있지."

"그렇군." 나는 정말로 알아들었다는 듯이 대답했다.

"음, 정말로 깊이 생각해 보면 음악은 위대한 결속력을 갖고 있어. 어마어마한 힘이야. 세상 온갖 것들로 부딪치는 사람들끼리도 음악이라는 공통점은 가질 수 있거든."

나는 무슨 뜻인지 확실히 알아듣지는 못했지만 고개를 끄덕였다.

"한 가지 더 있어." 오언은 내 대답을 꼭 들을 필요는 없다는 듯 말을 이었다. "음악은 변하는 법이 없다는 거야. 그래서 그만큼 강하고 본능적인 유대감을 갖게 되는 거야, 안 그래? 노래 한 곡으로 과거의 어떤 순간이나 장소, 아니면 사람에게까지 곧장 돌아갈 수 있잖아. 세상이나 사람들은 이렇게 저렇게 변해도 노래는 그때 그 순간과 똑같은 모습으로 존재하잖아. 그걸 생각하면 음악은 정말이지 놀라워."

나도 정말이지 놀라웠다. 우리가 그런 대화를 나누게 될 줄은 단 한 번도 상상하지 못했으니까. "그래, 그렇지." 나는 느릿느릿 대답했다.

차 안에 잠시 침묵이 흘렀다. 음악이 흐르는 소리만 빼고.

"내 말은 그렇다는 뜻이야. 나는 음악을 좋아한다는 뜻." 오언이 말했다.

"알겠어."

"그리고 이제 너한테 미리 사과해야겠다." 오언이 학교 주차장으로 들어가며 말했다.

"사과? 왜?"

오언은 천천히 가다가 차를 세웠다. "내 여동생 때문에."

레이크뷰 중학교 정문 앞에 여학생 몇이 보이길래 나는 그 중 누가 오언의 동생인지 가늠해 보려고 훑어보았다. 악기 케이스를 옆에 두고 건물에 기댄 채 책을 보는 땋은 머리 아이? 커다란 나이키 더플백에 필드하키 스틱을 들고 다이어트 콜라를 마시는 키 큰 금발 머리? 아니면 가장 그럴듯한 아이, 온통 까만 옷차림과 짧은 머리에 긴 의자에 팔짱을 끼고 누워 우울한 얼굴로 하늘을 쳐다보고 있는 아이일까?

그런데 그때, 내가 앉아 있는 쪽 창문에서 철컥하는 소리가 났다. 고개를 돌려보니 조그맣고 마른 까만 머리 여자애가 머리부터 발끝까지 분홍색을 뒤집어쓰고 서 있었다. 핑크 리본으로 묶은 머리와 반짝이는 핑크 립글로스, 핫핑크 티셔츠와 청바지에 분홍색 높은 굽 쪼리를 신은 아이였다. 그 아이가 나를 보더니 소리를 꺅, 질렀다.

“어머나! 언니!” 아이의 목소리가 유리창 때문에 둔탁하게 들렸다.

나는 무슨 말이라도 해 보려고 입을 열었는데 분홍색 덩어리가 어느새 눈앞에서 사라져 버렸다. 뒤이어 뒷문이 벌컥 열리더니 그 아이가 안으로 뛰어들었다. “오빠, 세상에!” 아이가 아직도 사뭇 들뜬 목소리로 입을 열었다. “애너벨 그린 언니랑 친구란 소리 안 했잖아!”

오언이 백미러를 통해 힐끗, 그 아이를 보며 말했다. “말로리, 호들갑 떨지 마.”

인사를 하려고 고개를 돌렸는데 말로리는 어느새 몸을 앞으로 바짝 기울여 나와 오언 사이로 고개를 쑥 내밀고 있었다. 너무 가까워서 말로리 입에서 나는 풍선껌 냄새까지 맡을 수 있었다. “믿을 수가 없어. 진짜 언니잖아!”

“안녕.” 내가 인사했다.

“안녕하세요!” 말로리는 소리를 지르더니 앉은 자리에서 위아래로 들썩들썩 몸을 흔들었다. “세상에 언니가 하는 일 진짜 좋아해요. 진짜로.”

“일?” 오언이 말했다.

"오빠, 뭐야." 말로리가 한숨을 내쉬었다. "언니는 레이크뷰 모델이란 말이야, 알아? 광고를 얼마나 많이 찍었는데. 내가 좋아하는 광고 있잖아, 치어리더 유니폼 입고 나오는 여학생 광고 말이야, 알아?"

"몰라."

"그 사람이 바로 언니야! 믿을 수가 없어. 셸리랑 커트니한테 얼른 얘기해야지, 어머나 세상에!" 말로리는 가방을 움켜쥐고 지퍼를 열더니 핸드폰을 꺼냈다. "어머! 언니가 걔네들한테 인사해 주면 진짜 근사할 텐데, 그리고……"

오언이 고개를 돌렸다. "말로리."

"잠깐만." 말로리가 번호를 누르며 말했다. "난 그냥……"

"말로리." 오언의 목소리가 더 낮고 딱딱해졌다.

"오빠, 잠깐만, 응?"

오언이 팔을 뻗어서 핸드폰을 빼앗았다. 말로리는 눈을 휘둥그레 뜨고 빈손을 보다가 오언을 쳐다보았다. "이리 줘! 셸리랑 커트니한테 인사만 할 거란 말이야."

"안돼." 오언이 핸드폰을 가운데 있는 콘솔 위에 올려놓으며 말했다.

"오빠!"

"안전벨트 해. 그리고 가만히 앉아서 쉬어." 오언이 차를 빼며 말했다.

잠시 입을 다무는가 싶더니 말로리는 우리 귀에 다 들리도록 투덜거렸다. 돌아보니 몹시 토라진 얼굴로 팔짱을 끼고 앉아 있었다. 하지만 내 얼굴을 보자 금세 표정이 밝아졌다.

"그거 래놀러 스웨터예요?"

"응?"

말로리는 몸을 앞으로 내밀고 아침에 급히 걸치고 온 내 노란색 카디건을 매만졌다. "이거요. 멋져요. 래놀러 맞아요?"

"있잖아, 난……" 내가 입을 열었다.

말로리는 내 옷깃을 뒤집어서 상표를 확인했다. "맞네! 그럴 줄 알았어. 세상에, 래놀러 스웨터 진짜 갖고 싶은데, 근데……"

"말로리, 브랜드에 미친 애처럼 굴지 마라."

"오빠! 다고말." 말로리가 손을 떼며 말했다.

오언이 백미러로 말로리를 보았다. 그러더니 한숨을 쉬며 크게 말했다. "말로리, 잘 들어." 오언이 괴로운 투로 말을 이었다. "네가 상표와 물질에만 관심을 가지면 이 오빠는 괴롭다."

"고마워. 오빠 얘기 잘 알아들었고 걱정해 줘서 감사해. 그렇지만 알다시피 패션은 내 삶이야."

나는 오언을 보며 물었다. "다고말?"

"다시 고쳐서 말하란 뜻이에요. 오빠의 화를 다스리는 치료 방법 가운데 하나죠. 오빠가 험악한 말을 하면 그 말 때문에 상처를 받았다고 알려 주는 거예요. 그럼 오빠는 표현을 가다듬어서 다시 말해야 해요." 말로리가 말해 주었다.

오언은 백미러를 통해 무심한 얼굴로 말로리를 보고 있었다. "고맙다, 말로리."

"고맙긴 뭘." 말로리가 대답했다. 그러고는 활짝 웃는 얼굴로 나를 보며 다시 엉덩이를 들썩거렸다.

말없이 달리는 틈을 타서 나는 잠시 오언 암스트롱의 사생활에 대해 새로 알게 된 사실들을 곰곰이 되짚어 보았다. 오언이 화를 다스리는 치료를 실행 중이라는 사실만큼은 놀랍지 않았다. 하지만 말로리, 음악, 그리고 그 둘 중 하나라도 내가 공유하게 된 사실만큼은 정말 얼떨떨한 충격이라밖에 달리 표현할 말이 없었다. 한편으로는 내가 무엇을 기대하고 있는지 알 수가 없었다. 그러니까 오언에게도 가족과 삶이 있는 건 당연했다. 그런데도 나는 그쪽은 전혀 상상도 하지 못했던 거다. 마치 어릴 때 식료품점이나 월마트에서 선생님 또는 도서관 사서를 우연히 맞닥뜨리고 깜짝 놀란 느낌이었다. 선생님이나 도서관 사서는 학교에서만 지내는 줄 알았으니까.

"태워 줘서 정말 고마워. 안 그랬으면 어떻게 집에 갈지 엄두가 안 났을 거야." 내가 오언에게 말했다.

"괜찮아. 나는 그냥 가는 길에……"

말로리 때문에 오언의 말은 중간에서 잘리고 말았다. "어머나, 이따가 언니네 집 구경해도 돼요?"

"안 돼." 오언이 퉁명스럽게 말했다.

"지금 언니네 집 가는 길이잖아. 가는 길인데 왜!"

"너 먼저 내려 주고 갈 거야."

"왜?"

"왜냐면." 오언이 교차로를 빠져나와 샛길로 접어들며 말했다. "방송국에 가야 하는데, 엄마가 가게로 너를 데리고 오라고 하셨거든."

말로리는 아쉽다는 듯 한숨을 내쉬었다. “하지만 오빠……”

“내리라면 내려. 그렇게 하기로 했으니까.”

다시 낙심하고 기운이 쏙 빠진 말로리가 의자에 푹 파묻혔다. “진짜 말도 안 돼.”

“인생은 원래 말이 안 돼. 익숙해지도록 해.”

“다고말!”

“싫어.”

오언은 팔을 내밀어서 오디오 소리를 높였고 찌르르, 소리가 다시 커지기 시작했다.

얼마 동안 묵묵히 마야인의 영성 노래를 듣다 보니 그 음악이 차츰 내 귀에 익숙해질 정도였다. 그런데 갑자기 목덜미에 숨소리가 느껴졌다. “그 광고 찍을 때 있잖아요.” 말로리가 물었다. “그때 입은 옷은 언니가 가지는 거예요?”

“말로리!” 오언이 말했다.

“왜?”

“그냥 가만히 앉아서 음악이나 들으면 안 되겠니?”

“이게 무슨 음악이야! 귀뚜라미 소리랑 비명 소리지.” 말로리가 나를 보며 말을 이었다. “오빠는 완전히 음악 독재자예요. 자기 라디오에서 트는 괴상한 음악 말고 다른 음악 듣는 꼴을 못 본다니까요.”

“라디오 방송을 해?” 나는 오언에게 물었다.

“그냥 지역 방송이야.” 오언이 대답했다.

“오빠가 죽고 못 사는 방송이죠.” 말로리가 과장되게 말했다. “웬만한 사람들은 다 자는 시간에 틀어 주는 건데 일주일 내내 그 방송만 준비하고, 그것만 걱정한대요.”

“웬만한 사람들 들으라고 틀어 주는 방송이 아니야. 내 방송을 듣는 사람들은……”

“깨우친 사람들이시겠지.” 말로리가 눈을 흘기며 말했다. “개인적으로, 난 백사 번 방송이 좋아요. 인기 순위 사십 곡 같은 것, 들으면 춤출 수 있는 노래를 틀어 주거든요. 난 빗씨 본드가 좋아요. 제일 좋아하는 가수죠. 지난번 여름에 친구들이랑 그 언니 콘서트에 갔거든요? 진짜 재밌었어요. 그 언니가 부르는 피라미드라는 노래 알아요?”

“어, 모르겠는데.” 내가 대답했다.

말로리는 고개를 번쩍 치켜들었다. “쌓아요, 높이 높이 쌓아요, 태양이 위에 있어요, 활활 타올라요, 키스해 주세요, 베이비 당신한테 푹 빠졌어요, 피라미드!”

오언이 질겁했다. “말로리, 빗씨 본드는 가수도 아니야. 상품이지. 가짜라고. 그 여자한테는 영혼이 없어. 상징성이라고는 없지.”

“그래서?”

“그래서 그 여자는 음악보다는 배꼽으로 더 유명하다는 소리지.”

“그래, 그 언니가 배꼽은 정말 끝내 주지.” 말로리가 맞받았다.

오언이 잔뜩 짜증스럽게 고개를 내저으며 작은 주차장으로 차를 몰고 들어갔다. 주차장 왼편으로는 상점들이 줄지어 있었는데 오언은 앞 진열대에 판초와 진흙 빛의 바지를 입힌 마네킹이 있는 상점 앞으로 차를 댔다. 문에 ‘꿈을 짜는 사람’이라는 상호가 보였다. “좋아, 다 왔다.”

오언이 말했다.

말로리는 얼굴을 찌푸렸다. “멋지네, 또 가게 신세로군.” 말로리가 빈정거렸다.

“너희 부모님이 하시는 상점이니?” 내가 물었다.

“네.” 오언이 콘솔에 있던 핸드폰을 집어서 뒷자리로 건네자 말로리가 투덜거렸다. “이건 정말 말도 안 돼요. 나는 옷을 정말 좋아하고, 엄마는 옷 가게를 해요. 그런데 여긴 백만 년이 지나도 난 안 입을 옷들뿐이죠. 죽어도 안 입을 옷들요.”

“죽으면 입고 있는 옷보다 걱정할 거리가 많을 거야.” 오언이 말했다.

그러자 말로리는 심각한 얼굴로 나를 보며 말했다. “언니, 진짜 심해요. 있잖아요, 죄다 천연 섬유에, 티베트식 염색 스카프, 그리고 채식주의자 신발밖에 없거든요.”

“채식주의자 신발?” 내가 물었다.

“진짜 대단하다니까요.” 말로리가 소곤거렸다. “대단해. 무슨 신발이 뾰족하지도 않아요.”

“말로리, 제발 내려라.” 오언이 말했다.

“내려, 내린다고.” 말로리는 가방을 챙기고, 안전벨트를 풀고, 잠긴 문을 여느라 꾸물댔다. “언니 만나서 진짜 반가웠어요.” 말로리가 말했다.

“나도.”

말로리는 차에서 내려 문을 닫고 상점 안으로 들어갔다. 상점 문을 열다가 다시 뒤로 돌아서더니 나를 보며 손이 안 보이도록 세차게 흔들어 댔다. 나도 손을 흔들어주었다. 오언은 차를 빼서 다시 큰길로 접어들었다. 말로리가 내리고 없는 차 안은 조용하다 못해 조그맣게 오그라든 것 같았다.

"다시 한번 사과할게. 미안하다." 빨간 신호등 앞에서 속도를 늦추며 오언이 말했다.

"사과는…… 뭘. 귀엽잖아."

"걔랑 같이 살아 보면 알아. 걔가 듣는 음악도 문제지."

"백사 번 방송 말인데, 인기 있는 노래만 골라서 틀어 주는 것도 아니야."

"그 방송 듣니?"

"전에, 중학생 때."

오언이 고개를 저었다. "내 동생 말이야, 좋은 음악을 들을 기회가 없었으면 또 몰라. 문화를 박탈당했으면 또 모른다고. 하지만 내가 시디를 얼마나 많이 만들어 줬는데. 근데 내가 준 건 안 들어. 대신 쓸데없는 대중 음악으로 머리를 채우고 살지. 광고만 잔뜩이고 그 사이에 잠깐씩 틀어 주는 음악만 듣는다니까."

"근데, 네 방송에서 트는 음악은 다르다는 소리구나."

"음, 그렇지." 오언은 기어를 바꾸며 나를 힐끔 보았다. "내 방송은 지역 방송이라서 광고가 없어. 하지만 난 내가 틀어 주는 음악을 듣는 사람들에게 책임감을 느껴야 한다고 생각해. 공해나 다름없는 음악이 있고 예술 같은 음악이 있다면, 당연히 예술 쪽을 택해야 하는 거 아니야?"

나는 오언을 가만히 바라보았다. 그동안 내가 오언 암스트롱을 잘못 본 게 틀림없었다. 내가 생각하는 오언이 어떤 아이였는지는 모르겠지만 아무튼 내 옆에 앉아있는 사람은 아니었다.

“근데 너희 집은 어디야?” 오언이 정지 신호 가까이에서 차선을 바꾸며 물었다.

“아르버스야. 쇼핑센터 지나서 몇 킬로미터 더 가면 돼. 그냥……”

“어딘지 알아. 여기서 두 구역만 더 가면 방송국이거든. 거기서 잠깐 내려야 하는데 괜찮을지 모르겠다.”

“그럼, 괜찮지.”

지역 라디오 방송국은 전에 은행이 있던 정사각형 건물 안에 있었다. 건물 옆에는 철탑이 서 있고 정문에는 늘어진 현수막이 걸려 있었다. ‘WRUS, 지역 라디오, 우리를 위한 라디오’라는 까만색 글자가 커다랗게 박힌 현수막이었다. 앞면에 거대한 유리창이 있고, 그 너머엔 방송실에 앉아 헤드폰을 끼고 마이크에 말을 하는 남자의 모습이 비쳤다. 창문 구석에 붙은 ‘O AIR’ 표지판에 불이 밝혀져 있었다. ‘O’자 옆에 있어야 할 ‘N’은 어디론가 사라져 버린 것 같았다.

오언은 건물 정면에 차를 세우고 시동을 끈 다음, 뒷자리 바닥에 있는 시디 몇 장을 골랐다. 시디를 챙긴 오언이 차 문을 열며 말했다. “금방 올게.”

나는 고개를 끄덕였다. “그래.”

오언이 건물 안으로 사라지자 나는 겉에 직접 이름을 써 놓은 시디들을 훑어보기 시작했다. 나로서는 봐도 모르는 이름들이었지만 말이다. '솜씨 좋은 괴짜들(선별된), 저러마이어 리브스(초기 작품), 진실 부대(대표작).' 갑자기 경적 소리가 나서 고개를 돌려보니 내 옆으로 혼다 시빅 한 대가 다가와 스르르 멈췄다. 아무리 봐도 특별할 것 없는 차였지만 새빨간 헬멧을 쓴 운전자는 눈에 들어왔다.

풋볼 선수들이 쓰는 헬멧이라고 보기엔 어딘지 모르게 더 크고 두툼했다. 헬멧을 쓴 남자애는 내 또래 같은데 까만색 후드와 청바지를 입고 있었다. 나를 보며 손을 흔들기에 나도 엉거주춤 손을 흔들어 주었더니 남자애가 창문을 내렸다.

"안녕, 오언은 방송국에 들어갔어?" 남자애가 물었다.

"응." 나는 느릿느릿 대답했다. 헬멧 사이로 살짝 드러난 남자아이의 얼굴은 눈이 크고, 푸르고, 속눈썹이 길었다. 헬멧 밑으로 질끈 묶은 머리꼬리가 빠져나와 어깨에 닿았다. "오언이 금방 온다고 했어."

"잘됐네." 남자아이가 의자 뒤로 물러나 앉으며 말했다. 나는 남자아이에게 눈길을 주지 않으려고 했지만 쉽지는 않았다. "그건 그렇고, 난 롤리라고 해." 남자애가 말했다.

"아, 안녕. 난 애너벨이야."

"반갑다." 롤리는 컵 홀더에서 빨대가 꽂힌 종이컵을 들어 한 모금 마셨다. 컵을 다시 제자리에 놓는데 오언이 건물 밖으로 나왔다.

"야, 지나가는 길인데 네 차가 보이더라. 오늘 일하러 가지 않아?" 롤리가 오언을 보며 소리쳤다.

"여섯 시에." 오언이 대답했다.

"아 그래, 잘됐네. 그때 오든지 할게."

"그래라. 근데 롤리?"

"응?"

"너 지금 헬멧 쓰고 있는 건 알지?"

롤리는 눈을 휘둥그레 뜨며 손을 들어서 조심스럽게 머리를 만졌다. 그리고 이내 얼굴이 헬멧만큼이나 빨개졌다. "이런." 롤리가 헬멧을 벗으며 말했다. 머리가 엉겨 붙고 가로로 헬멧 자국이 난 이마가 드러났다. "알려 줘서 고맙다."

"고맙긴, 그럼 이따가 보자."

"그래." 롤리가 헬멧을 옆자리에 내려놓고 손으로 머리를 매만지는 사이 오언은 운전석에 탔다. 후진하는 동안 나는 다시 한번 롤리에게 손을 흔들었다. 고개를 끄덕이며 웃음을 짓는 롤리의 얼굴에는 아직도 발그레한 빛이 남아 있었다.

큰길에 접어들자 오언이 입을 열었다. "일 때문에 쓰는 거야. 알고 있겠지만."

"헬멧 말이구나." 나는 확실히 짚는 뜻으로 말했다.

"응. 호신술 도장에서 일을 하거든. 걔는 공격수야."

"공격수?"

"사람들이 연습할 때 상대해 주는 사람. 기술을 배우면 연습을 해야 하잖아. 그래서 헬멧을 쓴 거야." 오언이 설명했다.

"아, 근데⋯⋯ 너희들 같이 일하는 거니?"

"아니. 나는 피자 배달 해. 이쪽 길 맞지?" 우리 동네 초입에 이르자 오언이 물었다. 나는 고개를 끄덕였고 오언은 방향지시등을 켠 다음 동네로 접어들었다. "걔랑은 라디오 방송을 같이 하고 있어."

"걔는 잭슨 고등학교에 다니니?"

"아니. 파운틴 학교에 다녀."

파운틴 학교는 일명 히피 학교라고 알려진 '대안 학습 공간'이었다. 전교생도 얼마 되지 않았는데, 자기표현에 중점을 둔 교육을 실시하고 밀랍을 이용한 염색법이라든지 얼티미트 프리스비* 같은 선택과목을 들을 수 있는 학교였다. 생각해 보니 커스틴 언니가 히피 같은 그 학교 남학생 몇 명과 사귄 적이 있었다.

"왼쪽이야, 오른쪽이야?" 정지 신호 앞에서 오언이 물었다.

"직진. 조금만 더 가면 돼."

동네 안으로 깊숙이 들어가는 동안 입을 다물고 있자니 아침에 휘트니 언니와 함께 있을 때처럼 억지로라도 대화를 시도해야 할 것 같았다. "근데, 어쩌다가 라디오 방송을 하게 된 거야?" 나는 겨우 말을 꺼냈다.

"늘 관심을 갖고 있었어." 오언이 말을 이었다. "근데 여기로 이사 온 직후에 방송에 대한 기본 지식을 가르쳐 주는 방송국 교육이 있다는 소리를 들었지. 그 교육을 들으면 방송 기획안을 낼 수 있어. 기획안이 통과되면 오디션을 보고, 오디션에서도 마음에 들면 방송 시간을 줘. 나랑 롤리는 지난겨울에 시간을 배정받았어. 근데 내가 체포된 거야.

* 1980년대 말, 미국과 일부 유럽에 자리 잡은 레저스포츠로 원반던지기 경기의 일종. '가장 힘든 프리스비 경기' 라는 뜻.

그래서 기간이 좀 늦춰졌지.”

오언은 그런 얘기를 마치 방학 때 그랜드 캐니언에 갔다거나 결혼식에 참석했다는 투로 덤덤하게 말했다. “체포됐다고?” 내가 물었다.

“응.” 다시 빨간 신호등이 들어오자 속도를 줄이며 오언이 말했다. “클럽에 갔다가 싸웠거든. 주차장에서 몇 녀석이랑 붙었어.”

“아, 그렇지.”

“너도 들었니?”

“그런 것 같아.”

“근데 왜 물었어?”

얼굴이 화끈거렸다. 대담한 질문을 할 때는 대답할 준비도 해야 하는데 말이다. “모르겠어. 넌 들리는 대로 다 믿니?”

“아니. 다 믿지 않아.” 오언이 말했다. 그러고는 나를 힐끗 보더니 다시 앞으로 고개를 돌렸다.

맞아, 나는 생각했다. 됐다. 그걸로 나만 소문을 들은 게 아니라는 게 밝혀졌으니까. 공평한 셈이었다. 나는 오언을 둘러싼 말들을 두고 이런 저런 추측을 했으면서, 마찬가지로 나에 대한 소문도 여기저기 떠돌고 있다는 사실을 떠올리지 못했던 거다.

신호등 두 개를 더 지나치도록 우리는 침묵을 지켰다. 그러다가 결국 숨을 들이쉬며 내가 입을 열었다. “네가 궁금해하는 것 말인데, 사실이 아니야.”

모퉁이가 나타나자 속도를 줄이며 오언이 물었다. “뭐가 아니야?”

“나에 대해서 들은 얘기 말이야.”

"들은 게 하나도 없는데."

"아, 그래."

"못 들었어. 들었으면 너한테 얘기했지."

"정말?"

"그럼." 내가 의심스러운 표정을 지었던지 오언이 이렇게 덧붙였다. "난 거짓말은 안 해."

"거짓말은 안 한다." 내가 되풀이했다.

"그렇다니까."

"절대로."

"절대로."

너는 그러시겠지, 나는 생각했다. "좋은 원칙이다. 계속 지킬 수만 있다면 말이야."

"다른 방법이 없어. 난 감정을 숨기는 일은 정말로 못하거든. 어렵게 배운 거야."

로니 워터맨이 주차장 바닥에 머리를 박고 고꾸라지던 모습이 퍼뜩 떠올랐다. "그러니까 너는 늘 정직하다는 소리구나."

"너는 안 그래?"

"응." 내가 대답했다. 그런 대답을 그렇게나 빨리, 그렇게 쉽게 하다니. 스스로 놀랄 수도 있건만 어쩐 일인지 아무렇지도 않았다. "난 안 그래."

"흠, 알아둬야겠군." 또다시 나타난 빨간 신호등을 앞두고 오언이 말했다.

"내가 거짓말쟁이라는 소리는 아니야." 내가 말하자 오언이 눈썹을 치켜올렸다. "아무튼, 그런 뜻으로 한 말은 아니었어."

"그럼 무슨 뜻인데?"

내가 내 무덤을 파고 있다는 건 알고 있었다. 그렇지만 한사코 내 자신을 설명해 보려고 애를 썼다. "그러니까…… 나는 느끼는 그대로 얘기하는 건 아니야."

"왜?"

"왜냐면 진실이 아프게 할 때도 있으니까."

"아, 하지만 거짓말도 아프게 하지."

"나는……" 어떤 식으로 얘기를 풀어야 할지 몰라서 입을 열었다가 말끝을 흐렸다. "나는 그냥 사람들을 서운하게 하는 게 싫어. 화나게 하는 것도 싫고. 그래서 음, 상대를 위해 마음속에 있는 말을 그대로 하지 않을 때가 있어." 아이러니하게도 소리 내어 한 그 말이 몇 년 만에, 아니 어쩌면 평생 처음으로 가장 솔직하게 털어놓은 말이었다.

"의도가 아무리 좋아도 거짓말은 거짓말이지." 오언이 말했다.

"있잖아, 아무리 생각해도 늘 정직하다는 네 말은 믿기 힘들어."

"믿어, 정말이니까."

나는 고개를 돌려서 오언을 보았다. "그럼 너한테 내가 뚱뚱해 보이냐고 물었는데 네가 보기에도 그렇다면, 그렇다고 대답한다는 소리네."

"그렇지." 오언이 대답했다.

"그렇게는 못 할걸."

"그렇게 한다니까. 꼭 그런 식으로 얘기하지 않을 수는 있지, 하지만 만약 내 눈에 네가 안 예뻐 보이면……”

“얘기 못 할걸.” 나는 심드렁하게 말했다.

“……네가 묻는다면 얘기하지. 그렇게 먼저 말하겠다는 건 아니야. 난 심술궂은 사람이 아니니까. 다만 내 의견이 어떠냐고 물으면 말하겠다는 거야.”

나는 그래도 믿어지지 않아서 고개를 가로저었다.

“있잖아, 말했듯이 나는 내가 느끼는 걸 그대로 말하지 않는 게 현명하지 않다고 생각해. 그래서 그러는 거야. 이렇게 생각해 보자. 네가 뚱뚱하다는 말은 할 수 있지만 그렇다고 네 얼굴을 한 대 치지는 않는다는 거야.” 오언이 말했다.

“선택지가 그것뿐이야?”

“늘 그렇지는 않지. 아주 가끔만 그래. 그리고 자기가 선택할 수 있는 게 뭔지 아는 건 좋은 거야, 안 그래?”

어쩐지 웃음이 나오려고 했지만, 이상하게 보일 것 같아서 나는 또 나타난 정지 신호등 쪽으로 고개를 돌렸다. 저만치 떨어진 길가에 차 한 대가 어중간하게 서 있었다. 다시 보니 내 차였다.

“계속 직진이야?” 오언이 물었다.

“음, 아니.” 나는 창문에 몸을 바짝 기울이며 말했다. 운전석에 앉아 있는 사람은 휘트니 언니가 분명했다. 언니는 한 손으로 두 눈을 가리고 있었다.

“그러면…… 어느 쪽이야? 우회전? 좌회전?” 오언이 물었다. 그러고는 운전대에서 손을 떼며 다시 물었다. “왜 그래?”

도대체 무엇 때문에 집 근처에 차를 세우고 있는지 궁금해서 나는 다시 휘트니 언니를 보았다. “우리 언니야.” 나는 고갯짓으로 차를 가리키며 말했다.

오언이 몸을 앞으로 내밀고 언니를 보았다. “너희 언니…… 괜찮은 거니?”

“아니.” 내가 대답했다. 거짓말을 안 하는 것도 옮는 모양이었다. 다른 말로 설명할 틈도 없이 그런 대답이 자동으로 나오는 걸 보니 말이다. “안 괜찮아.”

“그렇구나.” 그 말을 끝으로 잠시 말이 없던 오언이 다시 입을 열었다. “그럼, 여기서……”

나는 고개를 가로저으며 말했다. “아니야, 좌회전해 줘.”

오언은 방향을 틀었고 나는 천천히 의자에 몸을 기댔다. 지나치면서 보니 아직도 손으로 얼굴을 가린 언니의 야윈 어깨가 흔들리고 있었다. 울고 있는 게 틀림없었다. 목이 울컥 멨지만 차는 어느새 언니를 뒤에 남겨 둔 채 나아가고 있었다.

정지 신호 앞에서 멈추며 오언이 나를 쳐다보는 게 느껴졌다. “우리 언니는 아파. 아픈 지 좀 됐어.” 내가 말했다.

“그래, 얼른 나았으면 좋겠다.”

평범한 말이었다. 누구나 할 수 있는 말이기도 했다. 이상한 건 오언이 얘기를 하고 나면 오언의 마음을 고스란히 느끼게 된다는 거였다. 오언은 정말로 정직한 아이였다.

“어느 집이야?” 우리 집이 있는 골목으로 접어들며 오언이 물었다.

"유리로 된 집."

"유리……." 오언은 입을 열었다가, 마침 우리 집이 눈에 들어오자 다시 말했다. "아, 저기구나."

한낮의 햇살이 가득 들어찰 무렵이라서 2층 유리에 골프 코스가 또렷하게 비쳤다. 아래층 부엌 조리대 앞에 서 있는 엄마도 보였다. 차가 들어오자 엄마는 문 앞으로 나오려다가 휘트니 언니가 아니라 나인 걸 알고는 멈춰 섰다. 언니는 저만치 떨어진 길가에 앉아 있는데 엄마는 집에서 언니를 걱정하고 있다는 생각을 하니 서글픔과 책임감이 뒤섞인 익숙한 감정으로 가슴이 먹먹해졌다.

"와, 진짜 대단하다." 오언이 우리 집을 올려다보며 말했다.

"유리 집 안의 사람들이지." 나는 눈길을 돌려 아직 조리대 앞에서 우리를 내다보는 엄마를 보았다. 엄마가 오언에게 호기심을 가지는지, 아니면 너무 마음이 어지러워서 내가 차 안에, 그것도 엄마가 모르는 남자애와 함께 타고 있다는 사실도 미처 못 알아보는 건지 궁금했다. 오언이 체육 수업을 같이 듣는 괜찮은 졸업반 남학생 피터 매친스키라고 여길 수도 있었다.

"저기, 태워 줘서 고마워. 이것저것 다 고맙다." 나는 가방을 들어 올리며 말했다.

"고맙긴." 오언이 대답했다.

우리 뒤로 차가 다가오더니, 잠시 후 휘트니 언니가 모습을 드러냈다. 언니는 차를 주차시키고 나온 다음에야 나와 오언을 보았다. 나는 손을 흔들었지만 언니는 본 체도 안 했다.

안에 들어가면 어떤 일이 벌어질지 안 봐도 훤했다. 휘트니 언니는 엄마의 경쾌한 유도 심문을 싹 무시한 채 쿵쾅거리며 집 안을 돌아다닐 터였다. 그러다가 진저리를 치며 위층으로 올라가 문을 쾅 닫고 방으로 들어갈 것이고 엄마는 화가 나지만 안 그런 척하겠지. 그러면 나는 아빠가 올 때까지 엄마를 걱정할 거고 때가 되면 모두 식탁에 둘러앉아서 아무 일 없다는 듯 밥을 먹을 거였다.

그런 생각을 하면서 오언을 돌아봤다. "근데 언제야? 네 방송 시간 말이야."

"일요일 일곱 시"

"나도 들을게."

"아침인데" 오언이 덧붙였다.

"아침 일곱 시라고? 정말이야?"

"응." 오언이 운전대에 손을 얹으며 대답했다. "썩 좋은 시간은 아니지만 일단 그 시간대밖에 없더라고. 적어도 불면증 환자들은 듣는 방송이지."

"깨우친 불면증 환자들이겠네."

오언이 뜻밖의 말을 들었다는 듯이 나를 보더니 말했다. "그래, 정확히 맞췄어." 오언이 빙그레 웃었다.

어머나, 오언 암스트롱이 웃다니. 좀 별스러운 날이긴 했지만, 오언의 웃음은 그 가운데서도 가장 놀라운 거였다. "그럼, 나는 들어가 볼게." 내가 말했다.

"그래, 또 보자."

나는 고개를 끄덕이고는 안전벨트를 풀었다. 정말 클릭 한 번에 풀렸다. 다른 많은 것들과 달리 들어가는 게 나오는 것보다 어려웠다.

내가 문을 닫자 오언은 기어를 넣고 출발하며 경적을 한 번 울렸다. 아니나 다를까 돌아서서 집을 올려다보니 휘트니 언니가 한꺼번에 두 계단씩 밟으며 위층으로 올라가고 있었다. 엄마는 아직도 부엌 아일랜드 식탁에 서서 뒤창을 내다보고 있었다.

난 거짓말은 안 해, 라고 오언은 말했다. 고기는 안 먹는다든가, 운전을 할 줄 안다는 따위의 얘기를 하듯이 덤덤하게. 그 말이 지닌 깊이는 헤아릴 수조차 없었지만, 아무튼 안으로 움츠러들지 않고 자신을 밖으로 드러내 보이는 오언의 능력과 거침없는 솔직함이 나는 부러웠다. 특히, 엄마가 기다리는 집 안으로 들어서는 그 순간에는 더.

6

“좋아요. 다들 조용히 해 주세요. 자, 여기 주목! 모두 시작할 준비 됐으니까, 잘 듣고 자기 이름을 부르면……”

나는 열다섯 살 때부터 레이크뷰 모델 회사에서 일했다. 해마다 여름이면 회사 안에서 대회를 치러, 스카우트 단원들과 함께 쇼핑센터 판매 행사로 열리는 소나무 자동차 경주대회장에 나가 포즈를 취하거나, 추수감사절 축제 때 동물원에 가서 풍선을 나눠 주는 여학생 모델 열여섯 명을 뽑았다. 그때 뽑힌 모델들은 인쇄 광고도 하고 패션쇼에도 서고 해마다 새 전화번호부와 함께 배포하는 레이크뷰 쇼핑센터 달력에도 얼굴이 실렸다. 오늘은 그 달력 사진을 찍는 날이었다. 원래는 그저께 일을 마친다는 계획이었는데 사진가가 더디게 작업을 하는 바람에 오늘, 일요일 오후에 모두가 다시 불려 나온 거였다.

나는 하품을 하며 뒤에 있는 화분에 기대고 앉아 실내를 둘러보았다. 새로 뽑힌 아이들은 모두 구석에 모여서 큰 소리로 떠들고 있었고,

전부터 아는 아이 둘은 파티에 다녀온 얘기를 조잘대고 있었다. 두 명밖에 안 되는 졸업반 언니들은 한적한 곳에 자리를 잡았는데, 한 언니는 머리를 뒤로 기댄 채 눈을 감고 있었고 다른 언니는 대학 진학 시험 참고서를 훑어보는 중이었다. 그리고 내 맞은편에는 에밀리 슈스터가 혼자 앉아 있었다.

작년 달력 촬영 때 에밀리를 처음 만났다. 나보다 한 살 어린 에밀리는 그때 막 이사를 왔다. 모두 자기 차례를 기다리는데 아는 사람이라고는 없던 에밀리가 내 옆에 앉았다. 우리는 얘기를 나누다가 자연스럽게 친구가 됐다.

에밀리는 한마디로 말해서 사근사근한 아이였다. 빨간 머리를 짧게 자르고 얼굴은 하트 모양으로 생겼는데, 그날 밤 촬영이 끝나고 소피랑 같이 놀러 가자고 했더니 몹시 기뻐했다. 차를 타고 집까지 데리러 가자 바깥에서 한참 동안이나 기다리고 있었는지 쌀쌀한 날씨에 뺨이 발갛게 얼어 있었다.

소피는 그다지 내켜 하지 않았다. 다른 여자애, 특히 예쁜 여자애들에겐 늘 그런 식이었다. 소피도 남 못지않게 매력이 있는데 말이다. 내가 레이크뷰 모델 회사 일이나 꽤 큰일을 따낼 때마다 소피는 약간 기분이 가라앉았다. 나도 소피에게 거슬리는 점이 있기는 했다. 이를테면 가끔 나를 다그치고 내가 바보 같다는 듯이 굴거나 다른 사람들한테도 이유가 있든 없든 심술을 부릴 때가 많았다. 솔직히 말하면 소피와의 우정은 복잡해서 내가 왜 소피를 가장 친한 친구로 두었는지 궁금하기까지 했다. 소피를 대할 때마다 전전긍긍하며 조심하고 가시 돋친 말을 듣다 보면 절로 그런 생각이 들었다. 하지만 한편으로 소피와 함께 크리스 페닝턴 오빠와 어울린 날 밤부터 얼마나 많은 것이 변했는지 떠올려 보면, 모두 소피 없이는 절대 경험하지 못할 일들이었다. 소피가 아니었으면 나는 정말 아무도 만나지 못했을 것이다. 소피는 그런 점도 확인시켜 주는 친구였다.

에밀리를 만난 날 밤, 우리는 에이프레임으로 파티를 하러 갔다. 동네 외곽에 있는 집인데 몇 년 전부터 지역 사립학교 퍼킨스 데이 남학생 몇 명이 함께 살고 있었다. 그 남학생들이 데이 애프터라는 밴드를 꾸려 졸업한 뒤에도 클럽에서 연주하며 음반을 내려고 애썼다. 그러는 동안 거의 매 주말마다 고등학생을 비롯한 지역 아이들을 유혹하는 파티를 열었다.

그날 밤 셋이 파티장으로 들어가는데 사람들이 에밀리를 주시하는 게 느껴졌다. 에밀리가 예쁘긴 했지만 우리, 특히 우리 학교뿐만 아니라 퍼킨스 데이 학생들까지 다 알아주는 소피와 함께 있었기 때문에 더욱 시선을 끈 거였다. 맥주가 있는 곳까지 반도 채 못 걸어갔는데 밉상스러운 2학년생 그렉 니콜스가 우리 앞으로 다가왔다.

"얘들아, 잘 지내니?" 그렉이 말했다.

"그만 가 보시지, 별로 관심 없으니까." 소피가 어깨 너머로 쏘아붙였다.

"너한테만 하는 말이 아니잖아. 얘는 누구야?" 그렉이 막무가내로 말했다.

소피는 머리를 살래살래 흔들며 한숨을 쉬었다.

"저기, 얘는 에밀리라고 해." 내가 말했다.

"안녕하세요." 에밀리가 얼굴을 붉히며 인사했다.

"안녀엉. 맥주 한 잔 갖다줄게." 그렉이 말했다.

"좋죠." 에밀리가 대답했다. 그렉이 저만치 가다가 다시 한번 에밀리를 돌아보자, 에밀리는 눈을 크게 뜨고 나를 보며 말했다. "세상에, 진짜 귀엽다!"

"아니." 소피가 끼어들었다. "안 귀엽거든. 그리고 여기 오는 사람마다 다 집적거리고 다니는 인간이라 너한테도 그냥 하는 소리야."

에밀리의 얼굴이 시무룩해졌다. "그렇구나."

"소피, 사실대로 말해." 내가 말했다.

"뭘? 사실대로 말한 거야." 소피가 말했다. 그리고 스웨터에서 보푸라기를 뜯어내며 사람들을 죽 훑어보았다.

맞는 말일 수도 있었다. 하지만 소피가 그렇게까지 말할 필요는 없었다. 그게 소피의 특징이기도 했지만 말이다. 소피는 사람들마다 어울리는 자리가 있다고 믿었고, 자기의 자리가 어딘지 똑바로 알게 해 주는 게 소피의 일이었다. 일찍이 클라크에게 한 일이 그거였다. 그리고 나에게도. 이번에는 에밀리 차례가 된 것뿐이었다. 그걸 몇 년 동안 지켜보기만 했지만 이번에는 내가 나서야 할 것 같았다. 이유가 있다면 하나, 나의 초대로 이곳으로 온 에밀리를 위해서였다. "이리 와, 가서 맥주 한 잔 마시자. 소피, 너도 갈래?" 내가 말했다.

"아니." 소피는 고개를 돌리며 잘라 말했다.

맥주를 마시고 돌아와 보니 소피는 어디론가 가 버리고 없었다. 화가 났다 이거지, 나는 생각했다. '그럴 줄 알았어. 그래, 내가 가서 달래 준다.' 그런데 그때 그렉 니콜스가 다시 나타났고, 나는 에밀리를 그 옆에 혼자 남겨 두는 게 내키지 않았다. 마침 에밀리가 아는 여자애들을 만난 덕에 그 자리를 벗어나 소피를 찾으러 가기까지는 20여 분이 걸렸다. 소피는 뒷문 밖에서 혼자 담배를 피우고 있었다.

"뭐 해?" 내가 말을 붙였지만 소피는 들은 척도 하지 않았다. 나는 맥주를 한 모금 마시고 아래쪽에 있는 수영장을 내려다보았다. 텅 빈 수영장은 낙엽으로 뒤덮이고, 바닥에는 접는 의자 하나가 놓여 있었다.

"네 친구는 어디 갔냐?" 소피가 물었다.

"소피, 왜 그래."

"뭘? 그냥 물어본 건데."

"걔는 안에 있어. 그리고 네 친구이기도 하잖아."

"아니, 내 친구는 아니지." 소피가 콧방귀를 뀌었다.

"왜 걔를 싫어하는데?"

"애너벨, 걔는 일 학년이잖아. 게다가 걔……." 소피가 하던 말을 멈추고 담배를 한 모금 피웠다. "아무튼 걔랑 놀고 싶으면 가서 놀아. 나는 싫으니까."

"왜 싫은데"

"그냥 싫어." 소피가 고개를 돌려 나를 보며 말을 이었다. "뭐! 우리가 꼭 붙어 다녀야 하는 건 아니야. 너도 내가 하는 대로 다 따라 할 필요는 없단 말이야."

"그건 나도 알아."

"알아?" 소피는 우리 사이로 연기 한 줄기를 훅 내뿜었다. "그렇게 잘 알아서 나 없이는 아무 일도 못 하지. 처음 만났을 때부터 남자애들을 데려온 것도 파티를 데리고 다닌 것도 다 나였어. 나를 만나기 전에 너는 카-라크 옆에 앉아서 휴지나 건네주는 아이였잖아."

나는 잔에 든 맥주를 다시 한 모금 마셨다. 그렇게 거칠고 날카롭게 구는 소피가 싫었다. 더구나 이번처럼, 그 모든 게 내 잘못이라는 생각이 들 때면 더 싫었다. "내 말 들어 봐, 에밀리는 아는 사람이 하나도 없잖아. 그래서 부른 거야." 내가 말했다.

"너 알잖아. 그리고 이젠 그렉 니콜스도 알겠네."

"웃긴다."

"난 웃기는 사람이 아니야. 그냥 있는 그대로를 얘기하는 거라고. 난 걔 별로야. 걔랑 같이 놀고 싶으면 넌 가서 놀아. 난 관심 없으니까." 소피는 담배꽁초를 바닥에 던지고 신발로 짓뭉개더니 홱 돌아서서 안으로 들어가 버렸다.

소피가 가는 모습을 보고 있자니 찜찜하고 불안한 마음이 들었다. 소피 말대로 나는 어쩌면 소피 없이는 아무 일도 못 하는 아이인지도 모르니까. 마음 한구석에서는 그럴 리가 없다는 걸 알았지만 한 조각 의심이 가시처럼 나를 괴롭혔다. 소피와 어울리는 일은 늘 모 아니면 도였다. 소피와는 같이 어울리거나 아니, 엄밀하게 말하자면 추종하거나 등을 돌려야 했다. 그 중간 지점은 존재하지 않았다. 따라서 소피와 친구로 지내자면 힘들 때가 많고 맞서자면 그보다 더 나쁜 결과를 받아들여야 했다.

시계를 보니 에밀리가 집에 가야 할 시간이길래 찾으러 들어갔다. 모델 일을 같이 하는 여자애와 아직도 얘기를 나누고 있었다. 나는 소피가 화를 가라앉히도록 내버려 두고 에밀리네와 잠시 어울렸다. 돌아갈 즈음에는 소피의 기분도 나아진 것 같았다.

그런데, 찾으러 갔더니 소피는 사라지고 없었다. 바깥에도 보이지 않았다. 부엌에도. 하는 수 없이 복도로 돌아 나오는데 반대쪽 문을 열고 나오던 소피와 마주쳤다. 소피는 나를 보더니 다시 돌아서 안으로 들어가 버렸다. 나는 숨을 들이마신 다음 그쪽으로 가서 문을 두 번 두드렸다.

"소피, 갈 시간이야."

대답이 없었다. 나는 한숨을 내쉰 다음 팔짱을 끼고 문 앞으로 더 다가섰다. "좋아, 나 때문에 화난 건 알아. 하지만 오늘은 이만하고 나중에 얘기하자. 알았지?"

그래도 반응이 없었다. 나는 다시 시계를 들여다보았다. 금방 가지 않으면 에밀리의 통금 시간을 넘기게 될 거였다. "소피." 나는 문손잡이를 잡으며 불렀다. 문이 잠기지 않았길래 천천히 돌린 다음 밀어서 열고 안으로 한 발 들이밀며 말했다. "지금……."

나는 입을 다물었다. 걸음도 멈췄다. 대신 반쯤 열린 문틈에 서서 소피를, 남자애에게 짓눌리다시피 밀착해 맞은편 벽에 등을 대고 있는 소피를 쳐다보았다. 남자애는 한 손으로는 소피의 셔츠 속을, 다른 한 손으로는 허벅지를 더듬으며 고개를 숙인 채 소피의 목에 입을 맞추고 있었다. 내가 깜짝 놀라서 문턱 너머로 주춤주춤 물러서는데 남자애가 고개를 돌리고 나를 보았다. 윌 캐쉬였다.

"우리가 좀 바쁜데." 윌이 낮은 목소리로 말했다. 윌의 눈은 벌겋고 입술은 소피의 어깨 언저리에 머물러 있었다.

"미, 미안해……."

"애너벨, 집에 가." 소피가 옷깃에 스치는 윌의 곱슬머리를 손가락으로 쓸어 만지며 말했다. "집에나 가라고."

나는 뒤로 물러나 문을 닫고 복도에 멍하니 서 있었다. 윌 캐쉬는 퍼킨스 데이 학교에 다니는 학생이었다. 그해 졸업반이었고 밴드에서 기타를 연주했다. 윌은 잘생긴 남자였다. 너무 잘생겨서 저절로 눈길이 가는 사람인 반면 걸핏하면 여자 친구를 갈아 치우는 바람둥이에 얼간이라는 소문도 자자했다. 늘 여자와 함께 있었지만 길게 사귀는 법이 없었다. 소피로 말하자면 운동선수나 단정한 남자를 좋아하고 그와 조금이라도 다른 타입은 싫어했다. 그런데 예외의 경우를 만든 게 틀림없었다. 적어도 지금은 말이다.

그날 밤, 몇 번씩이나 전화했지만 소피는 받지 않았다. 이튿날 정오 무렵 소피는 그제야 전화해서 에밀리나 우리 둘 사이에 있었던 일에 대해서는 한마디도 꺼내지 않았다. 소피가 하고 싶은 얘기는 오로지 윌 캐쉬였다.

"진짜 멋져." 소피는 윌 캐쉬에 대해서 온갖 자잘한 것까지 낱낱이 얘기하다가 그렇게 중요한 얘기를 전화 따위로 할 수 없다는 듯 아예 우리 집으로 오겠다고 했다. 우리 집에 온 소피는 내 침대에 걸터앉아서 지난 호 '보그' 잡지를 건성건성 넘겼다. "윌은 모르는 사람이 없어. 기타도 진짜 잘 치고 너무너무 똑똑해. 섹시한 건 말할 것도 없고. 난 윌이랑 밤새도록 키스할 수도 있어."

"행복해 보인다." 내가 말했다.

"그럼 행복하지." 소피는 책장을 넘기더니 고개를 숙이고 신발 광고를 들여다보았다. "진짜 딱 내가 원하는 남자야."

"그래서 또 만날 거야?" 나는 끊임없이 여자 친구를 바꾼다고 소문이 자자한 윌을 떠올리며 물었다.

"당연하지." 소피가 그런 멍청한 질문이 어디 있냐는 듯 말했다. "오늘 밤에도 만날 거야. 벤도에서 연주를 할 거거든."

"벤도에서?"

소피는 머리카락을 뒷목까지 쓸어 넘기며 한숨을 쉬었다. "펀리 근처에 있는 클럽이잖아. 야, 애너벨, 너도 벤도는 들어 봤을걸."

"아, 거기." 나는 처음 들었지만 그렇게 대답했다.

"밴드 멤버들은 열 시에 갈 거야. 너도 오고 싶으면 와." 소피가 또 책장을 넘기며 말했다.

오라는 말을 하면서도 소피는 나한테 눈길을 주지 않았고 말투는 심드렁했다. "아니, 난 못 가. 내일은 일찍 일어나야 하거든."

"마음대로." 소피가 말했다.

그날 밤 나는 집에 있고 소피는 밴드 공연을 보러 벤도에 갔는데, 나중에 들으니 공연이 끝나고 다시 에이프레임으로 가서 윌이랑 잤다고 했다. 온갖 허세와 허풍을 떨던 소피였는데 윌이 첫 남자였다며 그 뒤부터 모든 관심을 윌에게만 쏟았다.

하지만 내가 보기엔 그다지 믿음이 가지 않았다. 소피는 윌이 달콤하고, 재미있고, 멋있고, 똑똑하다고(그 밖에도 수없이 많은 형용사를 갖다 붙였다) 했지만 내가 만나 본 느낌으로는 모두 와닿지 않는 소리였다. 윌이 잘생기고 인기가 엄청나게 많긴 했다. 하지만 속내를 파악하기 힘든 면이 있고 따듯한 성격으로 상대를 편안하고 쉽게 이끌어 주는 매력을 가진 사람이라고 보기는 어려웠다. 윌은 그런 사람이 아니었다. 윌은 기분 나쁠 만큼 쌀쌀맞아서, 주유소에 들렀다가 소피가 주유비를 내려고 내린 틈에 차 안에 나와 둘만 있는 경우나, 파티에서 같이 소피를 찾으러 다니는 경우에 할 수 없이 말을 걸 때마다 나를 너무나 빤히 쳐다보거나 침묵하는 바람에 마음을 몹시 불편하게 만들었다.

그보다 더 싫은 건 자신이 나를 불편하게 한다는 걸 익히 알고 그걸 즐기는 것처럼 보인다는 거였다. 나는 어색한 분위기를 깨 보려고 필요 이상으로 말을 많이 하거나 짐짓 목소리를 크게 내거나 아니면 그 두 경우가 동시에 발생할 때가 많았다. 그런데 그럴 때마다 윌은 내가 끊임없이 허둥대다가 기어이 입을 다물 때까지 눈빛 하나 바꾸지 않고 무표정한 얼굴을 유지했다. 나를 바보로 여기는 게 틀림없다는 생각이 들었다. 내가 바보같이 보일 만은 했다. 너무 열심히 하려다가 오히려 밉보이는 꼬마처럼 말이다. 아무튼 나는 윌을 피하려고 최선을 다했다. 그래도 어쩔 수 없이 맞닥뜨리는 경우가 있었지만.

그런데 다른 여자아이들은 그런 불편을 못 느끼는 것 같았고, 그래서 윌과 데이트하는 일은 소피처럼 부지런히 쫓아다니는 아이에게도 벅찬 일이라는 것이 드러났다. 소피와 윌이 처음 만났을 때부터 소문이 떠돌았는데 둘이 주로 가는 곳마다 윌을 아는 사람, 그것도 대개는 여자들이 있다는 소문이었다. 더욱이 둘은 다른 학교를 다니는데도 윌이 한눈을 팔았다는 확인할 길 없는 소문들이 건너 건너 우리 귀에까지 들려왔다. 끊임없는 소문들은 어쩐지 사실인 것처럼 여겨지기도 했다. 거기다 윌이 밴드의 일원이라는 것도 요인이 됐다. 간단히 말해서 소피는 대처해야 할 일이 많았고 둘의 관계는 곧 눈에 띄는 패턴이 되었다. 윌은 어떤 식으로든 여자아이들과 얽혔고, 소문은 쉴 새 없이 나돌았고, 소피가 입에 오르내리는 여자애를 찾아가고 다음에는 윌을 찾아가고 둘이 싸우고 헤어지고 다시 만나는 식으로. 계속 또 계속.

"이런 일을 왜 참는지 이해가 안 된다." 어느 날 밤늦은 시간에 소피와 함께 차로 낯선 동네를 지나치면서 내가 말했다. 그날도 파티에서 윌에게 꼬리쳤다는 여자애의 집을 찾아가는 길이었다.

"너는 당연히 이해 못 하겠지." 소피는 정지 신호를 무시하고 운전대를 오른쪽으로 급하게 꺾으며 쏘아붙였다. "애너벨, 넌 사랑에 빠져 보지 못했잖아."

나는 대꾸하지 않았다. 왜냐면 사실이었으니까. 나는 몇몇 남자애들을 만난 적이 있지만 진지하게 사귄 건 한 번도 없었다. 하지만 굽은 길을 난폭하게 회전하며 내 쪽으로 몸을 기울인 채 벌건 얼굴로 집마다 번지수를 훑어보는 소피를 보면서 나는 생각했다. 이런 것이 사랑인지, 사랑이라는 게 그렇게 괴로운 것인지 궁금하지 않을 수 없다고.

"윌은 어떤 여자든 만날 수 있었어." 소피가 왼쪽에 늘어선 집들이 가까워지자 속도를 살짝 줄이며 말했다. "하지만 윌은 나를 선택했어. 나랑 사귀고 있다고. 만약에 어떤 쌍년이 우리 사이에 끼어들었다가는 내가 끝장을 내 줄 거야."

"그냥 얘기만 했을 수도 있잖아. 안 그래? 그러니까 알고 보면 둘이 아무 사이가 아닐 수도 있잖아." 내가 말했다.

"그냥 얘기만 했다, 단둘이 파티에서, 아무도 없는 방에서? 그건 그냥 얘기만 한 게 아니지." 소피가 몰아세웠다. "여자 친구가 있는 남자, 특히나 나를 여자 친구로 둔 남자를 알고 있다면 그 남자랑 오해받을 만한 행동을 할 이유가 단 하나도 없다는 걸 알아야 해. 애너벨, 그건 선택이야. 누구든지 만약 나쁜 쪽을 선택했다면 그 결과에 대한 책임은 오로지 그걸 선택한 쪽에서 져야 한다는 소리야."

나는 조용히 입을 다문 후 의자 깊숙이 몸을 기댔고 소피는 아담한 흰색 집 앞으로 차를 몰았다. 현관에는 불이 켜져 있고 진입로에는 빨간색 폭스바겐 제타 자동차 한 대가 서 있었다. 자동차 뒤 범퍼에는 퍼킨스 데이 학교의 필드하키 팀 스티커가 붙어 있었다. 내가 좀 더 대담했거나 아예 생각이 모자랐다면 이 점을 지적했을지도 모르겠다. 온 동네 여자애들이 소피의 연애 관계에 앙심을 품었을 리는 없을 테니 무성한 소문 가운데서 윌이 인정해야 할 잘못이 하나쯤은 있을 거라고 말이다. 그런데 소피의 표정을 보니 몇 년 전 수영장에 나타나 친구가 되겠다는 작정으로 커스틴 언니를 주시하던 모습이 떠올랐다. 그때 소피는 언니가 무시하거나 무례하게 굴어도 눈 하나 깜빡하지 않았다. 소피는 뭐든 하고 싶은 일이 있으면 하고 싶은 대로 하는 아이였다. 그리고 윌을 사귀는 동안에 생긴 모든 일들이 소피를 더 질투에 사로잡히게 만들었다. 소피는 이제 가장 인기 있는 여자애를 따라다닐 필요가 없었다. 소피가 바로 가장 인기 있는 아이였으니까. 그 점 때문에 나는 소피가 윌을 이해하는 방식이 내가 소피를 이해하는 방식과 완전히 다르지 않은 것 같았다. 옆에서 지내는 것도 힘들지만 아예 떠나는 것은 그보다 더 어려운 문제였다.

그래서 소피가 밖으로 나가 밝은 현관 불빛을 피해 제타 자동차가 있는 진입로로 걸어가는 동안 나는 차 안에 가만히 앉아 있었다. 소피가 꽉 움켜쥔 열쇠로 빨간 자동차 옆구리를 그어서 또렷한 흔적을 남기는 동안 나는 시선을 피하고 싶었다. 그렇지만 실행하지 못했다. 언제나 그랬듯이 지켜보다가 소피가 나에게 돌아올 때 나도 이미 공범자가 된 뒤에야 고개를 돌렸다.

우스운 것은 윌과 소피가 저지르는 온갖 사건을 줄줄 외울 만큼 지켜보았는데도, 둘 사이에 내가 끼어 있다는 사실을 문득 알아차릴 때면 여전히 소스라치게 놀랐다는 거다. 어느 날 밤 일어난 불쾌한 일, 그리고 곧이어 알게 된 건 소피가 노리는 게 나라는 점이다. 내가 바로 매춘부, 창녀가 되어 있었다. 나는 소피의 삶에서뿐 아니라 내가 익히 안다고 여겼던 나의 삶에서도 차단당했다.

***

"애너벨, 다음은 네 차례다, 알았지?" 모델 회사 감독인 맥머티 선생이 등 뒤로 지나가며 말했다.

나는 고개를 끄덕이고 복잡한 생각을 털어 내며 자리에서 일어섰다. 맞은편에서 부엌 용품 가게에서 파는 커다란 파란색 접시를 들고 어색한 포즈를 취하고 있는 키가 큰 갈색 머리 여자애가 눈에 들어왔다. 새로운 얼굴이었다. 달력 촬영은 늘 어딘지 모르게 이상했다. 여자아이들이 저마다 한 달씩 맡아서 쇼핑센터 안에 있는 가게의 제품과 함께 포즈를 취하는 식이었다. 그 전 해에 나는 운 나쁘게도 로첼 타이어 제품을 맡아서 커다란 타이어 두 개 사이에서 포즈를 취했다.

"뭔가 권하는 것처럼 그걸 밖으로 내밀어 봐." 사진사의 말에 따라 그 여자애는 목을 앞으로 내밀며 팔을 뻗었다. "너무 내밀었잖아." 사진사의 말에 여자애는 얼굴을 붉히며 뒤로 물러섰다.

나는 벽에 몸을 기댄 아이들 몇을 지나 사진사가 있는 쪽으로 다가갔다. 거의 다 다다랐을 무렵 힐러리 프레스콧이 내 앞을 가로막고 나섰다.

"야, 애너벨."

힐러리와 나는 모델 일을 함께 시작한 사이였다. 잠깐 친구로 지내는 동안 그 아이가 남의 험담을 너무나 수다스럽게 늘어놓는 통에 가까이 지내지 않는 게 좋겠다는 생각으로 거리를 두었다. 게다가 부추기고 선동하는 성격까지 있어서 소문을 전하기만 하는 게 아니라 마구 부풀리기까지 하는 애였다.

"안녕, 힐러리." 내가 말했다. 힐러리는 껌 포장을 벗겨서 입 안에 넣더니 나한테도 한 개 내밀었다. 나는 고개를 가로저었다. "잘 지내니?"

"뭐 그럭저럭." 힐러리가 손가락으로 머리카락을 꼬며 나를 보았다.

"여름엔 어떻게 지냈어?"

다른 사람이 물었다면 별생각 없이 그저 '잘 지냈다'는 상투적인 대답을 했을 것이다. 하지만 상대가 힐러리였기 때문에 조심스러웠다. "좋았어. 너는?" 나는 짧게 대답하고 되물었다.

"완전히 지루했지 뭐." 힐러리가 한숨을 쉬며 대답했다. 대답 끝에는 한동안 껌만 질겅거렸다. 힐러리의 입 안에 든 말랑말랑한 분홍색 껌이 보였다. "근데, 에밀리랑은 무슨 일 있는 거야?"

"아니. 왜?"

힐러리는 어깨를 으쓱하며 말했다. "그냥, 너희 둘이 늘 붙어 다녔잖아. 근데 이제는 서로 말도 안 하니까. 좀 이상해서."

나는 손톱을 들여다보는 에밀리를 힐끗 건너보았다. "글쎄, 살다 보면 그럴 수도 있지." 내가 말했다.

나를 보는 힐러리의 표정에서 질문을 하기는 했지만 무슨 일이 있었는지 정확하게, 아니면 대충이라도 이미 알고 있다는 느낌이 들었다. 그래도 힐러리가 궁금해하는 나머지 자세한 얘기를 해 줄 생각은 전혀 없었다. "그만 가야겠다. 다음에 내 차례거든."

"그래, 또 보자." 내가 걸음을 떼자 힐러리가 실눈을 뜨고 나를 보며 말했다.

나는 자리를 잡고 벽에 등을 기댄 다음 다시 하품을 하며 기다렸다. 오후 2시인데 벌써 기운이 쭉 빠졌다. 모두가 오언 암스트롱 때문이었다.

그날 아침 얼핏 잠에서 깨어 시계를 보니 새벽 6시 57분이었다. 다시 잠을 자려는 순간 오언의 방송이 생각났다. 주말 내내 오언이 내 마음 속에 자리를 잡고 있었다. 금요일에 아빠가 학교에서는 어떻게 보냈느냐고 물어서 '잘 지냈다'고 대답한 일부터 전날 밤에 엄마가 오랜만에 모델 일을 하게 돼서 기쁘냐고 묻기에 고개를 끄덕인 일까지, 내가 했던 온갖 자잘한 선의의 거짓말들이 문득 떠올랐기 때문이다. 그런 것들이 쌓이고 쌓여서 내 자신이 무척이나 부정직하게 여겨졌던 터라 될 수 있으면 내가 한 말을 지키고 싶었다. 나는 오언에게 방송을 듣겠다고 했다. 그래서 들었다.

7시에 라디오를 틀었는데 처음에는 잡음만 들렸다. 라디오에 몸을 기울이고 귀를 바짝 대는데 느닷없이 시끄러운 소리가 터져 나왔다. 기타 소리가 폭발하고 심벌즈가 쨍쨍 울리는가 싶더니 누군가는 소리를 질렀다. 나는 그만 깜짝 놀라 몸을 움츠리다가 팔꿈치로 라디오를 쳐서 침대 밑으로 떨어뜨리고 말았다. 라디오는 쾅 소리를 내며 바닥으로 떨어지고 음량이 최대로 올라간 상태로 재생되었다.

옆방에서 휘트니 언니가 벽을 쾅쾅 두드려 댔고 나는 라디오를 쥐고 재빨리 소리를 낮췄다. 그리고 이번에는 실수하지 않도록 조심하며 라디오에 귀를 바짝 기울였다. 가수는 아직도 해독할 수 없는 소리를 내뱉고(아니, 차라리 비명이라고 하는 게 맞다) 있었다. 생전 처음 들어보는 음악이었다. 그것도 음악이라면 말이다.

심벌즈가 쾅, 하고 울리더니 마침내 노래가 끝났다. 그런데 그다음 곡은 더 가관이었다. 시끄러운 기타 소리 대신 무슨 전자 악기 같은 게 온갖 삑삑거리는 소리를 내는 가운데 한 남자가 뭐라 말하는데, 내 귀에는 쇼핑 목록을 줄줄이 읊어 대는 것처럼 들렸다. 제발 빨리 끝나기를 기다리며 시간을 재 본 끝에 알아낸 바로는 무려 5분 30초나 이어지는 긴 곡이었다. 마침내 그 곡이 끝나자 오언의 목소리가 나왔다.

"방금 들으신 곡은 염세주의자의 '데카르트의 꿈'이었습니다. 그 전 곡은 이백*의 '제니퍼'였죠. 여러분은 화 다스리기를 듣고 계시고요, 여기는 더블유알유에스(WRUS), 여러분의 지역 라디오 방송국입니다. 이번 곡은 '결혼식'입니다."

또다시 긴 테크노 곡이 흘렀고 그 뒤엔 노인들이 고래잡이배에 관한 시를 낭송하는 것 같은 소리였는데 거칠고 투박한 목소리였다. 이어서 아주 감상적인 하프 음악이 2분을 꽉 채우며 흘러나왔다. 정말이지 온갖 음악이 뒤섞여서 나로서는 적응하기가 힘들었다. 그렇지만 1시간을 꼬박 앉아서 노래를 듣고, 또 들었다. 어떻게든 실제로 이해하거나 즐길 수 있는 노래가 나오길 바라면서. 하지만 그런 일은 일어나지 않았다. 아무래도 나는 깨우친 사람이 되기는 틀린 것 같았다. 그저 지치기만 했으니까.

"애너벨." 맥머티 선생이 부르는 소리에 나는 다시 현실로 돌아왔다. "이제 네 차례다."

나는 고개를 끄덕이며 어느새 식물들로 장식을 마친 배경 막 앞으로 다가갔다. 접란과 고사리 몇 종류 그리고 바퀴 달린 화분에 심은 커다란 야자나무들이었다. 아무래도 나는 이번 해에 로렐의 꽃집을 광고하

* 李伯, 중국 당대의 시인 이름을 딴 밴드.

게 된 모양이었다. 어쨌든 타이어 광고보다는 나았다.

사진사는 처음 보는 사람인데 내가 앞으로 다가가도, 바퀴 달린 화분을 내 쪽으로 밀고 오는 소품 담당자를 피해 카메라만 만지느라 인사 한마디 건네지 않았다. 화초 잎이 내 뺨을 스쳤다.

사진사가 나를 힐끗 보더니 한쪽으로 비켜 서 있던 맥머티 선생에게 말했다. “식물이 더 있어야겠어요. 아니면 아주 가까이 당겨서 근접 촬영을 하는 수밖에 없습니다.”

“우리 화초가 더 있나요?” 맥머티 선생이 소품 담당자에게 물었다.

소품 담당자는 옆방을 힐끔 보더니 말했다. “선인장이 두 그루 있고요. 고무나무도 하나 있습니다. 근데 좀 시들어 보여요.”

노출계가 작동되더니 플래시가 번쩍 터졌다. 나는 손을 들어서 얼굴에 스치는 나뭇잎을 밀어냈다. “좋아.” 사진사가 앞으로 다가왔다가 다시 물러나며 말했다. “그거 좋다. 살짝 드러내 주는 모습 말이야. 다시 한번 해봐.”

나는 나뭇가지가 얼굴을 간질이는 바람에 터져 나오려는 재채기를 참으며 다시 한번 포즈를 취했다. 사진사 뒤로 나를 지켜보는 여자애들이 눈에 들어왔다. 새로 일을 시작한 아이들, 졸업반 언니들, 그리고 에밀리였다. 하지만 최근 따가운 눈총들을 받았을 때와 달리, 이 상황에서는 당연한 시선이었기 때문에 불편하지 않았다. 나는 그저 몇 분 동안만이라도 내 안의 모든 생각을 다 멈추고 오로지 표면에만 집중할 수 있기를 바랐다. 하나의 눈길, 하나의 눈빛, 하나의 시선에만 집중할 수 있기를. 여기.

"좋아요." 사진사가 말했다. 선인장이 내 옆으로 가까워지는 게 느껴졌지만 나는 내 주변을 오가며 나에게 맞춰 카메라를 대고 플래시를 터뜨리고, 터뜨리고, 다시 터뜨리는 사진사에게서 눈을 떼지 않았다.

그날 밤, 엄마가 침대에 들어가고 휘트니 언니가 방문을 걸어 잠근 뒤에 나는 물을 마시러 아래층으로 내려갔다. 부엌에 딸린 작은 방에서 아빠가 쿠션이 달린 발판에 발을 올리고 티브이를 보고 있었다. 내가 불을 켜는 기척에 아빠가 돌아봤다.

"크리스토퍼 콜럼버스에 관한 다큐멘터리를 하는데 마침 잘 왔구나." 아빠가 말했다.

"그래요?" 나는 찬장에서 유리잔을 꺼내며 말했다.

"멋진 작품이다. 아빠랑 같이 볼래? 배울 게 있을 것 같은데." 아빠가 말했다.

아빠는 역사 채널을 좋아했다. '세상에 대한 이야기야!' 제3제국, 베를린 장벽 붕괴, 또는 거대한 피라미드 같은 걸 다룬 방송 앞에서 우리가 불평할 때마다 아빠가 늘 하는 소리였다. 그래도 대개는 다수결에 따라 아빠가 항복을 하고 패션이나 인테리어 방송 또는 끝없이 이어지는 리얼리티 쇼 채널을 볼 수 있도록 권리를 넘겨주었다. 그렇지만 늦은 밤, 혼자가 되는 시간이면 아빠는 티브이를 독차지했다. 그래도 아빠는 늘 같이 볼 사람이 있으면 하고 바랐다. 마치 같이 보는 사람이 있으면 역사 방송이 더 재미있어진다는 것처럼.

대개 아빠와 같이 방송을 보는 사람은 나였다. 엄마는 일찍 잠자리에 들고, 휘트니 언니는 지루하다고 투덜대고, 커스틴 언니는 어떤 방송을 보든 너무 수다스러웠으니까. 눈앞에 펼쳐지는 심야 역사 방송을 아빠와 나란히 앉아서 볼 사람으로는 내가 가장 적격이었다. 아빠는 이미 한 번 본 방송이라는 걸 내가 아는데도 여전히 재미있다는 듯이 고개를 끄덕이고, '흠' 소리를 내고, 마치 내레이터가 아빠 말을 알아듣고 아빠의 반응을 기다리기라도 하는 것처럼 '그게 그렇게 된 거였군'이라고 맞장구를 치는 경우도 많았다.

그렇지만 지난 몇 달 동안 나는 아빠와 같이 방송을 보지 않았다. 딱히 그럴 이유는 없었는데, 아빠가 같이 보자고 할 때마다 갑자기 피곤해져서, 너무 피곤해서 세상사를 따라갈 수가 없었다. 이미 지나간 사건들이라고 해도 말이다. 역사나 지나간 과거에 대한 부담감이 몹시 무겁게 여겨졌다. 뒤를 돌아보는 일이 왜 그렇게 힘들게 느껴지는지 알 수가 없었다.

"아니에요, 오늘은 너무 많은 일이 있었어요. 피곤하네요." 내가 말했다.

"그래, 다음에 같이 보면 되지 뭐." 아빠가 리모컨을 집어서 뒤로 물러나 앉으며 말했다.

"네. 그럴게요."

내가 물잔을 들고 아빠 곁을 지나가려 하자 아빠는 몸을 옆으로 비켜 주며 내게 뺨을 내밀었다. 내가 그 뺨에 저녁 뽀뽀를 해 주자 아빠는 빙그레 웃으며 리모컨 볼륨 버튼을 눌렀다. 나는 내레이터의 목소리가 살아나는 걸 들으며 부엌을 나섰다.

"15세기, 탐험가들의 간절한 동경은……"

계단으로 가는 길에 나는 걸음을 멈추고 물을 한 모금 마신 뒤 고개를 돌려 아빠를 바라보았다. 아빠의 가슴 위에 리모컨이 놓여있고 얼굴에는 티브이 불빛이 어른거렸다. 나는 발길을 돌려서 아빠의 옆자리에 가서 앉는 내 모습을 그려 보려 했지만 마음뿐이었다. 나는 똑같은 사건을 끊임없이 다른 식으로 들려주는 역사 방송 화면 앞에 아빠를 홀로 남겨 두고 그 자리를 떠났다.

7

주말 내내, 나는 학교에서 오언을 다시 만나면 어떻게 될지 궁금했다. 금요일에 함께 보낸 시간 덕분에 모든 게 달라질지 아니면 마치 아무 일도 없었던 것처럼 침묵과 거리를 지키는 예전의 사이로 돌아갈지. 오언이 자리를 잡고 나서 잠시 뒤, 그 궁금증은 풀렸다.

"그래서 들었니?"

나는 샌드위치를 내려놓고 오언을 보았다. 오언은 청바지에 까만 티셔츠 차림으로 항상 같은 그 자리에 앉아 있었다. 언제나처럼 아이팟을 꺼내 놓고 목에는 이어폰을 두른 채 말이다.

"네 방송 말이야?" 내가 물었다.

"응."

나는 고개를 끄덕였다. "들었어, 정말로."

"그래서?"

주말 내내 내가 평화를 위해 악의 없는, 혹은 공공연한 거짓말을 얼마나 자주 해 왔는지 깨달았으면서도 그 순간 가장 먼저 떠오른 건 그냥 이제까지처럼 행동하는 것이었다. 원칙을 따지자면 정직이 최선이었다. 그렇지만 상대의 면전이라면 문제가 달랐다.

"흠, 그게…… 흥미로웠어."

"흥미로웠다." 오언이 되풀이했다.

"응. 그러니까, 저기, 그런 음악은 처음 들었거든."

오언은 나를 빤히 보았다. 긴 시간으로 느껴질 만큼 찬찬히 내 얼굴을 뜯어보았다. 그러더니 벌떡 일어나서 둘 사이의 간격을 한꺼번에 좁히며 성큼성큼 다가와 곁에 앉는 바람에 나는 좀 놀랐다. "좋아, 너 정말로 들었니?" 오언이 말했다.

"그래. 들었다니까." 나는 말을 더듬지 않으려고 애를 쓰며 대답했다.

"기억할지 모르겠는데 넌 거짓말을 잘한다고 했잖아."

"그런 말은 안 했는데." 오언이 눈썹을 추켜세웠다. "진실을 말하지 않고 억누를 때가 자주 있다고 했지. 하지만 이번엔 아니야. 방송을 다 들었거든."

오언은 아직도 나를 믿지 못하는 게 틀림없었다. 그리 놀랄 일도 아니었다.

나는 숨을 들이마신 다음 입을 열었다. "이백의 '제니퍼', 염세주의자의 '데카르트의 꿈', 그리고 삑삑거리는 소리가 엄청나게 많이 나는 노래……"

"정말로 들었구나." 오언이 뒤로 기대앉으며 고개를 끄덕였다. "좋아, 그럼. 듣고 나서 무슨 생각이 들었는지 사실대로 얘기해봐."

"말했잖아. 흥미로웠다고."

"흥미롭다,는 단어가 아니야."

"언제부터 그게 단어가 아니었는데?"

"그건 대체어야. 네가 하고 싶지 않은 말을 대신할 때 쓰는 용어라고." 오언은 내 쪽으로 살짝 몸을 기울였다. "봐, 내 기분이 상할까 봐 염려하는 거라면 그러지 마. 네가 하고 싶은 말이 있으면 마음대로 해도 돼. 그래도 난 기분 안 상하니까."

"정말이라니까, 좋았어."

"진실을 말해 봐. 뭐든지. 아무 말이나 다. 그냥 내뱉어 보라고."

"난……." 나는 입을 열었다가 다물어 버렸다. 오언이 나를 너무나 분명하게 꿰뚫고 있었기 때문인지도 모른다. 아니면 내가 정직하게 털어놓는 경우가 정말로 드물었다는 새삼스러운 깨달음 때문이었는지도. 어쨌거나, 나는 다시 입을 열었다. "나…… 난 별로 마음에 안 들었어."

오언이 제 무릎을 치며 말했다. "그럴 줄 알았어! 있잖아, 거짓말을 많이 하는 사람치고 넌 실력이 별로 안 좋은 편이야."

좋은 말이었다. 아닌가? 어느 쪽인지 확신할 수가 없었다. "난 거짓말쟁이가 아니야." 내가 말했다.

"맞아. 넌 착하지."

"착한 게 잘못이야?"

"잘못은 아니지. 착한 사람들은 대체로 진실을 말 못해서 그렇지. 그건 그렇고, 이제 네 진짜 생각을 말해 봐."

나의 진짜 생각은 나도 잘 모르는 나를 오언이 꿰뚫고 있는 것만 같아서 마음이 편치 않다는 거였다. "방송 형식은 좋은데 노래들은 뭐랄까……" 내가 입을 떼었다.

"노래들은 뭐?" 오언이 내 앞에 손가락을 흔들어 보이며 말을 이었다. "형용사로 얘기해 봐. 흥미롭다, 말고 다른 걸로."

"시끄럽고, 괴상했어."

"좋았어. 그리고 또?" 오언이 고개를 끄덕이며 물었다.

나는 오언의 얼굴에서 기분이 상하거나 짜증스러운 빛은 없는지 조심스럽게 살펴보았다. 그런 기색이 안 보이기에 나는 다시 입을 열었다. "저기, 첫 번째 노래는…… 듣고 있기가 힘들었어. 그리고 두 번째 염세주의자의……"

"데카르트의 꿈."

"졸리더라. 말 그대로 졸렸어."

"그럴 만해. 계속해 봐." 오언이 말했다.

오언은 내 말에 기분이 하나도 안 상한다는 듯 아무렇지도 않게 말했다. 그래서 나도 신경 쓰지 않고 대답했다. "하프 음악 소리는 무슨 장례식장 음악 같더라."

"아, 그렇구나. 알았어."

"그리고 난 테크노는 싫었어."

"테크노는 전부 다?"

"응."

오언이 고개를 끄덕이며 말했다. "음, 그래, 좋았어. 훌륭한 소감이야. 고맙다."

그게 다였다. 오언은 아이팟 버튼을 누르기 시작했다. 화도 안 내고, 속상해하지도 않고, 기분 나쁜 표정도 없었다. "근데…… 기분은 괜찮아?" 내가 물었다.

"그러니까 너는 방송이 별로 안 좋았다는 소리잖아?" 오언이 고개를 숙인 채 말했다.

"응."

오언은 어깨를 으쓱했다. "그래. 맘에 들어 했으면 좋았겠지만. 하지만 워낙 좋아하는 사람이 없기 때문에 놀랍지는 않다."

"그래서 속도 안 상하는구나."

"음 아냐. 처음엔 좀 실망했어. 하지만 실망했다가도 회복하는 게 사람이잖아. 안 그러면 전부 다 밧줄에 목을 맸을 거야. 안 그래?"

"뭐?"

"야, 바다 뱃노래는 어땠냐?" 오언이 물었다. 나는 오언을 빤히 보았다. "망망대해를 항해하는 뱃사람들 노래 말이야. 그걸 들은 소감이 뭐였냐고?"

"이상했어. 진짜 이상하더라." 내가 말했다.

"이상했다고." 오언은 느릿느릿 되풀이하더니 말했다. "그래, 알았어."

바로 그때 목소리며 발자국 소리가 들려와서 고개를 돌렸더니 소피가 에밀리와 함께 운동장을 가로질러 오는 모습이 보였다. 처음에는 금요일에 오언과 있었던 일 때문에 정신이 팔려서 그전에 대립했던 일은 까맣게 잊고 있었다. 그런데 그날 아침, 학교에 가는 길에서야 앞으로 맞닥뜨릴 일이 궁금해지기 시작하며 두려움이 밀려왔다. 그런데 아직까지는 소피랑 길에서 한 번 엇갈렸는데도 나를 흘겨보며 '창녀'라고 중얼거리고 지나간 게 다였다. 새로울 거 하나 없는 반응이었다.

이번에 소피는 나를 힐끔 보더니 눈을 휘둥그레 뜨고 에밀리를 팔꿈치로 쿡 찔렀다. 그러고는 둘이 함께 나를 노려보았다. 나는 얼굴이 화끈거리는 느낌이 들어서 발치에 있는 가방으로 눈길을 떨궜다.

아무 눈치도 못 챈 오언은 아이팟을 내려놓더니 손으로 머리카락을 쓸며 물었다. "테크노는 다 싫었다고 했지? 다른 부분도 괜찮은 데가 없었어?"

나는 고개를 가로저으며 대답했다. "응. 미안."

"미안해할 것 없어, 네 취향이잖아. 음악에는 옳고 그른 게 없거든. 옳고 그름 사이의 모든 것이지."

그때 종이 울리는 바람에 나는 깜짝 놀랐다. 다른 때는 지루하기 짝이 없었던 점심시간이 어느새 끝난 거였다. 내가 남은 샌드위치를 챙기는 사이에 오언은 담장에서 훌쩍 뛰어내린 다음, 아이팟을 주머니에 넣고 이어폰을 낚아챘다.

"그럼, 또 보자." 내가 말했다.

"그래. 나중에 보자." 오언은 이어폰을 꽂으며 말했다. 나는 가방을 들고 담 밑으로 미끄러져 내려왔다.

오언이 저만치 멀어지자 나는 벤치 쪽으로 눈길을 돌렸다. 아니나 다를까 소피와 에밀리가 아직도 노려보고 있었다. 소피가 뭐라고 하자 에밀리가 고개를 흔들며 씩 웃었다. 오언과 나에 대해서 둘이서 뭐라고 하는지, 무슨 얘기를 지어내는지 나로서는 알 수가 없었다. 하지만 그

이야기들이 사실보다 더 괴상할 수는 없었다. 오언 암스트롱과 내가 이제 친구가 됐는지도 모른다는 사실 말이다.

그런 생각을 하며 나는 아이들 틈에 섞인 오언을 찾아 쳐다보았다. 이어폰을 꽂고 어깨에 가방을 둘러멘 오언이 예술관 쪽으로 가고 있었다. 소피와 에밀리도 오언을 보았지만 오언은 눈치채지 못했다. 설사 알아차렸다고 해도 전혀 신경쓰지 않으리라는 걸 나는 잘 알고 있었다. 나는 오언의 그런 점이 정직함이나 솔직성보다, 그 어떤 것보다 더 부러웠다.

무샤카 일은 따내지 못했다. 적어도 나한테는 화날 일도 놀랄 일도 아니었지만 엄마는 실망한 기색이었다. 나로서는 모든 게 다 끝나고 새로운 일을 할 수 있다는 생각에 마음이 홀가분했다. 하지만 이튿날, 점심 도시락을 꺼내는데 쪽지 한 장이 딸려 나왔다.

애너벨.

엄마는 네가 이룬 일들을 다 자랑스럽게 여긴다는 말을 해 주고 싶구나. 그러니 무샤카 일 때문에 낙심하지 않았으면 좋겠다. 린디가 그러는데 경쟁이 심했고, 회사 측에서는 너를 마음에 들어 했다고 하더라. 린디 아줌마가 다른 일거리를 알아보고 조정하는 중이라고 해서 같이 얘기를 나눴단다. 들어 보니 아주 흥미 있더구나. 오늘 밤에 자세히 알려 줄게. 오늘 하루 즐겁게 보내라.

"안 좋은 일이야?"

깜짝 놀라서 고개를 들어 보니 오언이 내 앞에 서 있었다. “응?”

“얼굴이 안 좋아 보여서. 무슨 일 있어?” 오언이 내가 들고 있는 쪽지를 고갯짓으로 가리키며 말했다.

“아니, 아무 일 없어.” 나는 쪽지를 접어서 곁에 놓으며 대답했다.

오언은 담장으로 걸어가더니 전날처럼 나와 조금 떨어진 곳에, 그렇지만 전처럼 아주 멀지는 않게 자리를 잡고 앉았다. 나는 오언이 주머니에서 아이팟을 꺼낸 다음 손바닥으로 잔디밭을 짚고 운동장을 건너다보는 모습을 지켜보았다.

그러던 참에, 좀 전에 오언의 물음에 정직하게 대답하지 않았다는 사실을 알아차렸다. 오언은 알 턱이 없겠지만 말이다. 아니 알았다고 해도 상관하지 않겠지만. 그런데도 무슨 까닭인지, ‘다시 고쳐서 말’해야겠다는 생각이 들었다. 아무튼 그런 생각이 들었다.

“그냥 엄마랑 일이 좀 있었어.” 내가 말했다.

오언이 고개를 돌려 이쪽을 보는 순간, 어쩌면 오언이 나를 미친사람으로 여기거나 내 말이 무슨 뜻인지 못 알아듣지는 않을까 궁금했다.

“‘일’이라고.” 오언이 내 표현을 되받으며 말을 이었다. “너도 알다시피 그건 심각한 대체어야.”

두말하면 잔소리지, 나는 생각했다. 나는 더욱 분명하게 설명했다. “모델 일이랑 관련이 있는 내용이야.”

“모델?” 오언이 어리둥절한 표정을 지었다. “아, 그렇지. 말로리가 얘기한 게 그거구나. 광고 모델 같은 걸 한 거니?”

“꼬마 때부터 해 온 일이야. 우리 언니들도 했고. 하지만 요새는 그만

두고 싶어."

그랬다. 오로지 내 머릿속에서만 맴돌던 말이 마침내 입 밖으로 나와, 하고 많은 사람들 중 오언 암스트롱에게로 튀어나온 거였다. 나로서는 크게 한 걸음 내딛는 순간이었으며 그쯤에서 그만 입을 다물 수도 있었다. 그런데 어쩐 일인지 나는 말을 멈추지 않았다.

"그건 그렇고, 그게 좀 복잡한데 우리 엄마가 그 일을 좋아해서 내가 그만두면 굉장히 속상해하실 거야."

"하지만 너는 이제 하고 싶지 않다면서. 안 그래?"

"응."

"그럼 엄마한테 그렇게 말씀드려."

"쉬운 일인 것처럼 얘기하네."

"그럼 아니야?"

"안 쉬워."

왼쪽에 있는 문에서 왁자지껄한 웃음소리가 터지는가 싶더니 신입생 한 무리가 시끄럽게 떠들며 쏟아져 나왔다. 오언은 그 아이들을 쳐다보다가 다시 내게 고개를 돌렸다. "안 쉬울 게 뭐 있어?" 오언이 물었다.

"부딪치기 싫으니까."

오언은 늘 같은 벤치에 에밀리와 함께 앉아 있는 소피를 힐끗 보더니 천천히 나에게로 눈길을 돌렸다.

"그래, 부딪치는 일을 잘 못해." 내가 다시 말했다.

"그건 그렇고, 너희 둘은 무슨 일인데?"

"나랑 소피?" 나는 오언의 말뜻을 알고 있었지만 그렇게 물었다. 오언이 고개를 끄덕였다.

"그게 그냥…… 여름에 싸웠어."

오언은 잠자코 대꾸가 없었다. 나는 오언이 좀 더 자세한 설명을 기다리고 있다는 걸 알았다. "내가 자기 남자 친구랑 잤다고 생각해." 나는 설명을 덧붙였다.

"잤니?"

아니나 다를까, 오언은 드러내 놓고 물었다. 새삼스럽게 얼굴이 화끈거렸다. "아니, 안 잤어."

"그럼, 재한테 얘기하는 게 좋겠는데."

"그렇게 간단한 문제가 아니야."

"흠, 나를 과격하다고 생각해도 좋은데 난 문제의 핵심을 알겠어."

나는 내 손바닥을 내려다보며 일주일도 채 안 됐는데 나에 대해서 엄청나게 많은 걸 파악하고 있는 오언을 대하려면 아주 단순해져야 한다는 생각을 다시 했다. "그러니까 네가 나라면 너는……"

"……그냥 정직하게 행동할 거야. 이 문제든, 저 문제든." 오언이 내 말을 받아서 대답했다.

"그게 쉬운 것처럼 얘기하네."

"아니지. 하지만 할 수 있어. 연습하면 되거든."

"연습?"

"화 다스리기 프로그램에서는 이런 역할 연기 같은 걸 다 해야 해. 말하자면, 문제를 좀 더 부드럽게 다루는 데 익숙해지는 연습이지."

"네가 역할 연기를 했단 말이지." 나는 그 모습을 그려보면서 말했다.

"할 수 없이 했어. 법원이 내린 명령이었거든." 오언이 한숨을 쉬더니 말을 이었다. "하지만 인정하기 싫어도 도움이 되긴 되더라. 있잖아, 언제라도 비슷한 일이 다시 벌어질 경우에 그 문제를 다루는 요령을 얻게 되는 셈이니까."

"아, 그래. 그렇겠네." 내가 대답했다.

"좋아, 그럼. 내가 너희 엄마야." 오언이 나한테 살짝 몸을 기울이며 말했다.

"뭐라고?"

"내가 너희 엄마라고. 그러니까 나한테 모델 일 그만두고 싶다고 말해 봐."

얼굴이 빨개지는 느낌이었다. "못하겠어."

"왜 못해? 그렇게 안 믿어지니? 내가 역할 연기를 못할 것처럼 보여?"

"아니, 그게 아니라……."

"나 잘해. 모임에 가면 사람들이 다 나를 자기 엄마로 삼으려고 한단 말이야."

나는 오언을 빤히 보았다. "그게…… 이상하잖아."

"아니, 이상한 게 아니라 어려운 거지. 하지만 불가능한 일은 아니야. 그냥 한번 해 봐."

일주일 전만 해도 나는 오언의 눈동자 색깔도 몰랐다. 그런데 이제 우리는 가족이 되어 있었다. 임시 가족이긴 했지만 말이다. 나는 숨을 들이마셨다.

"좋아, 그럼……." 내가 입을 열었다.

"엄마."

"뭐?"

"정확하게 연습할수록 효과가 더 좋거든. 확실하게 하거나, 아니면 아예 하지 마." 오언이 설명했다.

"알았어. 엄마." 내가 다시 입을 뗐다.

"응?"

정말 어색하다고 속으로 생각했지만 나는 큰 소리로 말을 꺼냈다. "모델 일이 엄마한테 정말로 중요하다는 건 알지만……"

오언이 손을 들어서 멈추라는 표시를 했다.

"다고말. 다시 고쳐서 말해."

"왜?"

"일. 말했다시피 일이라는 표현은 대표적인 대체어이고, 엄청나게 모호한 표현이야. 대치 상황에서 오해를 피하려면 최대한 명확하게 말해야 해." 오언이 내 쪽으로 가까이 몸을 기울이며 말을 이었다. "봐, 이상하다는 건 나도 알아. 하지만 효과가 있어. 약속할게."

내 마음은 거북함과 창피함의 경계를 넘나들고 있었는데 조금은 편안해지는 것도 같았다. "제가 모델 활동을 하는 게 엄마한테 아주 중요하다는 건 알아요. 엄마가 아주 좋아하신다는 것도요."

오언은 계속하라는 신호를 보내며 고개를 끄덕였다.

"하지만 솔직히 말씀드리면……" 나는 손을 들어서 귀 뒤의 머리카락을 만졌다. "요즘 들어서 생각을 많이 해 봤는데……."

문제는 그게 단지 놀이라는 걸 내가 알고 있다는 거였다. 실제 상황이 아니라 연습이라는 것. 그런데도 자동차 엔진이 멈추려고 쿨럭하는 것처럼 내 마음을 꽉 붙잡는 느낌 같은 게 있었다. 대치 상황에 유난히 약한 내 단점이 드러날지도 모른다는 걱정뿐만 아니라 오언을 앞에 둔 창피함이 몹시 마음에 걸렸다.

오언은 아직도 기다리고 있었다.

"못하겠어." 나는 눈길을 돌리며 말했다.

"그렇게 하면 돼!" 오언이 손바닥으로 벽을 치며 말했다. "거의 다 했는데."

"미안." 나는 다시 샌드위치를 집어 들며 말했다. 내 목소리가 딱딱하게 굳어서 흘러나왔다. "그냥…… 못하겠어."

오언은 잠시 나를 바라보았다. 그러더니 어깨를 으쓱하며 말했다. "알았어. 어쩔 수 없지."

우리는 한동안 말없이 앉아 있었다. 나는 좀 전에 벌어진 상황이 어리둥절하게 느껴지면서도, 문득 꽤 대단한 일이었다는 생각이 들었다. 그때 오언이 숨을 들이쉬는 소리가 들렸다.

"있잖아, 이 말을 좀 해주고 싶다. 정말 별로일 거 아냐, 그런 식으로 억누르면서 사는 거. 날마다 하고 싶은 말은 엄청나게 많은데 차마 꺼내 놓지 못하는 거. 그게 너를 견딜 수 없게 하지 않아? 그치?"

나는 그 말이 모델 일을 가리킨다는 걸 알고 있었다. 그렇지만 듣다 보니 다른 일, 절대로 털어놓을 수 없는 일, 크나큰 비밀이 떠올랐다.

그 얘기를 아주 조금이라도 내비치다간 절대로 다시 입을 닫을 수 없을 것 같아서 아예 입을 열 수가 없었다.

"가야겠다." 나는 샌드위치를 가방에 챙겨 넣으며 말했다. "저기…… 영어 선생님한테 숙제 때문에 드릴 말씀이 있거든."

"아, 그래." 오언이 나를 보고 있다는 걸 알았지만 나는 짐짓 모르는 척했다.

나는 가방을 들고 일어섰다. "저기, 음, 또 보자."

"그래. 또 보자." 오언은 아이팟을 집어 들었다.

나는 고개를 끄덕인 다음 오언을 뒤에 남겨 두고 저만치 걸어갔다. 그리고 정문 앞에 다다라서야 뒤를 돌아보았다.

오언은 그 자리에 앉아서 고개를 숙인 채 아무 일도 없었다는 듯 음악을 듣고 있었다. 문득 오언의 첫인상이 눈앞을 스치고 지나갔다. 거칠고 위협적으로 여겨졌던 첫인상이. 이제는 그런 아이가 아니라는 걸, 적어도 그때 내가 생각했던 아이는 아니라는 걸 알고 있었다. 그렇지만 오언 암스트롱은 어쩐지 두려운 존재였다. 오언은 정직했고 다른 사람들도 다 정직하기를 바라는 아이였다. 그리고 그런 오언이 나는 몹시도 두려웠다.

오언에게서 벗어나자 처음에는 마음이 놓였다. 하지만 오래 지속되지는 않았다.

부정하지 못할 사실은 오언을 잘 알지 못하지만 살아오면서 그 누구보다 오언과 함께 있을 때 내가 조금이라도 더 솔직했다는 걸 그날이 지나며 깨달았다는 거였다. 오언은 나와 소피 사이에 벌어진 일을 알고, 휘트니 언니의 병을 알고, 내가 모델 일을 싫어한다는 걸 아는 사람이었다. 나는 결국 친구로 받아들일 엄두도 못 내는 사람한테 너무 많은 걸 들켜 버린 것만 같았다. 그렇지만 클라크를 보기 전까지는 그것도 확실히 모르고 있었다.

7교시를 마치고 복도로 나왔는데 클라크가 사물함 문을 열고 있었다. 두 갈래로 땋은 머리, 청바지에 검은 셔츠, 그리고 반짝반짝 빛나는 메리 제인 구두를 신고 있었다. 나는 잘 모르는 여자애 하나가 클라크 뒤로 지나가다가 이름을 부르자 클라크가 고개를 돌리고 빙그레 웃으며 인사를 했다. 다른 날 다른 순간이라면 아무렇지도 않았을 광경인데 문득 뭔가가 마음을 때리며 나는 뒤로, 그날 밤의 수영장까지 되돌아가고 있었다. 예전에 나는 대립하는 상황과 정직해지는 일, 심지어는 입을 열어 말하는 것까지 다 두려워했다. 그리고 친구를 잃었다. 가장 친했던, 정말로 가장 친했던 친구를.

나와 클라크 사이에 있었던 일을 되돌리거나 바꾸기에는 너무 늦어버렸지만 다른 일은 변화시킬 시간이 있을 것 같았다. 아무리 나라고 해도 말이다. 나는 오언을 찾아 나섰다.

이천 명 넘는 아이들로 우글거리는 학교에서 나 자신도 잃어버릴 지경인데 하물며 다른 사람을 찾는다는 게 쉽지 않았다. 하지만 오언은 붐비는 아이들 틈에서도 우뚝 튀어나와 보일 게 틀림없는데 오언도, 랜드크루저 자동차도 안 보이기에 놓친 줄 알았다. 그런데 내 차를 몰고 큰길로 나서는 순간 오언을 보았다. 오언은 배낭을 메고 이어폰을 꽂은 채 걸어가고 있었다.

오언에게 바짝 다가간 순간에야 내가 어쩌면 실수하는 건지도 모른다는 생각이 들었다. 하지만 인생에서 되풀이되는 일은 수없이 많고, 과거를 바꾸지 못해도 미래를 바꿀 기회는 얼마든지 있었다. 나는 속도를 줄이고 창문을 내렸다.

"안녕." 내가 소리쳤지만 오언은 듣지 못했다. "오언!" 그래도 반응이 없었다. 나는 경적을 세게 눌렀다. 마침내 오언이 고개를 돌렸다.

"안녕, 웬일이야?" 오언이 말하는 사이 뒤에 있던 차가 신경질적으로 경적을 울려대더니 쌩하고 앞질러 갔다.

"차는 어떻게 된 거야?"

오언은 걸음을 멈추고 팔을 들어 왼쪽 귀에서 이어폰을 뺐다. "문제가 좀 있어서."

이때야, 나는 속으로 말했다. 뭐든 말을 해. 무슨 말이든. 그저 입 밖으로 뱉어 봐.

"사는 게 다 똑같군." 나는 조수석 문을 열어 주며 말했다. "타."

8

차에 타자마자 오언이 차 천장에 머리를 부딪치는 바람에 나는 처음으로 내 차가 (좀 특수한 상황이긴 했지만) 꽤 낮다는 사실을 알았다. “으악.” 오언이 한쪽 무릎으로 계기판을 치고 손으로는 이마를 문지르며 말했다. “뭐야, 차가 작잖아.”

“작아? 내 키가 170센티미턴데 차가 작은 줄 모르고 지냈는데.”

“그게 큰 키냐?”

“크다고 생각했지.” 나는 오언을 힐끔 보며 말했다.

“흠, 난 190센티미터란 말이야.” 오언이 벌써 한껏 뒤로 밀린 의자를 더 멀리 밀어보려고 애쓰며 대답했다. 그러고는 팔을 창에 기대어 균형을 잡아보려고 했지만 그것도 여의치 않자 자세를 바꾸더니 가슴에 포개어 팔짱을 끼었다가 마지막에는 양옆으로 축 늘어뜨렸다. “하긴, 모든 게 상대적이니까.”

“괜찮아?” 내가 물었다.

"응." 오언이 그런 일은 언제나 겪는다는 듯 아무렇지도 않게 대답했다. "아무튼 태워 줘서 고맙다."

"그게 무슨 별일이라고. 어디로 가는지만 얘기해 줘."

"집에." 오언은 다시 팔을 움직여서 앉은 자리를 편하게 맞춰 보려고 했다. "그냥 직진하면 돼. 꺾을 필요 없이 그냥 직진."

우리는 잠시 말없이 달렸다. 나는 그 순간이야말로 내 마음속에 있는 것, 나 자신에 대한 설명을 해야 할 때라는 걸 알았다. 나는 마음을 단단히 먹고 숨을 들이마셨다.

"너는 어떻게 견디냐?" 오언이 입을 열었다.

나는 눈을 깜박이며 물었다. "뭐라고?"

"그러니까, 너무 조용한 것 말이야. 텅 비어 있고."

"뭐가?"

"이런 것." 오언이 차를 둘러보며 말했다. "너무 조용하잖아. 음악도 없이."

"아! 솔직히 말하자면 그렇게 조용했는지도 몰랐어. 정말로."

오언이 뒤로 기대앉는 순간 머리 받침대에 머리가 부딪쳤다. "이것 봐, 난 금방 표시가 나잖아. 정적이라는 건 정말 미치도록 시끄럽다니까."

그건 깊기도 하고 난해하기도 한 모순적인 말 같았다. 어느 쪽이 더 정확한 표현인지는 모르겠지만. "저기, 네 앞에 있는 콘솔 안에 시디가 들어 있는데……." 내가 말했다.

그런데 오언은 벌써 콘솔을 열고 시디 꾸러미를 꺼내는 참이었다. 시디를 죽 훑어보는 오언을 곁눈질하는데 문득 긴장이 됐다.

"거기 있는 게 내가 제일 좋아하는 음악은 아니야. 그냥 지금 갖고 있는 게 그것들인 거지."

"흠." 오언이 고개를 들지 않고 말했다. 나는 오언이 시디 케이스를 주르륵 훑는 소리를 들으며 고개를 돌려 다시 도로를 보았다. "드레이크 페이튼, 드레이크 페이튼이라…… 그러니까 네가 요란스러운 히피 록에 관심이 있단 말이지?" 오언이 물었다.

"글쎄, 조금? 지난여름에 그 사람 라이브 공연을 봤거든."

"흠, 이것도 드레이크 페이튼이고…… 이건 앨러먼스네. 일종의 컨트리 음악이지, 그렇지?"

"응."

"재미있네." 오언이 말을 이었다. "난 네가 저기…… 타이니를 들을 줄은 몰랐거든. 이건 그 사람 최신 앨범이잖아, 맞지?"

"여름에 산 거야." 나는 정지 신호에 앞서 속도를 줄이며 말했다.

"나 참 있잖아, 털어놓고 말해서 좀 놀랐다. 네가 타이니의 팬일 거라고는 짐작도 못 했거든. 아니, 랩 자체를 들을 줄 몰랐어." 오언이 고개를 가로저으며 말했다.

"왜?"

오언은 어깨를 으쓱했다. "모르겠어. 주제넘은 억측이었겠지. 이건 누가 준 거야?"

시디를 힐끔 보니 비스듬하게 인쇄된 표지가 금세 눈에 들어왔다. "우리 큰언니가."

"너희 언니가 클래식 록에 관심이 있구나."

"고등학교 다닐 때부터 좋아했어. 방에다 지미 페이지 포스터를 몇 년씩이나 걸어 뒀지."

"그랬구나. 아무튼 취향이 좋네. 그러니까, 여기 레드 제플린이 있는데 '천국으로 가는 계단'이 아니잖아." 오언이 들뜬 목소리로 말했다. "난 레드 제플린 노래 중에서는 '고맙습니다'를 제일 좋아해."

"그래?"

"응, 약간 값싼, 파워 발라드 느낌이 나는 곡이지. 사실적이면서도, 반어적이야. 좀 틀어 봐도 되니?"

"그럼. 물어봐 줘서 고맙다."

"당연히 물어봐야지." 오언은 팔을 내밀어서 시디를 스테레오에 밀어 넣으며 말을 이었다. "남의 카스테레오를 제멋대로 쓰는 건 진짜 못 배운 놈들이나 하는 짓이거든. 농담 아니야."

플레이어에서 딸깍 소리가 몇 번 나더니 희미한 음악 소리가 들렸다. 오언은 볼륨 버튼에 손을 댄 채 나를 보았다. 내가 고개를 끄덕이자 오언이 소리를 높였다. 전주곡이 흘러나오는데 반항기로 똘똘 뭉친 졸업반에 70년대 절정의 기타록 음악에 심취하여 핑크 플로이드의 '달의 저편'을 듣고 또 들었던 커스틴 언니가 떠올라서 가슴이 아려 왔다.

언니 생각을 하며 옆을 보니 오언이 손가락으로 무릎을 두드리고 있었다. 커스틴 언니라면 두말할 것 없이 마음속에 있는 말을 꺼내는 데 주저하지 않았을 것이다. 그러니 귀에 울려 퍼지는 언니의 노래와 어울리는 행동을 하기로 했다. 언니의 흉내라도 내 보기로. "아까 일 말인데." 내가 입을 열었다. 오언이 나를 보았다. "아까는 미안했어."

"뭐가?"

앞에만 쳐다보고 있는데 얼굴이 화끈거리는 느낌이 들었다. "역할 연기를 하다가 내가 화내면서 가 버렸잖아."

나는 '괜찮아'나 아니면 '뭘 그런 걸 신경 쓰냐' 따위의 대답을 기대했는데, 대신 오언은 이렇게 물었다. "화낸 거였어?"

"저기, 그런 것 같아. 응." 내가 대답했다.

"흠, 괜찮아."

"화가 많이 났었던 건 아니야. 말했다시피, 나는 누구랑 대립하는 일을 잘 못하거든. 그래서 그랬던 건데. 아무튼…… 미안해."

"괜찮아." 오언은 또 뒤로 물러앉으려다가 팔꿈치로 문을 쳤다. "사실은……"

나는 오언이 말을 맺기를 기다렸다. 기다리다 내가 먼저 물었다. "뭔데?"

"그게, 내가 보기엔 그건 진짜로 화낸 게 아니야."

"아니라고?"

오언이 고개를 가로저으며 말했다. "내 경우에는 화가 나면 목소리가 높아지거든. 소리를 질러 대. 핏대가 튀어나와. 주차장에서 사람을 쳐 버리지. 그런 거야."

"난 그렇게 못해."

"너도 그렇게 해야 한다는 소리는 아니야." 오언이 손으로 머리를 쓸어 넘겼다. 그러자 가운뎃손가락에 낀 반지가 햇빛을 받아 반짝 빛났다. "그냥, 이건 의미론적인 문제인 것 같다. 이번에 우회전."

나는 나무가 늘어선 길로 운전대를 꺾었다. 집들이 하나같이 크고 현관이 널찍했다. 우리는 막다른 골목에서 롤러 하키를 하는 아이들을 스치고 유모차를 끌고 나온 엄마들이 무리지어 모여 있는 모퉁이도 지나갔다.

“다 왔어, 저기야. 회색 집.” 오언이 말했다.

나는 속도를 줄여서 인도 쪽으로 차를 댔다. 넓은 현관에 그네가 있고 계단에는 분홍색 꽃 화분이 줄줄이 놓인 예쁜 집이었다. 길에는 노란 고양이 한 마리가 길게 누워서 햇볕을 쬐고 있었다. “와, 집 멋지다.”

“뭘, 유리 집도 아닌데. 그래도 나쁘진 않아.”

우리는 잠시 그 자리에 앉아 있었다. 지난번 상황과 달리 이번에는 내 쪽에서 오언이 집에 들어가기를 기다리는 거였다. “있잖아.” 마침내 나는 입을 열었다. “그냥, 네가 아까 한 얘기가 맞다는 말을 하고 싶었어. 하고 싶은 말을 안에 담아 두고 있는 게 힘들다고 했잖아. 그런데 나는…… 그걸 입 밖으로 꺼내는 게 더 힘들 때가 있어.”

그 말을 왜 다시 꺼내야만 한다는 생각이 들었는지 모르겠다. 나를 설명해야한다고 느꼈던 것 같다. 오언에게나 나 스스로에게나.

“그래. 하지만 말을 해야 해. 안 그러면 곪다 못해서 터져 버리거든.”

“근데, 그걸 못하겠어. 사람들이 화를 내면 나는 어떻게 해야 할지 모르겠어.”

“화가 나쁜 건 아니야. 사람은 다 화를 내지. 그리고 화를 낸다고 해서 영원히 화나 있는 것도 아니고.”

나는 운전대를 보다가 가장자리에 손을 올렸다. “모르겠다. 내 경험

에선 나랑 가까운 사람들이 화를 내면 그걸로 끝이었어. 화가 끝없이 이어지더라. 모든 게 변해 버려."

오언은 잠시 말이 없었다. 길가에 있는 어느 집에서 개 짖는 소리가 들려왔다. "저기, 그 사람들은 네가 생각하는 것만큼 가까운 사이가 아니었는지도 몰라."

"무슨 뜻이야?"

"무슨 뜻이냐면, 정말로 가까운 사람이라면 네가 화가 나든 자기가 화가 나든 괜찮은 거고 그것 때문에 변하지는 않는다는 거야. 어떤 관계든 화는 낼 수 있어. 늘 있는 일이지. 그걸 다뤄내야 하는 거고."

"다뤄낸다니. 어떻게 하는 건지 난 절대 모를 것 같아."

"흠, 너는 애초에 화를 못 낸다고 하니까, 그럴 수도 있겠네."

여태 돌고 있던 시디에서 '러쉬'의 노래가 흘러나왔고 미니밴 한 대가 나뭇잎을 휩쓸며 우리 곁을 지나갔다. 오언과 함께 앉아 있는 동안 시간이 얼마나 흘렀는지 알 수 없었다. 그 시간이 매우 길게 느껴졌다.

"너는 항상 답을 알고 있는 것 같네."

"아니야." 오언이 손가락에 낀 반지를 돌리며 말했다. "난 그저 상황에 따라서 내가 할 수 있는 최선을 다하는 것뿐이지."

"그래서 잘 돼 가?" 내가 물었다.

오언은 나를 힐끔 보며 말했다. "그냥 날마다, 날마다 최선을 다하는 거지."

나는 웃었다. "네 반지 마음에 든다." 나는 눈짓으로 오언의 손을 가리키며 말했다. "둘 다 똑같은 반지니?"

"그렇다고도 할 수 있지. 사실은 아니지만." 오언은 왼손에 낀 반지를 나에게 건넸다. "비포 앤 애프터 같은 건데, 롤리가 만들어 준 거야. 걔네 아빠가 보석 세공을 하시거든."

두툼한 은반지가 묵직하게 느껴졌다. "롤리가 만들었다고?"

"반지를 말하는 게 아니야. 안쪽에 각인."

"아." 나는 반지를 기울여서 안쪽을 들여다보았다. 우아하고 진지한 느낌의 글씨가 보였다. '가서 지랄하든지'

"멋지다."

"고급스럽지?" 오언이 맞장구쳤다. 그리고 얼굴을 찌푸리며 말했다. "그건 체포되기 전의 나라고 할 수 있지. 내가 좀……."

"화가 났었니?"

"그렇다고도 할 수 있지. 화 다스리기 과정을 마쳤을 때 그 녀석이 이걸 만들어 줬어."

오언이 다른 손 가운뎃손가락에 낀 반지를 빼서 내 눈앞에 들어 올렸다. 똑같은 모양, 똑같은 크기에 이런 글자가 새겨져 있었다. '말든지'

나는 웃음을 터뜨렸다. "하긴, 선택지가 확실하면 좋지." 나는 반지를 돌려주며 말했다.

"바로 그거야." 오언이 나를 보며 빙그레 웃었다. 그러자 다시 얼굴이 달아오르는 느낌이 들었는데, 당황하거나 불안한 것과는 전혀 다른 감정이었다. 오언 암스트롱에게서 그런 감정을 갖게 될 줄은 상상도 못 한 일이었다. 전혀. 그런데 목소리 하나가 그 순간을 흩어 놓았다.

"언니!"

오른쪽을 보니 말로리가 있었다. 우리가 얘기를 나누는 사이 어느 틈엔가 오언의 창 쪽으로 나타나 함박웃음을 지으며 손을 흔들고 있었다.

"안녕!"

"안녕!" 나도 인사했다.

말로리는 오언에게 창문을 내리라고 손짓했고, 오언은 마지못한 얼굴로 느릿느릿 창을 내렸다. 창틈이 넓게 벌어지자마자 말로리는 고개를 들이밀었다.

"어머나, 언니 셔츠 정말 예쁘다! 토스카에서 산 거예요?"

나는 눈을 내리깔며 대답했다.

"그럴 거야. 우리 엄마가 사 오셨어."

"언니는 정말 좋겠다! 토스카 너무 좋은데. 이 세상에서 제일 좋아하는 매장이에요. 들어올래요?"

"들어오라고?" 내가 물었다.

"우리 집에요. 저녁 먹을 때까지 있다가 갈래요? 아, 꼭 먹고 가요 저녁!"

"말로리." 오언이 손으로 얼굴을 문지르며 말했다. "제발 소리 좀 지르지 마라."

말로리는 들은 체도 않고, 고개를 더 깊이 들이밀었다. "내 방 보여줄게요." 말로리가 신이 나서 눈을 크게 뜨고 말했다. "내 옷장도요, 그리고 또……"

"말로리, 차에서 떨어져." 오언이 다시 말했다.

"내 옷 어때요?" 말로리가 나에게 물었다. 그러면서 내 눈에 잘 보이게 하려고 뒤로 물러섰다. 흰색 무지 티셔츠에 짧은 재킷을 걸치고, 청바지는 밑단을 접었고 굽이 두툼하면서 반질반질한 부츠를 신고 있었다. 한 바퀴 돌더니 다시 창문 안으로 고개를 들이밀었다. "니콜스 레이크한테 영감을 받았죠. 내가 제일 좋아하는 가수거든요? 그 언니는, 그러니까 펑크 계열이에요."

오언이 머리 받침대에 쿵, 하고 머리를 부딪치더니 낮은 목소리로 말했다. "니콜스 레이크는 펑크 가수가 아니야."

"맞거든." 말로리가 오언에게 말했다. "그리고 안 보여? 나도 오늘은 펑크풍이란 말이야!"

"말로리, 이 이야기는 한 번 했잖아. 안 그래? 펑크의 진짜 정의에 대해서 토론하지 않았냐? 너 내가 준 '검은 깃발' 시디, 들어보기는 한 거야?"

"너무 시끄럽더라. 게다가 따라 부를 수도 없어. 니콜스 레이크가 훨씬 나아."

오언이 땅이 꺼질 듯한 한숨을 쉬며 말했다. "말로리, 너는 그저……"

바로 그때, 키가 크고 머리가 까만 아주머니가 문 앞에 나와 말로리를 불렀다. 오언의 엄마인 것 같았다. 말로리는 언짢은 표정을 지었다. "난 들어가 봐야 해요." 말로리가 오언의 얼굴 앞까지 바짝 고개를 들이밀더니 이렇게 말을 이었다. "다음엔 우리 집에 들어올 거죠, 그렇죠?"

"그럼." 내가 대답했다.

"안녕, 애너벨 언니."

"안녕." 내가 인사했다.

말로리는 싱긋 웃으며 몸을 일으킨 다음 나에게 손을 흔들었다. 나도 손을 흔들어 주었다. 나는 오언과 함께 말로리가 계단을 올라가며 몇 번이나 우리 쪽으로 고개를 돌리는 모습을 지켜보았다.

"와, 재 정말로 펑크풍이다, 그렇지?"

오언은 대답하지 않았다. 대신 연거푸 큰 소리로 숨을 들이마셨다.

"이게 너 화난 모습이니?"

오언이 숨을 내쉬더니 대답했다. "아니. 이건 짜증 난 모습이야. 나는 도대체 재가 왜 저러는지 모르겠어. 여동생들한테는 뭔가 있는 것 같아. 가끔 진짜 돌게 만든다니까."

"사는 게 다 똑같네 뭐."

다시 말이 끊겼다. 침묵을 느낄 때마다 나는 이번에는, 이번에는 오언이 차에서 내려서 갈 것이고 그러면 이런 순간도 끝날 거라고 속으로 말했다. 그리고 점점 더 그 순간이 오지 않기를 바라게 되었다.

오언이 입을 열었다. "너 그 말 참 자주 하더라."

"무슨 말?"

"사는 게 다 똑같다고."

"그 말 처음에 한 사람은 너였어."

"내가?"

나는 고개를 끄덕이며 말했다. "그날, 학교 뒤에서."

"아." 오언은 잠시 말이 없었다. "있잖아, 생각해 보니까 좀 이상하다.

그러니까, 이게 동의한다는 뜻이어야 하잖아? 하지만 꼭 그런 건 아니야. 상대방이 하는 얘기가 하나도 새로울 것 없다는 소리처럼 들릴 수도 있잖아."

오언의 말을 곱씹고 있는데 하키 스틱을 어깨에 멘 아이들 둘이 롤러블레이드를 타고 휙 지나갔다. "그래." 생각 끝에 내가 입을 열었다. "하지만 다른 식으로도 볼 수 있는 것 같아. 네가 아무리 상황이 나쁘다고 말해도 내가 공감한다는 말일 수도 있잖아."

"아, 그러니까 네가 나한테 공감한다는 말이군."

"아니. 전혀."

"다행이네."

오언이 웃으며 고개를 돌려 창밖을 내다보았다. 나는 오언의 옆모습을 재빨리 훔쳐보며 멀리서 오언을 살피면서 보낸 날들을 떠올렸다.

"좋아, 조금 공감하는 것 같기도." 내가 말했다.

오언이 다시 고개를 돌려 나를 보았고 나는 다시 그 느낌에 빠졌다. 또 다시 찾아온 침묵, 이번에는 무슨 일이 일어날지 정확하게 알아차릴 수 있는 침묵이었다. 오언은 차 문을 열었다.

"그럼, 음, 태워 줘서 다시 한번 고맙다."

"아니야. 빚진 게 있잖아."

"아니, 빚진 건 아니야." 오언은 좌석 벨트를 풀었다.

"내일 다시 보든지 하자."

"그래. 나중에 보자."

오언은 차에서 내려 문을 닫고 가방을 움켜쥔 다음 계단을 오르기 시작했다. 나는 오언이 안으로 들어갈 때까지 지켜보았다.

차를 빼서 나오는데, 그 오후가 무척이나 낯설고 비현실적으로 느껴졌다. 머릿속이 꽉 차서, 너무 꽉 차서 뒤죽박죽이었지만, 운전을 하면서 나는 퍼뜩 뭔가 불편하다는 사실을 깨달았다. 시디가 멈춘 상태였고 음악 소리가 들리지 않았다. 전 같으면 눈치도 못 챘을 텐데 이제는 귀청이 터질 것 같은 소리만 아니라면 정적이 더 마음을 어수선하게 만들었다. 그게 무엇을 뜻하는 것인지는 확신할 수 없었다. 그렇지만 아무튼 나는 팔을 내밀어서 라디오를 켰다.

9

미녀와 야수. 별난 커플. 슈렉과 피오나. 나는 소문의 출처에 경의를 표하는 수밖에 없었다.

그 뒤로 이주일 사이에 아이들은 나와 오언을 두고 수많은 이름을 지어냈고 그러거나 말거나 우리는 날마다 담장에서 같이 점심시간을 보냈다. 나로서도 딱히 규정을 짓기 힘든 일이었다. 우리가 사귀는 것은 아니었지만, 낯선 사이라고도 할 수 없었다. 수많은 경우에서처럼, 우리는 어중간한 지점에 떨어져 있었다.

경우야 어떻든 이제 공공연해진 일도 몇 가지 있었다. 첫째, 우리는 나란히 앉았다. 둘째, 아무것도 먹지 않는 오언을 나무란 끝에 점심값을 음악에 투자한다는 고백을 받아냈고 그 뒤로는 내가 가져온 음식을 나눠 먹었다. 그리고 셋째, 둘이서 논쟁을 하게 되었다. 정확하게 말하자면 논쟁이 아니고 토론이었다.

처음엔 오언이 제일 좋아하고 열정을 느끼는 주제인 음악만 다루었다. 내가 오언의 의견에 동의하면 나는 훌륭하게 깨어있는 사람이었다. 반대하는 경우엔 세상에서 음악 취향이 가장 나쁜 인간이 되었다. 대개 활발한 논쟁은 오언의 라디오 방송, 어느덧 일요일마다 내가 성실히 챙겨 듣게 된 방송 얘기를 하는 주초에 벌어졌다. 한때 오언에게 내 생각을 말하면서 몹시 긴장했다는 사실이 믿어지지 않았다. 이제는 지극히 자연스러워졌는데 말이다.

"설마 농담이겠지!" 어느 월요일, 오언이 고개를 설레설레 저으며 말했다.

"베이비 비저스이스 노래를 안 좋아했단 말이야?"

"그게 전화 버튼 누르는 소리만 있는 곡이었지?"

"전화 버튼이 다가 아니야. 다른 것들도 있었단 말이야." 오언이 발끈해서 말했다.

"어떤 건데?"

오언은 내가 나눠 준 터키 샌드위치 반쪽을 손에 들고 나를 빤히 보았다. "어떤 거냐면." 오언이 입을 열더니 시간을 벌려고 샌드위치를 한 입 베어 먹었다. 샌드위치를 오물거리고 삼키면서 시간을 더 끌더니 오언이 말했다. "베이비 비저스이스는 장르의 혁신자란 말이야."

"그러면 전화 버튼이 아니라 다른 악기로도 곡을 만들 줄 알아야 할 것 아니야."

"그건 선언이야. 조심해." 오언이 샌드위치로 나를 가리키며 말했다.

'선언'이란 선동적인 언어를 뜻하는 단어였다. '다고말'이나 '대체어' 비슷한 용어로, 나에게도 일상 어휘가 된 지 오래였다. 오언과 어울리다

보면 화 다스리기 프로그램을 개별 지도로 받게 된다. 그것도 무료로 말이다.

"있잖아, 너도 알겠지만 난 테크노 음악을 안 좋아해. 그러니까 음, 나한테 테크노 음악에 대한 생각은 그만 묻는 게 좋을 거야." 내가 말했다.

"그건 너무 심한 일반화야! 넌 어떻게 한 장르 전체를 싫다고 제외할 수 있냐? 그건 속단이야." 오언이 받아쳤다.

"아니, 속단이 아니야."

"그럼 뭔데?"

"정직해지는 거지."

오언은 잠시 나를 보기만 했다. 그러더니 한숨을 쉬며 다시 샌드위치를 베어 먹었다. "좋아." 오언이 샌드위치를 씹으며 말했다. "계속해 보자. 그럼 립 스위치의 스래쉬 메탈 노래는 어떤데?"

"너무 시끄러워."

"당연히 시끄럽지! 스래쉬 메탈이니까!"

"소음을 능가하는 품질이 따라주면 괜찮지. 근데 목이 찢어져라, 소리만 질러댔잖아.".

오언은 남은 샌드위치 조각을 입 안에 털어 넣었다. "그럼 테크노도 싫고 스래쉬 메탈도 싫고, 남은 게 뭐냐?"

"그것 빼고 다?"

"그것 빼고 다." 오언은 여전히 납득할 수 없다는 표정으로 느릿느릿 되풀이해서 말했다. "알았어, 좋아. 마지막으로 내가 틀어 준 거, 철금 연주 들어간 그 곡은 어떤데."

"철금?"

"그래. 에이미 데커 말이야. 스탠드 업 베이스에, 요들로 시작하고……."

"요들? 그게 어떻게 요들이야?"

"뭐, 이제 요들도 싫어한다는 소리냐?"

논쟁은 그렇게 끊임없이 이어졌다. 이따금 격렬해지기도 했지만 버거울 만큼은 아니었다. 사실대로 말하자면 나는 오언과 함께 보내는 점심시간을 인정하기 힘들 만큼 기대하고 있었다.

초기 펑크와 재즈 오케스트라, 그리고 품질이 의심스러운 테크노 음악들에 대한 의견을 나누면서 나는 점점 더 오언을 알아갔다. 오언은 언제나 음악을 좋아했지만, 자기 표현처럼 집착 수준에 이른 것은 일 년 반 전 부모가 이혼했을 때부터라는 사실도 알았다. 이혼은 법정 다툼까지 오가며 꽤 흉하게 진행된 모양이었다. 오언의 말에 따르면 음악은 탈출구였다. 모든 게 끝이 있고 변하지만 음악은 바닥이 없는 거대한 자원이었다.

"부모님이 서로 말도 안 할 때 난 중간에 끼여서 온갖 중재 역할을 했어. 엄마는 아빠가, 아빠는 엄마가 서로 끔찍하고 배려 없는 존재라고 했지. 동의하자니 내가 괴로웠어. 왜냐면 한 분이 기분 상할 테니까. 동의하지 않자니 한쪽을 편드는 셈이었고 말이야. 진짜 이길 수 없는 싸움이었지." 어느 날 오언이 그렇게 말했다.

"정말로 힘들었겠다." 내가 말했다.

"죽을 맛이었지. 그때부터 음악에, 온갖 난해한 음악에 빠져들었어. 아무도 안 듣는 음악이라면 내가 그 음악에 대해서 어떻게 생각하든지 뭐라고 할 수 없지 않겠냐. 거긴 옳고 그른 게 없었지." 오언은 뒤로 물러앉으며 손을 휘저어서 우리를 맴도는 벌 한 마리를 쫓았다.

"그 무렵부터 피닉스 케이엑스피시(KXPC)라는 대학 라디오 방송국의 그 방송을 듣기 시작한 거야. 주말 심야 방송을 하는 남자가 있었는데…… 심각하게 난해한 것들을 틀어 줬어. 원주민 음악과 심상치 않은 언더그라운드 펑크, 5분 내내 수돗물 떨어지는 소리만 나오는 노래. 뭐 그런 음악들 말이야."

"수돗물 떨어지는 소리." 내가 말하자 오언이 고개를 끄덕였다. "그게 음악이니?"

"음악으로 안 받아들이는 사람도 있겠지." 오언이 나를 쏘아보며 대답했다. 나는 빙그레 웃었다. "하지만 그게 요점이야. 그러니까, 완전 미지의 영역이었던 거지. 난 그 사람이 틀어주는 곡목을 받아 적었다가 음반 상점이나 온라인에서 찾기 시작했어. 골치 아픈 집안일 말고 집중할 거리가 생긴 거야. 게다가 아래층에서 들리는 비명 소리를 압도할 만한 소리가 필요할 때 편리하더라."

"진짜? 비명 소리라고?" 오언은 어깨를 으쓱했다.

"그리 나쁘지는 않았어. 양쪽 다 이성을 잃을 때가 있긴 했지만 말이야. 하지만 솔직히 말해서 침묵이 더 싫었어."

"비명보다 침묵이 더 싫었다고?"

"훨씬 더." 오언이 고개를 끄덕이며 말했다.

"내 말은 적어도 다툴 때는 무슨 일이 벌어지는지는 안다는 뜻이야. 아니면 해결할 방법이라도 찾아볼 수 있잖아. 그런데 침묵은…… 알 수가 없어. 그냥……"

"그 자체로 무지무지 시끄럽지." 내가 오언을 대신해서 말을 맺어주었다.

"바로 그거야." 오언은 나를 가리키며 말했다.

그래서 오언은 침묵을 싫어했다. 오언이 싫어하는 건 또 있었다. 땅콩버터(너무 뻑뻑해서), 거짓말쟁이(설명이 필요 없다), 팁을 안 주는 사람(피자 배달로 얻는 벌이는 시원찮으니까). 그때까지 내가 알아낸 건 그 정도였다. 화 다스리기 프로그램 덕분이겠지만 오언은 자신을 진저리나게 하는 문제에 대해서 아주 잘 털어놓았다.

"너는 안 그래?" 어느 날 그 점을 지적하자 오언이 나에게 물었다.

"응. 나는 못 털어놓는 문제가 몇 개 있는 것 같아."

"너를 무지무지 화나게 하는 게 뭔데?"

나는 본능처럼 소피를, 긴 의자에 앉아서 핸드폰으로 통화를 하고 있는 소피를 건너다보았다. 나는 큰 소리로 말했다. "테크노 음악."

"하하. 농담하지 말고 말해 봐."

"모르겠어. 우리 언니들인 것 같기도 하고. 늘 그런 건 아니지만." 나는 샌드위치 조각을 집어 들었다.

"또?"

"아무것도 생각 안 나."

"야! 설마 너를 괴롭히는 일이 기껏 언니들이나 음악 장르밖에 없단 말이야? 왜 이래. 넌 인간이 아니니?"

"글쎄, 아무튼 난 너처럼 화낼 줄 몰라."

"나처럼 화내는 사람은 아무도 없어." 오언은 성가신 기색 없이 말을 이었다. "정말이야. 하지만 아무리 너라고 해도 지긋지긋하고 넌더리 나는 일은 있을 거 아니야."

"그렇겠지. 근데…… 지금 당장 이거다, 하고 떠오르는 게 없어." 오언이 눈동자를 굴렸다. "그건 그렇고, 너처럼 화내는 사람이 없다니 무슨 소리야? 화 다스리기 프로그램은 어떻고?"

"그게 뭐?"

"음, 그 프로그램을 들으면 더 이상 화를 안 내는 사람이 되어야 하는 거 아니야?"

"화 다스리기의 목적은 화를 안 내게 만드는 게 아니야."

"아니라고?"

오언이 고개를 가로저었다. "아니야. 화는 피할 수 없는 일이야. 화 다스리기라는 용어 그대로야. 화를 다루도록 도와주는 프로그램이지. 그러니까 주차장에서 사람을 때리는 것보다는 좀 더 생산적으로 표현하도록 도와주는 거라고."

처음에는 의심했겠지만 이제는 달랐다. 오언은 늘 그렇게 정직한 아이였다. 질문을 하면 답을 주었다. 그렇지만 나는 얼마 동안 오언을 시험했다. 여러 가지 문제를 두고 의견을 내놓도록 졸라댔는데, 이를테면 내 옷차림(새로 산 복숭아색 셔츠에 대해 오언은 '너한테 아주 잘 어울리는 색은 아니야'라고 말했다), 내 첫인상('너무 완벽하고 흠잡을 데가 없어서 접근하기 어려웠어'), 그리고 오언의 연애 상태('현재 아무것도 없다') 같은 거였다.

"남한테 하지 않을 얘기는 없니? 그러니까, 그런 건 하나도 없어?" 어느 날, 머리를 자른 나를 보고 괜찮기는 하지만 이전의 긴 머리가 더 나은 것 같다는 얘기를 했을 때 나는 기어이 그렇게 물었다.

"안 그래도 그 생각했는데, 묻네." 오언은 우리 사이에 있는 가방에서 비스킷을 꺼내 먹으며 말을 이었다. "정직하게 얘기해 주는 걸 바라지 않는다면, 나한테 왜 물어?"

"내 머리 얘기를 하는 게 아니야. 그냥 일반적인 걸 묻는 거야." 오언은 프레첼을 입 안에 넣으며 의심스러운 눈초리로 나를 보았다. "진지하게 묻는 거야. 너는 한 번도 이건 말 안 하는 게 낫겠다는 생각을 한 적이 없니? 말하면 안 될 것 같다고?"

오언은 잠시 생각하는 눈치였다. 그러다 마침내 입을 열었다. "응. 말했잖아. 난 거짓말쟁이를 싫어해."

"하지만 거짓말은 아니잖아. 그냥 말을 안 하는 거지."

"두 가지가 서로 다르다는 소리야?"

"그렇지. 한쪽은 고의로 속이는 거잖아. 그리고 한쪽은 그냥 소리 내어 말하지 않는 것뿐이니까."

"그래, 하지만, 그래도 속이는 성질을 띠고 있는 거지. 스스로를 속인다는 게 다르지만 말이야. 안 그래?" 오언이 프레첼 하나를 더 꺼내며 대답했다.

나는 내 마음속으로 생각을 돌리며 잠자코 오언을 보았다. "잘 모르겠어." 나는 느릿느릿 대답했다.

"사실, 정말로 잘 생각해 보면 그게 거짓말보다 더 나빠. 내 말은, 최소한 적어도 스스로에게는 진실을 말해야 한다는 소리야. 스스로를 믿지 못하는데 누가 믿어주겠어? 안 그래?" 오언이 말했다.

말을 할 순 없었지만 오언은 날 깨닫게 했다. 날마다 하는 작은 선의의 거짓말, 내가 억누르고 있는 것들, 완전히 정직하지 못한 순간들을 나는 이제 낱낱이 알아차리고 있었다. 또한 내가 생각한 것을 실제로 다른 사람에게 얘기할 수 있다는 게 얼마나 기분 좋은 것인지 잘 인식하고 있었다. 기껏해야 음악에 관한 이야기라고 해도 말이다. 기껏 그런 이야기라고 해도.

어느 날 점심시간, 오언은 둘 사이의 담장 위에 가방을 내려놓더니, 지퍼를 열고 시디 꾸러미를 꺼냈다. "이거, 너 주는 거야." 오언이 그걸 나에게 내밀며 말했다.

"나한테? 이게 뭔데?"

"개론이랄까. 더 많이 만들려고 했는데 버너 상태가 안 좋았어. 그래서 몇 개밖에 못 구웠어." 오언이 설명했다.

오언에게 시디 '몇 개'란 내가 세보니 열 개쯤 되었다. 위에 있는 몇 개는 시디마다 '진정한 힙합', '영성 노래와 뱃노래(다양한)', '참아줄 만한 재즈, 진정한 가수의 진정한 노래' 같은 제목과 깔끔하게 곡목을 인쇄한 종이가 붙어 있었다. 그걸 보니 전날 스토너 록을 두고 신랄한 토론을 한 게 떠올랐다. 아무래도 그때 오언은 내 음악 지식이 경험 부족 때문에 매우 '발육 부진 상태에다 모자라다'(오언의 표현)는 결론을 내리고 시디를 만들기로 한 것 같았다. 오언이 주는 치료책인 셈이었다. 장별로 조목조목 나눠서 직접 제작한 입문서 말이다. “네가 정말로 이 곡들을 좋아하게 되면 더 만들어 줄게. 그러니까 더 깊이 탐구할 준비가 되면 말이야.”

나는 시디들의 나머지 제목을 훑어보았다. 컨트리 음악, 브리티쉬 인베이션*, 포크송이 있었다. 그런데 맨 밑에 있는 시디를 보니 빈 표지에 딱 두 마디만 눈에 띄었다. ‘그냥 들어 봐’

보자마자 의심스러워서 내가 물었다. “이건 테크노니?”

“그렇게밖에 상상을 못하다니 믿어지지 않는다. 맙소사.” 오언이 기분 나쁜 투로 말했다.

“오언.”

“테크노 아니야.”

나는 오언을 보기만 했다. 내가 고개를 가로젓자 오언이 입을 열었다.

“중요한 건 다른 시디는 제목이나 개념이 같은 것끼리 묶었다는 거야. 교육용이라고도 할 수 있지. 그것부터 먼저 듣고, 그다음에 네 스스로 준비가 됐다고 생각되면, 정말로 준비가 되면, 이걸 들어. 어딘가 좀…… 세계가 다른 음악이야.”

“알겠어, 근데 네가 그러니까 좀 무섭다.”

“네가 정말 싫어할 수도 있어.” 오언도 인정했다. “아닐 수도 있고. 이 음악은 인생의 모든 질문에 대한 답이 될 수도 있어. 그게 이 음악의 아름다움이지.”

* 영국 록의 미국 정복.

나는 다시 한번 표지를 꼼꼼히 들여다보았다. "그냥 들어라." 내가 되뇌었다.

"그래. 생각하거나 판단하지 마. 그냥 들어."

"그다음엔 뭔데?"

"그다음엔 네 마음을 정할 수 있지. 어때."

사실 그게 공정할 것 같았다. 노래든 사람이든 이야기든 그저 발췌한 구절이나, 코러스 한 구절, 한 번 힐끗 본 것으로는 알 수 있는 게 많이 없으니까. "그래, 알았어." 나는 그 시디를 다시 맨 밑으로 밀어 넣으며 대답했다.

"여보, 시간 다 됐어." 아빠가 다시 시계를 보며 말했다.

"알아요. 준비 거의 다 됐어요." 엄마는 핸드백을 어깨에 메고 부엌을 바삐 가로질렀다. "애너벨, 오늘 저녁에 먹을 피자값은 여기에 있고 내일 아침은 너희들 원하는 대로 해 먹으렴. 오늘 장 봤으니까 먹을 건 많아. 알았지?"

나는 고개를 끄덕였다. 아빠는 어느새 현관에 나가 있었다.

"근데, 자동차 열쇠를 어디에 뒀더라?"

"당신 열쇠는 없어도 돼요. 운전은 내가 할게." 아빠가 엄마에게 말했다.

"난 내일 하루 종일이랑 월요일도 한나절 동안 찰스턴에 있어야 하잖아요. 당신이 회의하는 동안." 엄마가 핸드백을 내려서 뒤지기 시작했다. "잠깐 호텔 밖에 나갈 수도 있을 것 같고요."

내 생각에 아빠가 일찌감치 차고 문을 열고 문가에 기대 한숨을 내쉰 지 20분은 지난 것 같았다. 토요일 아침이었고, 엄마 아빠는 사우스캐롤라이나에서 주말을 보내고 대규모 건축 회의에 참석하기로 했는데 이미 한참 전에 떠났어야 할 시간이었다. "그럼, 내 차를 쓰면 되잖아요." 아빠가 말했지만 엄마는 들은 척도 하지 않고 가방을 뒤져서 지갑이며 휴지를 꺼내고 핸드폰은 조리대 위로 올려놓았다. "여보. 서두릅시다." 하지만 엄마는 꿈쩍도 하지 않았다.

처음에 아빠는 두 분이 가장 좋아하는 도시로 멋진 탈출을 해 보자고 제안했다. 아빠가 회의에 참석하는 동안 엄마는 쇼핑과 관광을 하고 저녁에는 함께 고급 식당에 가서 즐거운 시간을 갖자는 거였다. 내가 듣기에는 무척 근사한 말이었는데 엄마는 나랑 휘트니 언니만 남겨두고 가는 게 못 미더워서 망설였다. 게다가 휘트니 언니는 그 전 주부터 새로운 치료 모임에 나가기 시작한 터라 기분이 더 나빠진 상태였다. 언니는 싫다고 한 모임이다. 언니의 말에 따르면 "괴짜"라고 했다.

"휘트니, 제발. 해먼드 박사님이 너한테 좋은 도움이 될 거라고 하시더라." 어느 날 저녁 시간, 처음으로 그 제안을 하던 엄마가 그렇게 말했다.

"해먼드 박사는 멍청이예요." 휘트니 언니가 대답했다. 아빠가 힐끗 쏘아보았지만, 언니는 본 체도 안 했다. "엄마, 내가 그 여자랑 같이 일해 본 사람들을 아는데 그 여자 미치광이래요."

"믿을 수 없는 말이구나." 아빠가 말했다.

"믿으셔야 돼요. 게다가 진짜 정신과 의사도 아니라던데요. 프로그램

담당하는 의사들이 그러는데 그 여자 치료법은 엉뚱하대요. 진짜 사이비 치료법이라는 거예요."

"사이비라고?" 아빠가 물었다.

"해먼드 박사님이 그러시더라고요." 엄마가 입을 열었다. 해먼드 박사라는 이름이 나오자 휘트니 언니는 눈을 부릅떴다. "모이라 벨이라는 여자분인데 새로운 치료법으로 여러 환자들이 큰 효과를 봤다고요."

"그 여자분이 어떻게 다른 치료법을 쓴다는 건지 아직도 잘 이해 못 하겠어." 아빠가 말했다.

"적극적으로 실천하는 운동 요법을 많이 쓴대요. 그냥 앉아서 말로 하는 게 아니고요." 엄마가 아빠에게 설명했다.

"예를 들어 볼까요?" 휘트니 언니가 포크를 내려놓으며 말했다. "병원에서 알게 된 자넷이라는 여자애가 있거든요? 근데 걔가 모이라 벨의 모임에 들어갔을 때 불 피우는 법을 배웠다는 거예요."

엄마가 어리둥절한 얼굴로 되물었다. "불을 피운다고?"

"네. 모이라가 막대기 두 개를 주더니, 불이 붙을 때까지 막대기 두 개를 문지르라고 시켰대요. 불을 잘 피울 수 있을 때까지 매번 그 일을 했다지 뭐예요."

"그렇게 하는 정확한 목적이 뭔데?" 아빠가 말했다.

휘트니 언니는 포크를 다시 집어 들며 어깨를 으쓱했다. "자넷이 그러는데 그렇게 하면 자급자족 생활을 할 수 있다나 봐요. 자넷도 모이라 벨이라는 여자는 미쳤다고 하더라고요."

"그건 얘기가 다르구나." 엄마가 말했다. 엄마 얼굴은 휘트니 언니가 집에 온통 불을 지르는 광경이 그려지기라도 하는 듯 걱정스러운 빛이었다.

"난 지금 거기 가 봐야 시간만 허비할 거라는 말씀을 드리는 거예요."

"일단 한 번 가보고, 그다음에 마음을 정해라." 아빠가 언니에게 말했다.

하지만 언니는 벌써 마음을 단단히 정한 것 같았다. 적어도 그날 밤이 깊도록 걸핏하면 그랬듯이 쾅쾅 소리를 내고, 한숨을 내쉬고, 부루퉁해서 벽에 압정을 때려 박아대는 언니의 행태를 보고 내가 내린 판단이었다. 이튿날, 일정대로 모임에 갔다가 돌아온 언니는 그 어느 때보다 기분이 안 좋았다. 그 뒤로 이제 두 번 모임에 참석했고, 아직 집에 불을 지르지는 않았지만 엄마는 여전히 긴장하고 있었다. 언니와 함께 남겨진 것은 나였기 때문에 나도 마음이 편하진 않았다.

그런데 아빠는 더 큰 책임감으로 언니를 믿어줄 때라고 여겼다. 엄마가 계속 붙어 있으면 언니가 홀로 설 수 없을 것이고, 엄마 아빠가 집을 비우는 것도 고작 이틀이니 괜찮다고 했다. 아빠는 심지어 해먼드 박사에게 전화해 동의를 받아냈다. 그런데도 엄마는 여전히 마음을 놓지 못하고 아빠야 시계를 보든 말든 여태 가방을 뒤적거리며 이리저리 시간을 끌고 있었다.

"정말로 알 수가 없네." 엄마가 가방을 더 넓게 벌리며 말했다. "분명히 어젯밤에 있었는데, 어디다 뒀는지 생각이 안 나……."

바로 그때 현관문 닫히는 소리가 들렸다. 잠시 뒤, 머리를 뒤로 질끈 묶어 올린 휘트니 언니가 요가 바지에 티셔츠 그리고 운동화 차림으로 모습을 드러냈다. 한 손에는 '홈 가드닝'에서 나온 가방을 들고 있었다. 그리고 다른 손에 엄마의 자동차 키를 쥐고 있었다.

"아이구, 문제가 풀렸네." 아빠가 엄마에게 다가가며 말했다. 아빠는 엄마 가방을 들더니 조리대 위에 널려있던 물건을 몽땅 쓸어 담았다. "갑시다. 뭘 더 잃어버리기 전에."

마침내 엄마 아빠가 나가고 나는 부엌 식탁에서 찻길로 접어드는 자동차를 지켜보았다. 멀어지는 도중에 엄마는 고개를 돌려서 다시 한번 집을 쳐다보았다.

엄마 아빠가 떠난 뒤 나는 의자를 밟고 올라간 휘트니 언니가 '홈 가드닝'에서 사 온 물건을 가방에서 꺼내 늘어놓고 인상을 찌푸린 채 살펴보는 모습을 내려다보았다.

"흠, 이제 우리 둘뿐인 것 같네." 내가 말했다.

"뭐?" 언니가 고개도 들지 않고 말했다.

나를 둘러싼 집안이 온통 비어 있는 느낌이었다. 정적. 아무래도 기나긴 주말이 될 것 같았다. "아무것도 아니야. 신경 쓰지 마." 내가 말했다.

다행히 언니한테 무시당하는 일 말고도 할 일이 몇 가지 있었다. 아니, 한 가지 있었다.

'레이크뷰 쇼핑센터 가을 패션쇼'가 다음 주말에 열리는데, 행사 리허설에 관한 회의에 가야 했다. 콥프 백화점에 갔더니, 제니 리프라는 인기 가수의 실내 공연 일정까지 더해서 토요일의 열기가 한창 달아올라 있었다. 제니 리프는 무샤카 수영복 회사에서 나오는 모든 제품의 광고 모델이었다. 대형 스피커 근처에서 활기찬 노래가 그치지 않고 울려 퍼지는 가운데, 청소년 매장은 뒤쪽 속옷 매장까지 여자애들로 구불구불 길게 이어지며 들어차 있었다.

"애너벨 언니!"

고개를 들어보니 말로리였다. 말로리는 손에 든 포스터와 시디 그리고 카메라가 거치적거리는데도 아랑곳하지 않고 활짝 웃는 얼굴로 내게 달려오고 있었다. 오언을 태워다 준 날 한번 봤던 말로리의 엄마가 좀 더 느긋한 걸음걸이로 그 뒤를 따랐다. "안녕! 이럴 수가……. 언니도 제니 리프 팬이세요?" 말로리가 말했다.

"음, 그건 아니고, 난 회의가 있어서……." 길게 늘어선 대열에 합류하려는 여자애들 무리가 우리 곁을 스치고 지나갔다.

"모델 일 때문에요?"

"응, 맞아. 다음 주에 패션쇼가 있거든."

"가을 패션쇼. 나도 알아요! 너무 신나. 나도 볼 거예요. 제니 리프가 여기 오다니 믿어져요? 그 언니가 내 포스터에 사인도 해 줬어요!"

말로리는 포스터를 펼쳐서 내게 보여 주었다. 아니나 다를까 포스터에는 파도타기 하는 캘리포니아인 같은 사람이 바닷가에서 자세를 취하고 있었다. 양옆의 모래에는 기타 한 대와 서프보드가 놓여있고 말이다. 아래쪽에는 까만 글씨의 글귀가 보였다. '말로리에게. 나와 함께, 그리고 무샤카 수영복과 함께 파도를 타 봐요. 사랑을 담아서, 제니.'

"와, 멋지다." 내가 말하는 사이 말로리의 엄마가 우리 쪽으로 다가

왔다.

"공짜 시디랑 사진도 얻었어요!" 말로리가 발끝으로 서서 동동 구르며 말했다. "나도 무샤카 티셔츠 한 장 사고 싶은데, 너무……."

"티셔츠는 넘치게 많잖니." 말로리의 엄마가 끼어들어 말을 맺었다.

말로리의 엄마를 올려다보며 나는 오언이 누구를 닮아서 키가 그렇게 큰지 알 것 같았다. 나보다 훌쩍 더 큰 아줌마는 까만 머리를 목덜미까지 늘어뜨리고 청바지에 털 스웨터를 입고 있었다. 아줌마의 신발을 힐끗 보니 뭉툭한 것 빼고는 채식주의자 같은 느낌은 찾아보기 힘들었다. "안녕, 난 테레사 암스트롱이라고 한단다. 너는?" 아줌마가 내게 말했다.

"엄마!" 말로리가 고개를 흔들며 말했다. "애너벨 그린 언니잖아요, 어떻게 이 언니를 모를 수 있어요?"

"미안하구나, 내가 알아야 하는 사람이니?" 암스트롱 아줌마가 말했다.

"아니에요." 내가 말했다.

"당연히 알아야죠." 말로리가 자기 엄마를 보며 말했다. "콥프 백화점 광고에 나오는, 내가 정말로 진짜 진짜 좋아하는 애너벨 언니잖아요?"

"아, 그렇구나." 아줌마가 점잖게 웃으며 말했다.

"그리고 오빠 친구란 말이에요. 친한 친구."

"아, 그러니?" 암스트롱 아줌마가 놀랐다는 듯이 말했다. 그리고 나에게 미소를 지었다. "잘 됐구나."

"다음 주 주말에 패션쇼 있다고 했잖아요, 거기에 애너벨 언니도 나와요." 말로리가 설명하고는 나를 보았다. "우리 엄마는 패션에 별 관심이 없어요. 하지만 내가 가르쳐드리려고 노력하는 중이죠."

"그리고 나는 말이다." 암스트롱 아줌마가 한숨을 쉬며 말했다. "말로리한테 인기 스타나 옷보다는 중요한 사회 문제에 더 관심을 가지라고 당부하는 중이란다."

"쉬운 일은 아니겠네요." 내가 말했다.

"거의 불가능해. 하지만 최선을 다하고 있지." 아줌마가 가방을 올려들며 말했다.

"콥프를 찾아주신 고객 여러분, 안녕하십니까!" 머리 위에 있는 스피커에서 갑자기 소리가 터져 나왔다. "무샤카 수영복 협찬으로 오늘 우리 매장에 단독 출연한 제니 리프 공연에 와 주신 여러분께 감사드립니다! 부디 잠시 시간을 내어 오후 한 시 신사복 매장 근처에 위치한 콥프 카페에서 열리는 제니의 최신곡 '속박' 공연에 함께해 주시기 바랍니다. 그 자리에서 뵙겠습니다!"

"들었어요? 공연을 한 대요!" 말로리가 자기 엄마의 손을 움켜쥐며 말했다. "좀만 이따 가요."

"안 돼. 한 시 반에 여성 센터 모임에 가야 되잖아."

"엄마, 제발 오늘은 가지 마요. 네?" 말로리가 애원했다.

"우린 모녀 토론 모임에 참가한단다." 암스트롱 아줌마가 나에게 설명했다. "일주일에 한 번 둘이 같이 가는데 엄마와 딸 여섯 명씩 모여서 개인의 성장에 적절한 토론 주제에 대해 의견을 나누지. 대학에서 여성

학을 강의하는 부 코넬이라는 멋진 교수님이 이끌어가는 모임이거든? 아주……"

"아주 따분하죠. 지난주에 전 잠들었다니까요." 말로리가 끼어들었다.

"아쉽게도 지난주 주제가 생리였거든. 생리는 여성에 대한 여러 가지 변화와 시작을 나타내는 건데…… 토론이 아주 환상적이었단다."

말로리는 기겁했다. "엄마! 애너벨 그린 언니랑 생리 얘기를 하다니, 그건 아니죠!"

"얘야, 생리는 부끄러워할 얘기가 아니란다." 얼굴이 붉어진 말로리에게 아줌마가 말했다. "모델이라고 해도 틀림없이 생리는 할 걸."

말로리는 손바닥으로 얼굴을 가리며 말했다. "몰라, 어휴 정말." 그러더니 말로리는 어디론가 사라져버리고 싶거나 아니면 벌써 사라져버리기라도 한 듯 두 눈을 감아 버렸다.

"저는 그만 가 봐야겠어요. 저기 음, 뵙게 돼서 반갑습니다." 나는 어색한 목소리로 말했다.

"그래, 나도 반가웠어." 암스트롱 아줌마가 대답했다.

나는 아직도 기분 상한 얼굴로 서 있는 말로리에게 웃어 보이며 말했다. "나중에 보자."

말로리가 고개를 끄덕였다. "네. 안녕, 애너벨 언니."

나는 돌아서서 회의실 쪽으로 갔다. 그런데, 몇 걸음 옮기기도 전에 말로리가 투덜거리는 소리가 들렸다. "엄마, 어떻게 나한테 그럴 수가 있어요."

"내가 뭘?"

"저한테 창피줬잖아요. 사과하셔야 해요." 말로리가 말했다.

"얘야, 도대체 뭐가 문제인지 잘 모르겠구나. 아무래도 네가……." 암스트롱 아줌마가 한숨을 내쉬며 말했다.

마침 화장품 매장을 지나고 있어, 공들여 화장을 하던 여자들 한 무리가 떠들어대는 소리에 묻혀서 나머지 얘기는 들리지 않았다. 하지만 회의실에 다다라서 돌아보니 말로리와 아줌마는 아직도 아까 그 자리에 남아 있었다. 암스트롱 아줌마는 딸 앞에 웅크리고 앉아서 딸이 하는 얘기를 듣고, 이따금 고개를 끄덕였다.

회의실 안으로 들어서니, 맥머티 선생이 회의 시작에 앞서서 다들 조용히 하라고 시키는 중이었다. 나는 그 자리에 잠시 더 머물며 암스트롱 아줌마가 마침내 일어나서 말로리와 함께 출구 쪽으로 나가는 모습을 지켜보았다. 말로리는 기분이 그다지 나아 보이지는 않았지만 몇 걸음 걷다가 엄마가 손을 잡자 뿌리치지는 않았다. 대신 엄마 손을 맞잡고 걸음에 속도를 내는가 싶더니 함께 문밖으로 멀어졌다.

그날 오후 늦게 집으로 돌아와 보니 휘트니 언니가 현관 밖에 나와 있었다. 언니 앞에는 조그만 꽃 화분 네 개가 줄지어 놓여 있고 옆에는 원예용 흙 봉지가 보였다. 언니는 꽃삽을 들고 짜증스러운 표정으로 앉아 있었다.

"언니, 뭐해?" 언니 쪽으로 다가가며 물었다.

언니는 처음에는 대답도 없이 흙 봉지를 찢어서 열고 꽃삽을 집어넣었다. 그런데 내가 언니를 빙 돌아서 문 앞으로 가는데 입을 열었다.

"허브를 심어야 해."

나는 걸음을 멈추었다. "허브?"

"그래." 언니는 봉지에서 흙을 한 삽 듬뿍 떠서 조그만 화분에 퍼담았다. 흙이 화분 밖으로 넘쳐흘렀다. "멍청한 치료 모임에서 시킨 일이야."

"왜 허브야?"

"난들 아냐." 언니는 또 다른 화분에 아무렇게나 흙을 채우더니 손으로 얼굴을 닦았다. "말도 안 되는 로즈메리 따위나 기르라고 엄마 아빠가 모이라 벨이라는 여자한테 한 시간에 150달러나 주는 거지." 언니는 발치에 있는 씨앗 봉투들을 집어서 주르륵 넘기며 말했다. "바질. 오레가노. 타임 따위한테 말이야. 아주 현명한 소비다, 안 그러냐?"

"진짜 좀 이상하네." 내가 말했다.

"누가 아니래." 언니가 세 번째 화분에 채울 흙을 퍼담으며 말을 이었다. "멍청한 짓에다 시간 낭비하는 일이지. 자라지도 않을 텐데 말이야. 금방 겨울이잖아. 겨울에 이딴 걸 어떻게 키워."

"그렇게 얘기해 봤어?"

"해 봤지. 그 여자는 상관도 안 해. 그 여자는 사람을 덜떨어져 보이게 만드는 일 말고는 아무것도 신경 안 쓰거든." 언니가 마지막 화분에 흙을 퍼 넣자 화분이 흔들렸지만 넘어지지는 않았다. "'집안에서 기르면 되잖니'라고 짹짹거리더라. '햇빛 잘 드는 창가에 두라'나. 그래, 좋아. 이것들을 며칠 안에 다 죽여 버릴 테니까. 죽이거나 말거나 대체 이딴 허브 따위를 길러서 뭘 할 거야?"

나는 언니가 바질 봉투를 찢어서 열고 손바닥에 씨앗을 쏟아붓는 모습을 지켜보았다. "저기, 허브로 요리 같은 걸 할 수도 있잖아."

언니는 씨앗을 심으려다가 말고, 무슨 표정인지 알 수 없는 얼굴로 나를 쳐다보았다. "요리라, 좋네." 언니가 말했다.

내 얼굴이 뜨거워지는 느낌이었다. 또, 멍청하게도 말이 잘못 나왔다. 정말이지 아무 말 할 생각이 없는데도 말이 잘못 나올 때가 있었다. 고맙게도 안에서 전화벨이 울리기에 나는 전화를 받으러 들어갔고 문을 닫아서 언니와 나 사이를 가로막을 수 있었다.

부엌에 가서 막 전화를 받으려는데 응답기가 먼저 켜졌다. 삐 소리가 나더니 커스틴 언니 목소리가 들렸다.

"여보세요?" 언니가 언제나 그렇듯이 큰 소리로 말했다. "아무도 없어? 나야, 누구 있으면 받아 봐……. 세상에, 다 어디 간 거야? 좋은 소식도 있고……"

나는 수화기를 들었다. "좋은 소식이 뭔데?"

"애너벨! 안녕!" 언니가 목소리를 한껏 높였다. 휘트니 언니의 단조로운 목소리와 비교되는 특징이었다. 나는 편하게 앉아서 자리를 잡았다. 커스틴 언니는 음성메시지를 남길 때도 한세월인데 실제로 통화한다면 오후 내내 걸릴 수도 있었다. "네가 집에 있어서 진짜 좋다, 어떻게 지내니?"

"잘 지내." 나는 의자를 오른쪽으로 살짝 밀며 말했다. 거실 너머로 눈썹을 찌푸린 채 집중하며 화분에 씨앗을 흩뿌리는 휘트니 언니가 보였다. "언니는?"

"환상적이야." 그야 그럴 터였다. "너한테 영화 제작 강의 얘기 했었지? 이번 학기에 듣는 수업 말이야?"

"응."

"그러니까," 언니가 말을 이었다. "오 분짜리 작품으로 중간 평가를 받아야 되거든? 그 중에서 딱 두 작품을 뽑아서 전체가 다 참석하는 특별 공연의 밤에서 상영하게 되어 있어. 근데 내 작품이 뽑혔지 뭐니!"

"멋지다. 축하해 언니." 내가 말했다.

"고마워." 언니가 웃으며 말했다. "너한테 꼭 알려주고 싶더라. 기껏해야 학교 작품이란 건 나도 알지만 그래도 너무 신나잖니. 이 강의랑, 또 커뮤니케이션 강의를 듣다 보니까…… 뭐랄까, 세상을 보는 내 시각이 확 바뀌더라. 브라이언 말처럼, 난 지금 말하는 방법뿐만 아니라 나를 증명하는 방법도 배우는 중이야. 그리고……"

"잠깐만, 브라이언이 누구야?" 내가 말했다.

"커뮤니케이션 과목 조교야. 교수님 강의를 도와주고 금요일에 내가 참가하는 소규모 토론 모임을 맡고 있어. 정말 멋지고 똑똑한 분이지. 진짜야! 아무튼 내가 만든 작품이지만 내가 생각해도 얼마나 자랑스러운지 모르겠다. 근데 다음 주에 사람들 앞에 서서 내 작품을 소개해야 해. 너무 떨려서 말도 안 나올 지경이다."

"떨린다고?" 커스틴 언니를 묘사할 형용사는 많고도 많지만, 그건 내가 단 한 번도 선택해 보지 않은 표현이었다. "언니가 떨린다고?"

"그래, 그렇다니까. 애너벨, 얼굴도 모르는 사람들 앞에 서서 내 영화 얘기를 해야 한단 말이야." 언니가 말했다.

"얼굴도 모르는 사람들 앞에 나서서 많이 걸어봤잖아. 수영복을 입고도 걸었으면서." 내가 지적했다.

"야, 그건 다르지."

"어떻게 다른데?"

"그러니까 그건……." 언니는 말끝을 흐리더니 한숨을 쉬었다. "이건 개인적인 일이잖아. 진짜로. 알겠니?"

"그래, 그렇겠다." 대답은 했지만 나는 그 차이점을 이해하기 힘들었다.

"어쨌든, 이제 일주일 남았어. 그러니까 너도 좋은 의견 생각해서 나한테 줘야 해. 알았지?"

"그럼. 근데…… 무슨 내용인데?"

"내 작품?"

"응."

"아, 그래, 그게 설명하기가 좀 어려운데……." 누가 언니 아니랄까 봐 이야기를 그렇게 시작했다. "근데, 바탕은 나에 대한 이야기야. 그리고 휘트니 이야기지."

나는 바깥으로 눈을 돌려 휘트니 언니가 새 씨앗 봉지를 찢는 걸 보았다. 언니가 이 영화에 어떤 반응을 보일지 궁금했다. "그렇구나."

"그렇긴 해도, 사실이 아니라 만들어 낸 이야기야. 하지만 휘트니랑 내가 자전거를 타고 나갔다가 휘트니 팔이 부러졌던 날을 바탕으로 만든 거지. 생각나니? 내가 걔를 자전거 핸들에 태우고 들어왔잖아?"

나는 잠시 생각한 다음 대답했다. "아, 그날……."

"네 생일이었잖아. 아홉 살 생일. 아빠가 파티하다가 말고 휘트니를 데리고 병원에 갔어. 그리고 케이크 자를 때에 맞춰서 깁스를 하고 돌아왔지." 언니가 말했다.

"맞아. 나도 생각난다." 그날 일이 슬슬 떠올랐다.

"그래, 그 이야기를 바탕으로 만든 작품이야. 하지만 좀 달라. 설명하기가 어렵다. 보고 싶다면 내가 메일로 보내줄게. 아직도 손을 보는 중이지만 대략 어떤 내용인지는 알 수 있을 거야."

"보고 싶어."

"그럼 보고 나서 형편없다고 해도 나한테 말해 줘야 한다."

"보나 마나 좋을 거야."

"토요일쯤이면 좋은지 안 좋은지, 밝혀지겠지." 언니가 한숨을 쉬며 말을 이었다. "아무튼, 있잖아, 그만 가 봐야겠다. 네가 가족들한테 얘기 좀 전해 줘. 다들 잘 있지?"

나는 다시 한번 휘트니 언니를 내다보았다. 언니는 화분에 흙을 한 겹씩 더 덮은 다음 호스를 들어서 물을 주었다. 물방울이 이리저리 튀자 언니는 눈살을 찌푸렸다. "응, 다들 잘 있어." 내가 말했다.

전화를 끊는데 현관 열리는 소리가 났다. 잠시 뒤 현관으로 나가 보니 휘트니 언니가 식당 창가에 화분을 나란히 세우고 있었다. 나는 문간에 서서 언니가 화분 가장자리를 손가락으로 털어가며 창턱 위에 가지런히 정리해서 놓는 모습을 지켜보았다. 일을 마친 뒤 언니는 허리를 펴고 두 손을 엉덩이에 받쳤다. "휴, 웬 헛수고냐." 언니가 말했다.

"잘 자랄지도 모르잖아."

언니가 힐끗 보기에, 나는 또 언니가 내게 짜증 내거나 언제나 그렇듯이 비아냥거리는 건 아닌가 싶었다. “두고 보지 뭐.” 언니는 그렇게 말하고는 두 손을 내리고 부엌 쪽으로 들어갔다.

언니가 수도꼭지를 틀고 손을 씻는 사이 나는 창가로 다가가서 화분들을 들여다보았다. 까맣고 향기로운 흙 속에 비료가 군데군데 섞여 있고 물방울들이 햇빛을 받아 여기저기서 반짝거렸다. 겨울에는 식물을 기를 수 없으니 어쩌면 바보 같은 실험인지도 몰랐다. 그렇지만 흙 속에 깊이 묻힌 씨앗들이 적어도 싹을 틔울 기회를 가진다는 생각을 하니 어쩐지 기분이 좋았다. 흙 표면 아래를 볼 수는 없지만 조그만 입자들이 결합하고 느릿느릿 기운이 솟아오르면서, 싹을 틔우기 위해 스스로 열심히 노력하는 일들이 벌어질 터였다.

10

그날 오후, 그 사이 엄마는 두 번씩이나 메시지를 남겼다. 하나는 호텔에 도착했다는 소식을 알리는 내용이고 다른 하나는 피자값을 둔 곳을 다시 한번 일깨우는 내용이었는데 그건 저녁때 우리(정확히는 휘트니 언니)가 먹을 음식에 대한 은근한 암시였다. 무슨 말씀인지 잘 알았어요, 나는 부엌으로 걸어 내려가며 생각했다. 돈은 배달을 해 주는 가게 몇 군데의 목록과 함께 조리대 위에 놓여 있었다. 준비가 철저하지 않으면 우리 엄마가 아니었다.

"언니?" 나는 위층을 보며 소리쳤다. 대답이 없었다. 그건 언니가 위층에 없다는 게 아니라 대답할 기분이 아니라는 의미였다. "피자 주문할게. 치즈피자 괜찮아?"

이번에도 잠잠했다. 좋다는 소리지. 치즈피자로 하자. 나는 핸드폰을 들고 목록에 있는 번호 가운데 하나를 골라서 주문했다.

피자를 주문한 뒤 내 방으로 올라가서 자리를 잡고 오언이 준 시디

가운데 '저항 노래(어쿠스틱과 월드 뮤직)'라는 제목부터 들어보기로 했다. 그리고 단결에 관한 노래 세 곡을 꾸벅꾸벅 졸며 듣다가 초인종 소리에 깜짝 놀라서 정신을 차렸다.

눈을 떠 보니 휘트니 언니가 현관을 열어주려고 내 방을 지나 아래층으로 내려가는 소리가 들렸다. 나는 이를 닦은 다음 언니를 따라 내려갔다. 현관으로 나갔더니, 언니가 문을 열고 문간에 서 있었다. 언니 등에 가려서 밖에 있는 사람의 모습이 잘 보이지 않았다. 그래도 두 사람이 나누는 말소리는 들을 수 있었다.

"……요즘에 나온 건 별로 없고 초기 앨범만 갖고 있어요. 친구한테 수입 앨범을 두어 장 얻어서 들었는데 멋지더라고요." 언니 목소리였다.

"와, 영국 수입품인가요, 아니면 다른 데서?" 낮은 목소리로 어떤 남자가 대답했다.

"아마 영국일 거예요. 확인해 봐야겠네." 잠이 덜 깨서 그런지, 꼭 집어서 말할 수는 없지만 어쩐지 그 장면이 낯설지 않았다.

"얼마라고 했죠?"

"11달러 87센트요." 남자가 대답했다.

"20달러예요. 5달러만 거슬러 주세요."

"고맙습니다." 나는 앞으로 한 발짝 내디뎠다. 이제 그 목소리가 내가 아는 목소리라는 확신이 들었다. "'썰물'이 가진 문제는 사람들이 한참 지난 뒤에야 진가를 알아본다는 거죠." 그 목소리가 말했다.

"맞아요." 휘트니 언니가 맞장구쳤다.

"그러니까, 대다수 사람들은 아예……."

나는 빙 돌아서 문 앞으로 나갔다. 아니나 다를까 그 사람은 오언이었다. 우리 집 문간에 깔아놓은 매트 위에 서서 이어폰을 목에 걸고 언니한테 줄 거스름돈을 세고 있었다. 언니는, 세상에 언니는, 나한테는 일 년이 다 가도록 보여주지 않던 따뜻한 표정으로 오언을 보며 오언의 얘기에 고개를 끄덕이고 있었다. 나를 보자 오언은 웃었다.

"보세요, 여기 좋은 예가 있네요. 애너벨은 '썰물'을 안 좋아해요. 아니, 테크노를 싫어하죠."

휘트니 언니는 어리둥절한 얼굴로 나와 오언을 번갈아 바라보았다.

"얘가요?"

"네. 테크노를 좋아하게 하려고 제가 최선을 다했지만, 한번 마음먹으면 얼마나 고집불통인지 몰라요. 진짜 정직하고 진짜 고집 센 아이죠. 하지만 누나도 이미 그 점에 대해서는 알고 있을 것 같네요."

오언의 말에 언니는 나를 빤히 보기만 했는데 나는 언니가 무슨 생각을 하는지 알고 있었다. 절대로 전혀 나와 어울리는 표현이 아니라는 생각일 거였다. 나와 제대로 들어맞는 표현이 아니긴 했지만, 어쩐지 의심에 찬 언니 눈길도 불편했다.

"그건 그렇고." 오언이 몸을 굽히고 발치에 있는 플라스틱 배달 상자를 열어 피자를 꺼내며 말했다. "여기 있습니다. 맛있게 드세요."

휘트니 언니는 여전히 나를 보면서 고개를 끄덕이더니 피자를 받았다. "고마워요, 좋은 밤 보내요."

"누나도요." 오언이 대답하자 휘트니 언니는 몸을 돌려서 부엌으로 들어갔다.

나는 열린 문으로 나가 손에 들고 있던 지폐를 주머니에 넣고 배달 상자를 집어 드는 오언을 지켜보았다. 오언은 청바지에 '치즈 한 조각!'이라고 적힌 빨간 티셔츠를 입고 있었다. 엄마가 남기고 간 여러 피자집 번호 중에서 내가 고른 피자집이 그곳이었던 거다. 오언이 올 줄 누가 알았겠나? 하지만 오언을 만나서 기쁘다는 사실은 어쩔 수 없었다.

"너희 언니는 썰물 팬이래. 수입 앨범도 갖고 있다던데." 오언이 나에게 말했다.

"그게 좋은 거니?"

"아주 좋지. 거의 깨우친 사람이라고도 할 수 있지. 웬만해서는 구하기 힘들거든." 오언이 대답했다.

"너는 만나는 사람마다 다 붙잡고 음악 얘기를 하니?"

"아니." 오언이 대답했다. 나는 오언을 빤히 보았다. 뒤에서 휘트니 언니가 티브이를 켜는 소리가 들렸다.

"음, 늘 그렇지는 않지. 오늘은 이어폰을 끼고 있는데 너희 언니가 무슨 음악을 듣느냐고 묻더라."

"그랬는데 우연히 우리 언니가 알고 좋아하는 음악을 듣고 있었다는 소리네."

"그게 음악이 갖는 보편성이지." 오언이 배달 상자를 다른 손으로 바꿔 들며 기분 좋게 말했다. "유대감이라고도 할 수 있어. 음악은 사람을 한데 묶어주거든. 친구와 적. 노인과 젊은이. 나와 너희 언니를 묶어주는 거야. 그리고……"

"나와 너희 여동생, 그리고 너의 엄마를 묶어주기도 하지." 내가 끼어

들었다.

"우리 엄마?" 오언이 물었다.

"오늘 쇼핑센터에 갔다가 너희 엄마를 만났거든. 제니 리프 공연장에서."

오언의 얼굴빛이 달라졌다. "제니 리프 공연을 보러 갔단 말이야?"

"나 제니 리프 좋아해." 내 말에 오언의 표정이 일그러졌다. "썰물보다는 제니 리프가 나은데."

"웃기지도 않은 소리야." 오언이 심각한 목소리로 말했다.

"제니 리프가 어때서?"

"제니 리프는 뭐든지 틀려먹었어!" 오언이 쏘아붙였다. 드디어 시작이군, 나는 생각했다. "너 말로리한테 그 여자가 사인해 준 포스터도 봤냐? 광고 전단지 같은데다 친필로 서명한 거? 그건 예술가로 치부한다는 사람이 기업 조직에 스스로를 통째로 팔아넘기는 용납할 수 없는 일인데 음악을 한다는 사람이……"

"알았어, 알았어, 진정해." 나는 오언이 핏대를 세우기 전에 털어놓는 게 좋겠다고 생각했다. "제니 리프 공연을 보러 간 게 아니야. 콥프에서 모델 일 때문에 회의가 있어서 간 거야."

오언은 고개를 저으며 한숨을 내쉬었다. "다행이군. 걱정했잖아."

"음악에는 옳고 그른 게 없다면서?" 내가 오언에게 물었다. "십 대들이 좋아하는 대중 스타한테는 적용이 안 되는 말이었니?"

"적용 돼." 오언이 단조로운 목소리로 대답했다. "넌 제니 리프에 대한 견해를 밝힐 권리가 있어. 다만 네가 진짜로 그 사람 팬이라면 내가 당황스러웠을 거야."

"하지만 그 가수한테 진지하게 기회를 주기는 했니? 네가 그랬잖아, 생각도 판단도 하지 말고 그냥 들으라고." 나는 손을 치켜들며 말했다.

오언이 눈살을 찌푸리며 대꾸했다. "나도 제니 리프의 음악은 들어봤어. 딱히 좋아서 들은 건 아니지만 들어봤다고. 그에 대한 내 견해를 말하자면, 그것도 음악이라고 할 수 있을지 모르겠지만 자기 음악을 물질주의와 대기업이라는 이름에 팔아넘기고 타협했다는 점에서 상업적인 쓰레기라고 봐."

"흠, 네 생각이 그렇다는 건 알겠는데 그렇게까지 격하게 반응할 일인지는 모르겠다."

내가 말했다. 그런데 그때 낮은 진동음이 들려왔고 오언이 뒷주머니에서 핸드폰을 꺼내서 화면을 들여다보았다. "이런, 그만 가 봐야겠다." 오언이 배달 상자를 옆구리에 끼며 말했다. "있잖아, 여기 서서 밤새도록 음악 논쟁을 하고 싶지만 그럴 수가 없다."

"안 돼?"

"안 돼." 오언이 뒤로 물러서며 말했다. "하지만 다른 때를 정해서 이 논쟁을 이어가고 싶다면 그건 괜찮아."

"화요일은 어때?"

"좋아." 오언이 계단을 내려가며 말했다. "그럼 그날 보자, 알았지?"

나는 고개를 끄덕이며 인사했다. "잘 가, 오언."

"내일 방송 듣는 거 잊지 마라!" 오언이 트럭 쪽으로 다가가며 어깨 너머로 소리쳤다. "내일은 테크노만 틀어 줄 거야. 한 시간 내내 수돗물 떨어지는 소리만 틀 거라고."

"농담이지?"

"그럴지도 모르지. 어쨌든 들어보면 알 거야."

나는 웃음을 지으며 그 자리에 서서 오언이 랜드크루저에 올라타는 모습을 지켜보았다. 오언은 스테레오를 먼저 틀고 그다음 기어를 넣었다. 오언다운 행동이었다.

거실로 들어갔더니, 휘트니 언니가 소파에 앉아서 생수를 마시고 있었다. 피자는 조리대 위에 놓여 있었다. 내가 접시를 챙겨서 피자 한 조각을 담은 다음 부엌 식탁에 앉는 동안 언니는 말없이 티브이만 들여다보았다. 마약 문제가 있는 시트콤 여배우에 대한 프로그램이었다.

"언니……." 나는 입을 떼었다가 이내 다물었다. "언니, 배 안 고파?"

언니는 티브이에 시선을 둔 채 대꾸했다. "이따가 먹을게."

알아서 해, 나는 생각했다. 엄마가 알면 속상해하겠지만 집에 없으니 다행이었다. 나는 배가 고팠다. 그런데 내가 피자를 막 먹기 시작하자 휘트니 언니가 티브이 소리를 줄이고 말했다. "근데 아까 걔는 어떻게 아는 사이니?"

"우리 학교에 다녀." 나는 대답하고 피자를 삼켰다. 언니가 나를 보길래 한 마디 덧붙였다. "친구야."

"친구라고." 언니가 되풀이했다.

몇 시간 전, 친구라는 말에 놀랍다는 반응을 보이며 웃던 암스트롱 아줌마가 떠올랐다. "응. 점심시간에 가끔 같이 어울려." 내가 말했다.

언니는 고개를 끄덕였다. "그럼 걔랑 소피도 친구니?"

"아니." 내가 대답했다. 까닭 없이 경계심이 일면서 언니가 왜 그런 걸 묻는지 의아한 생각이 들었다. 아니, 사실은 내가 얘기를 걸면 온종일 대꾸도 하지 않는 사람과 왜 지금 대화 자체를 하고 있는 건지 알 수가 없었다. 그런데 그 순간 오언이 나를 정직하다고 묘사했을 때 언니가 보인 표정이 떠올랐다. 그 얘기를 듣고 언니가 놀란 게 틀림없는 것 같아서 더 덧붙였다. "요즘 소피랑 나랑은 친구 사이가 아니야."

"아니라고?"

"응."

"무슨 일인데?"

그걸 왜 신경 써? 나는 그렇게 묻고 싶었다. 하지만 이렇게 대답했다. "지난봄에 싸웠거든. 너무 추하게 싸워서…… 서로 말도 안 해."

"그렇구나." 언니가 말했다.

나는 접시를 내려다보며 갑자기 왜 하고많은 사람들 가운데 휘트니 언니한테 그런 얘기를 털어놓고 있는지 의아한 생각이 들었다. 나는 가만히 앉은 채 실수했다는 마음으로 짜증스럽고 짓궂은 언니의 반응을 기다렸지만 잠잠했다. 대신 언니는 다시 티브이로 고개를 돌리더니 이내 소리를 높였다.

화면 속에서 여배우가 자신의 얘기를 하며 휴지로 눈가를 가볍게 두드렸다. 나는 그 배우를 보다가 아빠의 의자에 앉아있는 휘트니 언니 쪽으로 시선을 돌렸다. 언니가 수입 앨범까지 갖고 있는 '썰물'의 팬이라는 사실을, 오언의 시각이긴 하지만 진보적이고 깨어있는 사람이라는 걸 누가 알았을까? 그렇지만 한편으로는 언니도 나에 대해서 그리 많은 걸 아는 사람은 아니었다. 긴 주말을 같이 보내며 우리는 그런 서로의 관계를 개선해 볼 수도 있었겠지만, 그런 일은 일어나지 않았다. 대신, 우리는 그냥 그렇게 같이, 그러나 따로 떨어져 앉은 채 언제나 그랬듯이 서로 상관하지 않고 낯선 여자의 비밀을 드러내 보이는 티브이만 보고 있었다.

이튿날 아침, 오언은 정말로 무려 8분 30초에 이르는 테크노 음악과 함께 방송을 시작했다. 음악이 나오는 내내 나는 다시 잘 권리가 있다고 중얼거렸지만 어쩐지 그렇게 할 수가 없었다.

"'벨베틴'의 '가시'였습니다." 마침내 음악이 끝나자 오언이 말했다. "지금까지 발표된 테크노 곡 중에서 가장 뛰어난 작품이라고 해도 손색이 없는 무명 벨벳의 두 번째 앨범, '불타는 것들'에 들어있는 곡입니다. 이런 음악을 좋아하지 않는 사람들이 있다는 사실이 믿기 어려워요, 안 그렇습니까? 여러분은 지금 화 다스리기를 듣고 계십니다. 신청곡이 있나요? WRUS 555번으로 전화주세요. 이번 곡은 '산세베리아'입니다."

나는 눈을 부릅떴지만 라디오를 끄지는 않았다. 대신 이제는 습관이 된 방송을 끝까지 다 들었다. 오언은 로커빌리*를 비롯하여 그레고리안 성가, 그리고 나로서는 무슨 뜻인지 잘 모르겠지만 '아스트리드 질베르토와 유사한 것 같지만, 또 다르다'고 묘사한 스페인 노래를 틀어 주었다. 마침내 8시가 가까워지는 무렵 귀에 익은 노래의 전주곡이 흘러나

* 로큰롤과 컨트리송이 결합된 명칭.

왔다. 그런데도 오언이 다시 나올 때까지 어떤 곡인지 정확히 떠오르지 않았다.

“화 다스리기를 들으셨습니다. 여기는 여러분의 지역 라디오 방송국, WRUS, 89.9메가헤르츠입니다. 오늘은 우리와는 멀찌감치 동떨어진 평범한 청취자를 감싸 안아 볼까 합니다. 여러분, 여러분이 사랑하는 음악을 부끄러워하지 마세요. 그 음악이 우리의 변변찮은 견해로 볼 때 전혀 음악 같지 않은 음악이라고 해도 말이죠. 우리는 여러분이 어제 쇼핑센터에 간 진짜 이유를 알고 있답니다. 그럼 다음 주에 뵙겠습니다!”

그제야 생각이 났다. 그 노래는 전날 쇼핑센터에서 쉼 없이 틀던 제니 리프의 노래였다. 노래가 시작되자 나는 일어나 앉아서 핸드폰을 움켜쥐었다.

“WRUS, 지역 라디오입니다.”

“제니 리프 만나러 쇼핑센터에 간 게 아니라니까. 어제 내가 얘기했잖아.”

“이 노래 안 좋아하니?”

“그래, 좋아해. 이 노래가 네가 틀어준 다른 노래 다 합친 것보다 낫다.”

“재미있네.”

“나 지금 농담하는 거 아니야.”

“그런 것 같네. 솔직히 말해서, 좀 슬프다.”

“네 방송에서 제니 리프 노래를 틀어준 것만큼이나 슬프겠지. 이게 뭐니, 말없이 비꼬는 거니?”

"반어적으로 풍자하려고 했던 거야!"

나는 씩 웃으며 손을 올려서 머리카락을 귀 뒤로 넘겼다. "계속 얘기해 봐."

오언이 내쉬는 큰 한숨 소리가 귀에 가득 찼다. "제니 리프 얘기는 그만 하자. 이 말에나 대답해 줘. 베이컨은 어떠니?"

"베이컨? 어떤 곡 말이야?"

"노래가 아니야. 음식 말이야. 베이컨, 몰라? 돼지고기? 프라이팬에 지글지글?"

나는 핸드폰을 귀에서 저만치 떼어 내서 한 번 쳐다보고 다시 갖다 댔다.

"어때? 준비됐어?" 오언이 말했다.

"무슨 준비?"

"아침 식사."

"지금?" 나는 시계를 힐끗 보며 말했다.

"어때, 아침에 무슨 계획 있어?"

"흠, 아니, 하지만……"

"됐네. 20분 뒤에 데리러 갈게."

그러더니 오언은 전화를 끊었다. 나는 핸드폰을 제자리에 놓고 고개를 돌려서 옷장에 있는 거울을 보았다. 20분이라고, 나는 생각했다. 좋아.

9시 30분에 그럭저럭 샤워를 마치고 옷을 입은 뒤 현관에 나가 기다렸더니 오언이 집 앞으로 차를 몰고 왔다. 휘트니 언니는 아직 자고 있었으므로 나가는 이유를 굳이 설명하지 않아도 될 것 같았다. 차 있는 곳으로 가자 조수석에 앉아있던 롤리가 나에게 그 자리에 앉으라는 뜻으로 문을 열고 나왔다.

"롤리는 너도 알지?" 오언이 말했다.

"응." 나를 보며 고갯짓을 하는 롤리를 보며 내가 말했다. "그냥 앉아 있어도 되는데. 내가 뒷자리에 앉을게."

"괜찮아." 롤리가 뒷자리로 올라타며 말했다. "어차피 도구를 잘 챙겨 왔는지 확인도 해야 하거든."

"도구?" 차에 올라 문을 닫으며 내가 물었다. 오언의 손짓에 따라 안전띠를 맸더니, 오언은 망치로 버클을 두드려서 끼웠다.

"일 때문에. 오늘 수업을 해야 하거든." 롤리가 설명했다. 고개를 돌려보니, 롤리는 처음 만난 날 쓰고 있던 헬멧을 들고 있었다. 의자 위에는 옷 속에 끼워 넣는 보호대가 여러 장 널려 있었다. 크기도 제각각이었다. 큰 것은 경기 심판이 착용하는 것처럼 생겼고, 튜브 모양으로 생긴 것도 몇 개 있었다. 그리고 두꺼운 장갑도. "중급 수업이라, 보호대를 튼튼히 해야돼."

"그렇구나." 내가 말했다. 오언은 후진으로 빠져나가는 중이었다. "근데, 어쩌다가 그런 일을 하게 됐니?"

"별다른 건 없어." 롤리는 보호대를 내려놓으며 대답했다. "광고를 보고 찾아갔어. 처음에는 그냥 전화 받고 사람들이 강의에 등록하는 걸 도와주는 일을 했지. 근데 어떤 사람이 가랑이에 부상을 입는 바람에 일을 그만뒀지 뭐야. 그래서 내가 공격수로 진급한 거지."

"강등인지도 모르지. 생각하기 나름이니까." 오언이 말했다.

"야, 아니야." 롤리가 고개를 가로저으며 말했다. 가만히 보니 참 귀엽게 생긴 얼굴이었다. 크고 우람한 오언이야말로 공격수 체형이라면 롤리는 작고 단단한 몸집에 눈이 새파란 아이였다. "사무직보다 공격수가 훨씬 더 낫단 말이야."

"그러니?" 내가 물었다.

"그럼. 내 말은, 일단 재미있잖아. 그리고 거기서 만난 사람들이랑은 아주 친하게 지낼 수 있어. 서로 치고받다 보면 진짜 유대감이 생기거든."

옆자리를 힐끗 보니 오언은 한 손으로는 기어를 바꾸고 다른 손으로는 스테레오를 조절하고 있었다. "보고 싶으면 마음 놓고 봐. 봐도 뭐라고 안 할 테니까." 오언이 시선을 앞쪽 길에 둔 채 말했다.

"격투는 사람을 단결시켜 줘. 정말. 내 수업에 오는 여자들이 강의가 끝나면 우르르 와서 껴안아 준다니까. 나랑 유대감을 느끼는 거야. 그런 일은 아주 흔해."

"하지만 진짜 유대감을 느낀 건 딱 한 번이잖아." 오언이 끼어들었다.

롤리는 한숨을 쉬며 말했다. "맞아. 진짜 맞아."

"무슨 소리야?" 내가 물었다.

"이 녀석, 자기 얼굴을 친 여자애한테 푹 빠졌거든." 오언이 설명했다.

"얼굴이 아니야. 목이지." 롤리가 바로잡았다.

"그 여자애 라이트 훅이 끝내주나 봐." 오언이 나에게 말했다.

"엄청났지." 롤리도 동의했다. "쇼핑센터에서 설명회를 열었거든? 탁자를 마련해 놓고 추첨해서 무료 강습을 하니까 사람들이 몰려왔어. 그리고 재미 삼아 나를 치게 한 거지."

오언은 고개를 가로저으며 방향지시등을 켰다.

"아무튼, 그 애도 친구들이랑 같이 왔어." 롤리가 말을 이었다. "우리 관장님이 강의를 들어 보라고 그 애를 살살 꼬드긴 다음에 나를 한번 쳐보라고 했지. 그 애 친구들은 못 쳤는데, 그 애는 곧장 내 앞으로 왔어. 내 눈을 똑바로 보지 뭐야. 그리고 퍽! 쇄골을 정통으로 쳐 버렸어."

"하지만 보호대를 차고 있었을 거 아니야, 그렇지?" 내가 물었다.

"당연하지! 나는 프로니까. 하지만 보호대가 있어도 강타를 날리는 사람들이 있거든. 그 애가 그랬지. 진짜 멋진 애였어. 정말 죽음이었지. 하지만 내가 뭐라고 한 마디 꺼내기도 전에 그 애가 먼저 살짝 웃으면서 고맙다고 하고는 가 버렸어. 그게 다야. 난 그 애 이름도 몰라."

차는 이제 고속도로에 들어서서 속도를 높이고 있었다. "와, 정말 끝내주는 얘기다." 내가 말했다.

"그래, 나도 그렇게 생각해." 롤리는 엄숙한 표정을 지으며 고개를 끄덕였다. 그리고 두 손으로 무릎 위에 있는 헬멧을 감쌌다.

오언이 창문을 내리자 바깥 공기가 들어왔다. 오언은 그 공기를 깊이 들이마시더니 말했다. "아, 그래, 이제 거의 다 왔다."

나는 이리저리 둘러보았다. 보이는 건 고속도로밖에 없었다. "어딘데?"

"두 마디로 말해서, 더블 베이컨이지." 오언이 말했다.

5분 뒤 우리는 '와플 세상'의 주차장에 도착했다. 고속도로 중간에 있는 곳으로 24시간 아침 식단을 파는 음식점이었다. 얘들은 아침 먹는 걸 좋아하는 군, 나는 생각했다. 그때 살랑살랑 부는 바람을 따라 냄새가 실려 왔다. 베이컨 냄새였다. 매콤하고 진한 게 뿌리치기 힘든 향기였다.

"세상에." 안으로 들어가며 내가 말했다. 오언과 롤리는 내 양옆에서 냄새를 마음껏 들이마셨다. "냄새가 정말……."

"훌륭하지, 나도 알아. 원래부터 이랬던 건 아냐. 그러니까, 베이컨이 있기는 했는데 이 정도 수준은 아니었어. 근데 고속도로 맞은편에 새 식당이 문을 열었는데 말이야……" 오언이 말했다.

"모닝카페라는 식당이지." 롤리가 코를 벌름거리며 끼어들었다. "수준이 너무 떨어져. 덜 익은 팬케이크로 이름을 떨치는 곳이거든."

"……그런데 여기랑 경쟁이 붙은 거야. 이제, 날마다 더블 베이컨 시대가 됐지." 오언이 나를 위해서 문을 열어주며 말을 이었다. "대단하지 않니?"

나는 고개를 끄덕이며 안으로 들어섰다. 맨 처음 느낀 건 가능할지 몰랐는데 냄새가 더 진해졌다는 거였다. 두 번째로는 탁자와 칸막이가 빼곡하게 들어찬 비좁은 실내가 몹시 추웠다는 것.

"아 참." 오언이 무심코 나를 보다가 내가 팔짱을 낀 걸 눈치채고는 말했다. "추울 거라는 말을 미처 못 했구나. 여기." 오언은 입고 있던 재킷을 벗어서 나에게 건넸다. 내가 사양했더니 오언은 이렇게 말했다. "춥게 만들어야 손님들이 오래 머물지 않거든. 내 말 들어, 너 벌써 추우면 10분도 못 돼서 꽁꽁 얼고 말 테니까 말이야. 받아."

나는 옷을 받아서 걸쳐 입었다. 옷이 헐렁한 건 두말할 필요가 없어서 소매가 내 손을 푹 감싸고도 남았다. 나는 그 옷을 꼭 여미며 마르고 키가 큰 여종업원을 따라서 창가 쪽 탁자로 따라갔다. 여종업원의 이름표를 보니 이름이 딘이라고 적혀 있었다. 우리 뒷자리에는 젊은 엄마가 고개를 푹 숙인 채 아기에게 젖을 먹이고 있었다. 맞은편에는 운동복을 입은 우리 또래 남녀 한 쌍이 와플을 먹고 있었다. 금발의 여자아이는 팔목에 고무줄을 감았고 남자아이는 여자아이보다 키가 크고 가무잡잡한데 셔츠 소매 안쪽으로 문신 문양이 드러나 보였다.

"나는 초콜릿 칩 팬케이크를 권하고 싶은데." 딘이 커피와 함께 가져다 놓은 메뉴판을 보며 롤리가 나에게 말했다. "버터랑 시럽을 듬뿍 바른 팬케이크 말이야. 그리고 베이컨."

"으, 난 심플하게 할래. 달걀, 베이컨, 비스킷. 끝." 오언이 말했다.

베이컨은 필수인 것 같아서, 나는 다시 온 딘에게 와플과 베이컨을 주문했다. 딱히 먹고 싶은 마음이 있었는지는 모르겠지만 말이다. 사실 진동하는 냄새만으로도 벌써 실컷 먹은 느낌이었다.

"그래서 너희들은 주말마다 여기에 오나 보구나." 내가 물을 한 모금 홀짝이며 말했다.

"응. 첫 방송 날부터 계속. 지금은 전통이 됐지. 그리고 밥값은 늘 롤리가 내지."

"밥값은 전통이 아니야." 롤리가 말했다.

"그냥 내기에 져서 내가 내는 거니까."

"언제까지 내야 하는데?"

"영원히."

"이길 수도 있었는데 기회를 날려버렸지 뭐야. 그래서 내가 내야 해. 정말이야."

"영원히는 아니지." 오언이 숟가락으로 물잔을 두드리며 끼어들었다. "네가 그 여자애랑 얘기할 때까지잖아."

"그런 일이 언제 일어나겠냐?" 롤리가 물었다.

"다음번에 그 여자애 보는 날."

"아, 다음번에." 롤리가 퉁명스럽게 말했다.

나는 오언을 쳐다보았다. "훅을 날린 그 여자애 말이야." 오언이 설명해 주었다. "칠월에 클럽에서 걔를 봤거든. 다른 곳에서 걔를 본 건 그때가 처음이었어. 그리고 걔한테 맞은 뒤로 롤리는 끊임없이 걔 이야기를 했는데……"

롤리의 얼굴이 발갛게 물들었다. "끊임없이는 아니다."

"……드디어 기회가 온 거야. 그런데 아무 행동도 못 했지 뭐냐." 오언이 말을 맺었다.

"문제는 나는 완벽한 순간이 있다는 걸 굳게 믿는 사람이라는 거야. 그런 기회는 자주 오지 않지."

그 깊은 생각을 표현하는 일은 딘이 음식을 가져오는 바람에 중단되고 말았다. 보기에 따라서는 방해를 받았다고 해도 무방했다. 그렇게 풍성한 베이컨은 난생처음 보는 것이었다. 와플 가장자리로 비죽비죽 비어져 나오다 못해 접시 밖으로 떨어질 지경이었으니까.

"그래서 그때 말이야." 롤리가 팬케이크에 버터를 바르며 얘기를 시작했다. "말을 걸 순간을 기다리고 있는데, 걔 스웨터가 의자 밑으로 떨어진 거야. 운명처럼 말이지, 안 그러냐? 근데 꼼짝 못 하겠더라. 발이 떨어지지 않는 거야."

옆에 앉은 오언은 벌써 베이컨 한 조각을 우물거리며 달걀에 후추를 치고 있었다.

"문제는 그 무엇보다도 바라고 바라던 기회가 드디어 찾아온다는 건 엄청난 일이라는 거야. 그래서 너무너무 두려워질 수도 있다는 뜻이니까." 롤리가 말했다.

롤리가 시럽을 밀어주기에 나는 그걸 집어서 와플에 뿌렸다. "그럴 것 같다." 내가 말했다.

"그래서 내가 말했지." 오언이 끼어들었다. "그 스웨터를 주워 주고 여자애한테 말을 걸면 내가 앞으로 영원히 아침을 사겠다고 말이야. 만약 못한다면 롤리가 내기로 했지."

롤리가 팬케이크를 베어 먹으며 말했다. "나는 자리에서 일어나서 그쪽으로 갔어. 근데 걔가 이쪽으로 고개를 돌리지 뭐야. 그래서……"

"당황하고 말았지." 오언이 말했다.

"정신이 하나도 없더라. 걔가 나를 보는데, 내 얼굴이 온통 빨개져서 그냥 지나가 버렸어. 그래서 영원히 아침값을 내게 된 거지. 아니면 다시 기회를 잡아서 이기면 되는데 불행하게도 그 뒤로는 그 애를 한 번도 못 봤어."

"와, 대단한 사연이다." 내가 말했다.

롤리는 고개를 끄덕이며 차에서처럼 엄숙한 표정을 지었다. "그래,

정말 대단하지."

한 시간 뒤 식당을 나설 무렵, 베이컨은 온데간데없고 나는 너무 배가 불러서 터질 것만 같았다. 다시 차에 오른 뒤 나는 안전띠를 당겨서 버클을 끼울 위치에서 멈췄다. 그러자 오언이 자기 안전띠를 매고 다시 망치를 집어 들었다. 버클 가운데를 두드리는 오언의 두 손이 내 허리에 바짝 붙어 있었고 머리는 내 어깨쯤에서 숙인 모습이었다. 나는 오언의 검은 머리와 귓가에 난 주근깨 그리고 긴 속눈썹을 바라보았는데, 오언은 그새 일을 마치고 몸을 돌렸다.

동네로 가는 길에 나는 사이드미러를 통해 롤리가 일에 앞서서 보호대를 착용하는 모습을 줄곧 지켜보았다. 처음에는 가슴 보호대를 차더니 그다음에는 튜브 형태의 보호대를 팔과 다리에 끼웠다. 롤리는 내가 보는 앞에서 점점 더 부풀어 올라서 알아보기 힘든 모습으로 변해갔다. 차가 '강한 힘!' 도장이 있는 쇼핑센터에 들어설 때는 헬멧도 갖춰 썼다.

"태워 줘서 고맙다." 롤리가 차 문을 열고 나가 서서 말했다. 보호대를 찬 팔다리가 너무 거추장스러워서 걸음걸이는 어기적거렸고 두 팔은 양옆으로 벌려야 했다. "나중에 전화할게."

"그래, 알았다." 오언이 대답했다.

집으로 돌아가는 길, 희미하게 스치고 지나가는 풍경을 보며 오언을 처음 만난 날 오언이 몹시도 낯설었던 느낌을 떠올렸다. 이제는 아무렇지도 않게 됐는데 말이다. 바깥의 이웃들은 조용한 가운데 스프링클러가 돌아가는 집도 있고, 헐렁한 옷을 걸친 어떤 아저씨가 어슬렁거리고 나와서 신문을 집어 드는 집도 있었다. 그때 식당에서 롤리가 완벽한 순간에 대해 얘기하던 게 떠올랐다. 문득 이 순간이 바로 그런 때, 오언에게 뭔가 얘기할 적절한 순간인 것 같았다. 고맙다는 말 아니면 최근 몇 주 동안 오언이 베풀어 준 우정이 나에게 얼마나 값진 것인지 알려주는 말 같은 것 말이다. 그런데 용기를 내서 막 말을 꺼내려는데, 오언이 먼저 입을 열었다.

"저기, 내가 구워 준 시디는 좀 들어 봤니?"

"응." 내가 대답했다. 차는 우리 집으로 가는 길로 접어들고 있었다. "어제 저항 노래부터 듣기 시작했어."

"그래서?"

"잠들어 버렸지 뭐." 오언이 움찔했다. "하지만 정말 피곤해서 그런 거야. 다시 듣고 얘기해 줄게."

"서두르지 마. 시간이 걸리는 일이니까." 오언이 우리 집 앞으로 차를 몰며 말했다.

"말도 마라. 들을 게 한두 장이어야 말이지."

"열 장이 뭐가 많아. 기껏해야 수박 겉핥기지." 오언이 받아쳤다.

"오언, 그게 있잖아, 백사십 곡이나 돼. 최소한 말이야."

"네가 정말로 교육을 받고 싶다면 말이야." 오언은 내 말은 들은 척도 하지 않고 말했다. "가만히 앉아서 음악이 너한테 다가오기를 기다려서는 안 돼. 네가 음악한테 다가가야지."

"순례길이라도 오르라는 소리니?"

나는 우스갯소리로 말했다. 하지만 얼굴을 보니 오언은 진지해 보였다. "그렇게 표현해도 상관없지."

"아이구, 너는 어떻게 표현하는데?" 나는 뒤로 물러앉으며 물었다.

"밴드 공연 보러 가자. 좋은 밴드야. 라이브 공연이지. 다음 주 주말에." 오언이 대답 대신 말했다.

그 말을 듣는 순간 하마터면 내 입에서 '너 지금 나한테 데이트 신청하는 거니?' 라고 물을 뻔했다. 곧이어 두 번째 드는 생각은, 정말로 그렇게 물었을 때 오언이 진심으로 대답을 할지 그리고 내가 진심 어린 대답을 듣고 싶은지 확신이 서지 않는다는 거였다. 만약 데이트 신청이라고 대답한다면…… 그건? 근사한 일이었다. 그리고 동시에 무서운 일이었다. 그런데 아니라고 한다면 내가 바보가 된 느낌이 들 것 같았다.

"좋은 밴드라고." 나는 대신 그렇게 말했다. "누가 좋다고 했는데?"

"그야, 당연히 나지."

"아."

오언이 눈썹을 치켜올리며 말했다. "그리고 다른 사람들도 좋다고 해. 롤리의 사촌이 하는 밴드거든."

"그럼 그 밴드……"

"아니. 테크노는 아니야." 오언이 심드렁하게 대답했다. "느슨한 록에 가까운데 원곡을 공연하고 어딘지 익살스럽지만 견고한 얼터너티브라고 할 수 있지."

"와, 묘사가 굉장하네."

"묘사는 아무 의미가 없어. 중요한 건 음악이지. 그 음악 너도 좋아할 거야. 나를 믿어."

"보자, 그럼 그 느슨한–록에 가깝고–오리지널 곡을–공연하고–어딘지-익살스럽지만-견고한-얼터너티브 밴드 연주는 언제 하는데?" 내가 묻자 오언이 빙그레 웃었다.

"토요일 밤에 벤도에서. 나이 상관없이 누구나 볼 수 있는 공연이야. 첫 공연 끝나고 아홉 시쯤에 시작할 거야."

"좋아."

"가는 게 좋다고?"

"응."

"좋았어."

나는 웃으며 오언의 뒤로 휘트니 언니가 우리 집 계단 꼭대기에서 나오는 모습을 보았다. 언니는 잠옷 차림으로 하품을 하고 한 손으로 입을 막더니 벽에 긴 그림자를 드리우며 현관으로 내려왔다. 언니는 거실을 가로지르더니 창가에 다가서서 화분을 살폈다. 잠시 뒤 언니가 화분에 담긴 흙을 꾹꾹 눌러주고 화분을 돌려세워 반대쪽이 햇빛을 받도록 놓아주었다. 그리고는 뒤로 물러서 두 손을 무릎에 올리고 화분들을 꼼꼼히 들여다보았다.

오언도 언니를 보고 있었다. 나는 오언이 그 모습을 어떻게 볼지 궁금했다. 바깥에서 보면 실제와 너무나 다르게 비치기 십상이니까. 새로운 집에 가면 새로운 것을 보고 새로운 사연을 알게 된다. 방금의 모습은 내 이야기는 아니지만, 이유야 어떻든 얘기를 하고 싶어졌다.

"허브 화분이야." 나는 오언에게 말했다. "언니가 어제 심었어. 저건, 음, 우리 언니 치료 방법 가운데 하나야."

오언이 고개를 끄덕였다. "너희 언니가 아프다고 했지. 어디가 아프니? 대답하기 싫으면 안 해도 돼.”

“거식증이야.”

“아.”

“그래도 지금은 많이 나아졌어.” 내가 덧붙였다. 그 말은 사실이었다. 실제로 전날 밤에 언니가 피자를 두 조각이나 먹는 걸 봤다. 내가 먹고 나서 한참 뒤 언니는 피자에 밴 기름기를 일일이 다 닦아내고 조각조각 잘라냈다. 그러나 먹긴 먹었으니 그런 셈 쳐야 했다. “있잖아 처음엔 언니 상태가 정말 나빴어. 작년에는 한동안 입원도 했었거든.”

우리는 휘트니 언니가 일어나 얼굴에 붙은 머리카락을 떼어내는 모습을 지켜보았다. 나는 문득 내가 알려 준 정보 때문에 오언이 언니를 이상하게 보는 건 아닌지 걱정됐다. 그래서 오언의 표정을 살폈지만 별다른 변화는 없었다.

“정말로 힘들었겠다.” 언니가 몸을 돌려 식탁을 빙 돌아가는 모습을 보며 오언이 말했다. “그런 언니를 지켜보는 과정이 정말 힘들었겠어.”

휘트니 언니는 부엌으로 들어가서 모습을 감추었다. 그리고 잠시 뒤 아일랜드 식탁 앞을 지나가는 언니가 다시 눈에 띄었다. 나는 늘 바깥에서 보면 우리 집이 훤히 다 들여다보이는 것 같지만 가려지고 감춰진 부분도 있다는 걸 잊기 일쑤였다. “맞아, 그랬지. 대단했어. 정말 무섭더라.” 내가 말했다.

이번에는 내가 속내를 정직하게 털어놓는다는 사실을 의식하지 않았다. 정직해지려고 용기를 내야 할 필요가 없었다는 뜻이다. 그냥 자연스럽게 일어난 일이었다. 오언이 고개를 돌려 나를 쳐다보았고 나는 침을 꿀꺽 삼켰다. 그리고 오언이 그렇게 볼 때마다 흔히 그랬듯이 이야기를 계속했다.

"휘트니 언니의 문제는 언제나 속을 알 수 없다는 거야. 그래서 언니한테 탈이 나도 눈치챌 수 없어. 우리 큰언니는 또 완전히 딴판이야. 자기가 먼저 나서서 이것저것 넘치도록 떠들어 대는 사람이거든. 그래서 커스틴 언니가 기분이 안 좋으면 알고 싶지 않아도 다 알게 되어 있지. 근데 휘트니 언니는 어떻게든 이쪽에서 쥐어짜서 알아내야 해. 아니면 다른 일을 통해서 알게 되든지."

오언은 다시 우리 집을 쳐다보았다. 하지만 휘트니 언니는 그사이에 사라지고 없었다. "너는 어떤데?"

"어떻다니 뭘?"

"너한테 탈이 나면 가족들은 어떻게 알아보는데?"

아무도 알 수 없어, 나는 생각했다. 하지만 그 말을 입 밖으로 꺼내지는 않았다. 할 수가 없었다. "몰라, 궁금하면 네가 우리 식구들한테 물어 봐."

커다란 SUV 한 대가 우리 곁을 스쳐 가는 통에 낙엽이 주차장 턱으로 우르르 휩쓸리며 차 앞 유리까지 날려 왔다. 다시 우리 집을 힐끗 보니 휘트니 언니가 물병을 들고 계단을 오르고 있었다. 이번에는 언니가 바깥을 내다보았다. 우리를 보더니 언니는 잠시 걸음을 늦추다가 다시 올라갔다.

"들어가야겠다." 나는 안전띠를 풀며 말했다. "아침 잘 먹었어."

"뭘 그걸 가지고. 순례 여행 잊지 마, 알았지? 토요일, 아홉 시야."

"알았어." 나는 문을 열고 내린 뒤 다시 문을 닫았다. 내가 차 앞을 돌아가자 오언이 시동을 켜고 손을 흔들었다. 골목을 반쯤이나 걸어간 뒤에야 내가 아직 오언의 재킷을 입고 있다는 사실을 깨달았다. 재빨리 돌아섰지만 오언은 벌써 모퉁이를 돌아 푸른색 점이 되어 사라져 버렸다. 이미 늦은 뒤였다.

나는 현관을 열고 안으로 들어간 다음 재킷을 벗어서 팔에 걸쳤다. 그런데 주머니가 묵직하기에 손을 넣어서 더듬어 봤더니 딱딱한 물건이 잡혔다. 꺼내 보나 마나 무엇인지 알 것 같았다. 오언의 아이팟이었다. 여기저기 온통 긁힌 흠집 투성이에, 화면은 희미하게 금까지 간 아이팟에 이어폰이 감겨 있었다. 게다가 '와플 세상'의 그 차가운 냉기에도 아랑곳없이 손바닥에 느껴지는 감촉은 따뜻했다.

"애너벨?"

나는 깜짝 놀라서 고개를 들었다. 휘트니 언니가 계단 위에서 나를 내려다보고 있었다. "언니."

"너 일찍 일어났다."

"응, 저기, 아침 먹으러 나갔다 왔어."

언니는 눈살을 찌푸리며 나를 보았다. "언제 나갔는데?"

"아까." 나는 대답을 하며 계단을 올라갔다. 꼭대기에 다다르자 언니가 살짝, 아주 살짝 옆으로 비켜서는 시늉만 하는 바람에 나는 몸을 웅크리고 간신히 빠져나갔다. 언니가 킁킁 냄새를 맡는 소리가 들렸다. 그리고 또 한 번. 베이컨 때문이군, 나는 생각했다.

"가서 숙제해야겠어." 내 방으로 가며 내가 말했다.

"그래라." 언니가 느릿느릿 말했다. 하지만 언니는 그 자리에 선 채 내가 방문을 닫고 들어갈 때까지도 나를 지켜보고 있었다.

오언이 언제나 아이팟을 끼고 살았으므로 나는 오언이 금방 알아차릴 거라 짐작했다. 그래서 그날 오후에 전화벨이 울리자 심각한 음악 금단 증상에 빠졌을 오언의 목소리를 기대하며 전화기를 들었다. 그런데 오언이 아니라 엄마였다.

"애너벨! 안녕!"

엄마는 긴장하면 목소리가 훨씬 더 쾌활해졌다. 전화선은 엄마의 억지 쾌활 지수 때문에 터질 것만 같았다. "엄마, 여행은 어떠세요?" 내가 물었다.

"좋지. 아빠는 지금 골프 치고 난 손톱 손질을 받았단다. 정신없이 바빠서 너희들한테 전화하는 걸 깜빡했구나. 집은 어떠니?"

실은 36시간 지나는 동안 세 번째 하는 전화였다. 하지만 나는 엄마한테 맞장구를 쳐주었다.

"좋아요. 별일 없어요."

"휘트니는?"

"괜찮아요."

"언니 집에 있니?"

"모르겠어요." 나는 침대에서 일어나 나가서 방문을 열며 말했다. "가서 확인해……"

"언니가 밖에 나갔니?" 엄마가 물었다.

"아직 몰라요." 못 말려, 나는 생각했다. "잠깐만 기다리세요." 나는 복도로 나가 전화기를 가슴에 대고 잠시 귀를 기울였다. 아래층에서 티브이 소리도, 다른 소리도 안 들려서 휘트니 언니 방문 앞으로 가봤더니 문이 살짝 열려 있었다. 나는 가볍게 문을 두드렸다.

"왜?"

문을 열어보니 언니는 침대에 다리를 꼬고 앉아서 무릎 위에 공책을 펴 놓고 뭔가를 적고 있었다. "엄마가 전화해서."

언니가 한숨을 쉬더니 손바닥을 펼쳐서 손을 내밀었다. 나는 그 앞으로 다가가서 전화기를 건네주었다. "여보세요? ……엄마 ……네, 집에 있어요……. 전 괜찮아요……. 다른 일은 없어요. 자꾸 전화 안 하셔도 돼요."

그 뒤로도 엄마가 몇 마디 더 하자 언니는 뒤로 물러나 앉으며 고개를 침대맡에 기댔다. 언니가 '네, 네' 또는 '응, 응' 하는 대답만 하는 사이 나는 창밖을 힐끗 내다봤다. 바로 옆방인데도 언니 방에서는 골프 코스가 보였다. 골프 코스에서는 체크무늬 바지를 입은 남자가 스윙 연습을 하고 있었는데 그 모습이 나에게는 딴 세상처럼 생소하게 여겨졌다.

"네, 알았어요." 언니가 대답을 하며 손을 들어 머리를 가볍게 쓸어 넘겼다. 그런 언니를 보며 나는 또 정말 아름답다는 생각을 했다. 기껏해야 청바지에 티셔츠를 입고 화장도 안 한 맨얼굴이지만 언니는 숨이 막히도록 아름다웠다. 그토록 아름다운 언니가 스스로를 못마땅하게 볼 수 있다는 게 믿어지지 않았다. "애너벨한테 전할게요……. 네……

끊어요."

언니는 전화기를 귀에서 내리면서 종료 버튼을 눌렀다. "엄마가 내일은 온다고 전하래. 저녁에는 오실 거래."

"아, 그래." 나는 전화기를 돌려받으며 말했다.

"그리고 오늘 저녁에는 스파게티를 먹든지 나가서 먹든지 하래." 언니는 다리를 세워서 가슴에 모아 앉으며 나를 보았다. "어떻게 하고 싶어?"

언니가 나를 넌지시 떠보는 질문인 것 같아서 나는 잠시 대답을 망설였다. "아무거나 괜찮아. 스파게티도 좋은데." 내가 말했다.

"좋아. 조금 있다가 내가 준비할게."

"응. 언니만 괜찮다면 나도 도와줄게."

"그러든지. 나중에 생각하자." 언니는 몸을 앞으로 숙이고 발 옆에 있던 펜을 집어 들더니 뚜껑을 열었다. 언니 무릎 위에 있는 공책을 보니 맨 앞장에 빼곡하게 채워 넣은 글씨가 눈에 들어왔다. 내용이 궁금했다. 언니가 나를 쳐다보며 물었다. "왜?"

"아무것도 아니야." 아직도 언니 앞에 서서 쳐다보고 있었다는 걸 깨닫고 내가 말했다. "저기, 음, 이따가 봐."

나는 내 방으로 돌아와서 침대에 걸터앉아 오언의 아이팟을 집어 들었다. 그게 내 방, 내 손 안에 있다는 게 어쩐지 낯설고 있을 자리가 아니라는 생각이 들었다. 그런데도 나도 모르게 이어폰을 풀고 아이팟을 켜고 있었다. 잠시 뒤 화면이 깜빡이며 불이 들어왔다. 목록이 뜨자, 나는 '노래'를 눌렀다.

9987곡이나 되는 노래가 들어 있었다. 세상에. 한참 곡목을 훑어보니 제목들이 주르륵 흘러갔다. 음악으로 다른 소리를 덮으려고 했다던 오언의 얘기가 떠올랐다. 그건 오언이 부모의 이혼 과정에서 저장하고, 날마다 이어폰으로 들었던 노래들이었다. 만여 곡의 노래로 무수한 정적을 덮은 거였다.

나는 다시 목록으로 돌아가서 이번에는 '플레이리스트' 목록을 띄워 보았다. 화면에 다시 긴 목록이 떴다. '8월 12일 아침 방송', '8월 19일 아침 방송', '성가(외국곡)' 같은 목록이었다. 그리고 '애너벨'이라는 목록도.

나는 버튼에서 손가락을 뗐다. 그 목록은 오언이 나한테 만들어 준 시디의 곡들일 거라고 생각했다. 그렇지만 나는 여전히 앞서 차 안에서처럼 망설이고 있었다. 알고 싶지만 확인하지 못하는 망설임. 그렇지만 이번에는 그 망설임을 떨쳐 버렸다.

버튼을 누르자 화면이 바뀌면서 노래 제목이 가득 떠올랐다. 첫 번째 곡목은 이백이라는 밴드의 '제니퍼'였다. 어딘지 귀에 익었다. 계속 눌러보니 두 번째 곡목은 염세주의자의 '데카르트의 꿈'이었다. 오래되지 않아 나는 그 곡이 처음으로 오언의 방송을 들은 날 나왔다는 사실을 알아차렸다. 내키지는 않았지만 듣기는 들었던 날 말이다. 그리고 나중에 오언과 함께 토론했던 곡이었다.

그 안에 모든 곡이 들어 있었다. 둘이 함께 얘기하고 토론한 곡들이 모두 차곡차곡. 처음에 오언이 차를 태워 준 날 들었던 마야인의 영성 노래도 있었다. 내가 오언을 태워 준 날 들었던 레드 제플린의 '고맙습니다'도. 요란스러운 테크노와 스래쉬 메탈 곡도. 심지어는 제니 리프까지도 들어 있었다. 그 곡들을 조금씩 들으면서 언제나 이어폰을 꽂고 있는 오언을 보며 무슨 음악을 듣는지 궁금해하던 순간들을 떠올렸다. 무슨 생각을 하는지도. 그게 나와 들은 음악이었을 거라고 누가 짐작이나 했을까?

시계를 보니 4시 55분이었다. 아이팟이 없어졌다는 걸 오언이 알아차리고도 남을 시간이었다. 별일은 아니었다. 차를 몰고 오언의 집으로 가서 건네주기만 하면 되니까. 쉬운 일이었다.

그런데 계단을 반쯤 내려갔을 때 요란한 소리와 함께 '짜증 나'라고 투덜거리는 소리가 들려왔다. 살며시 부엌을 들여다보니 휘트니 언니가 바닥에 떨어진 냄비를 주워서 찬장에 아무렇게나 밀어 넣고 있었다.

"괜찮아?" 내가 물었다.

"괜찮아." 언니가 몸을 일으키며 얼굴로 흘러내린 머리카락을 쓸어 넘겼다. 언니 앞에 있는 아일랜드 식탁 위에 파스타 소스 병과 스파게티 상자, 고추와 오이를 올려놓은 도마, 그리고 상추 봉지가 있었다. "어디 나가?"

"어, 저기…… 잠깐 나갔다 올까 하고. 언니가 나가지 말라면……"

"아니, 난 괜찮아." 언니가 스파게티 상자를 들어서 눈을 가늘게 뜨고 뒷부분을 읽으며 말했다.

"아, 그래. 그럼, 나갔다가 금방……"

"근데……." 언니가 상자를 내려놓으며 말했다. "파스타를 하려면 어떤 냄비를 써야 할지 모르겠다."

나는 오언의 옷을 탁자 위에 내려놓고 부엌을 가로질러서 가스레인지 옆에 있는 선반으로 갔다. “이 냄비야.” 나는 납작한 보통 냄비와 안에 체가 들어있는 깊은 냄비를 꺼냈다. “이걸로 하면 물 빼기가 쉬워.”

“아, 그렇구나. 그렇지.”

나는 냄비를 개수대로 가져가서 물을 채운 다음 가스레인지 위에 올렸다. 그리고 나를 보는 언니의 시선을 느끼며 불을 켰다. “좀 걸릴 거야. 뚜껑을 덮으면 시간을 줄일 수 있어.”

언니가 고개를 끄덕이며 말했다. “알았어.”

나는 오언의 옷을 걸쳐놓은 탁자로 갔다가 가만히 서서, 언니가 좀 더 작은 냄비를 선반에서 꺼내 가스레인지 위에 얹는 모습을 지켜보았다. 그런 다음 언니는 파스타 소스 병을 들어서 뚜껑을 열고 냄비 안에 들이부었다. 언니는 행동 하나하나를 무슨 원자 분열 작업이라도 하는 것처럼 천천히 신중하게 했다. 언니가 손수 요리를 하는 경우가 무척 드물다는 걸 감안하면 그리 놀랄 일도 아니었다. 언니가 먹는 음식은 엄마가 일일이 조절하고 간식이며 샌드위치, 심지어는 아침에 먹는 시리얼까지 만들어주었으니까. 보는 내가 이상할 지경이면 직접 하는 언니도 요리가 낯설기는 마찬가지일 거라는 생각이 들었다. 게다가 혼자서 하는 요리라면 더욱.

“내가 도와줄까?” 언니가 가스레인지 옆 서랍에서 꺼낸 스푼으로 파스타 소스를 엉성하게 휘젓는 걸 보며 내가 물었다. “나 시간 있는데.”

한동안 말이 없길래 나 때문에 언니 기분이 상한 건 아닌지 조심스러웠다. 그런데 그때 언니가 고개는 돌리지 않고 말했다. “좋아. 그러니까 네가 도와주고 싶으면."

그래서 그날 밤 난생처음으로 언니와 함께 저녁을 준비했다. 이따금 언니가 나한테 물으면(마늘빵을 오븐에 넣고 온도를 몇 도에 맞출지, 아니면 스파게티 양은 얼마나 할지) 내가 대답(130도, 남기지 말고 다)하는 것 말고는 둘 다 많은 말을 하지 않았다. 내가 식탁을 차리는 동안 언니는 조심조심 썰어서 색깔별로 도마 위에 모아놓은 채소로 샐러드를 만들었다. 특유의 느리고 질서정연한 방법으로. 요리가 끝나자 휘트니 언니와 나는 단둘이 식탁에 앉았다. 자리에 앉으며 창턱에 올려놓은 언니의 화분들을 슬쩍 쳐다보았다.

"저기 화분이 있으니까 보기 좋다." 자리에 앉는 언니에게 말했다.

"그런 것 같네." 언니가 냅킨을 집어 들며 대답했다. 언니 접시는 파스타 몇 가닥에 온통 샐러드가 다였지만, 나는 엄마가 했을 것 같은 잔소리는 하지 않았다. "이제 잘 자라는 일만 남았지 뭐."

나는 포크로 스파게티를 돌돌 말아서 한 입 먹었다. "맛있다. 완벽해."

"파스타잖아. 만들기 쉬운 건데 뭐." 언니가 어깨를 으쓱하며 말했다.

"쉽지는 않아. 덜 삶으면 좀 딱딱하거든. 그리고 너무 푹 삶으면 흐늘흐늘해져. 근데 면이 아주 적당하게 잘 익었어."

"그런가."

나는 고개를 끄덕였다. 우리는 한동안 조용히 먹기만 했다. 나는 다시 화분에 눈길을 주었다가 그 너머로 너무 푸르러서 비현실적인 골프코스를 바라보았다.

"고마워." 휘트니 언니가 말했다.

요리와 샐러드를 칭찬한 것에 대한 인사인지, 아니면 옆에 있어 줘서 고맙다는 말인지 확실히 알 수가 없었다. 아무래도 상관없었다. 이유야 어떻든 그 말이 기분 좋았으니까.

"고맙긴 뭘." 내가 말하자 언니가 고개를 끄덕였다. 바깥에서, 차를 타고 지나가던 사람이 속도를 줄이고 우리를 힐끔 들여다보더니 다시 멀어졌다.

11

"애너벨 언니!"

오언의 집 초인종에서 손도 떼지 않았는데 어쩐 일인지 말로리가 벌써 문 앞에 나와 있었다. 손잡이가 딸깍 돌아가고 문이 벌컥 열렸다.

나는 하마터면 말로리를 못 알아볼 뻔했다. 화장을 너무 진하게 하고 있었기 때문이다. 피부 화장에 아이라이너와 섀도우, 그리고 립스틱을 너무 많이 칠하고 인조 속눈썹까지 붙였는데 그나마 한쪽은 제대로 붙지도 않은 모양새였다. 거기다 꽉 조이는 까만색 끈 없는 드레스를 입고 한껏 굽이 높은 샌들을 신은 채 문손잡이를 그러쥐고 간신히 중심을 잡고 서 있었다.

마찬가지로 드레스를 차려입고 화장을 한 여자애들 네 명이 말로리를 둘러싸고 서서 나를 보고 있었다. 까만 머리를 짧게 자르고 안경을 쓴 아이는 까만색 드레스에 웨지힐을 신고 있었다. 빨간 머리에 초록색 눈 그리고 주근깨가 난 쌍둥이는 각각 청바지에 가슴을 겨우 가리는 크롭티 차림이었다. 그리고 통통한 금발 머리 아이는 댄스파티 때나 입을 법한 드레스를 걸치고 있었다. 비좁은 문간에는 헤어스프레이 냄새가 진동했다.

"언니!" 말로리가 팔짝팔짝 뛰며 소리를 질렀다. 머리 꼭대기에 부분 가발 같은 걸 붙여 올리고 말이다. "안녕, 언니!"

"안녕, 너 오늘……"

말을 끝내기도 전에 말로리가 내 손을 움켜쥐더니 안으로 잡아끌었다. "얘들아." 말로리가 뒷걸음질 치면서 나를 쳐다보는 아이들에게 말했다. "세상에, 이 언니가 애너벨 언니야. 너희 믿어지니?"

댄스파티용 드레스를 입은 금발 머리가 짙은 분홍색 입술을 오물거리며 말했다. "광고에 나오는 언니."

"그래!" 말로리가 소리쳤다. 그제야 한 쪽 속눈썹을 바로잡으면서 말이다. "콥프 모델이잖아. 레이크뷰 모델이기도 하고 말이야."

"언니가 여기 웬일이죠?" 빨간 머리 가운데 하나가 물었다.

"저기, 근처에 사는데……" 내가 입을 열었다.

"이 언니, 우리 오빠 친구야. 내 친구이기도 하고 말이야." 말로리가 내 손을 다시 꼭 쥐며 말했다. 손바닥이 따뜻했다. "우리 사진 찍으려고 하는데 마침 잘 왔어요. 포즈 잡는 것 좀 도와주세요!" 말로리가 말했다.

"실은 오래 못 있어. 잠깐 들른 거야." 내가 말했다.

저녁을 먹고 휘트니 언니에게 금방 오겠다고 말하고 나오는 길이었다. 친구한테 물건만 전해주고 한 시간 안에 돌아오겠다고 했다. 언니는 잠자코 고개만 끄덕였다. 돌아올 때 또 베이컨 냄새를 풍기고 오는 건 아닐지 생각하는 것 같은 눈초리로 나를 살피면서 말이다.

"내 옷 마음에 들어요?" 말로리가 한 손을 목뒤에 대고, 눈은 천장을 올려다보는 자세를 취하며 물었다. 말로리는 한동안 그러고 있더니 다시 평범한 자세로 돌아왔다. "다섯이서 다 따로따로 입어 본 거예요. 나는 우아한 저녁 차림이죠."

"우린 한낮의 평상복이고요." 빨간 머리 가운데 하나가 한 손으로 엉덩이를 받치며 말했다. 주근깨가 더 많고 표정이 진지한 나머지 쌍둥이 자매가 고개를 끄덕였다.

나는 까만 머리에 안경을 쓴 아이를 보았다. "전 세련된 직장 여성이에요." 그 아이가 까만 드레스를 잡아당기며 중얼거렸다.

"그리고 난 환상의 약혼이죠." 금발 머리가 드레스에서 휙휙 소리가 나도록 빙글빙글 돌며 말했다.

"그건 아니다. 넌 한밤의 무도회 복장이지." 말로리가 말했다.

"환상의 약혼이라니까." 금발 머리가 다시 빙그르르 돌며 주장했다. 그리고 이렇게 덧붙였다. "이 드레스 값이……"

"400달러라고, 알아, 알아." 말로리가 짓궂게 말했다. "얘는 자기 언니가 처음으로 정식 파티에 나간 걸 꽤 대단한 일이라고 생각한대요."

"우리 사진 언제 찍어?" 빨간 머리 애 가운데 하나가 물었다. "한낮의 평상복은 좀 지루하다. 나도 드레스 입고 싶어."

"잠깐 기다려!" 말로리가 안달이 나서 닦아세웠다. "먼저 애너벨 언니한테 내 방을 보여줘야 한단 말이야. 그다음에 언니가 우리 패션에 대해서 충고해 줄 거야."

말로리가 나를 계단 쪽으로 끌고 가자 다른 아이들도 쿵쾅거리며 따라왔다. "오언 있니?" 내가 물었다.

"어딘가 있겠죠." 나를 이끌고 계단을 오르기 시작하며 말로리가 말했다. 까만 머리도 내 옆으로 와서 심각한 표정으로 나를 살폈고, 그 사이 다른 아이들 셋은 뒤에서 소곤거리고 있었다. "지난번에 미셸네 집에서 찍은 사진도 봐야 해요. 진짜 잘 나왔어요! 그때 난 유럽의 세련미 스타일로 입었거든요? 정말 근사했다고요."

"유럽의 세련미?"

말로리가 고개를 끄덕였다. "베레모를 쓰고 주름치마를 입고, 프랑스빵을 들고 포즈를 잡았죠. 대단했어요."

"나도 유럽의 세련미 스타일로 입고 싶어." 까만 머리가 말했다. "이 드레스는 너무 따분해. 그리고 어떻게 항상 너만 우아한 저녁 스타일이냐?"

"잠깐만!" 말로리가 닫힌 방문 앞에서 소리쳤다. 말로리는 한 손으로 가슴을 꼭 움켜쥐고 방문 앞으로 다가섰다. "좋아." 말로리가 말했다. 속눈썹이 다시 조금 떨어져 나왔다. "최고의 모델 경험을 위한 준비를 하길 바라요."

그다지 기대는 안 되는 소리였다. 뒤를 힐끗 돌아보았다. 아이들은 아직도 나를 뚫어지게 쳐다보고 있었다. 나는 말로리 쪽으로 고개를 돌렸다. "준비됐어." 나는 느릿느릿 말했다.

말로리는 손을 내리고 손잡이를 비틀더니 문을 열었다. "바로 여깁니다, 믿어져요?" 말로리가 말했다.

믿어지지 않았다. 눈앞에 펼쳐진 벽이란 벽은 모두 잡지 사진으로 도배가 되어 있었다. 위, 아래 할 것 없이 말이다. 온갖 모델, 온갖 광고, 온갖 연예인들의 사진이었다. 금발도 있고, 가무잡잡한 사람도 있고, 빨간 머리도 있었다. 패션쇼, 일상복, 졸업 무도회, 무대의상 패션이 다 섞여 있었다. 광대뼈가 높이 솟은 모델이 이런 포즈, 저런 포즈, 온갖 포즈를 다 취한 사진도 보였다. 무수한 사진을 잘라서 가장자리가 겹치도록 다닥다닥 붙인 통에 벽에는 빈틈을 찾아보기 힘들었다.

"자, 어때요?" 말로리가 물었다.

솔직히 말하자면, 너무 얼떨떨해서 말로리가 나를 당겨 얼굴 하나를 가리킬 때까지도 정신이 하나도 없었다. 나는 좀 더 가까이 다가선 다음에야 그 얼굴이 내 얼굴이라는 걸 알아챘다.

"보세요. 작년에 나온 레이크뷰 모델 달력에서 오린 거예요. 사월 사진인데 타이어랑 같이 포즈를 취한 거잖아요. 생각나요?"

고개를 끄덕이자, 말로리는 다시 오른쪽으로 나를 끌고 가서 사진 한 장을 다시 가리켰다. 그사이에 다른 아이들은 여기저기로 흩어졌다. 빨간 머리 쌍둥이는 침대에 털썩 주저앉아서 잡지 무더기를 뒤적이고 있었고, 금발 머리와 까만 머리는 화장대 앞 의자에 서로 앉으려고 실랑이를 벌였다.

"그리고 이건 작년에 대학에서 열린 농구 경기 때 찍은 광고잖아요. 나도 갔었어요. 봐요, 언니 머리 색깔이 지금보다 더 금발이네, 맞죠?" 말로리가 손가락으로 벽 가까이를 가리키며 말했다.

"맞아." 내가 대답했다. 머리뿐만 아니라 피부도 약간 그을린 모습이었다. 무척 낯설어 보였다. 그때 일을 나는 까맣게 잊고 있었다. "맞아, 그때 찍었지."

말로리가 다시 나를 잡아끌었다. 우리가 움직이자 사진들이 흐릿하게 스쳐 갔다. 이번에는 맞은편 벽으로 가더니 왼쪽 모퉁이에서 멈춰 섰다. "그리고 이건 내가 제일 좋아하는 사진이에요. 그래서 침대 바로 옆에 붙여놨죠." 말로리가 말했다.

나는 사진을 가까이 들여다보았다. 콥프에서 찍은 개학 광고 사진들을 오려 붙인 거였다. 치어리더 복장을 한 사진, 여자아이들에게 둘러싸여 긴 의자에 앉아 있는 사진, 책상 앞에 앉은 사진, 턱시도를 입은 귀여운 남자애의 팔을 잡은 사진들. "이걸 다 어디서 구했니?" 내가 물었다.

"화면에서 캡처한 거예요." 말로리가 자랑스럽게 말했다. "광고를 녹화해서 업로드 한 다음에 이미지를 캡처한 거죠. 멋지지 않아요?"

나는 몸을 숙이고 더 가까이 들여다보며 사월의 어느 날 찍은 그 광고를 보던 순간들을 하나하나 떠올렸다. 그때는 내 모습이 무척 달라 보였다. 모든 게 달라 보였다.

말로리가 나를 붙잡고 있던 손을 놓고 말했다. "이 광고 진짜 좋아해요. 처음에는 치어리더 복장 때문이었어요. 이번 여름에 진짜 이 옷에 관심이 많았거든요? 그때는 그냥 옷에만 관심이 있었는데, 이야기가…… 이야기가 끝내주더라고요."

"이야기라니." 내가 말했다.

"이야기요." 말로리가 나를 보며 말을 이었다. "있잖아요, 광고에 나온 언니는 끝내주는 여름 방학을 보내고 학교로 돌아가잖아요."

"아, 그렇지."

"처음엔, 그게 고등학교에 가면 그런 일이 다 일어나는 줄 알았어요. 멋진 경기를 응원하고, 시험공부도 하고, 친구들이랑 멋진 차를 타고 나가서 노는 거요."

친구들이랑 멋진 차를 타고 나가서 논다, 그렇군, 나는 생각했다.

"그리고 처음 파티에 갔는데 멋있는 남자를 만난다면 일 년 내내 행복하겠죠." 말로리가 한숨을 내쉬며 말했다. "언니는 그렇게 멋지게 살고, 근사한 걸 다 가진 사람 같았어요. 고등학교 생활은 그런 건 줄 알았거든요. 언니는 정말……"

나는 말로리를 보았다. 말로리는 빨려 들어갈 듯이 사진을 들여다보고 있었다. "모든 걸 다 갖춘 사람인 줄 알았구나." 나는 광고 감독의 말을 떠올리며 말했다.

말로리가 나를 보며 고개를 끄덕였다. "바로 그거죠."

그 순간, 나는 그건 사실이 아니라는 얘기를 해 주고 싶었다. 나는 모든 걸 다 갖춘 사람과는 거리가 멀다고. 내 사진이긴 하지만 그 사진 속의 나는 내가 아니라고. 매 순간 화려하게만 살아가는 사람은 없다고. 특히 나는 그와 거리가 멀다고. 개학 후 나의 실제 생활은 그것과는 전혀 딴판이었다고. 추한 말을 뱉어내는 소피의 예쁜 입, 나를 보는 윌 캐쉬의 웃음, 건물 뒤 잔디밭에서 혼자 구역질하는 모습. 그게 학교로 돌아간 나의 실체였다고. 내 인생이라고.

복도에서 묵직한 발자국 소리가 나더니 무거운 한숨 소리가 뒤따랐다. "말로리, 말했잖아 내가 사진 찍어줄 테니까 지금 나가서 찍자. 방송 준비도 해야되고 오늘 시간이……."

나는 일어났다. 오언이 문턱에 서 있었다. 나를 보더니 눈 휘둥그레졌다.

"……많지 않다고." 오언이 하던 말을 끝내고 나에게 말했다. "너 여기서 뭐해?"

"내 파티에 왔어." 말로리가 말했다.

오언이 눈살을 찌푸렸다. "그래서 온 거야?"

"네가 사진 찍는 걸 도와주는 거야?" 대답 대신 내가 물었다.

"아니야, 그냥……."

"사진사가 필요하거든요." 말로리가 설명했다. "단체 사진 찍을 때 말이에요. 근데 이제 패션 스타일리스트까지 생겼네! 완벽해." 말로리가 박수를 치며 소리쳤다. "좋았어, 애들아, 내려가서 자세 잡자. 단체 사진 먼저 찍고, 독사진을 찍는 거야. 촬영 목록 누가 갖고 있니?"

거울 근처에 앉아 있던 까만 머리가 일어나더니 주머니 안에서 접은 종이를 꺼냈다. "여기."

"그건 그렇고, 여기 온 진짜 이유를 말해 봐." 말로리가 종이를 받는 사이 오언이 내게 말했다.

"너도 알다시피 패션은 내 삶이잖아."

말로리가 목청을 가다듬었다. "한낮의 평상복을 첫 번째로 찍겠습니다." 말로리는 빨간 머리 쌍둥이를 가리켰다. "그다음엔 세련된 직장 여성, 우아한 저녁 차림, 그리고 한밤의 무도회.”

“환상의 약혼이라니까.” 금발 머리가 바로잡았다.

“아래층으로! 내려가자!” 말로리가 말했다.

빨간 머리 쌍둥이가 침대에서 일어나서 앞장서고, 그 뒤를 까만 머리에 까만 드레스를 입은 아이가 따라갔다. 금발 머리는 다른 아이들과 달리 늑장을 부리더니, 나를 노려보며 지나갔다.

“오빠, 안녕하세요.” 그 아이가 양탄자 위로 드레스 자락을 치렁치렁 끌고 지나가며 오언에게 말했다.

오언이 무표정한 얼굴로 고개를 끄덕이며 대꾸했다. “안녕, 엘리너.” 이름을 불러주자 아이는 얼굴을 발그레 붉히며 종종걸음으로 잽싸게 복도로 나서더니 다 같이 킥킥거리며 웃었다.

말로리가 친구들 뒤를 따라 문을 나서다가 고개를 돌리고 우리를 보며 말했다. “오빠, 촬영 준비할 테니까 5분 안에 내려와. 언니는 옷 스타일링 점검!”

“말로리, 말투 똑바로 해. 안 그러면 네 사진은 네가 찍게 한다.” 오언이 말했다.

“5분이야!” 말로리는 복도로 달려 나가며 친구들한테 목청껏 이것저것 주문해 댔다.

“와, 여기가 진짜 촬영 현장 같다.” 아이들 목소리가 잦아들기를 기다려 내가 말했다.

“그러게 말이다.” 오언이 침대 끝에 걸터앉으며 입을 열었다. “내 말 잘 들어. 재네들 결국은 울고불고하면서 끝날 거야. 늘 그러거든. 도대체가 중도에 이르는 사고 개념이라고는 없는 애들이지."

"어디에 이르는 사고라고?"

"중도." 오언이 되풀이해서 말했다. 나는 오언 곁으로 가서 앉았다. "화 다스리기 용어지. 극단에 치우치지 않는 사고 개념을 이르는 말이야. 그런데 우리는 좋은 것 아니면 싫은 것, 극단으로 나누잖아. 틀린 것 아니면 옳은 것 둘로 나누고 말이야."

"환상의 약혼 아니면 한밤의 무도회로 나누고." 내가 덧붙였다.

"맞아. 그건 위험한 생각이야. 완벽하게 딱 떨어지는 건 이 세상에 없거든. 열세 살짜리 아이들이면 모를까."

"환상의 약혼 씨는 디바 같긴 하던데."

"엘리너 말이야? 연구 대상이지." 오언이 한숨을 쉬며 말했다.

"걔가 너 좋아하는 것 같더라."

"관둬. 그 말 선언(선동적인 언어)이야. 최고 선언이라고." 오언이 나를 째려보며 말했다.

"모델이랑 사진사 사이엔 불꽃이 튀어야 한다는 말 들어봤지? 그거 필수야." 나는 무릎으로 오언을 툭 건드리며 말했다.

"다시 묻겠는데, 우리 집엔 왜 왔어?"

"이것 갖다주려고 온 거야." 나는 재킷을 들어 올렸다. "아침에 돌려준다는 걸 깜빡 잊었지 뭐야."

"아, 고맙다. 갖고 있다가 화요일에 돌려줘도 되는데." 오언이 말했다.

"그럴까 했지." 나는 주머니에서 아이팟을 꺼내며 말했다. "이것만 아니라면 말이야."

오언이 눈을 크게 떴다. "와, 이런, 그걸 깜빡했네." 오언이 아이팟을 가져가면서 말했다.

"찾고 있는 줄 알았는데."

"아직 모르고 있었어. 하지만 다음 주 방송 준비하려던 참이었으니까 금세 알았겠지. 고맙다."

"고맙긴 뭘."

아래층에서 웃는 소리인지 우는 소리인지 모를 소리가 시끄럽게 터져 나왔다. "들었지?" 오언이 바깥을 가리키며 말했다. "울고 짜는 거야. 틀림없어. 중도는 없다니까."

"우리 여기 숨어있는 게 낫겠다. 그게 더 안전할 것 같아."

"모르겠다." 오언이 벽을 훑어보며 말했다. "이 사진들만 보면 섬뜩해진다니까."

"적어도 네 사진은 없잖아."

"너는? 여기 네 사진도 있니?"

내가 광고 사진을 가리키자 오언은 일어나서 가까이 다가갔다. "별건 아니야. 정말." 내가 말했다.

오언이 하도 찬찬히 뜯어보길래 알려 준 게 슬슬 후회됐다. "이상하네." 마침내 오언이 입을 열었다.

"참내, 고맙다."

"아니 내 말은, 너 같지 않아서 그래." 오언은 말을 멈추고 더 가까이 들여다보았다. "어, 그러니까, 너랑 닮긴 닮았는데, 전혀 같은 사람처럼 안 보인다는 소리야."

나는 잠시 어리둥절한 느낌으로 앉아 있었다. 한참 전에 내가 찍은 광고, 특히 콥프 광고 사진을 보면서 나도 오언과 똑같은 생각을 했기 때문이다. 사진 속의 나는 요즘 거울을 통해서 보는 나와 달리 더 건강하고 상처받은 흔적이 없어 보였다. 나는 나 혼자만 그 사실을 눈치챘다고 생각했다.

"나쁜 뜻은 아니야."

나는 고개를 가로저었다. "괜찮아."

"음, 사진은 멋져." 오언이 다시 사진을 뚫어지게 보며 말했다. "근데 지금 네 모습이 더 나은 것 같아."

처음에는 내가 잘못 들은 줄 알았다. "지금이 낫다고?"

"응." 오언이 나를 힐끔 보며 말했다. "그럼, 무슨 뜻으로 얘기한 줄 안 거야?"

"나는……." 나는 입을 열었다가 말길을 돌렸다. "아무것도 아니야."

"내가 사진이 더 낫다고 말하는 줄 알았어?"

"음, 넌 정직하잖아." 내가 말했다.

"하지만 난 바보는 아니야. 너, 보기 좋아. 다만 사진이 너 같지 않다는 소리야. 너 같지 않고…… 달라 보인다고."

"다르다는 건 나쁜 뜻이잖아."

"다른 건 다른 거야."

"너무 모호하잖아. 그건 대체어일 뿐이야. 이중 대체어라고." 내가 지적했다.

"그래 네 말이 맞다. 내 말뜻은, 이 사진을 보면 어, 이건 애너벨이 아니네, 라는 생각이 든다는 소리야. 전혀 애너벨처럼 안 생겼어, 라는 생각이 든다고."

"내가 어떻게 보이는데?"

"어떻게 보이냐면." 오언이 고개를 끄덕여 보이며 말했다. "요점은, 치어리더 옷을 입고 사진을 찍은 사람이 너라는 생각이 안 들어. 또는 모델로서의 너는 너로 안 보여. 나한테 이 사진 속의 너는 네가 아니야."

나는 오언에게 좀 더 자세히 설명해달라고, 오언에게 나는 어떤 사람인지 정확하게 말해달라고 하고 싶었다. 하지만 그 순간 어쩌면 오언이 이미 설명했을지도 모른다는 생각이 들었다. 오언이 나를 정직하고 솔직하고 심지어 재미있는 아이로 여긴다는 건 이미 알고 있었다. 나 스스로는 동의하지 않는 부분들이지만 말이다. 나한테 또 어떤 모습이 있을지, 사진 속의 나와 오언이 지금 알고 있는 나 사이의 차이점 속에 어떤 모습이 숨어있을지 그걸 누가 알 수 있을까. 무수한 가능성이 있을 터였다.

"오빠!" 말로리가 위층에 대고 소리를 질렀다. "이제 내려와도 돼!"

오언이 눈을 부릅떴다. 그리고 나에게 다가와서 일어나라고 손을 내밀며 말했다. "그만 가자."

오언을 쳐다보며, 나는 그 또한 개학한 뒤 내 생활의 일부분이라는 걸 깨달았다. 소피와 윌 캐쉬 때문에 끔찍한 나날을 보내고 있을 때 나에게 손을 내밀어 준 사람이 오언이었다. 이제 나는, 오언의 손 위로 내 손가락을 감싸 손을 맞잡으며 생각했다. 마침내 의지할 무언가가 생겨서 그 어느 때보다 감사하다고.

눈물을 흘릴 거라는 오언의 의견은 맞아떨어졌다. 한 시간도 안 되어 아수라장이 펼쳐졌다.

“이건 불공평해!” 까만 머리, 아니 안젤라의 목소리가 떨렸다.

“보기 좋은데 왜 그래?” 말로리가 깃털 목도리를 매만지며 말했다.

나도 알고 있었다. 사실 그건 꽤 불공평한 일이었다. 말로리를 비롯한 다른 아이들이 우아한 저녁 차림에서 한밤의 무도회(또는, 보기에 따라서 환상의 약혼) 복장을 번갈아 입는 동안, 안젤라는 다들 선호하지 않는 게 분명한 세련된 직장 여성 차림만 줄곧 하고 있었으니까. 안젤라는 평범한 까만색 스커트와 까만 블라우스, 낮은 구두를 내려다보았다. “나도 우아한 저녁 차림을 해 보고 싶단 말이야. 도대체 내 차례는 언제 오는 거야?” 안젤라가 따지고 들었다.

“오빠!” 금발 머리, 엘리너가 튜브 톱을 아래로 끌어내리며 소리쳤다. “저 찍을 준비 됐어요?”

“아니.” 엘리너가 머리카락을 위로 치켜올리고 한 손으로 엉덩이를 받친 채 가까이 다가오자 오언이 투덜거리듯 말했다. “전혀 준비 안 됐어.”

촬영은 전문가들이 진행하는 작업을 방불케 했다. 아이들은 거실에 있는 가구들을 몽땅 뒤로 밀고 벽난로 선반에 하얀 천을 늘어뜨려서 배경 막을 만들었을 뿐 아니라 의상을 갈아입고 화장하는 공간도 만들고 배경 음악(주로 제니 리프, 빗씨 본드, 그리고 Z104 같은 댄스곡들. 모두 합쳐 리믹스곡을 만들자는 오언의 제안은 만장일치로 거절되었다)까지 틀어 놓았다.

"곧 있으면 네 차례가 올 거야." 이번에는 금색 수영복 차림에 허리를 스카프로 감싸고, 어깨에는 깃털 목도리를 걸친 말로리가 안젤라에게 말했다. "그리고 세련된 직장인 여성 차림이 아주 중요하단 말이야. 누군가는 입어야 한다고."

"그럼 네가 입지 왜?"

말로리가 한숨을 내쉬더니 얼굴로 흘러내린 앞머리를 훅 불어 올렸다. "내 얼굴은 저녁 의상이 더 잘 어울리니까 그렇지." 그사이에 수영복으로 갈아입은 빨간 머리 쌍둥이는 축구공을 이리저리 던져 올리며 바닷가 장면을 연습하고 있었다. "넌 안경을 쓰니까 진지한 회사 복장이 더 잘 어울린단 말이야."

안젤라를 힐끔 보니 윗입술이 바르르 떨렸다. "저기, 그럼 안젤라가 안경을 벗으면 되잖아." 내가 말했다.

"저 준비됐어요!" 엘리너가 오언에게 말했다. "어서요! 찍으세요!"

소파 앞에 서 있던 오언이 주춤하며 사진기를 들어 눈에 댔다. 내 경험으로 모델이 사진사에게 큰소리치는 법은 절대 없었는데 여기서는 상황이 달랐다. 대신 오언은 아이들이 옷을 입고 준비하면 그때마다 잠자코 셔터만 바삐 눌러댔다. 그러다가 엘리너가 카메라와 오언에게 키스를 날려 보내자 질색하는 표정을 지었다.

스타일리스트로서 나는 화장대 겸 탈의실에 머물며 의상을 감독했다. 온갖 옷 무더기와 신발이 선반이며 바닥 그리고 계단 근처까지 널려 있었다. 새내기 모델들에게 노출을 줄이고 화장을 옅게 하라고 일찍이 제안해 봤지만 깡그리 무시당한 채 나는 그저 오언이나 구경하면서 터져 나오려는 웃음을 참고 있었다.

"얘들아." 엘리너가 이제는 아예 바닥에 몸을 던지고 팔꿈치로 단단한 나무 바닥을 쿵쿵 찧으며 오언에게 꿈틀꿈틀 기어가기 시작하자 오언이 말했다. "이쯤에서 그만하면 좋겠다."

"단체 사진은 아직 못 찍었잖아!" 말로리가 말했다.

"그럼 다 같이 찍는 게 좋겠는데. 너희들이 고용한 스타일리스트랑 사진사는 시급을 받기로 했는데, 이 이상은 지불할 능력도 없잖아."

"좋아, 알았어." 말로리가 깃털 목도리를 한쪽 어깨에 척 걸치며 말했다. "여러분 모두 배경 막 앞으로 모이도록, 지금 당장!"

빨간 머리 쌍둥이가 공을 움켜쥐며 앞장서고 엘리너는 바닥에서 일어나 튜브 톱을 추어올렸다. 나는 거실 통로에서 가슴에 팔짱을 끼고 서 있는 안젤라를 보았다. 안젤라의 윗입술은 이제 심각하게 떨리고 있었다. 셋만 모여도 복잡한데, 나는 생각했다. 하물며 다섯이었다.

"얘." 내가 부르자, 안젤라가 고개를 돌리고 나를 보았다. "이리 와. 다른 옷으로 갈아입자."

안젤라를 데리고 내가 관리하는 옷 무더기 공간으로 가는데 말로리가 다른 아이들에게 이렇게 서라, 저렇게 서라, 떠드는 소리가 들려왔다. "이게 귀엽다." 나는 빨간 스커트를 들어 보이며 말했다. "넌 어때?"

안젤라가 코를 훌쩍이며 손을 들어서 안경을 매만졌다. "괜찮은 것 같아요." 안젤라가 말했다.

"그러면 이 옷에 어울리게……." 나는 죽 훑어보다가 어깨끈이 가는 까만색 상의를 골랐다. "이거다. 여기다가 굽이 아주 높은 구두를 신는 거야."

안젤라가 스커트를 받으며 고개를 끄덕였다. "좋아요." 안젤라는 복도 끝 작은 방 쪽으로 가며 말했다. "가서 갈아입고 올게요."

"그래. 나는 신발을 찾아볼게." 내가 대꾸했다.

"안젤라! 빨리 와!" 말로리가 소리쳤다.

"잠깐만 기다려!" 나는 소리쳐 대답해 준 다음 몸을 웅크리고 신발 더미를 뒤졌다. 끈이 달린 샌들 한 짝을 고르고 나머지 짝을 찾고 있는데 누군가 나를 보는 듯한 시선이 느껴졌다. 힐끗 고개를 들어보니 오언이 사진기를 들고 서 있었다.

"잠깐만, 지금 의상을 바꾸는 중이거든."

"들었어." 오언이 의상실 안으로 들어와 문에 기대고 서서 나를 지켜보았다. 나는 마침내 두툼한 파카 밑에 박혀 있던 구두 한 짝을 찾아냈다. "너 되게 다정하다. 안젤라를 도와준 것 말이야."

"흠, 모델 일이라는 게 속상할 때가 많거든."

"그래?"

나는 고개를 끄덕이고 일어나 안젤라가 오는지 복도를 살피다가, 구두를 달랑거리며 문틀에 기대어 오언을 마주 보았다. 잠시 뒤 오언이 사진기를 들었다. "찍지 마." 나는 손으로 얼굴을 가리며 말했다.

"왜?"

"나 사진 찍는 것 싫어한단 말이야."

"넌 모델이잖아."

"그래서 싫어. 하도 많이 찍어서."

"아, 딱 한 장만."

나는 손을 내렸지만 셔터에 손가락을 가져가는 오언을 보며 웃지는 않았다. 대신, 플래시가 터지는 동안 그저 가만히 렌즈 너머의 오언을 바라보았다. "좋아." 오언이 말했다.

"그래?"

오언이 고개를 끄덕이더니 사진기를 돌려서 화면을 들여다보았다. 나도 가까이 다가가서 같이 보았다. 문틀을 배경으로 선 내 모습이 그 안에 들어 있었다. 빗질 안 한 머리에, 얼굴에는 머리카락 몇 가닥이 흘러내려 있었다. 화장 안 한 맨얼굴인 데다 최상의 각도도 아니었다. 그렇지만 나쁜 사진이라고도 할 수 없었다. 더 바짝 다가서서 내 얼굴과 배경으로 찍힌 희미한 빛을 뜯어보았다.

"봤지?" 같이 사진을 들여다보는데 내 어깨에 스치는 오언의 어깨와 가까이 있는 오언의 얼굴이 느껴졌다. "넌 이렇게 생겼단 말이야."

사실 뭐라고 해야 할지는 생각나지 않았지만 대답하려고 고개를 돌리니 오언의 뺨이 바로 눈앞에 있었다. 오언을 쳐다보는 순간 미처 무슨 일이 일어날지 짐작도 하기 전에 오언이 고개를 살짝 틀고 내 쪽으로 숙였다. 나는 눈을 감았다. 오언의 입술이 내 입술에 부드럽게 와 닿았다. 나는 더 가까이 다가서며 오언에게 몸을 꼭……

"신발 주세요."

우리는 둘 다 뛸 듯이 놀랐다. 그 바람에 오언은 문틀에 머리를 찧고 말았다. "아오," 오언이 말했다.

두근거리는 가슴으로 안젤라를, 심각한 표정으로 우리를 쳐다보는 안젤라를 보았다. “신발, 아, 그렇지.” 나는 신발을 건네주며 말했다.

오언이 두 눈을 감고 머리를 문질렀다. “와, 욱신욱신하다.”

“괜찮니?” 오언은 고개를 끄덕였고 나는 오언의 관자놀이로 손을 내밀었다. 그리고 부드럽고 따뜻한 오언의 피부를 잠시 어루만지다 팔을 내렸다.

“오빠!” 거실에서 말로리가 소리쳐 불렀다. “준비 다 됐어! 빨리 와!”

오언은 문지방을 박차고 나가 거실로 향했고, 안젤라는 신발 끈을 묶은 다음 느릿느릿 오언의 뒤를 따라갔다. 나는 그 자리에 잠시 서서 방금 전에 일어난 일을 놀라워하며 화장대 거울에 비친 내 모습을 바라보았다. 그렇게 거울을 조금 더 들여다보다가 내 모습을 지우며 그 자리를 벗어났다.

거실에 가니 모든 드라마는 잊혀지고 다섯 아이의 거친 포즈를 앞에 둔 오언이 성실하게 사진을 찍고 있었다. 나는 거실 통로에 기대서서 아이들이 저마다 꾸며내는 자세를 구경했다. 엉덩이를 흔들고, 목을 받치고, 눈썹을 깜박거리는 아이들을.

배경으로 깔리는 음악은 오언이 싫어하는 종류였다. 하나같이 쿵쿵거리는 비트에 오토튠으로 조작된 여자의 목소리가 악기에 손쉽게 올려진 음악이었다. 말로리가 자기 옆 바닥에 있는 시디플레이어의 음량을 한껏 높이자 아이들은 꺅꺅 소리를 지르고 두 팔을 치켜들어 흔들며 춤을 추기 시작했다. 뛰고 몸을 비틀어대는 아이들 옆에 서 있던 오언은 사진기를 내 쪽으로 돌렸다가 아이들이 우리 사이를 스쳐 지나가는 동안 가만히 멈춰 있었다. 나는 오언이 누구에게 초점을 맞추고 있는지 모르다가 알아차렸다. 그래서 이번에는 미소를 지어 보였다.

그날 밤늦게 샛길로 들어설 무렵, 우리 집은 휘트니 언니 방에만 불이 들어와 있었다. 언니가 창가에 있는 의자에 다리를 구부려 당긴 채 앉아 있는 모습이 들여다보였다. 언니는 전에 본 공책을 무릎 위에 펼치고 뭔가를 쓰고 있었다. 공책 위에서 언니의 손이 느릿느릿 움직였다. 나는 잠시 그대로 앉아서 어둠 속에 유일하게 드러나는 언니를 가만히 바라보았다.

나는 때 맞춰 오언의 집에서 나왔다. 엘리너, 안젤라, 그리고 쌍둥이는 사진 찍는 일에도, 말로리의 우두머리 행세에도 지쳐갔다. 상황은 이제 패션 폭동이 일어날 지경이었고 집안은 난장판이었다. 게다가 깔끔할 게 틀림없는 오언의 엄마가 언제 들이닥칠지 알 수 없었다. 나는 남아서 청소를 도와주거나, 아이들이 싸우지 않게 심판을 봐주겠다고 했지만 오언은 정중히 사절했다.

“내가 하면 돼.” 현관 계단에 서서 오언이 말했다. “내가 너라면 갈 수 있을 때 나갈 거야. 이제 점점 더 난장판이 될 테니까 말이야.”

“너 참 긍정적이구나.”

“아니.” 오언이 대답했다. 안에서 사납게 소리치는 소리가 나더니 쾅 소리를 내며 문이 닫혔다. 오언이 고개를 돌리고 문을 힐끔 보더니 다시 나에게 말했다. “지극히 현실적이지.”

나는 미소를 지어 보이고 한 계단 내려와 주머니에서 자동차 열쇠를 꺼냈다. “그럼 학교에서 보자.”

"응. 나중에 보자."

우리는 둘 다 그 자리에서 움직이지 않았고 나는 오언이 다시 키스하지는 않을까, 생각했다. "그래." 말을 하는데 가슴이 두근두근 뛰었다. "저기, 음. 갈게."

"응." 오언이 서 있던 곳에서 내 쪽으로 살짝 발을 내디뎠고, 나도 가까이 다가갔다. 오언의 얼굴이 가까워지자 두 눈을 감는데 어디선가 쿵, 쿵, 쿵, 하는 소리가 점점 더 크고 가까이 들려왔다. 문손잡이가 딸깍, 돌아가는 순간 우리는 둘 다 깜짝 놀라서 뒤를 돌아보았다. 말로리가 굽이 두툼한 가죽 구두를 신고, 까만 점프슈트에 초록색 깃털 목도리를 두른 모습으로 불쑥 현관에 나타났다.

"기다려요!" 말로리가 쿵쿵 소리를 내며 내게 다가오더니 팔을 내밀었다. "이거. 언니한테 주는 거예요."

말로리는 방금 인쇄해서 잉크 냄새도 가시지 않은 사진들을 건넸다. 맨 위는 금빛 수영복을 입은 말로리의 사진이었다. 얼굴에 두른 목도리의 깃털이 사진 위쪽 테두리까지 하늘거리는 모습을 확대해 찍은 사진이었다. 몇 장 더 넘겨보니 단체 사진 두어 장에 엘리너가 바닥을 꿈틀꿈틀 기어가는 사진, 그리고 내가 골라준 옷을 차려입은 안젤라의 사진도 보였다. "와, 사진 멋지다." 내가 말했다.

"언니 방 벽에 붙이세요. 그럼 가끔 내 모습을 볼 수 있잖아요."

"고마워."

"고맙긴요." 말로리가 오언에게 고개를 돌렸다. "엄마가 차에서 전화하셨어. 10분 안에 오실거래."

"알았어." 오언이 한숨을 쉬었다. 그리고 나에게 말했다. "나중에 보자."

내가 고개를 끄덕이자 둘은 다른 아이들이 다투는 소리가 들리는 집 안으로 들어갔다. 말로리는 문을 닫기 전에 마지막으로 나에게 손을 흔들었다. 잠시 뒤 오언이 뭐라고 말하자 아이들이 순식간에 잠잠해졌다. 내가 계단을 내려갈 무렵에는 아무 소리도 들리지 않았다.

이제 나는 차에서 내려 말로리가 준 사진을 들고 집으로 들어갔다. 차를 몰고 집으로 돌아오는 내내 가까워지던 오언의 얼굴과 나에게 키스하던 순간의 느낌만 떠올랐다. 전혀 긴 시간은 아니었지만 그 느낌은 아직도 생생하게 살아 있었다. 나는 화끈거리는 얼굴로 문을 열어 계단을 오르기 시작했다.

"애너벨?" 계단을 다 올라서자 휘트니 언니가 외쳤다. "너니?"

"응. 나 왔어."

내 방문을 여는 순간 언니가 방문을 열고 밖으로 나왔다. "엄마가 또 전화하셨어. 너는 친구 집에 갔다고 했다. 친구 누구냐고 물었는데 잘 모르겠다고 했어."

우리는 잠시 서로의 얼굴만 보았는데 나는 좀 더 자세히 설명을 해야 하는지 망설였다. "고마워." 결국 그렇게만 대답한 다음 문을 열고 불을 켰다. 나는 사진을 화장대 위에 올려놓고 외투를 벗어서 책상 의자에 걸쳤다. 뒤를 돌아보니 언니가 문턱에 서 있었다.

"너 오면 네가 엄마한테 전화할 거라고 했어. 하지만 꼭 그럴 필요는 없겠지."

"알았어."

언니가 살짝 옆으로 비키며 문기둥에 몸을 기댔다. 그 바람에 사진을 보게 되었다. "저건 뭐야?"

"아, 아무것도 아니야. 그냥…… 실없는 애들이야."

언니는 사진을 들고 훑듯이 넘겨보았다. 처음에는 심드렁하던 언니의 표정에 호기심이 생기더니 엘리너가 바닥을 기는 사진을 보고는 눈살을 찌푸렸다.

"내 친구 여동생이 친구들이랑 같이 모델 놀이를 했거든." 나는 사진을 훑어보는 언니 곁으로 다가가서 섰다. 쌍둥이 자매가 나란히 서서 거울 놀이 자세를 취하고 안젤라가 그 끔찍하게 싫어하는 세련된 직장 여성 차림을 한 모습이 보였다. 말로리가 온갖 포즈를 취한 사진도 몇 장 이어졌다. 생각에 잠긴 표정, 꿈꾸는 듯한 표정, 그리고, 셔터를 누르기 직전 오언이 한 말 때문에 짜증이 난 것 같은 표정까지. "다들 옷을 차려입고 자기들끼리 찍은 사진이야."

휘트니 언니가 하얀 드레스를 입고 생각에 잠긴 표정을 지은 엘리너의 사진을 찬찬히 보더니 말했다. "와, 이건 괜찮은데."

"환상의 약혼 차림이래."

"흠." 언니는 다시 사진을 넘겼다. 이번에도 엘리너였는데, 입을 반쯤 벌린 채 바닥을 기는 사진이었다. "이건 뭐라고 하든?"

"그건 이름이 없었어."

언니는 별다른 토를 달지 않고 다음 사진으로 넘어갔다. 말로리가 빨간 옷을 입고 카메라를 응시하는 사진이었다. 입술을 오므리고 눈썹을 크게 치켜뜬 모습. “얘 좀 귀엽다. 눈이 예쁘네” 언니가 사진을 살짝 기울여서 보며 말했다.

“어머, 걔가 언니 말 들으면 좋아서 죽을 수도 있어.” 나는 고개를 설레설레 저으며 말했다.

“그래?”

나는 고개를 끄덕였다. “모델이라면 사족을 못 쓰는 애거든. 언니가 걔 방을 봐야 하는데. 잡지에서 오린 사진으로 벽에 도배를 해놨어.”

“그럼 너를 보고 깜빡 넘어갔겠네. 실제로 살아있는 모델이 나타났으니까 말이야.”

“그런 것 같아.” 언니는 단체 사진 몇 장을 건성건성 넘겼다. 아이들이 서로서로 얼굴을 맞대고 찍은 사진, 그러다가 각기 다른 버스를 기다리기라도 하듯 모두 다른 곳을 쳐다보는 사진. “얘들을 보는데 사실 기분이 이상했어.”

휘트니 언니는 잠시 말이 없었다. 그러다가 입을 열었다. “그래. 무슨 말인지 알겠다.”

그 주말에 벌어진 많은 일들만큼이나 예기치 않게 언니와 함께 한 시간이 나는 감동스러울 정도로 놀라웠다. “내 말은, 우린 이렇게 안 놀았잖아, 그렇지? 어렸을 때 말이야.” 내가 말했다.

“우린 그럴 필요가 없었지.” 언니가 까만 눈을 진지하게 뜨고 플래시 불빛에 얼굴이 하얗게 된 안젤라의 사진을 보며 말했다. “우리는 다 진짜 모델이었잖아.”

“그래. 근데 이렇게 놀이를 하는 게 더 재미있었을 것 같아. 부담도

덜 했을 거고." 내가 말했다.

그 말에 언니가 싸늘한 시선으로 나를 보는 게 느껴졌다. 언니를 빗댄 말로 받아들일 수도 있다는 걸 알아차렸지만 이미 늦은 뒤였다. 나한테 사납게 쏘아붙이거나 못된 말을 할 것 같았는데 언니는 잠자코 나한테 사진만 건네주었다. "흠, 재미있는지 없는지 우린 알 수가 없겠지." 언니가 말했다.

언니가 복도로 나서자 나는 사진을 내려다보았다. 깃털 목도리를 두른 말로리의 사진이 다시 맨 위로 올라와 있었다. "잘 자." 내가 말했다.

"그래." 언니가 나를 힐끔 보며 말했다. 불빛을 등에 지고 선 언니를 보는 순간 언니의 완벽한 광대뼈와 입술이 눈에 들어왔다. 어쩌다 눈에 띈 거였지만 놀라울 만큼 아름다웠다. "잘 자라, 애너벨."

나중에 침대에 누웠다가 나는 다시 사진을 들고 일어나 앉아 한 장 한 장 넘겨보았다. 그렇게 두 번 훑어본 다음 침대 밖으로 나와 책상 서랍을 뒤져 핀을 찾았다. 그리고 라디오 위에 있는 벽에 사진 세 장을 나란히 붙였다. 그럼 가끔 내 모습을 볼 수 있잖아요, 말로리가 한 말을 떠올리며 불을 껐다. 비스듬히 들어온 달빛이 사진을 비췄고, 나는 오래오래 그 사진을 바라보았다. 그러다가 얼핏 잠에 빠져드는 순간 나는 어두운 쪽으로 고개를 돌렸다.

12

일 년 만에 처음 떠난 휴가에서 푹 쉬고 손톱도 다듬고 원기를 회복한 엄마가 돌아왔다. 엄마가 새로 되찾은 힘을 나로서는 별로 생각하고 싶지 않지만 피할 수도 없는 '레이크뷰 모델 가을 패션쇼'에 쏟지만 않는다면 참 좋을 터였다.

"그럼 오늘은 콥프에서 옷을 입어보고, 내일은 리허설을 해야겠구나." 학교에 가려고 아침을 먹는데 엄마가 말했다. "그리고 금요일에는 최종 리허설이 있구나. 미용실은 목요일로 잡았고, 손톱 손질은 토요일 아침 일찍으로 예약했다. 알았지?"

최근 몇 달 동안은 일이 거의 없었을 뿐만 아니라, 주말을 혼자 자유롭게 보낸 직후라 엄마의 말이 반갑지 않았다. 아니, 괴로웠다. 하지만 아무 말도 하지 않았다. 한 주를 지내고 쇼에 참가하는 일이 두렵긴 했지만 그래도 그 뒤엔 기대할 게 있었다. 오언과 함께 벤도에 가기로 한 일 말이다.

"이번 주말에 떠오른 생각이 있는데, 콥프 사람들이 봄 캠페인에 참가할 모델을 선발하려고 한다는 소리가 있더라. 그래서 말인데 이번 쇼가 그 사람들한테 너를 직접 보여줄 좋은 기회인 것 같아, 안 그러니?"

그 말을 듣는 순간, 엄마에게 모델 일을 그만두고 싶다고 말해야 한다는 생각과 함께 두려움이 밀려왔다. 그런데 그때 오언과 담장에 앉아서 똑같은 상황을 두고 역할 놀이를 했던 기억이 떠올랐다. 그리고 겨우 놀이일 뿐인 데도 하고 싶은 말을 꺼내놓지 못했던 내 자신의 모습도. 엄마는 내 맞은편에서 커피를 홀짝이고 있었다. 나는 이때야말로 완벽한 순간이라는 걸 직감했다. 엄마의 스웨터가 바닥으로 떨어졌고 나는 그걸 주워 올릴 수 있었다. 그런데 롤리처럼 나는 얼어붙고 말았다. 아무 말도 할 수 없었다. 나는 나중에 하자고 스스로에게 말했다. 쇼가 끝난 뒤에. 그때는 말을 하자고.

내가 겨울 의상 쇼를 위해 무대 위를 걷는 동안, 커스틴 언니도 목적은 다르지만 관객들 앞에 설 예정이었다. 그 전날 언니가 마침내 약속했던 단편 작품을 이메일로 보냈다. 커스틴 언니는 언니의 생활에 관한 일은 무엇이든 다 지나칠 만큼 자세히 얘기하는 사람이었고 나는 언니의 그런 설명에 익숙했기 때문에 언니가 보낸 메시지를 받고는 좀 놀랐다.

'애너벨 안녕, 작품 보낸다. 네 의견을 말해 줘. 사랑을 담아서, 언니가.'

처음에는 나머지 내용이 더 있을 줄 알고 밑으로 쭉 훑어보았다. 전화했을 때 그토록 장황하게 설명했으니 편지도 똑같이 길게 쓸 줄 알았다. 하지만 그게 다였다.

'다운로드'를 누르자 화면 안에 파란색 정사각형들이 가득 떠올랐다. 다 됐을 때 나는 '재생'을 눌렀다.

첫 장면은 잔디밭이었다. 아름다운 푸른 잔디밭, 길 건너 골프 코스처럼 화학 약품으로 가꾼 것 같은 잔디밭이 화면을 가득 채우고 있었다. 그러고 나서 카메라가 뒤로, 뒤로 쭉 빠지더니 새파란 창문이 딸린 하얀 집 앞의 뜰에서 두 인물이 자전거를 타고 지나가는 광경이 희미하게 보였다.

화면이 뚝 끊기고, 갑자기 자전거를 타고 눈앞으로 달려오는 여자아이 둘과 맞닥뜨렸다. 하나는 금발에 열세 살쯤 된 아이였다. 그리고 갈색빛이 감도는 머리에 더 어리고 야윈 아이가 조금 뒤처져서 따라왔다.

앞에 오던 아이가 홱 뒤를 돌아보더니 페달을 빨리 밟아서 뒤에 오는 아이를 따돌렸다. 카메라는 그 아이가 페달을 밟는 모습이며 바람에 뒤로 날리는 머리카락, 그리고 이웃집 정경들을 이리저리 비추었다. 인도 위에 잠든 개 한 마리, 신문을 집어 드는 남자, 푸른, 짙푸른 하늘, 화단에 포물선을 그리며 물을 뿜어내는 스프링클러. 아이가 속도를 내면 낼수록 되풀이되는 풍경들도 빠르게 지나가다가 길 끝에 이르러서 새로운 장면으로 바뀌었다. 아이가 스르르 미끄러지다가 멈추고, 뒤를 돌아보았다. 저 멀리 뒤쪽으로, 길 한 가운데에 쓰러진 자전거 한 대가 보이고, 아직도 돌고 있는 한쪽 바퀴 옆에 작은 아이가 팔을 붙잡고 앉아 있었다.

다음은 금발 머리 아이가 작은 아이 곁에서 자전거를 멈추는 장면이었다. "왜 그래?" 금발 머리가 물었다.

어린아이가 머리를 저으며 말했다. “몰라.”

금발 머리가 자전거를 밀고 더 가까이 다가가서 말했다. “여기로 타.”

다음 장면엔 작은 아이가 팔을 붙든 채 핸들에 올라앉아 있고, 금발 머리가 거리를 달리고 있었다. 카메라는 다시 한번 두 아이와 이웃 풍경을 나눠서 보여주었다. 이웃의 풍경은 아까와 달라졌지만 말이다. 아이들이 지나가자 개는 귀청이 떨어져라 짖어대고, 신문을 집으려던 남자가 휘청하고, 하늘은 잿빛으로 변하고, 스프링클러는 쉿쉿 소리를 내며 자동차에 철썩철썩 물을 뿌려대다가 길 가장자리로 세찬 물줄기를 쏟아냈다. 같지만 달라진 풍경에 이어 멀리서 떠오르는 집도 달라 보였다. 금발 머리가 집 앞 샛길로 페달을 밟고 들어가자 카메라가 뒤로 죽 빠지더니 작은 아이가 핸들에서 내려와 팔을 꼭 움켜쥐는 모습에서 멈췄다. 두 아이는 자전거를 잔디밭에 팽개치고 집으로 들어가기 시작했다. 두 아이가 계단을 밟고 올라갔다. 문이 열렸다. 그렇지만 문 뒷편에 누가 있는지 보이지는 않았다. 두 아이가 집 안으로 사라지자 카메라가 아래쪽을 비추더니 잔디밭이 다시 화면을 가득 채웠다. 으스스하게 짙고 선명한 모조 잔디였다. 그걸로 영화는 끝이었다.

나는 잠시 그대로 앉아서 화면을 뚫어져라 보았다. 그리고 ‘재생’을 눌러서 다시 한번 보았다. 그리고 한 번 더. 나는 핸드폰으로 커스틴 언니의 번호를 누르는 순간까지도 그 의미를 제대로 파악할 수 없었다. 그런데 전화를 받은 언니는 작품은 좋았지만 이해 못 하겠다는 내 말에도 화를 내지 않았다. 대신 그게 바로 주된 요점이라고 말했다.

“뭐가, 혼란스러운 게 요점이라고?”

"아니. 의미가 확실한 작품이 아니라는 것. 보는 사람들이 각자 나름대로 해석하도록 의도한 거야." 언니가 말했다.

"아, 하지만 언니는 의미한 게 있을 거잖아, 그렇지?"

"그럼."

"그게 뭔데?"

언니가 한숨을 쉬었다. "나한테 주는 의미는 알고 있지. 그런데 너한테는 또 다른 의미가 될 거야. 있잖아, 영화는 개인적인 거야. 옳거나 그른 메시지는 없어. 다만 보는 사람이 어떤 것을 취할 것인지 그것만 있지."

나는 마지막 잔디밭 화면에서 정지시킨 화면을 다시 들여다보았다.

"흠, 알았어." 내가 말했다.

기분이 참으로 묘했다. 우리 언니, 뭐든 넘치도록 털어놓지 않고는 못 배기는 우리 언니가 나한테 또렷한 답을 주지 않다니 말이다. 언니가 설명을 참다니. 나는 다른 사람을 두고 뭔가 추측하는 일은 익숙하지만 커스틴 언니와는 아니었다. 그리고 언니에 대해 뭔가를 추측하는 일은 기분이 이상했다. 하지만 언니는 최근 몇 달 만에 가장 행복한 것 같은 목소리였다.

"네가 좋다고 하니까 정말 기쁘다. 그렇게 센 반응을 보여 주다니 말이야!" 언니가 웃음을 터뜨리며 말을 이었다. "토요일에 가족들 모두 너처럼 힘을 주면 좋겠다, 그럼 모든 게 다 잘될 거야."

잘될 거야 언니, 몇 분 뒤 전화를 끊으며 생각했다. 아직도 혼란스럽기는 마찬가지였다. 하지만 흥미롭다는 걸 인정할 수밖에 없었다. 나는 영화를 두 번이나 더 보며 한 장면 한 장면을 꼼꼼히 살폈다.

아빠가 다 늦어서야 부엌으로 들어오자 엄마는 부산을 떨며 맞았고, 나는 내 접시를 싱크대에 넣고 그 위로 수돗물을 틀었다. 앞에 있는 창문 너머로 휘트니 언니가 커피 한 잔과 함께 수영장 가에 앉아 있는 게 보였다. 여느 때 같으면 잘 시간인데, 언니는 요즘 일찍 일어났다. 근래 들어 언니한테 일어난 작은 변화 가운데 하나였다.

처음에 그 변화는 사소했지만 그래도 눈에 띄었다. 요즘 언니는 얼마간 사회생활을 하고 있었다. 며칠 전에는 모이라 벨 모임 사람들과 함께 밖에 나가서 커피를 마시고 왔다. 그리고 일주일에 며칠 되지는 않지만 아침에 아빠 사무실에서 임신으로 자리를 떠난 직원을 대신하여 전화 받는 일을 시작했다. 집에 있을 때에도 방에만 있는 게 아니라 바깥에 나와서 시간을 보낼 때가 있었다. 그런 일은 차츰차츰 진행됐다. 처음에는 항상 닫혀있던 언니 방문이 살짝 열리는가 싶더니 마침내는 활짝 열리는 날이 생겼다. 그리고 위층에 틀어박히는 대신 거실에 나와서 노는 모습이 보이기도 했다. 그리고 바로 전날에는 학교에서 돌아오니 언니가 식탁 위에 책을 몽땅 늘어놓고 공책에 뭔가를 쓰고 있었다.

너무 오랫동안 못 본 척해온 게 습관이 된 터라 나는 아직도 휘트니 언니에게 말을 걸기가 망설여졌다. 그런데 이번에는 언니가 먼저 입을 열었다.

"애너벨." 언니가 고개는 들지 않고 말했다. "엄마는 일 보러 가셨어. 너한테 4시 30분에 리허설 있는 거 잊지 말래."

"응." 내가 대답했다. 언니는 종이 위에 팔을 구부리고 슥슥 소리를 내며 펜을 놀렸다. 창가에는 언니가 심은 허브 화분이 햇빛을 가득 받고 있었다. 아직 싹이 틀 기미는 보이지 않았지만 말이다. “언니. 뭐 해?”

“이야기를 써야 해.”

“이야기? 무슨 이야기?”

“음, 두 가지야.” 언니가 펜을 내려놓고 손가락을 펴며 말했다. “하나는 내 인생 이야기. 그리고 다른 하나는 거식증에 대한 이야기지.”

그 말을 들으니 기분이 이상했는데 곧 그 이유를 깨달았다. 언니의 병이 일 년 가까이 우리 가족을 무겁게 짓누르고 있었지만 휘트니 언니가 스스로 자기 문제를 인정하고 입 밖으로 꺼낸 건 그때가 처음이었다. 숱한 일들이 그랬듯이 모두가 알고 있지만 터놓고 의논은 하지 않았고, 엄연히 실재하지만 공식적으로 다뤄지지는 않은 문제였다. 그런데 적어도 언니 말투로만 보면 이전부터 아무렇지 않게 늘 해온 얘기처럼 들렸다.

“그럼 두 개를 따로따로 써야 하는 거야?” 내가 물었다.

“그런가 봐. 모이라 씨에 의하면.” 치료사 이름을 들먹이며 한숨을 내쉬었지만 이번에는 언니 목소리가 짜증스러운 게 아니라 지친 쪽에 가깝게 들렸다. “그 둘 사이에는 어떤 분리된 틈이 있다나, 보이지 않는다고 해도 그런 게 있기 때문이래. 거식증에 걸리기 이전에도 삶은 있었으니까.”

나는 식탁 위로 가까이 다가가서 언니 곁에 쌓인 책을 훑어보았다. ‘눈길을 끌기 위해 굶기’라는 부제에 『거식증과 청소년』이라는 제목이 붙은 책이 들어왔다. 그 밑에는 비슷한 두께로 『공복통』이라는 책도 있었다. “그래서 이 책을 다 읽어야 되는 거야?”

“다 읽을 필요는 없어.” 언니가 다시 펜을 들며 말했다. “필요하면 글 쓸 때 사례로 이용하라는 거지. 하지만 개인사는 전부 내 머릿속에 있는 거잖아. 일 년 단위로 얘기를 쓰라더라.” 언니는 앞에 놓인 종이를 내려다보았다. 맨 위에 쓴 ‘11살’이 눈에 들어왔다. 그 밖에 다른 내용은 전혀 없었다.

“좀 이상하겠다. 일 년씩 일 년씩 뒤로 가면서 생각하는 게 말이야.” 내가 말했다.

“어려워. 생각했던 것보다 훨씬 어려워.” 언니는 팔꿈치 곁에 있던 책을 펼쳐서 주르륵 훑어보더니 다시 덮었다. “웬일인지, 별로 생각나는 게 없어.”

나는 비스듬히 쏟아지는 햇빛 아래 놓인 화분을 다시 한번 보았다. 창문 너머 길 건너에는 환하고 푸른 골프 코스가 펼쳐져 있었다.

“언니 팔이 부러졌잖아.” 내가 말했다.

“뭐?”

“언니가 열한 살 때 말이야. 언니 팔이 부러졌다고. 자전거 타다가 넘어져서. 생각나?”

잠시 동안 언니는 가만히 앉아만 있었다. “맞다.” 마침내 언니가 고개를 끄덕였다. “세상에. 그게 네 생일 직후 아니었니?”

“내 생일이었어. 케이크 자를 시간에 겨우 맞춰서 언니가 깁스를 하고 돌아왔잖아.”

“그걸 어떻게 잊어먹었지?” 언니는 고개를 가로저으며 종이를 보더니 펜을 들고 뚜껑을 열었다. 그리고 첫 줄을 채워나갔다. 나는 커스틴 언니가 만든 영화, 그리고 그 영화 때문에 언니의 팔이 부러진 사실을 기억하게 됐다고 얘기하려다가 입을 다물었다. 그 사이 언니는 세 줄이 넘게 쓰고 있었다. 나는 언니를 방해하고 싶지 않았다. 그래서 언니를 남겨두고 나왔다. 한 시간 뒤 다시 가 봤을 때 언니는 아직도 쓰고 있었고 이번에는 고개도 들지 않았다. 그저 쓰는 일에만 열중해 있었다.

이제 나는 싱크대에서 고개를 돌려 엄마를 건너다보았다. 나의 아홉 살 생일에, 외할머니가 돌아가시기 두어 달 전이던 그날 일어난 일에 대해서 내가 물으면 엄마는 어떤 걸 떠올릴지 궁금했다. 커스틴 언니처럼 푸르고 푸른 잔디밭일까. 나처럼 내 생일 파티를 떠올릴까. 아니면 휘트니 언니처럼 잠깐 동안은 아무 기억도 떠올리지 못할까. 단 한 가지 기억을 둘러싸고도 그렇게 많은 변형이 이루어지지만 그렇다고 해서 누구는 옳고 누구는 그르다고 할 수는 없었다. 다만, 모두가 하나의 조각을 간직하고 있을 뿐. 그 조각들을 맞춰서 하나로 연결하면, 그제야 제대로 된 이야기를 시작할 수 있을 터였다.

"타."

나는 한쪽 눈썹을 치켜뜨고 오언을 쳐다보았다. 그보다 조금 앞서서 나는 패션쇼 리허설 하나를 끝내고 콥프의 주차장으로 차를 가지러 가는 길이었는데 날카롭게 미끄러지는 소리와 함께 옆으로 차 한 대가 와서 멈췄다. 나는 하얀색 납치 차량이라도 나타난 건 아닌지 깜짝 놀라 고개를 들었다. 그런데 그 차는 오언이 모는 랜드크루저였다. 오언은 벌써 조수석 문까지 밀어 열고 있었다.

"납치하는 거야?" 내가 물었다.

오언은 고개를 가로저으며 한 손은 어서 타라고 흔들고 다른 한 손으로는 스테레오를 매만졌다. "농담 아니고, 너 진짜 이건 들어 봐야 해." 내가 느릿느릿 차에 오르자 오언이 말했다.

"오언." 나는 콘솔 위 버튼을 연신 누르는 오언을 보며 말했다. "나 여기 있는 거 어떻게 알았니?"

"몰랐어. 집에 가다가 저쪽 신호등 앞에서 섰는데 네가 보이더라. 이거 들어 봐."

오언은 음량을 높였다. 잠시 뒤 훽 하는 소리가 귀를 가득 채우더니 뒤이어 바이올린 소리에 섞인 전자음이 빠른 속도로 흘러나왔다. 보통 음량으로 들어도 마음이 어지러울 소리였다. 그런데 더 크게 들으니 째지는 듯한 그 소리에 머리카락이 다 곤두서는 느낌이었다.

"대단하지 않냐?" 오언이 씩 웃으며 말했다. 리듬에 맞춰서 고개를 끄덕거리면서 말이다. 내 마음속에서는 소리 하나하나가 가슴을 찌르고 화면 위에서 바늘이 날뛰는 심장병 검사 기계가 떠올랐다.

나는 소리를 지르다시피 큰 내 목소리에도 움찔하며 물었다. "이게 뭐야?"

"멜리스마* 라고 하는 거야." 베이스음이 쿵쿵, 의자를 흔들 만큼 울

* 성악곡에서 가사의 1음절에 많은 음표가 주어지는 장식적인 선율법. 그레고리안 성가를 비롯한 여러 나라의 민요에 멜리스마적인 선율이 많이 나타난다.

려대는 중에 오언이 소리쳤다. 옆 차에서 꼼지락거리는 어린아이를 카시트에 태우던 여자가 우리를 힐끔 보았다. "프로젝트 음악이야. 엄청나게 실력 좋은 현악기 주자의 연주에 전 세계의 다양한 소리를 합성하고 섞었는데 어디서 영향 받았냐면……"

그다음에 오언이 한 말은 갑작스럽게 터져 나온 맹렬한 드럼 소리에 묻혀 버렸다. 나는 오언의 입술만 바라보다가 북소리가 잦아든 다음에야 다시 들을 수 있었다. "……정말 여럿이 힘을 합쳐서 이 엄청난 음악을 만들어 낸 거야. 대단하지, 그렇지?"

뭐라고 대답할 사이도 없이 쾅, 하는 심벌즈 소리가 터지고 뒤이어 쉬잇, 거품 꺼지는 소리가 났다. 그걸 반사 작용이라고 하든, 자기 보호 본능이라고 하든, 아니면 그저 상식이라고 하든, 어쨌든 나는 더 이상 참을 수가 없었다. 나는 두 손으로 귀를 틀어막고 말았다.

눈을 휘둥그레 뜨는 오언을 보고서야 나는 내가 한 짓을 눈치챘다. 그런데 손을 내리자 귀청이 떨어져 나갈 것처럼 큰 소리로 좌우를 때리는가 싶더니 음악이 뚝 그쳤다. 그리고 그 소리에 비할 만한 어색한 정적이 뒤따랐다.

"방금 귀를 막은 거 아니지?" 마침내 오언이 낮은 목소리로 입을 열었다.

"그게 나도 모르게 그만……"

"심각하군." 오언은 고개를 절레절레 저으며 팔을 뻗어서 시디플레이어를 껐다. "일단 음악을 듣고 나서 반대 의견을 내야지. 근데 아예 듣지도 않고, 심지어 기회조차 주지도 않는 건……"

"기회는 줬어!"

"그걸 기회라고 하는 거야? 5초도 못 기다리고."

"내 생각은 충분히 결정하고도 남는 시간이었어."

"어떤 게 네 생각인데?"

"귀를 막았잖아. 어떤 의미인지 모르겠어?"

오언은 뭐라 말을 하려다가 멈추더니 머리를 흔들었다. 우리 옆 미니밴에 탄 여자가 차를 뒤로 뺐다. 나는 창밖으로 힐끔 그 여자를 보았다. "멜리스마는 혁신적이고 질감이 살아있는 음악이야." 잠시 뒤, 오언이 말했다.

"듣기 힘든 걸 질감이 살아있다고 표현한다면 그 말엔 동의한다." 내가 조용히 대꾸했다.

"그거 선언이야!" 오언이 나를 가리키며 말했다. 나는 어깨를 으쓱해 보였다. "어떻게 그런 소리를 하냐! 이건 악기와 기술의 완벽한 결합이란 말이야! 지금까지 그 무엇으로도, 그 누구도 이루지 못한 일이라고! 놀라운 소리란 말이야!"

"세차장에서 들으면 그럴 수도 있겠다." 나는 투덜투덜 중얼거렸다.

오언은 숨을 들이마시고 호통을 이어 나갈 기세더니 후, 소리와 함께 숨을 내쉬며 고개를 돌려 나를 보았다. "방금 뭐라고 했냐?"

귀를 틀어막은 것처럼 그 말도 미처 생각하기 전에 튀어나온 거였다. 오언에게 한 모든 말과 행동을 아플 만큼 생생히 자각하던 때가 있었다. 이제는 그렇지 않다는 건 좋거나 아주 나쁜 신호였다. 어이없고 불쾌한 표정이 뒤섞인 오언의 얼굴로 봐서는 이번엔 후자의 경우인 것 같았다. 적어도 바로 그 순간만큼은 말이다.

“뭐라고 했냐면…….” 나는 목청을 가다듬었다. “세차장에서 들으면 소리가 놀라울 수도 있겠다고 했어.”

나를 쳐다보는 오언의 시선을 느끼며 애꿎은 의자 가장자리만 잡아뜯었다. 오언이 다시 입을 열었다. “그게 무슨 뜻인데?”

“무슨 뜻인지 너도 알잖아.”

“난 진짜 모르겠어. 알려 줘 봐.” 설명을 듣겠다니 오언다운 일이었다.

“저기.” 나는 느릿느릿 말을 이었다. “있잖아, 모든 음악은 세차장 기계를 통과하면서 들으면 더 낫거든. 그건 그냥 사실이야. 알지?”

오언은 아무 말 없이 나를 보기만 했다.

“내 말은.” 나는 분명하게 얘기했다. “그 음악, 나는 별로라는 소리야. 미안해. 귀를 막지는 말았어야 하는데 내가 무례했어. 하지만 난 그냥……”

“어떤 세차장인데?”

“뭐?”

“음악적 가치가 결정되는 그 마법의 음악 감상 공간이 어딘데?”

나는 오언을 빤히 보았다. “오언.”

“농담 아니야 어딘지 알고 싶어.”

“특별한 세차장을 말하는 게 아니야. 세차 현상을 말하는 거지. 정말로 몰라서 그러는 거야?”

“몰라.” 오언이 대답했다. 그리고 후진 기어를 넣었다. “하지만 알게 되겠지. 지금 가보자.”

5분 뒤, 우리는 '123 세차장'으로 들어섰다. 차를 몰고 지나가면 자동으로 세차가 되는 곳인데 내 기억으로는 우리 동네 조금 아랫쪽이었다. 나는 그곳을 뻔질나게 드나들며 자랐다. 그 세차장을 좋아한 엄마 덕분이었다. 아빠는 늘 차를 정말로 깨끗하게 하려면 손세차를 해야 하고, 123 세차장은 돈과 시간만 버리는 곳이라고 했다. 실제로 아빠는 따뜻한 일요일이면 집 앞 샛길에서 손수 세차를 하는 날이 많았다. 하지만 엄마는 들은 척도 하지 않았다. "중요한 건 세차가 아니라 그 경험이라구요."

미리 계획을 세우고 간 날은 없었다. 대신 근처를 지나다가 엄마가 갑자기 세차장에 들어서면 언니들과 나는 앞다퉈서 차 바닥과 중앙 콘솔에 있는 잔돈을 그러모아 기계에 집어넣었다. 우리는 늘 왁스로 광을 내는 세차 말고 기본 세차를 선택했는데 가끔은 아모르 올 타이어 광택제를 주문하기도 했다. 그런 다음 우리는 창문을 모두 올리고 의자 깊숙이 앉아서 세차장 안으로 들어갔다.

세차장엔 뭔가 특별한 게 있었다. 차를 타고 어두운 세차 구역으로 들어가면 어마어마하게 거센 폭풍우가 퍼붓는 것처럼 갑자기 물줄기가 쏴아 쏟아졌다. 그 물줄기가 앞 범퍼와 트렁크를 때리고 창으로 흘러내리며, 온갖 꽃가루와 먼지를 씻어내 버렸다. 그 사이에 눈을 감으면 물줄기에 내 몸이 둥둥 떠내려가는 것만 같았다. 그리고 소곤소곤 얘기를 하면 이유 없이 무시무시하고 섬뜩해졌다. 그렇지만 그 무엇보다 오래 잊히지 않는 건 음악이었다.

차 안에는 언제나 엄마가 좋아하는 클래식 음악만 흘렀는데, 우리 자매는 그 음악이 지긋지긋해서 견딜 수 없었다. 평범한 라디오 음악이나 최소한 100년 이내에 발매된 음악을 틀어달라고 우리가 아무리 부탁해도 엄마는 들어주지 않았다. "운전하는 사람이 음악을 선택할 수 있는 거야." 엄마는 그렇게 말하고 브람스나 베토벤을 틀어서 우리들의 짜증 섞인 한숨 소리를 덮어 버렸다.

그런데 세차장에 가면 엄마의 음악이 다르게 들렸다. 아름다웠다. 나는 그 안에서만 두 눈을 감고 음악을 즐기며 엄마가 왜 날마다 그런 음악을 듣는지 이해했다.

마침내 면허증을 딴 뒤 내가 듣고 싶은 음악을 내 맘대로 듣는 즐거움은 정말 대단했다. 그렇지만 처음으로 혼자 123 세차장에 간 날에는 나는 즐거웠던 옛 추억을 떠올리며 라디오 다이얼을 이리저리 돌려서 클래식 음악을 찾았다. 그런데 차를 몰고 세차장 안으로 들어서는 순간 소리가 흐릿해지더니 튜너가 제멋대로 튀며 내 손으로는 선택해 본 적 없는 다른 방송으로 넘어가서 떠들썩하고 콧소리 나는 컨트리 음악을 내보냈다. 그런데 이상하게도 머리 위에서는 솔질을 하고, 창문으로 물줄기가 쏟아지고, 심지어는 흘러나오는 노래도 달빛을 받으며 낡은 구식 자동차를 운전한다는 내용인데 가만히 자리에 앉아 듣고 있자니 그 음악도 나무랄 데 없었다. 어떤 음악이 나와도 상관없는 것처럼, 어둠 속에 앉아서 열심히 그 소리를 들었다.

차를 타고 가는 길에 나는 오언에게 모두 얘기했다. 그 뒤로부터 세차장에서는 어떤 음악이든 다 듣기 좋다고 믿게 된 것까지. 하지만 오언은 미심쩍은 얼굴로 투입구에 동전을 밀어 넣었고 나는 이제 곧 내 이론이 틀렸다고 증명되는 건 아닐지 생각했다.

“이제 어떡하면 되는데?” 기계에서 영수증이 나오고 세차 구획 옆에 있는 빨간 등이 초록색으로 바뀌자 오언이 말했다. “그냥 차를 몰고 들어가면 돼?”

“이런 데 한 번도 안 와봤어?”

“난 단순히 차 외관 꾸미는 일에는 별로 관심이 없거든. 게다가, 내 차 지붕에는 구멍이 있을 수도 있어.”

내가 차를 앞으로 빼라고 하자 오언은 시키는 대로 했다. 낮은 턱을 넘어 노란 선 앞에 이르자 ‘여기서 멈추시오’라는 표시가 나타났다. 오언이 시동을 껐다. “자, 이제 감동받을 준비가 됐어.” 오언이 말했다.

나는 오언을 째려보며 말했다. “있잖아, 너는 오늘이 처음이니까 효과를 극대화하기 위해서 의자를 눕히는 게 좋겠다.”

“누우라고.”

“그래야 경험이 풍부해지지. 믿어봐.”

우리는 둘 다 의자를 젖히고 편안한 자세를 취했다. 오언의 팔이 내 팔에 와 닿는 순간, 나는 지난번 밤에 오언의 집에서 두 번씩이나 오언과 키스를 할 뻔했던 일을 떠올렸다. 뒤쪽에서 기계가 윙, 소리를 내며 작동하기 시작했고 나는 팔을 내밀어서 시디를 다시 틀었다. “좋아.” 머리 위에서 물줄기가 쏟아져 내리는 소리를 들으며 내가 말했다. “이제 시작이야.”

처음에는 물소리가 또닥또닥 나는가 싶더니, 앞 유리로 들이붓듯이 쏟아지기 시작했다. 머리 위에서 셔츠로 물방울이 떨어지자 오언이 자리에서 몸을 살짝 옮기며 말했다. “아, 이런, 지붕에 구멍이 났다니까.”

하지만 가벼운 잡음에 이어 현악기를 뜯는 소리가 흘러나오자 오언은 이내 조용해졌다. 윙윙거리는 기계 소리도 조금 들렸지만 머리 위로 쏟아지는 물소리와 함께 뒤쪽이 희미해지며 차 내부가 좁아지고 좁아져서 흔적도 없이 사라져버릴 것만 같았다. 커다란 솔이 차 쪽으로 가까워지는 소리가 나더니 구슬프고 감상적인 바이올린 선율과 뒤섞였다. 나는 시간이 점점 느려지다가 지금, 여기서 모든 게 멈춰버릴 거라는 걸 느낄 수 있었다.

나는 고개를 돌려서 오언을 보았다. 오언은 자리에 누워서 비누 묻은 솔이 앞 유리를 둥글게 닦아내는 모습을 뚫어지게 보고 있었다. 잠자코 들으며. 나도 눈을 감고 오언처럼 집중했다. 하지만 또다시 머릿속에 떠오르는 건 오언을 만나고 몇 주 만에 내 삶이 송두리째 바뀌었다는 생각뿐이었다. 이미 몇 번 그랬듯 나는 이 이야기를 하고 싶었다. 적절한 낱말을 찾아서 조화롭게 꿰면 소리가 완벽한 이 공간이야말로 최상의 기회가 되어 줄 터였다.

그 생각을 하며 오언 쪽으로 고개를 돌리고 눈을 떴다. 오언이 나를 똑바로 들여다보고 있었다.

“네 말이 맞다.” 오언이 낮게 깔린 목소리로 말했다. “여긴 정말 대단해. 진심으로.”

“그래, 그렇지.” 내가 말했다.

그때 오언이 내 쪽으로 가까이 다가왔고 나는 내 팔을 지그시 누르는 오언의 팔을 느꼈다. 살갗이 따뜻했다. 그리고 마침내, 오언이 나에게 키스를, 정말로 키스를 했다. 그 순간 내 귀에는 아무 소리도 들리지 않았다. 물소리도 음악 소리도 심지어는 쿵쿵 뛰고 있을 내 심장 소리도. 대신, 그저 정적이, 가장 감미로운 정적이, 영원처럼, 아니 짧은 한순간처럼 퍼져 나가다가 멈추었다.

갑자기 세차장 소리가 그치고 음악도 끝이 났다. 천장에 커다란 물방울이 우리 머리 위로 금세 떨어질 것처럼 위태롭게 맺혀있는 게 보였다. 내가 지켜보는 사이에 물방울이 툭 소리를 내며 내 팔 위로 떨어졌고 바로 그때 뒤에서 경적 소리가 울렸다.

"아이쿠." 오언이 외쳤다. 우리는 둘 다 벌떡 일어나 앉았다. 오언이 시동을 켜는 사이 나는 뒤를 힐끔 돌아보았다. 어떤 남자가 무스탕 차 안에서 창문을 올리고 안으로 들어올 차례를 기다리고 있었다. "잠시만요."

세차장 밖으로 나오자 밝은 햇살이 물웅덩이에 비쳐서 산산이 부서지고 엔진 뚜껑을 타고 미끄러졌다. 키스 그리고 어둠. 여전히 물줄기 아래 있는 느낌에 사로잡혀있던 나는 그 빛이 놀라웠다.

"와, 정말 뭔가 있더라." 오언이 방향지시등을 켜고 세차장 입구로 나가며 말했다.

"말했잖아. 모든 음악은 세차장에서 듣는 게 더 낫다니까."

"모든 음악이라, 흠."

그 말을 하며 오언이 나를 보았고 나는 아까 차 앞 유리를 뚫어져라 보며 주의 깊게 음악을 듣던 오언의 모습을 떠올렸다. 어쩌면 이따금 그 순간에 내가 했던 생각을 낱낱이 다 얘기할 수 있을 것 같았다. 아니 어쩌면 그보다 더 많은 걸.

"생각해 봤는데." 오언이 한 손으로 머리카락을 쓸어 넘기며 말했다. "그럼 테크노 음악도 가능할까?"

"아니." 나는 심드렁하게 받아넘겼다.

"확실해?"

"그럼, 자신 있어." 나는 고개를 끄덕이며 말했다.

오언이 한쪽 눈썹을 치켜올리며 나를 보았다. "그래, 흠." 차는 이제 세차장을 빠져나와서 다시 건물을 돌아나가기 시작했다. "두고 보자."

"들었니?"

패션쇼가 열리는 토요일 여섯 시, 나는 콥프의 임시 분장실에 앉아있었다. 머리와 화장을 마치고 의상을 입어서 매만지는 몇 시간 동안 내 주위에서 떠도는 말들을 무시하려고 애를 쓰는 중이었다. 대신 쇼를 마치고 내가 진심으로 마음을 쓰는 단 한 가지, 오언과 벤도에 가는 일에만 집중했다. 그럭저럭 잘 참아온 것 같았다. 지금까지는 말이다.

왼편을 보니 힐러리 프레스콧이 마르니라는 여자애 옆으로 막 앉는 모습이 들어왔다. 나처럼 그 아이들도 머리와 화장을 다 마친 터라 별다른 할 일 없이 그저 물이나 마시거나 거울을 힐끗거리며 잡담을 나누었다.

"듣다니 뭘?" 마르니가 물었다. 마르니는 얼굴이 길고 광대뼈가 튀어나온 마른 아이였다. 처음에 그 애를 보면서 나는 어딘지 모르게 휘트니 언니와 비슷하다는 느낌을 받았다. 그야 그 애는 아름답기보다는 예쁜 쪽에 더 가까웠지만 말이다.

힐러리는 양옆을 살피며 듣는 사람이 없는지 신경 썼다. "어젯밤 베카 더럼네 파티에서 무슨 일이 있었는지 알아?" 힐러리가 말했다.

"아니." 마르니가 입술의 글로스를 손가락으로 톡톡 두드리며 말했다. "무슨 일인데?"

힐러리가 마니 곁으로 가까이 몸을 기울였다. "있잖아, 듣기로는 난리도 아니었대. 루이스가 그러는데 파티가 한창일 때……"

힐러리가 거울을 보더니 갑자기 입을 꾹 다물었다. 에밀리 슈스터가 우리 쪽으로 걸어오고 있었다. 가슴에 팔짱을 끼고 머리는 살짝 숙인 에밀리 곁에는 그 아이 엄마도 함께였다. 힐끗 보기에도 에밀리의 모습은 엉망이었다. 얼굴은 퉁퉁 붓고 눈은 빨갛게 충혈됐는데 다크 서클까지 보였다.

힐러리, 마르니, 그리고 나는 에밀리가 엄마와 함께 맞은편에 있는 맥머티 선생 쪽으로 가는 걸 지켜보았다. 그리고 힐러리가 다시 입을 열었다. "쟤가 여기 나타나다니, 믿어지지가 않는다."

"왜? 무슨 일인데?" 마르니가 물었다.

내 문제도 아닌데 뭘, 나는 생각했다. 그리고 틈날 때 공부하려고 가지고 온 역사 공책으로 주의를 돌렸다. 그런데 머리카락이 뺨을 간질였다. 그래서 머리를 정리하려고 거울을 보는 바람에 힐러리 옆으로 몸이 살짝 기울어졌다.

"어젯밤에 쟤랑 윌 캐쉬랑 그렇고 그랬대 글쎄." 힐러리가 작은 목소리로, 그러나 그리 작지는 않게 말했다. "윌 캐쉬 차 안에서 말이야. 근데 그걸 소피가 봤대."

"말도 안 돼." 마르니가 눈을 휘둥그레 뜨며 말했다. "그거 정말이야?"

거울을 보고 있던 터라 그 말을 들은 내 표정이 어떻게 변하는지를 다 볼 수 있었다. 나는 눈을 깜빡이고, 입을 살짝 벌렸다 재빨리 닫고 시선을 돌려 버렸다.

"루이스는 안에 있어서 보지는 못하고 듣기만 했대. 근데 윌이 틀림없이 에밀리를 태우고 거기로 왔고 그걸 누군가 본 거야. 소피가 그 얘기를 듣고 뒤집어진 거지." 힐러리가 말했다.

마르니가 맥머티 선생과 얘기를 나누는 엄마 옆에서 뒤를 돌아 서 있는 에밀리를 힐끗 쳐다보았다. "어머, 세상에, 그래서 윌은 어떻게 했대?" 마르니가 말했다.

"나도 몰라. 루이스가 그러는데 안 그래도 소피가 요즘 의심하고 있었대. 윌 캐쉬만 나타나면 에밀리가 바보 같은 짓을 하면서 살살 꼬리를 쳤다는 거야."

바보 같은 짓이라니, 그냥 거북해한 건지도 모르지, 나는 생각했다. 강렬하면서도 단조로운 윌의 눈빛을 떠올렸다. 윌과 단둘이서 차에 앉아 소피를 기다리는 시간은 얼마나 느리게 흘러갔는지 모른다. 뒤에서는 사람들이 지나가고 다른 모델들이 얘기를 주고받고 여느 때와 다름없는 소음이 이어지고 있었다. 그렇지만 내 귀에는 온통 두 아이의 목소리만 들렸고 가슴은 쿵쿵 뛰었다.

"세상에, 소피가 안됐다." 마르니가 말했다.

"누가 아니래. 소피랑 에밀리는 제일 친한 친구였잖아." 힐러리가 한숨을 쉬며 말을 이었다. "세상에 믿을 사람 하나 없지."

나는 고개를 돌렸다. 아니나 다를까 둘 다 나를 보고 있었다. 내가 피하지 않고 둘을 쳐다보자 마르니는 얼굴을 붉히며 시선을 돌렸다. 하지만 힐러리는 한참 동안이나 나를 똑바로 보더니 의자를 뒤로 밀치고 일어나서 머리카락을 흔들어대며 저쪽으로 가버렸다. 마르니는 어색한 순간을 대신하려고 물병을 집어 들더니 일어나서 힐러리를 따라갔다.

나는 그 자리에 계속 앉아 방금 들은 말을 곱씹어보았다. 에밀리는 이제 맞은편 의자에 앉아 있었다. 곁에 있는 그 아이의 엄마는 심각한 얼굴로 무슨 얘기인지 하고 있었고 그 옆에 있는 맥머티 선생은 고개를 끄덕였다. 에밀리의 엄마가 딸의 어깨에 손을 얹었다. 그리고 이따금 어깨를 잡은 손에 힘을 꽉 주는 바람에 옷에 주름이 졌다가 다시 펴졌다.

나는 눈을 감고 목울대를 타고 올라오는 덩어리 같은 것을 꾹 삼켰다. '어젯밤에 윌 캐쉬랑 그렇고 그랬대. 소피가 뒤집어졌대. 소피랑 에밀리는 제일 친한 친구였잖아. 세상에 믿을 사람 하나 없지.'

그래, 믿을 사람 없지, 나는 생각했다. 지난 몇 달을, 조용히 지낸 여름을, 혼자 개학을 맞은 때를, 운동장에서 소피를 밀쳐버린 그 끔찍한 날을 떠올렸다. 그 가운데 어느 한 가지도 내 힘으로는 바꿀 수 없을 터였다. 그런데, 너무 늦었지만 몇 가지는 바꿀 수 있었는지도 모른다는 사실을 깨달았다. 아니 적어도 한 가지는.

나는 공부를 해 보려고도 했고, 곧 오언과 함께 보낼 시간을 그려보려고도 했다. 어떻게든, 단 한 순간이라도 마음을 딴 곳으로 돌려보려고 했지만 맞은편 거울 앞에 앉아있는 에밀리에게서 눈길이 떨어지지 않았다. 너무 늦게 온 탓에 에밀리 곁에는 미용사와 분장사가 같이 나란히 서서 바삐 작업하고 있었다. 곧 쇼가 시작될 시간이라 우리 둘 사이를 오가는 사람들의 목소리는 높고 행동은 분주했지만 에밀리는 눈길도 돌리지 않고 거울 속의 자신을 뚫어지게 보고 있었다.

분장실 바깥으로 나오라는 말에도 에밀리는 우리와 함께 같이 나가지 않았다. 대신 우리 모두 각자의 자리를 잡은 뒤에야 나타나 앞에서 두 번째에 섰다. 나와 에밀리 사이에는 세 사람이 서 있었다. 쇼핑센터 안내 책자 근처에 있는 디지털시계를 보니 6시 55분이었다. 아주 멀리 어딘가에선 커스틴 언니도 영화 상영 준비를 하고 있을 터였다. 나는 영화에 나오는 푸르고 푸른 잔디를 떠올렸는데 왜인지 갑자기 전처럼 완벽해 보이지 않았다.

보통, 행진을 시작하기 몇 분 전 그 시간이면 긴장이 최고조에 달하는 순간이었다. 내 앞에 있는 줄리아 라인하르트는 셔츠 자락을 여며 잡고 있었고 뒤에서는 새내기 모델 아이 하나가 신발이 너무 꼭 낀다며 불평하는 소리가 들렸다. 에밀리는 아무 말도 하지 않고 커튼 사이의 틈새만 보고 있었다.

크고 경쾌한, Z104풍의 음악이 시작되자 맥머티 선생이 기진맥진한 얼굴로 지시판을 들고 모퉁이를 돌아 나왔다. "1분 전!" 맥머티 선생이 말했다. 제일 앞에 선 졸업반 언니 하나가 머리카락을 뒤로 젖히며 어깨를 똑바로 폈다.

나는 손끝을 쫙 펴고 깊은숨을 들이마셨다. 이제 쇼핑센터 전체가 밝고 환한 기운에 휩싸일 터였다. 내가 할 일은 쇼를 마치고 밖으로 나가서 오언을 찾는 것이었다. 내가 있는 곳에서 내가 원하는 곳으로 이동하는 것.

음악이 잠깐 끊겼다가 다시 나왔다. 시작이었다. 맥머티 선생이 계단을 올라가서 서더니 커튼 자락을 젖히고 첫 번째 모델에게 행진을 시작하라는 손짓을 보냈다. 첫 번째 모델이 나갈 때 나는 관객들을 힐끔 보았다. 무대 양옆으로 수많은 사람들이 앉아 있고 그 뒤편에는 서서 구경하는 사람들도 있었다.

차례가 돌아오자 에밀리는 고개를 높이 치켜들고 허리를 꼿꼿이 편 채 무대 쪽으로 나갔다. 그 모습을 보며 나는 내가 밖에 있는 다른 사람들처럼 더도 덜도 말고 아름다운 옷을 입은 아름다운 여학생만 보는 다른 사람들처럼 에밀리를 볼 수 있기를 바랐다. 다시 한 명이 나가고 다음에는 에밀리가 무대 끝을 돌고 분장실 쪽으로 오는 시점에 맞춰서 줄리아가 나갔다. 그리고 내 차례였다.

커튼이 열리자, 맨 먼저 내 눈에 들어온 것은 저 멀리까지 뻗어있는 무대와 양쪽에서 구경하는 사람들의 흐릿한 얼굴이었다. 음악이 귀를 두드리는 가운데 나는 행진을 시작했다. 시선을 정면에 똑바로 두려고 애를 썼지만 그래도 이따금 관객들의 모습이 눈에 들어왔다. 왼쪽으로는 부모님이 보였는데 엄마는 환한 얼굴로 나를 보고 있었고 아빠는 한 팔로 엄마를 감싸고 있었다. 말로리 암스트롱도 파티에 왔던 빨간 머리 쌍둥이와 함께 맞은편 앞줄 가까운 곳에 앉아 있었다. 아주 잠깐 나와 눈이 마주치자 말로리는 엉덩이를 들썩이며 미친 듯이 손을 흔들었다.

나는 행진을 계속했다. 무대 끝에 이르렀을 때 휘트니 언니가 눈에 들어왔다.

언니는 뒷줄에 있는 관객석보다 15미터는 족히 더 뒤로 떨어진 비타민 가게 앞 화분에 몸을 기대고 서 있었다. 언니까지 올 줄은 정말 몰랐다. 하지만 나를 더 놀라게 한 건 언니의 표정, 내 기운이 다 빠져버릴 만큼 슬픈 언니의 표정이었다. 나와 눈이 마주치자 언니는 주머니에 두 손을 넣고 앞으로 걸어 나왔다. 잠깐이지만 나는 그런 언니를 가슴 아프게 바라보았다. 그리고 돌아서야 했다.

앞으로, 커튼이 있는 쪽으로 나아가자고 스스로를 다독이는데 울컥 목이 메었다. 나는 겪을 만큼 겪었다. 나는 나에게, 또 에밀리에게 일어났던 일과 일어나고 있는 일에 대해서 아무 생각도 하기 싫었다. 나를 다르게, 좋게 알고 있는 오언과 함께 담장에 앉아서 음악을 얘기하고 싶었다. 오로지 좋게만.

나는 이제 무대의 반을 걸었고 나머지 반이 남아 있었다. 네 번 더 옷을 갈아입고 네 번 더 걷고 피날레만 마치면 이제 끝날 거였다. 어쨌든 누군가를 구원하려고 하는 일은 아니었다. 특히 내 자신도 구원하지 못하는 처지에 말이다.

"애너벨 언니!" 나를 외쳐 부르는 소리에 왼쪽을 힐끗 보니 말로리가 활짝 웃는 얼굴로 사진기를 눈에 대고 셔터에 손가락을 가져가는 중이었다. 빨간 머리 쌍둥이가 손을 흔들었고 사람들의 시선이 일제히 쏠렸지만 플래시가 터지자 내 머릿속에 떠오르는 건 오로지 그날 밤 오언과 함께 말로리의 방에서 미처 내 사진도 알아보지 못한 채 벽에 붙은 사진 속의 얼굴들을 들여다보던 순간이었다.

다시 정면으로 시선을 돌리는데 에밀리가 커튼 뒤에서 걸어 나왔다. 에밀리를 보자 자기 영화를 보여주는 게 두려운 이유를 설명하는 커스틴 언니의 목소리가 떠올랐다.

'이건 개인적인 문제야.'

언니는 그렇게 말했다. 맞는 말이었다. 첫눈에 이렇다 저렇다 말을 할 수는 없겠지만, 이 순간도 그랬다. 겉에 드러난 건 가짜이고 진실은 안에 있었다. 말로 하기 전에 눈으로, 진실한 눈으로 보아야 했다.

이상한 건 가을 내내 학교에서, 리허설에서, 서로 스치고 지나갈 때 에밀리는 나와 눈을 마주치려 하지 않았다. 나를 아예 안 보고 싶어 하는 것 같았다. 그렇지만 서로 가까이 다가가는 그 순간에는 에밀리가 나를 보고 있으며 내가 머리를, 시선을 그쪽으로 돌리길 바라는 것처럼 느껴졌다. 나는 그 느낌을 떨쳐버리려고 있는 힘껏 싸웠다. 그렇지만 서로 스쳐 가는 그 순간 굴복하고 말았다.

에밀리는 알았다. 나는 딱 한 번의 마주침, 단 한 번의 시선, 찰나에 그친 순간으로 알 수 있었다. 에밀리의 눈이 말하고 있었다. 화장을 진하게 했지만 다크 서클과 고뇌, 그리고 슬픔이 깃든 눈은 감춰지지 않았다. 그 모든 게 익숙했다. 우리가 수많은 타인들 앞에 서 있다고 해서 달라지는 건 아무것도 없었다. 바로 그런 눈, 두렵고, 헛헛하고, 혼란스러운 눈으로 보낸 지난여름의 나를 돌아보았다. 어느 곳에 있더라도 알아볼 수 있는 눈이었다.

13

“소피!”

지난 6월, 매년 열리는 학기말 파티에 나는 지각했다. 안으로 들어선 순간 가장 먼저 들린 건 에밀리의 목소리였다.

현관이며 계단 할 것 없이 아이들로 꽉 차서 처음에는 어디 있는지 보이지 않았는데 잠시 뒤, 에밀리가 양손에 맥주를 들고 모퉁이를 돌아 나타났다. 그리고 나를 보고 미소 지으며 말했다. “여기 있었네. 왜 이렇게 늦게 왔어?”

나는 한 시간 전의 엄마 얼굴을 떠올렸다. 휘트니 언니가 의자를 뒤로 잡아 빼더니 식탁을 쾅, 치도록 미는 바람에 접시가 난장판이 되는 걸 보고 엄마는 눈을 휘둥그레 떴다. 이번에는 아빠가 휘트니 언니를 위해 특별히 접시에 담아준 닭가슴살 반쪽이 문제였다. 언니는 그걸 네 조각으로 자르더니, 여덟 조각, 다시 열여섯 조각을 내어 옆으로 밀어두고 샐러드를 먹기 시작했는데 양상추 조각 하나 씹는 데만도 몇 년은 걸리는 것 같았다. 부모님이랑 나는 안 보는 척, 아무것도 모르는 척 하며 우리 셋이 만만하게 나눌 수 있는 날씨 얘기를 계속했다. 얼마 뒤, 휘트니 언니가 냅킨으로 접시를 덮더니 마술사의 스카프처럼 음식을 감싸서 흔적 없이 사라지게 하려는 듯이 행동하는 와중에도 그랬다. 행운은 없었다. 아빠가 음식을 다 먹으라고 하자 언니가 폭발한 거였다.

병원에서 나온 뒤 몇 달 동안 저녁 시간에 펼쳐지는 언니의 신경질은 일상이 되어갔다. 그런데도 언니가 폭발하면서 내지르는 소리나 돌발 행동 앞에서 우리는 여전히 깜짝깜짝 놀랐다. 특히 엄마는 날카로운 말투, 던지고 부수는 소리들, 심지어 인신공격에 가까운 숱한 한숨 소리에 일일이 영향을 받았다. 그 때문에 저녁을 먹고도 한참 동안 설거지하는 엄마 곁을 떠날 수가 없었다. 나는 싱크대 앞, 창에 비친 엄마 얼굴을 찬찬히 살폈다. 엄마가 화가 나면 나는 언제나 그런 식으로 엄마를 살피며 내가 아는 엄마 얼굴과 다른 모습이 보이면 어쩌나 걱정했다.

"집에 일이 좀 있었어. 내가 뭐 놓친 거 있니?" 에밀리에게 말했다.

"별로. 소피 봤어?" 에밀리가 말했다.

고개를 들어서 우리 옆에 있는 아이들과 거실 안을 둘러보니 창가에 있는 조그만 의자에 싫증 난 얼굴로 앉아있는 소피가 눈에 들어왔다.

"저기 있네." 나는 에밀리에게서 맥주 한 잔을 받아 들고 아이들 무리를 헤치며 작은 의자로 갔다. "얘." 나는 시끄러운 티브이 소리 때문에 목청을 높여서 소피를 불렀다. "뭐 해?"

"아무것도." 소피가 심드렁한 목소리로 대답했다. 그리고 내 손에 든 맥주를 고갯짓으로 가리키며 물었다. "내 거야?"

"그럴 수도 있고." 소피가 인상을 찌푸리기에 나는 맥주를 건네주고 자리에 앉았다. 소피는 잔에 립스틱 자국을 남기며 맥주를 홀짝였다.

"어머 애너벨, 그 옷 진짜 마음에 든다. 새 거야?" 에밀리가 말했다.

"응. 완전 새 거야." 나는 전날 엄마랑 같이 토스카에 갔다가 찾아낸 분홍색 스웨이드 옷을 손으로 훑으며 말했다. 값이 비쌌지만 여름 내내 입을 만한 가치가 있다고 여겨 큰맘 먹고 산 거였다. "이번 주에 샀어."

소피가 큰 소리로 한숨을 내쉬며 머리를 흔들었다. "아무리 봐도 이건 최악의 종강 파티야."

"겨우 8시 30분밖에 안 됐어. 차츰 나아지겠지." 나는 주변을 둘러보며 말했다. 안락의자 근처에서 한 커플이 키스하고 있고 식당에서는 여럿이 식탁에 둘러앉아서 카드놀이를 하고 있었다. 바깥쪽 어디선가 음악 소리도 들려왔는데, 쿵쿵거리는 베이스음이 발밑을 울렸다.

소피가 다시 맥주를 벌컥벌컥 마셨다. "글쎄다. 올여름 내내 최악일 거라는 징조 같은데."

"그렇게 생각해?" 에밀리가 놀란 목소리로 말했다. "밖에 귀여운 대학생 오빠들이 있던데."

"너는 고등학생 파티에 놀러 나온 대학생 녀석들이랑 데이트가 하고 싶냐?"

"음, 잘 모르겠어."

"말했다시피 시시해."

왼쪽에서 시끄러운 소리가 터져 나오기에 고개를 돌려보니 아이들이 우르르 현관으로 몰려들어왔다. 체육 수업을 같이 들었던 여자애 하나와 얼굴을 모르는 남자애 둘, 그리고 맨 뒤에 있는 사람은 윌 캐쉬였다.

“봤어? 슬슬 재미있어지잖아.” 나는 소피에게 말했다. 그런데 소피는 흥미를 보이는 게 아니라 눈살을 찌푸렸다. 윌과 소피는 며칠 전에 옥신각신 다퉜지만 나는 늘 그랬듯 벌써 화해했으려니 생각했다. 그런데 아닌 모양이었다. 윌은 소피에게 고개만 한번 까딱해 보이고는 아이들을 따라서 부엌 쪽으로 가버렸다.

윌이 사라지자 소피는 뒤로 물러나 앉으며 다리를 꼬았다. “지겨워.” 소피가 내뱉었고, 이번에는 나도 별다른 대꾸를 하지 않았다.

나는 자리에서 일어나 소피에게 손을 내밀며 말했다. “가자, 가서 한 바퀴 돌고 오자.”

“싫어.” 소피가 심드렁하게 말했다. 에밀리는 일어서려다가 다시 주저앉았다.

“소피.”

소피는 고개를 가로저었다. “둘이 갔다 와. 가서 신나게 놀아라.”

“그럼 너는 계속 여기 앉아서 툴툴거릴 거야?”

“안 툴툴거려.” 소피가 싸늘한 목소리로 말했다. “그냥 앉아 있는 거야.”

“알았다. 난 맥주 한 잔 더 마실 건데. 너는?” 내가 말했다.

“됐어.” 소피가 식당을 보며 말했다. 윌이 식탁 끝에서 카드를 나눠주는 남자애와 얘기를 주고받는 모습이 보였다.

“나랑 같이 갈래?” 나는 에밀리에게 물었다. 에밀리는 고개를 끄덕이며 맥주잔을 탁자에 내려놓고 나를 따라나섰다.

"소피 재 괜찮은 거야?" 소피 귀에 안 들릴 만큼 걸어 나오자 에밀리가 물었다.

"괜찮아."

"화난 것 같은데. 너 오기 전에 나한테는 말도 안 붙였어."

"괜찮아질 거야. 너도 걔 알잖아."

우리는 부엌을 지나 맥주 통이 있는 입구로 나갔는데 우리보다 나이 많은 남학생 몇이 서성이고 있었다. "거기." 키가 크고 마른 사람이 담배를 피우다가 나를 보며 말했다. "내가 맥주 한 잔 따라줄게."

"괜찮아요." 나는 미소를 지어 보이고 잔에 맥주를 채우며 말했다.

"너희 잭슨 고등학교에 다녀?" 저만치 떨어진 곳에서 가슴에 팔짱을 끼고 서 있던 에밀리에게 다른 사람이 물었다. 에밀리는 고개를 끄덕이며 나를 보았다. "와, 신입생들이 갈수록 멋져지는데."

"우리 신입생 아니에요." 나는 대답하고 맥주 통에서 돌아 나왔다. 곱슬머리 남자가 내 앞에 서서 길을 막았다. "지나갈게요."

곱슬머리는 나를 잠깐 보더니 옆으로 비켜섰다. "깐깐하네, 응? 마음에 드는데." 지나가는 나에게 곱슬머리가 말했다.

나는 부엌으로 들어갔다. 에밀리가 문을 닫고 내 뒤를 따라왔다.

"내가 말한 대학생 오빠들은 저 사람들이 아니야." 에밀리가 조용히 말했다.

"알아. 파티마다 쫓아다니는 녀석들이거든."

우리는 소피에게 돌아가려고 했다. 그런데 사람들이 더 들이닥치는 바람에 통로가 혼잡하고 시끌벅적했다. 나는 어떻게든 길을 만들어 보려고 했지만 거실까지 나아가지 못하고 사람들 틈에 갇히고 말았다. 고개를 돌려서 에밀리를 찾았다. 그런데 보아하니 에밀리는 모델 일을 하면서 알게 된 헬레나라는 시끄러운 아이한테 붙들린 것 같았다. 헬레나가 에밀리 귀에 대고 뭐라고 큰 소리를 질러대고 있었다.

"좀 지나갈게요." 어떤 여자애가 불쑥 나타나서 내 팔꿈치를 툭 밀고 지나갔다. 축축한 느낌이 들어서 내려다보니 내 다리로 맥주가 흘러내리고 있었다. 그 여자애가 흘린 건지 내가 흘린 건지는 알 수 없었다. 갑자기 통로가 더 비좁아지면서 후끈후끈 더 더워지는 느낌이었다. 왼쪽이 좀 트여서 그쪽으로 빠져나가 계단 밑이 있는 조그만 공간으로 들어갔다. 그제야 숨통이 트이는 것 같았다.

나는 벽에 등을 기대고 여전히 복잡하게 지나다니는 사람들을 보며 맥주를 한 모금 마셨다. 다시 사람들 사이로 들어가려는 순간 윌 캐쉬가 다가왔다. 윌은 나를 힐끔 보더니 걸음을 멈추었다.

"너, 여기서 뭐 해?" 윌이 말했다. 남자애 둘이 윌을 스치고 지나갔다. 그 가운데 하나가 손을 들어 머리를 헝클어뜨리자 윌이 인상을 썼다.

"아무것도. 그냥……"

윌이 몸을 굽히고 내가 있는 곳으로 들어왔다. 계단 밑 공간은 조그만 탁자나 예술 작품 한 점이 겨우 들어갈 면적이라서 둘이 들어서기에는 꽤 비좁았다. 하지만 나는 어떻게든 왼쪽으로 붙어서 윌과의 간격을 유지하려고 애를 썼다.

"숨어있는 거야?" 윌이 말했다. 농담이라고 한 것 같은데, 그 말을 할 때조차 윌의 표정은 무심했다. 지극히 윌다운 행동이었다. 항상 알 수가 없었다. 적어도 나는 항상 헷갈렸다.

“바깥에…… 난리가 난 것 같아서. 음, 소피랑은 아직 못 만났어?”

윌은 그 심드렁한 눈으로 나를 보았고 나는 얼굴이 화끈거렸다. “아직. 너희들은 언제 왔어?”

“아, 나는 따로 왔어.” 대답하는 순간, 힐러리 프레스콧이 지나갔다. 지나다가 우리를 보자 걸음을 늦추고 힐끗 보더니 다시 모퉁이를 돌아 사라졌다. “나는…… 집에 일이 있어서 좀 늦었어.”

윌은 아무 말없이 나만 빤히 보았다.

“너도 알겠지만, 집안마다 사정이 다 있잖아.” 나는 맥주 한 모금을 마시며 말했다. 여자애들 한 무리가 큰 소리로 웃으며 지나갔다.

내가 왜 윌에게 그런 얘기를 하고 있는지, 내가 왜 윌 캐쉬 곁에서 머뭇거리고 있는지 이유를 알 수 없었다. 사람을 불편하게 만드는 윌 캐쉬의 어떤 면 때문에 나는 자꾸 주저하게 되고 또 그 때문에 필요 이상으로 이런 말 저런 말까지 하게 되는 거였다.

“아, 그렇지.” 윌이 또 심드렁한 목소리로 말했다.

얼굴이 또 화끈거렸다. “소피 만나러 가 봐야겠다. 그럼, 저기 나중에 또 보든지 하자.”

윌이 고개를 끄덕이며 말했다. “그래. 또 보자.”

나는 잠시도 망설이지 않고 혼잡한 사람들 사이로 들어섰다. 앞으로 나아가다가 지나가던 축구 선수에게 부딪쳤지만, 이내 그 사람 뒤를 따라서 부엌으로 갔다. 에밀리가 핸드폰을 귀에 바짝 댄 채 부엌 다용도 탁자에 몸을 기대고 서 있었다.

"어디 갔었어?" 에밀리가 핸드폰을 주머니에 집어넣으며 물었다.

"아무 데도. 가자." 내가 말했다.

거실로 돌아가 보니 소피는 아직도 의자에 앉아 있었지만 이제는 혼자가 아니었다. 윌이 곁에 있었는데 보아하니 둘이 다투는 중인 것 같았다. 소피가 얼굴을 찡그리고 뭐라고 말했지만 윌은 건성건성 들어 넘기며 여기 힐끔 저기 힐끔 딴청을 피웠다.

"지금은 안 끼어드는 게 좋겠다." 나는 에밀리에게 말했다. "이따가 다시 오자. 그건 그렇고 화장실 어디 있는지 아니?"

"저쪽에서 본 것 같은데. 가보자." 에밀리가 가까운 통로를 고개로 가리키며 말했다.

화장실이 있긴 있었지만 기다리는 줄이 길어서 우리는 행운을 바라며 이층에 가 보기로 했다. 긴 복도를 통과해 가는데 누군가 내 이름을 크게 외쳐 부르는 소리가 들렸다.

걸음을 멈추고 돌아보니 방금 지나온 문 근처에서 마이클 키친스와 닉 레스터가 당구를 치고 있었다. 둘 다 졸업반인데 우리는 한 학기 내내 골치 아픈 예술사 수업을 같이 들었다.

"봤지? 애너벨이라고 했잖아." 닉이 말했다.

"어떻게 알았냐. 나는 네가 헛것을 본 줄 알았는데." 공을 치려고 당구대에 몸을 굽힌 마이클이 말했다.

닉은 나를 보자 돌아서서 한쪽 손을 가슴에 얹으며 말했다. "아니, 애너벨이야. 애너벨, 애너벨, 애너벨 그린이라고."

"학기가 끝나면 이제 그렇게 안 부른다고 약속했죠? 생각 안 나요?"

내가 말했다. 닉은 졸업반 과제로 에드거 앨런 포를 연구하고 있었는데, '애너벨 리'를 비틀어서 내 이름을 그렇게 부르며 끊임없이 놀려댔다.

"생각 안 나." 닉이 씩 웃으며 말했다.

마이클이 막대를 치자 당구공들이 탁, 소리를 내며 흩어졌다. "닉은 취했어. 그러니까 알아서 조심해라." 마이클이 알려 주었다.

"나 안 취했어. 그냥 기분이 좋은 것뿐이야." 닉이 말했다.

"여기 화장실 어디 있어요? 우리 지금 화장실 찾아서 헤매고 있는데."

"저쪽에 있어." 마이클이 맞은편을 고갯짓으로 가리키며 말했다.

"이리 와." 내 말에 에밀리가 내 곁으로 다가왔다.

"닉 오빠랑, 마이클 오빠야." 나는 에밀리에게 맥주잔을 넘겨주며 말했다. "얘는 에밀리예요. 나 금방 올게, 알았지?"

에밀리가 살짝 긴장하는 빛으로 고개를 끄덕였다. "칠 줄 아니?" 마이클이 당구대를 가리키며 에밀리에게 물었다.

"조금요."

마이클은 벽 쪽으로 가서 에밀리에게 막대 하나를 가져다주었다. "아, 좋아. 말은 그렇게 하고 10초 안에 나를 이겨버리는 거 아냐?" 마이클이 말했다.

"고수다운 냄새가 풍기는데. 저런 사람들이 실력자지." 닉이 말하자 에밀리는 고개를 살래살래 흔들며 웃었다.

"살살 봐줘 가면서 쳐라. 부탁한다." 마이클이 에밀리에게 말했다.

2분쯤 지나 화장실에서 나와 보니 에밀리는 혼자서도 잘 버티고 있었다. 뿐만 아니라 마이클과 실없이 노는 재미에 빠져 있었고 마이클도 아까보다 즐거운 표정이었다. 나와 닉만 뒤로 빠졌는데 내 옆에 앉아 있던 닉이 할 얘기가 있다고 했다.

"있잖아." 닉이 맥주 한 모금을 마시고 말했다. "학기도 끝나고 했으니까, 네가 나를 어떻게 생각하는지 내가 알고 있다는 걸 너한테 알려주고 싶지 뭐냐."

"오빠에 대해서 어떻게 생각하다니?"

"야 임마." 마이클이 당구대 오른쪽 귀퉁이에서 소리쳤다. "후회하기 전에 입 다물지 그러냐."

"쉬이이." 닉이 팔을 내저으며 마이클에게 말했다. 그리고 다시 나에게 고개를 돌렸다. "애너벨." 닉이 심각한 목소리로 말했다. "나한테 홀딱 반해도 괜찮아."

"와, 진짜, 너 때문에 내가 못 살겠다." 마이클이 신음소리를 냈다.

"내 말은 그럴 수 있다는 거야." 내가 웃지 않자 닉은 말끝을 살짝 흐렸다. "난 졸업반이잖아. 너보다 나이가 많지. 네가 우러러볼 만하다는 건 다 이해해. 하지만……." 거기서 말을 멈추고 닉은 다시 맥주를 벌컥벌컥 들이켰다. "우리는 잘 안될 거야."

"아, 그래요. 지금 알아서 다행이네요." 내가 말했다.

닉이 내 손을 다독거리며 고개를 끄덕였다. "나도 기분은 참 좋지만, 네가 나를 얼마나 사랑하는지 그런 문제가 아니야. 난 너한테 그런 감정이 아니거든."

"가관이다." 마이클이 말하자, 에밀리가 웃음을 터뜨렸다.

"이해해요." 내가 닉에게 말했다.

"이해해?"

"완전히요."

그러면서도 닉은 아직 내 손을 토닥거리고 있었다. 아무래도 그러고 있다는 사실도 모르는 것 같았다. "좋아. 네가 그런 감정을 빨리 정리하고 우리 아주 좋은 친구로 지내면 좋겠다."

"저도요."

닉은 몸을 뒤로 젖히며 술병을 입에 대고 탈탈 털었다. 겨우 한 방울이 흘러나왔다. "비었네. 한 잔 더 해야지." 닉이 말했다.

"마시면 안 돼." 마이클은 말을 하다가, 에밀리가 공을 쳐서 마이클의 줄무늬 공 두 개를 집어넣자 움찔했다.

"물을 마시는 게 어때요? 안 그래도 물 가지러 가려던 참이었는데." 내가 말했다.

"물이라." 닉은 뜬금없는 딴 나라 말이라도 들은 것처럼 느릿느릿 되뇌었다. "좋았어. 네가 앞장서라."

"우리 금방 올게." 나는 자리에서 일어서며 에밀리에게 말했다. 닉도 비틀비틀 따라 일어났다. "뭐 필요한 거 있어?"

에밀리는 당구공을 치려고 숙이며 고개를 저었다. "난 괜찮아."

"너무 괜찮은 것 같네." 마이클이 다시 자기 공 두 개가 사라지는 걸 보며 말했다. "그럭저럭 친다더니 이게 뭐야."

닉과 함께 복도를 걸어가는데 닉이 마음이 바뀌었다고 말했다. "너무 피곤하다. 좀 쉬어야겠어." 닉은 침실 문 옆으로 털썩 주저앉으며 말했다.

"괜찮아요?"

"멀쩡해. 그럼, 넌 가서……."

"물 가져올게요."

"물…… 그리고 여기서 만나자. 알았지?" 닉은 벽에 등을 기대다가 머리를 쿵 찧었다. "바로 여기서 보자고."

나는 고개를 끄덕이고 계단으로 갔다. 가는 길에 잠깐 멈춰서 거실을 내려다보니 사람들이 더 많이 모여서 붐볐다. 의자에 있던 소피도 윌도 보이지 않기에 일이 잘 풀렸거나 아니면 더 나쁘게 꼬였나 보다고 생각했다.

나는 아래층에서 생수 두 병 찾은 다음 몇 사람과 잠깐 얘기를 나눴다. 다시 이층 복도로 가 보니 닉이 보이지 않았다. 다시 당구대가 있는 방으로 돌아간 것 같았다. 그래서 나도 그쪽으로 발길을 옮기는데 목소리가 들려왔다.

"애너벨."

작고 희미한 목소리였다. 오른쪽에 있는 침실 문이 살짝 열린 게 보였다. 닉이 방 안에서 고꾸라졌거나 심하면 토하고 있을지도 모른다는 생각이 들었다. 불쌍한 닉 오빠. 물병 하나를 뒷주머니에 꽂고 다른 병의 마개를 연 다음 문을 열고 안으로 들어섰다.

"오빠, 어디 있어요?" 내가 말했다.

문턱을 넘어서 어둠 속으로 발을 들여놓는데 뭔가 잘못된 것 같다는 예감이 들었다. 나를 둘러싼 방 안 공기 전체가 불길하게 다가왔다. 나는 뒤로 물러서며 문손잡이를 찾으려 했지만 잡히지 않고 벽만 만져졌다. “닉 오빠?” 내가 말했다.

그때 갑자기 내 왼쪽에서 뭔가 부딪쳤다. 가구도 아니고, 물건도 아니고, 살아있는 물체 같았다. 아니 사람이었다. 닉 오빠구나, 나는 중얼거렸다. 오빠가 취해서 그래. 하지만 그와 동시에 나는 재빨리 뒤로 손을 뻗어서 전등 스위치나 문손잡이를 찾아보았다. 마침내 손잡이가 잡혔다. 그런데 손잡이를 막 돌리는 순간, 내 팔목을 잡는 손길이 느껴졌다.

“오빠, 왜……?” 나는 짐짓 아무렇지도 않은 듯이 반응했지만 목소리가 떨리는 건 어쩔 수 없었다.

“쉬이이, 애너벨.” 목소리가 말했다. 그리고 한 손이 내 팔을 더듬고 다른 손으로는 내 어깨를 만졌다. “나야.”

닉이 아니었다. 목소리가 더 낮았고 혀가 꼬이지도 않았으며 발음은 더없이 또렷했다. 그걸 깨닫는 순간 나는 공포감에 휩싸여 손에 든 물병을 움켜쥐었다. 뚜껑이 튀어 나가고 갑자기 셔츠 속으로 차가운 물이 스며들었다. “하지 마.”

“쉬이이.” 다시 목소리가 나더니 내 몸에서 손을 떼었다. 그리고 이내 내 눈을 막았다.

나는 빠져나가려고 몸을 홱 비틀었다. 반이나 흘러버린 물병이 손에서 미끄러지더니 둔탁한 소리를 내며 카펫 바닥으로 떨어졌다. 그리고 알 수 없는 손이 내 어깨를 꽉 움켜쥐었다. 그 손아귀에서 빠져 나와 문 쪽으로 가려고 몸부림을 쳤지만, 텅 빈 허공만 손에 잡혔다. 내가 닿을 수 없게, 벽이 뒤로 물러난 것만 같았다. 아무것도 만져지는 게 없었다.

그 남자가 팔뚝으로 내 목을 휘감아서 자기 쪽으로 잡아당기는 순간 숨이 컥 막혔다. 두 발이 들리면서 나는 허공에 대고 발버둥을 쳤다. 그 바람에 문을 한 번 쾅, 걷어찼지만 그 남자는 몇 걸음 더 뒤쪽으로 나를 끌고 갔다. 그리고 다른 손이 내 셔츠를 젖히더니 배를 지나 청바지 속으로 들어왔다.

"하지 마." 내가 입을 열었지만 그 남자가 뜨끈하고 땀 냄새가 나는 팔로 내 입을 틀어막았다. 그리고 날카로운 손가락이 속옷을 밀어내며 더 깊이 파고들었다. 귓가에서 거친 숨소리가 들렸다. 나는 어떻게든 빠져나가려고 몸부림쳤지만 남자의 손가락은 집요하게 꿈틀대다가 급기야 내 몸 안까지 들어왔다.

남자의 팔뚝을 세게 물어뜯었다. 남자가 외마디 소리를 지르며 입을 틀어막았던 팔을 빼고 나를 앞으로 밀었다. 발이 바닥에 닿자 나는 방향을 알아내려고 벽을 찾아서 팔을 뻗었다. 내 손이 간신히 단단한 표면에 닿았다 싶은 순간 남자가 내 바지춤을 그러쥐고 내 몸을 홱 돌려세웠다. 나는 본능적으로 두 손을 앞으로 내밀며 방어하려고 했지만 남자가 거칠게 밀어붙이는 바람에 넘어지고 말았다.

순식간에, 믿을 수 없을 만큼 빠른 동작으로 남자가 나를 덮치더니 한 손으로 청바지 지퍼를 더듬어 열었다. 등에 깔린 양탄자의 까칠까칠한 감촉을 느끼며 남자를 밀어내려고 안간힘을 썼다. 축축한 스웨이드 천 냄새가 훅 끼치며 남자가 한 손으로 내 가슴을 바닥에 짓누르고 다른 손으로 내 바지를 벗겨 내리기 시작했다. 나는 팔꿈치로 바닥을 밀어내며 몸을 일으켜 보려고 갖은 애를 썼지만 움직일 수가 없었다.

지퍼가 내려가는 소리가 들렸고 남자는 다시 내 몸을 짓눌렀다. 나는 온몸의 힘을 쥐어짜서 남자의 어깨를 밀어내려고 몸부림을 쳤다. 그렇지만 나를 내리 덮친 남자는 너무 무거웠다. 남자가 내 한쪽 다리를 들어 올리는 순간 남자의 몸이 내 다리에 닿았고 나는 온 힘을 다해 필사적으로 몸을 비틀었다. 그때 뭔가가 눈에 들어왔다. 가는 빛줄기 하나가 비스듬히 새어 들어온 거다.

암흑을 꿰찌르는 실 한 가닥 같은 그 빛을 통해 주근깨가 박힌 남자의 등을 살짝 볼 수 있었다. 내 몸을 가로지른 남자의 팔뚝 위에 난 샛노란 털도 보였다. 아주 작은 어두운 핑크빛 스웨이드 천 조각도. 그리고 내 몸에서 떨어져 나가기 직전 남자의 눈, 빛줄기가 넓어지면서 동공이 크게 열렸다가 다시 좁아지는 파란 눈을 보았다. 다음 순간 남자는 다급하게 두 발을 그러모았다.

나는 펄떡펄떡 뛰는 가슴으로 일어나 앉아 바지를 올렸다. 그리고 어쩐지 그 순간 이 세상에서 가장 중요한 일이라도 하는 것처럼 집중해서 지퍼를 닫을 수 있었다. 그때 머리 위로 불이 환하게 켜졌고 거기 내 눈앞에 소피가 보였다.

소피는 먼저 나를 보았다. 그리고 고개를 돌려서 윌 캐쉬를, 이제 내 뒤에 있는 침대에 걸터앉아 있는 윌 캐쉬를 보았다. "윌? 여기서 뭐 하는 거야?" 소피가 물었다. 높고 딱딱한 목소리로.

윌이었군, 나는 생각했다. 내 입을 틀어막은 윌의 팔과 내 눈을 가린

두 손, 그리고 그보다 앞서 계단 밑 공간에서 내 옆에 바짝 다가서 있던 모습이 떠올랐다. 윌이었다.

“나도 몰라.” 윌은 어깨를 으쓱하더니 한 손으로 제 머리카락을 쓸었다. “쟤가 그냥…….”

소피는 한참 동안이나 윌을 노려보았다. 소피의 등 뒤에서 웃음소리가 들렸고, 나는 에밀리와 마이클이 아직도 당구를 치고 있다는 걸 알았다. 아직도 나를 기다리고 있다는 걸.

소피가 나에게 고개를 돌리며 말했다. “애너벨?” 그리고 한 손으로는 아직 문손잡이를 잡은 채 방 안으로 발을 내디뎠다. “여기서 뭐하는 거야?”

나는 내 자신이 산산이, 하나도 남김없이 조각조각 부서져 버린 느낌이었다. 나는 몸을 일으킨 다음 위로 말려 올라간 옷을 아래로 끌어내렸다. “아무것도.” 그 한 마디를 하는데 숨이 컥 막혔다. 나는 그 숨을 꿀꺽 삼키려 애를 썼다. “난……”

소피가 다시 윌을 노려보았고, 나는 누가 입을 틀어막은 것도 아닌데 말을 멈추었다. 윌도 소피를 노려봤다. 주춤하는 기색도 없었다. 전혀. “누가 이 일에 대해서 설명을 좀 해 보시지. 당장.”

하지만 나도 윌도 입을 열지 않았다. 나중에 이 일이 두고두고 놀라웠는데 그 순간 나는 당사자가 아닌 것처럼, 누군가 다른 사람이 나타나 사건을 설명해 주기를 기다리고 있었다. 꿀 먹은 벙어리처럼.

“윌? 뭐라고 말을 해 봐.” 소피가 말했다.

“그게, 너를 기다리고 있는데, 쟤가 여기로 오더니…….” 윌은 말끝을 흐리며, 고개를 흔들었다. 그렇지만 두 눈은 똑바로 소피를 보고 있었다. "나도 모르겠다."

소피가 눈길을 나에게 돌렸고 우리는 잠시 서로 쳐다보기만 했다. 나는 무엇이 잘못됐는지 소피가 알 거라고 생각했다. 내 입으로 설명할 필요는 느끼지 못했다. 나는 숱한 밤을 소피와 함께 차를 몰고 찾아 헤맨 다른 여자애들과 같은 부류가 아니었다. 우리는 가장 친한 친구였다. 나는 철석같이 그걸 믿었다. 그때는.

소피가 입을 오므렸다. 나는 꾹 다문 소피의 입술을 보았다. "이 창녀야." 소피가 말했다.

생각해 보면 어리석기 짝이 없는 순간이었다. 그렇지만 정말로, 나는 내가 뭘 잘못 들었다고 생각했다. "뭐라고?"

"넌 더러운 창녀라고." 소피의 목소리가 높아졌다. 아직도 떨렸지만 힘이 들어간 목소리였다. "믿을 수가 없다."

"소피, 잠깐만. 아니야……"

"아니긴 뭐가 아닌데?" 소피의 뒤로 그림자들이, 복도 맞은편 벽을 가로지르며 드리운 그림자들이 보였다. 사람들이 모여드는군, 나는 생각했다. 사람들이 다 듣고 있었다. 듣고 알게 될 터였다. "파티에 와서 내 남자 친구랑 자고도 내가 모를 줄 알았냐?"

입이 벌어졌지만 한 마디도 나오지 않았다. 멍하니 그 자리에 선 채 소피를 노려봤다. 그때 소피의 뒤로 눈을 휘둥그레 뜬 에밀리가 모습을 드러냈다. "애너벨, 무슨 일이야?" 에밀리가 물었다.

"무슨 일이긴, 네 친구가 창녀라는 소리지."

"아니야, 그렇지 않아."

"내 눈으로 봤어!" 소피가 소리를 질렀다. 뒤에 서 있던 에밀리가 뒤로 주춤주춤 물러섰다. 소피가 나에게 손가락질하며 외쳤다. "넌 언제나 내가 가진 걸 갖고 싶어 하지! 늘 나를 질투했잖아!"

온몸에서 힘이 빠져나갔다. 소피가 내지르는 소리가 너무 커서 뼈마디가 다 흔들리는 것 같았다. 너무나 혼란스럽고 두려웠지만 그 일련의 일을 겪으면서도 어떻게 그랬는지 모르지만 눈물은 보이지 않았는데 이제 목울대를 타고 울컥 치미는 감정을 느꼈다.

소피가 문을 밀어젖히고 성큼성큼 내 앞으로 다가온 순간 방 안이 오그라든 것처럼 보이더니 윌도, 에밀리도, 그 밖에 다른 사람들도 모두 눈앞에서 사라져 버렸다. 오로지 폭발할 것 같은 분노로 일그러진 소피의 미간과 삿대질을 해대는 손가락만 남아있었다.

"넌 완전히 끝났어. 끝장이라고." 소피가 떨리는 목소리로 소리쳤다.

"소피." 나는 고개를 가로저으며 말했다. "제발. 이건……"

"내 눈앞에서 꺼져! 꺼지라고!" 소피가 말했다. 그리고 그 말이 끝나자마자 다시 모든 게 시야에 들어왔다. 복도에는 우글우글 사람들이 모여 있었다. 옆 눈에 비친 윌 캐쉬는 아직도 침대에 앉아 있었다. 발밑에는 바다 거품처럼 푸른 양탄자가 있고 머리 위에서는 노란 전깃불 빛이 빛났다. 바로 전까지 그 모든 것들이 짙은 암흑에 덮여 있었다는 게, 너무 어두워서 그 무엇도 알아볼 수 없었다는 게 도무지 믿기지 않았다. 그런데 이제 나처럼 다 모습을 드러낸 거였다.

소피는 아직도 내 눈앞에 서 있었다. 사방이 조용했다. 내가 입을 열어서 말을 하면 그 정적이 깨진다는 건 알고 있었다. 윌에 맞서서 그리고 이제는 소피에 맞서서 말을 할 수 있는 사람은 나밖에 없었다. 그렇지만 나는 그렇게 하지 않았다.

대신 나는 그 방에서 나왔고 사람들이 일제히 나를 보았다. 소피 옆을 돌아서 복도로 나간 다음 계단에 이르기까지 나를 보는 사람들의 시선이 고스란히 느껴졌다. 현관에 이르러서 문을 열고 어둠 속으로 걸어 나가 축축한 잔디를 밟으며 내 차로 갔다. 나는 그 모든 과정을 아주 조심스럽고 의식적으로 행했는데 어쩐지 그렇게 하면 이제까지 있었던 일과 균형을 잡을 수 있을 것 같아서였다.

그렇지만 집으로 돌아가는 길에 딱 한 가지, 하지 못한 일이 있는데 내 모습을 보는 거였다. 사이드미러도 보지 않았고, 룸미러도 보지 않았다. 신호등 앞에 멈출 때도 기어를 낮출 때도, 오로지 내 차 앞 범퍼 너머 먼 곳에 있는 건물, 심지어는 도로의 황색 중앙선에만 시선을 고정시켰다. 그때의 내 모습이 보기 싫었다.

집에 들어가니 언제나 그렇듯 아빠만 혼자 나를 기다리고 있었다. 나는 티브이에서 깜박깜박 희미하게 새어 나오는 불빛을 보며 안으로 들어갔다.

“애너벨?” 아빠는 티브이 소리를 조금씩 줄이다가 아예 소리가 안 나게 만들었다. “왔니?”

현관에 잠시 서서 얼굴을 안 보여 주면 아빠가 의아해할 거라는 생각을 했다. 손을 들어서 손가락으로 뒷머리를 빗은 다음 숨을 한번 들이쉬고 거실로 들어갔다. “네, 저예요.”

아빠가 의자에서 몸을 돌려 나를 보았다. "재미있었니?"

"네 괜찮았어요."

"지금 아주 좋은 방송 하는데, 뉴딜 정책에 관한 거야. 볼래?" 아빠가 턱으로 티브이를 가리키며 말했다.

다른 날 같았으면 같이 봤을 것이다. 아주 잠깐 앉아 있다가 일어날 때도 있지만 그게 우리의 전통이니까. 하지만 그날은 그럴 수가 없었다.

"아뇨, 좀 피곤해서요. 아무래도 가서 자야겠어요."

"그래, 잘 자라 애너벨." 아빠가 다시 티브이로 고개를 돌리며 말했다.

"안녕히 주무세요."

아빠는 리모컨을 집어 들었고 나는 돌아서서 다시 현관으로 갔다. 문 위에 있는 창으로 스민 비스듬한 달빛이 나와 엄마 그리고 언니들이랑 찍은 사진을 비추었다. 환한 달빛 아래 사진이 섬세하게 드러났다. 먼 파도와 하늘에 물든 희미한 회색조까지. 나는 그 앞에 서서, 커스틴 언니의 웃음, 휘트니 언니의 멍한 응시, 한쪽으로 비스듬히 고개를 기울인 엄마의 모습을 찬찬히 뜯어보았다. 그리고 내 얼굴, 주변과 확연히 대비될 만큼 밝게 찍힌 사진 속의 나를 모르는 사람 보듯 뚫어져라 들여다보았다. 마치 수만 번 읽은 책 속의 낱말 하나가 갑자기 낯설고 이상하고 이질감을 불러일으켜서 두려움이 느껴지는 순간처럼. 그래서 뭔지는 모르지만 뭔가를 잃어버린 느낌이 드는 순간처럼.

이튿날, 나는 소피에게 전화해 보았지만 받지 않았다. 소피의 집으로 가서 스스로 설명해야 한다는 건 알고 있었지만 그러려고 할 때마다 그 방과 내 입을 틀어막았던 손, 문을 걷어찼던 내 발길질이 떠올라서 움직일 수가 없었다. 사실 그때 일어난 일을 생각할 때마다 배가 뒤틀리고 목으로 쓴물이 솟구쳐 올랐다. 나를 대신해서 몸의 한 부분이 뭔가를 밀어 올려 밖으로 내보냄으로써 온몸을 깨끗이 청소하려고 안간힘을 쓰는 것처럼.

어느 쪽으로도 마땅히 택할 길은 없었다. 나는 이미 창녀라는 꼬리표가 붙었고 시간이 갈수록 소문이 얼마나 부풀어 오를지 알 수 없었다. 그렇지만 실제로 내가 당한 일은 소피가 날조하고 퍼뜨릴 소문보다 훨씬 더 나쁜 거였다.

마음으로는 내가 잘못한 게 하나도 없다는 걸 알고 있었다. 그건 내 잘못이 아니었고, 완벽한 세상에선 무슨 일이 있었는지 사람들에게 털어놓을 수 있고, 부끄러워할 일도 아니었다. 그런데 현실은 그렇게 하기 힘들었다. 나는 다른 사람의 이목을 끄는 데 익숙한 사람이었다. 그게 내 생활의 일부였고 내가 기억하는 한 언제나 그런 사람이었다. 그런데 내가 겪은 일을 사람들이 알게 되면 나를 다르게 볼 게 틀림없었다. 이제 사람들은 나를 보는 게 아니라 나한테 일어난 지독하고 치욕스럽고 비밀스러운 일, 낱낱이 파헤쳐진 그 일을 볼 것이었다. 그렇게 되면 나는 모든 걸 다 가진 여학생이 아니라 너무나 무기력하게 공격받고 폭행당한 여자애로 변할 것이다. 따라서 그 일을 심판하는 사람은 나 혼자로 두고 입을 다무는 게 더 안전할 것 같았다.

그래도 내가 내린 그 결정이 과연 옳았는지 의심을 하게 되는 때가 있었다. 그러나 날이 갈수록 내 이야기를 할 수 있다고 해도 이미 늦었다는 느낌이 들었다. 그날로부터 멀어지면 멀어질수록 내 말을 믿으려고 하는 사람이 줄어드는 것 같았다.

그래서 나는 아무 말도 하지 않았다. 하지만 두어 주 뒤, 살 게 있어서 엄마와 약국에 들렀는데 엄마가 말했다. "쟤 소피 아니니?"

소피였다. 소피가 통로 맞은편에 앉아서 잡지를 보고 있었다. 소피가 코를 찡그리며 잡지를 들여다보고 있었다. "네, 그런 것 같네요." 내가 대답했다.

"그럼 가서 인사해라. 이건 내가 고르고 있을 테니까." 엄마가 내가 갖고 있던 물품 목록을 가져가며 말했다. "그리고 요 앞에서 보자, 알았지?" 엄마는 바구니를 높이 치켜들고 저쪽으로 가 버렸고 나와 소피만 남았다.

그냥 엄마를 따라갔어야 했다. 그런데 무슨 까닭인지 나도 모르게 보던 잡지를 막 선반 위에 올려놓는 소피의 등 뒤로 다가갔다. 잡지 표지는 온통 최근 연예인들의 이별 소식으로 채워져 있었다. "안녕." 내가 말했다.

소피는 뛸 듯이 놀라며 고개를 돌렸다. 그리고 나를 보더니 인상을 찌푸렸다. "뭔데?"

딱히 할 말을 준비한 건 아니었지만 준비했다고 해도 그 상황에서는 꺼내기 힘들었을 것이다. "있잖아." 나는 아스피린 진열대를 살피는 엄마를 힐끔 건너다보며 말을 이었다. "내가 하고 싶은 말은……."

"나한테 말 걸지 마." 소피가 말했다. 내 목소리보다 훨씬 큰 목소리로 말이다. "너랑 할 얘기 없어."

"소피." 내가 입을 열었다. 거의 소곤거리다시피 목소리를 낮추면서.

"네가 생각하는 거랑은 달라."

"아, 그럼 이제 점쟁이라도 되셨나, 창녀가 아니라?"

그 말에 얼굴을 붉히며 나는 엄마가 들었으면 어쩌나 싶은 마음으로 저쪽을 쳐다보았다. 엄마가 얼굴을 들어서 우리를 보며 싱긋 웃더니 그 옆에 있는 진열대로 옮겨갔다.

"애너벨, 무슨 문제라도 있어?" 소피가 말했다. "내가 맞춰 볼게. 집안마다 다 있는 사정이지?"

나는 어리둥절해서 소피를 보았다. 그제야 생각이 났다. 그날 밤 계단 밑 공간에서 내가 윌에게 한 말이었다. 아직까지도 그 말을 한 까닭을 모르겠지만 말이다. 따져볼 것도 없이 윌은 내가 한 말을 이용해서 나를 비난하는 우스꽝스러운 자백을 했을 터였다. 내가 자신을 믿고 비밀을 털어놓더니 이층으로 쫓아왔다고 장황하게 늘어놓았을 윌의 모습이 훤히 그려졌다. '나도 모르겠다.' 그날 밤, 사건에 대해서 설명하기를 기다리는 내 앞에서 윌은 그렇게 말했다. '재가 그냥…….'

'여자 친구가 있는 남자, 특히나 나를 여자 친구로 둔 남자를 알고 있다면 그 남자랑 같이 오해받을 만한 행동을 할 이유가 단 하나도 없다는 걸 알아야 해.' 몇 달 전, 소피는 나에게 그렇게 말했다. '애너벨, 그건 선택이야. 누구든지 만약에 나쁜 쪽을 선택했다면 그 결과에 대한 책임은 오로지 그걸 선택한 쪽에서 져야 한다는 소리야.'

소피에게 그 문제는 간단했다. 나를 왜곡하고 날조한 사실이라는 걸 알면서도 조각을 하나하나 맞추다 보니 불현듯 의혹과 두려움이 일었다. 내가 가장 우려했던 일이 현실로 드러나는 두려움이었다. 설사 내가 당시에, 또는 그 뒤에라도 털어놓고 얘기했다 한들, 나를 믿어주는 사람이 있었을까? 아니면, 그보다 더 나아가 심지어 그 일을 내 탓으로 돌리고 비난하는 경우는 없었을까?

속이 뒤틀리며, 이제는 익숙한 쓴맛이 입안에 가득 들어찼다.

소피가 엄마 쪽으로 힐끗 고개를 돌리더니 잠시 엄마를 바라보았다. 그날 밤 휘트니 언니가 의자를 밀어서 테이블을 쾅 하고 치자 움찔하고 놀라던 엄마 얼굴이 스쳐 갔다. 그날 밤에도, 수많은 다른 밤에도 나는 엄마를 걱정했고 내 일이 알려져서 엄마가 힘들어하는 모습은 상상할 수도 없었다.

"소피, 있잖아……." 나는 다시 입을 열었다.

"내 앞에서 꺼져." 소피가 말했다. "다시는 네 꼴도 보기 싫어."

그러더니 소피는 나를 밀치고 머리를 내저으며 가버렸다. 어떻게든 걸음을 옮겨 원래 있던 곳으로 돌아가는 내 눈앞으로 진열 선반들이 희미하게 스치고 지나갔다. 옆구리에 아기를 안은 여자와 보행기를 밀고 가는 할아버지, 포스기를 살피는 점원이 보이고 그다음으로 마침내 우리 엄마가, 선크림 진열대 옆에서 나를 보는 엄마가 나타났다.

"여기 있었구나. 소피는 어떠니?" 내가 다가가자 엄마가 물었다.

나는 호흡을 가다듬었다. "좋아요. 잘 지낸대요."

소피를 두고 엄마한테 거짓말을 한 건 그때가 처음이었고 그 거짓말은 당연히 마지막이 되지 않았다. 그래도 나는 그날 밤의 치욕과 두려움은 시간이 지나면 모두 희미해지고, 한때 깊이 베인 상처도 흉터를 알아보기 힘들만큼 치유될 거라고 믿었다. 하지만 그런 일은 일어나지 않았다. 대신 그날의 아주 사소한 기억들이 점점 더 강렬해지면서 가슴에 묵직한 무게로 얹혔다. 무엇보다 끝까지 떨쳐 내지 못한 건 어두운 방 안으로 들어서서 맞닥뜨렸던 일과 불이 환히 켜지면서 악몽이 현실이 된 순간의 기억이었다.

그게 문제였다. 빛과 어둠 사이의 차이가 전에는 분명했다. 하나는 좋고 하나는 나쁜 것. 그런데 이제는 그렇게 분명하지 않았다. 암흑은 여전히 비밀스러우면서 뭔가 숨기고 있는 것 같아 어쩐지 두려웠지만, 나는 이제 빛 또한 두려웠다. 빛 아래선 모든 게 낱낱이 드러날 것 같았다. 눈을 감으면 깜깜한 암흑 속에서 오직 한 가지, 가장 깊숙한 내 비밀들이 떠올랐다. 눈을 뜨면 이 비밀을 모르는 세상이, 피할 수 없이 환한 세상이 그 자리에 있었다.

14

"아, 왔구나." 오언이 고개를 돌려서 나를 보며 웃었다.

나는 벤도의 무대 앞에 서 있었다. 어떻게 왔는지는 기억이 잘 나지 않았다. 사실 에밀리와 결국 얼굴을 마주한 뒤로는 모든 게 흐릿하기만 했다.

어쨌든 나는 세 번 더 옷을 갈아입고 행진하는 것으로 그럭저럭 패션쇼를 마치고 맥머티 선생이 무대 위에서 여느 해와 다름없이 꽃다발을 받으며 깜짝 놀라고 쩔쩔매는 척하는 동안 박수를 쳤다. 그다음에는 부모님이 기다리는 무대 뒤편으로 갔다.

엄마는 나를 꼭 끌어안고 등을 부드럽게 쓸어 주었다. "너 정말 환상적이더라. 정말 멋졌어." 엄마가 말했다.

"그 드레스는 깊이 파인 게 좀 그렇더라만." 아빠가 마지막 행진 때 입은 하얀색 원피스에 눈길을 주며 덧붙였다. "당신은 안 그랬소?"

"아뇨." 엄마가 포옹을 풀고 아빠를 찰싹 치며 말했다. "완벽했어. 넌 완벽했다고.”

나는 억지웃음을 지어 보였지만 마음은 여전히 어지러웠다. 무대 뒤편은 모여든 사람들 때문에 무척 시끄럽고 소란스러웠지만 나는 오로지 에밀리만 생각하고 있었다. ‘걔도 알아.’ 엄마가 맥머티 선생을 붙잡고 뭔가 얘기를 하는 동안 나는 생각했다. ‘걔도 안다고.’

나는 팔을 들어 흘러내린 머리카락을 귀 뒤로 넘겼다. 신경이 팽팽한 느낌에 마음은 어지럽고 몰려든 사람들이 내뿜는 후끈한 열기 때문에 괴로운데 엄마가 다시 입을 열었다.

“……너무 멋지지만 우린 그만 집에 가야 해. 휘트니가 저녁 차린다고 했는데 벌써 10분이나 늦었거든.”

“언니가요?” 내가 되묻는데 아빠는 지나가다가 양복 차림의 아저씨를 불러 끄덕이며 인사를 나누었다. “언니 여기 안 왔어요?”

엄마가 내 어깨를 꼭 붙들며 말했다. “그래, 아가, 언니도 꼭 와야 할 자린데 아직은 힘든가 봐. 그래서…… 언니가 집에 있고 싶다고 하더라. 하지만 우리는 네가 정말 자랑스러웠어. 너무 멋지더라.”

에밀리 일을 겪고 나서 혼란스럽기는 했지만 한 가지는 알고 있었다. 언니가 왔었고 무대 끝으로 행진하는 나를 멀리서 지켜보았다는 것 말이다. 내 인생을 걸고 말할 수 있었다.

내 팔을 잡는 손길에 고개를 돌려 보니 맥머티 선생이 보였다. 옆에는 양복을 입은 키가 큰 백발의 남자가 서 있었다. “애너벨.” 맥머티 선생이 빙그레 웃으며 입을 열었다. “이분은 드리스콜 씨란다. 콥프의 마케팅 부서를 총괄하는 분인데 너한테 인사를 하고 싶다고 하시는구나.”

“안녕하세요, 뵙게 돼서 반갑습니다.” 내가 인사했다.

“나도 반가워요.” 아저씨가 대답하며 손을 내밀었다. 손바닥은 건조하고 차가웠다. “우린 학생을 엄청나게 좋아하는 팬이에요. 개학 광고는 정말 좋았지.”

“고맙습니다.”

“쇼도 대단했어요.” 아저씨는 웃는 얼굴로 엄마 아빠에게도 인사했다. 그런 다음 아저씨와 맥머티 선생은 혼잡한 사람들을 비집고 자리를 떴다. 두 사람을 보고 있던 엄마가 홍조를 띠며 말했다.

“어머, 애너벨.” 엄마는 또 내 팔을 꼭 움켜쥐었다. 이어지는 말은 없었지만 나는 충분히 알아들었다. 너무나 분명하고 또렷하게.

바로 그때, 엄마의 등 뒤로 외투를 팔에 걸친 채 무대 뒤편 가장자리에 서 있는 에밀리의 엄마가 눈에 띄었다. 에밀리의 엄마는 시계를 보더니 걱정스러운 얼굴로 주변을 둘러보았다. 잠시 뒤 에밀리가 다가오자 안도하는 얼굴로 바뀌었다. 에밀리는 아직도 머리를 올린 채 화장도 안 지우고 평상복으로 갈아입은 모습이었는데 지나가면서 마주치는 사람들과 아무 얘기도 나누지 않았다.

“음, 옷 갈아입어야겠어요. 이 신발은 발이 너무 아파요.” 나는 부모님에게 말했다.

엄마는 고개를 끄덕이더니, 몸을 기울여서 다시 뽀뽀를 해 주었다. “그래야지.” 엄마가 말하는데 드리스콜 아저씨가 휙 스쳐 지나갔다. 이번에는 맥머티 선생 없이 혼자였다. 엄마가 아저씨를 보다가 입을 열었다. “너 먹을 건 따로 챙겨놓으마, 알았지?”

"저기, 실은, 친구들이랑 나가서 피자 먹기로 했어요. 쇼가 끝난 걸 축하하기로 했거든요." 내가 말했다.

"아, 그래, 난 네가 기운이 다 빠진 줄 알았더니. 그럼 나가서 너무 오래 있지는 마라. 알았지?"

나는 고개를 끄덕이며 저 멀리서 에밀리의 엄마가 어두운 얼굴로 딸에게 외투를 건네주고 입는 것까지 지켜보는 모습을 살폈다. 에밀리의 엄마는 손을 살짝 내려서 딸의 팔을 잡고는 가볍게 쓰다듬어 주었다. 그리고 둘은 쇼핑센터 출구로 걸어갔다. 나는 다시 엄마에게 눈길을 돌렸다. "너무 늦지 않을게요."

"늦어도 11시까지는 들어와라. 알았지?" 아빠가 나를 껴안아 주며 말했다.

"네."

옷을 갈아입는 동안 그리고 차를 타고 동네를 가로지르는 동안 나는 에밀리와 있었던 일은 마음에서 떨쳐버려야 한다고 스스로에게 말했다. 그리고 벤도에 가서 벤도를 마음껏 즐기자고 다짐했다. 아니면 그렇게 노력이라도 해 보자고.

바로 지금부터.

"아, 내가 놓친 게 있어?" 오언이 다시 무대로 눈길을 돌리자 내가 말했다.

"별로." 오언이 대답하는 순간 뒤에서 누가 나를 떠밀었다. 내가 팔을 뻗으며 앞으로 휘청거리자 오언이 얼른 잡아 주었다. "와, 조심해. 다들 완전히 정신 나간 것 같다." 오언이 말했다. 앞에 있는 무대에서 삐, 하는 마이크 소리가 터져 나오면 우리 왼쪽에 있는 사람들이 목청을 높여서 마음껏 야유를 퍼부었다. 오언이 고개를 숙이고 내 귓가에 말했다.

"패션쇼는 어땠어?"

오언에게 거짓말을 하고 싶지는 않았다. 하지만 한편으로는 일어난 일을 이 자리에서 이 순간에 바로 털어놓지는 못할 거라는 걸 알고 있었다. 어쩌면 영영. "끝났지 뭐." 기계적이고, 사실적인 대답이었다.

"잘 된 거지?" 오언이 말하는 순간, 스팽글이 잔뜩 달린 상의를 입은 키 큰 여자가 우리를 밀치고 지나가며 들고 있던 잔의 술을 튀겼다.

"꽤." 나는 싱긋 웃으며 대답했다.

"그럼, 이제 걱정하지 마. 공연이 시작되면 이 밤이 훨씬 더 좋아질 테니까."

"그래?"

"그럼."

그때 까만 외투 차림에 핸드폰을 귀에 대고 지나가던 남자가 오언과 세게 부딪쳤다. 오언이 힐끗 보자, 남자는 어깨를 으쓱하며 아무렇지도 않다는 듯 가던 길을 계속 갔다. "좋아. 잠깐 쉬고 오자. 이리 와봐."

오언이 몸을 돌려서 군중을 비집고 나가기 시작했다. 나는 부지런히 오언을 쫓아서 벽 근처에 칸막이를 쳐 놓은 공간으로 갔다.

"앉아." 오언이 들어가라는 몸짓을 하며 말했다. "시야는 별로 안 좋지만, 여기 있으면 사람들이 팔꿈치로 치고 지나가지는 않을 거야."

누군가 악기를 조율하는 소리에 이어 삐, 하는 마이크 소리가 들렸다. “개막 연주를 맡은 밴드야. 삼십 분 전에 시작했어야 하는데……” 오언이 무대 쪽을 고개로 가리키며 말했다.

그때 어디선가 느닷없이 나타난 롤리가 오언 옆으로 와서 털썩 주저앉는 바람에 얘기가 끊기고 말았다. “와, 세상에.” 롤리는 숨을 헐떡이며 말했다.

“왔군.” 오언이 롤리를 보며 말했다. “대체 어디 있었냐? 납치라도 당한 건가 슬슬 걱정했잖아.”

“아니야. 무슨 일이 있었는지 들어도 못 믿을걸.” 롤리가 대답했다.

“30분 전에 뭐 좀 마신다고 나갔거든.” 오언이 나한테 설명했다. “사람들이 엄청 많긴 하지만 그래도 30분은 심했잖아. 그리고 내 물은?”

롤리는 고개를 절레절레 저었다. “야, 그 여자가 여기 있단 말이야.”

“뭐?”

롤리는 숨을 들이쉬더니, 손바닥을 바깥으로 내밀었다. “그 여자가 여기 있다고.” 롤리가 되풀이했다. 그리고 호흡을 가다듬고 나서 덧붙였다. “그 여자가 여기 왔고, 나를 보고 웃었어.”

“30분 동안이나?” 오언이 물었다.

“아니. 아주 잠깐.”

“너를 주먹으로 친 애 말이야?” 나는 확실히 하기 위해서 그렇게 물었다.

“응.”

“그렇다고 내 물을 안 가져오다니.” 오언이 말했다.

“잠깐만 그 물 얘기 좀 멈춰줄래?” 롤리가 손으로 머리카락을 쓸어 넘기며 말했다. “넌 이 상황의 중요성을 잘 모르는 것 같다.”

“그래서 말은 걸어 봤고?”

“아니, 지금부터 다 얘기해 줄게.” 롤리는 숨을 깊이 들이마셨다. “매점에 가는 길이었는데 걔가 거기 있는 거야. 와! 무슨 유령처럼 펑, 하고 내 앞에 나타난 거지. 근데 내가 말을 붙여 보려는 순간 누가 우리 둘 사이에 끼어들었어. 그다음엔 정신을 차려 보니 걔는 저만치 가 버렸고 사람들 사이에 묻혀 있었지. 그때부터 그 자리를 빙빙 돌면서 완벽한 기회가 생기기를 기다렸어. 정말 완벽해야만 하니까.”

“걔한테 물 한잔하자고 하지 그랬냐? 그럼 걔랑 물 마시면서 내 것도 가져올 수 있잖아.” 오언이 말했다.

롤리는 오언을 빤히 보았다. “너 물이랑 무슨 원수졌냐?”

“목마르단 말이야. 내가 간다고 했더니 네가 갖다준다고 했잖아. 그것도 부득부득.”

“그래, 갖다줄게! 하지만 그 전에 너만 괜찮다면 말이다. 나는 가능한 한 가장 이상적인 방식으로 내 운명을 만나고 싶어.”

무대에서 또다시 마이크 소음이 터져 나왔다. 오언이 한숨을 내쉬었다. “야, 아무래도 넌 그 이상적인 순간이라는 것부터 잊어야 할 것 같다.” 오언이 말했다.

롤리가 오언을 빤히 보았다. “무슨 말인지 모르겠어.”

“너는 다시 걔를 만나려고 한참이나 기다렸어. 안 그래? 도대체 그 완벽한 순간이 오기까지 또 얼마나 걸릴지 누가 알 수 있겠어. 그러니까 그냥 말 걸어. 그게…….”

갑자기 롤리가 눈을 크게 떴다. "아 이런, 저기 있다."

오언이 고개를 내밀고 칸막이 바깥을 엿보았다. "어디?"

"보자 마! 세상에!" 롤리가 오언을 잡아당기며 말했다.

오언은 롤리가 움켜쥔 소맷자락을 내려다보았다. 롤리는 그제야 손을 놓았다. "알았어. 걔는 지금 문 옆에 서 있어. 빨간 옷 입고."

오언은 칸막이 너머를 다시 한번 살피더니 내 뒤도 힐끗 돌아본 다음 자리에 앉았다. "맞네, 저기 있네, 이제 어쩔 거야?" 오언이 말했다.

"그러니까. 끼어들 핑계가 필요한데."

그때쯤 되자 나도 궁금해서 참을 수 없었다. "내가 진짜 잠깐 공연장을 둘러보는 척할게, 괜찮지?" 나는 롤리에게 말했다.

롤리가 고개를 끄덕이자 오언이 롤리를 째려보았다. "얘는 여자잖아. 그냥 봐도 된다고." 롤리가 설명했다.

처음에는 메탈리카 셔츠를 입은 덩치 큰 남자에 가려서 아무것도 보이지 않았다. 그런데 그 남자가 옆으로 살짝 움직이자 그 뒤에 있던 여자애 모습이 드러났다. 윤기 흐르는 까만 머리에 레트로풍의 동그란 안경을 쓰고, 빨간 스웨터와 청바지에 비즈로 엮인 가방을 길게 늘어뜨려 메고 있었다. 하지만 나는 이 모든 걸 살필 필요가 없었다. 한눈에 보고 누구인지 알았으니까.

"잠깐, 쟤…… 클라크인데?" 나는 고개를 돌리며 롤리에게 말했다.

롤리는 잠시 나를 쳐다보기만 했다. 그러더니 탁자 위로 납작 몸을 낮추면서 나를 잡아당기는 바람에 놀라서 뒤로 물러나다가 나는 뒤에 있는 칸막이에 머리를 찧고 말았다. "그게 쟤 이름이니?" 롤리가 물었다. 내 앞에 얼굴을 바짝 들이대면서 말이다. "클라크라고?"

나는 조심스럽게 고개를 끄덕였다. "응…… 맞아."

롤리는 다시 나를 뚫어져라 보더니 천천히 몸을 일으켜 똑바로 앉았다. "걔 이름이구나. 클라크라고. 클라크……." 롤리가 말끝을 흐리며 다시 나를 보았다.

"레이놀즈." 내가 말했다.

"클라크 레이놀즈." 롤리가 중얼거렸다. "와." 롤리는 황홀해서 어쩔 줄 모르는 표정을 지었다. 그러다가 갑자기 눈을 크게 뜨고 손가락으로 딱 소리를 냈다. "바로 그거야! 기회 말이야. 너."

"나?"

롤리는 힘차게 고개를 끄덕였다. "너가 재를 알잖아."

"아니, 몰라." 나는 재빨리 대답했다.

"재 이름을 알고 있잖아." 롤리가 지적했다.

"한때는 친구였지. 근데……."

"친구였다고? 이건 완벽한데!"

"아니라니까." 나는 고개를 저으며 말했다.

"네가 가서 재랑 말을 하는 거야. 그럼 내가 그쪽으로 갈 테니까 나를 소개시켜 줘. 자연스럽게. 완벽해!"

"롤리, 농담 아니야. 난 너한테 클라크를 소개시킬 처지가 아니란 말이야."

"애너벨." 롤리는 다시 탁자에 납작 몸을 붙이고 두 손을 내밀었다. "애너벨, 애너벨, 애너벨 그린."

쉬이이이, 애너벨. 나야.

갑자기 목 뒤로 소름이 쫙 끼쳤다.

"제발, 내 말 좀 들어 봐." 롤리가 말했다.

나는 오언을 쳐다봤지만 고개만 저었다. 내가 오른손을 앞으로 내밀자 롤리가 덥석 잡았다.

"저 여자애는 내 운명이야." 롤리가 엄숙한 표정으로 말했다. 롤리의 손이 뜨거웠다.

"야, 애너벨 무섭겠다." 오언이 말했다.

"롤리, 사실은……."

"부탁이야 애너벨." 이제는 나머지 손마저 움켜쥐는 바람에 나는 꼼짝없이 붙들리고 말았다. "제발, 소개만 시켜줘. 부탁은 그것밖에 없어. 딱 한 번이면 돼. 딱 한 번만 기회를 줘."

롤리와 클라크 사이에 무슨 일이 생기든 안 생기든, 롤리가 나를 '완벽한 기회'로 여기면 안 되는 진짜 이유를 말해야 한다는 걸 알고 있었다. 롤리가 알 권리가 있기 때문이기도 했지만, 그때까지 나는 오언을 항상 진실하게 대해왔기 때문이다. 이 이야기를 숨긴다면 나는 그날 밤에 벌써 두 번째로 오언이 생각하는 정직한 사람이 아니게 되는 거였다. 내가 그토록 노력해왔는데.

동시에 롤리의 간절한 얼굴을 보고 있으니 마음이 흔들렸다. 어느 날 밤 내가 했던, 혹은 하지 않았던 일이 갑자기 크게 부각되면서 이 기회가 어쩌면 그 시간을 만회해 줄 작은 기회가 될 것 같기도 했다. 내 힘으로 과거를 바로잡거나 에밀리에게 있었던 일을 바꿀 수는 없지만 지금은 어쩌면 누군가의 미래에 도움 줄 수 있겠다는 생각이 들었다.

“좋아. 하지만 경고는 했다. 잘 안될지도 몰라.” 내가 말했다.

롤리는 얼굴을 환하게 빛내면서 오언에게 앞길을 비키라고 재촉하는 몸짓을 했다. “난 매점 옆에 가 있다가 네가 그 친구랑 만날 때까지 기다릴게. 그다음에 우연인 것처럼 지나갈 테니까 날 소개해 주면 돼. 알았지?” 롤리가 말했다.

나는 고개를 끄덕였다. 나는 해 보겠다고 나선 걸 벌써 후회하고 있었지만 롤리는 그 사실을 눈치채기라도 한 것처럼 그야말로 쏜살같이 튀어 나가 버렸고, 그 바람에 나는 마음을 바꿀 수도 없었다.

“너 정말 내켜서 하는 거야?” 내가 일어서자 오언이 물었다.

“아니.” 나는 이제 여러 사람과 어울려서 테이블에 앉은 클라크를 힐끔거리며 대답했다. “금방 올게.”

돌아서는 순간 오언이 내 팔을 잡으며 물었다. “너, 괜찮은 거야?”

“뭐가? 왜?” 내가 되물었다.

“모르겠다.” 오언이 손을 내리고 나를 보며 말했다. “어쩐지 네가…… 모르겠어. 네가 아닌 것 같아. 정말 괜찮아?”

나는 잘 숨기고 있다고 생각했다. 그렇지만 말로리의 방 벽에 붙어 있는 사진과 오언이 찍어 준 사진 사이에서처럼 이번에도 분명하게 드러난 모양이었다. 지금까지의 나와, 내가 되려는 사람의 차이점이. 내가 앞으로 뻗는 발걸음과, 어쩔 수 없이 뒤로 물러나는 발걸음 모두. 오언도 그걸 아는 거였다. 그래서 이번에는 망설이지도 솔직해지려 애쓰지도 않고 자연스럽게 나섰다.

"난 괜찮아." 그렇게 말했지만 걸어가는 동안 오언이 나를 지켜보고 있다는 걸 느낄 수 있었다.

클라크는 아이라인을 짙게 그린 금발 머리 여자애와 얘기를 하고 있었는데 내가 코앞에 다가선 순간까지도 나를 보지 못했다. 그러다가 친구와 나눈 얘기 끝에 살짝 웃음을 지은 얼굴로 힐끔 고개를 들었다. 나를 보더니 클라크는 이내 딱딱하게 얼굴을 굳히며 입술을 꼭 다물었다. 그렇지만 이제 와서 돌아설 수도 없었다. 나는 무작정 돌진했다.

"안녕." 내가 말했다.

처음에는 아무 대답이 없었다. 침묵하는 시간이 너무 길어서 클라크가 나를 철저히 무시하며 돌아설 줄 알았다. 그런데 고통스러운 침묵 끝에 클라크가 입을 열었다. "안녕."

어떤 사람이 다가와서 금발 머리에게 뭔가 얘기하자 금발 머리가 우리만 남겨 놓고 자리를 떴다. 클라크는 무표정한 얼굴로 나를 계속 보기만 했다. 몇 년 전까지 수영장에서 클라크가 엄지와 집게손가락으로 카드를 펼치던 모습이 떠올랐다.

"있잖아." 나는 불쑥 말을 꺼냈다. "네가 나를 미워하는 건 알고 있어. 근데 말이야……."

"그렇게 생각해?"

나는 숨을 멈추고 물었다. "응?"

"내가 너를 미워한다고 생각해?" 클라크가 물었다. 문득 클라크의 목소리가 맑다는 걸 깨달았다. 크리스탈처럼. 콧소리가 아니었다. "네가 생각하기엔 문제가 그거야?"

"모르겠어. 저기, 나는 그냥……."

"너는 몰라. 정말." 클라크의 목소리가 날카로웠다.

바로 그때였다. 누군가 내 어깨를 힘껏 치는 바람에 하마터면 탁자 위로 엎어질 뻔했다. "애너벨! 안녕!"

롤리였다. 돌아보니 롤리가 엄청나게 오랜만에 만난 친구인 것처럼, 이게 얼마 만이냐는 듯한 얼굴로 하고 서 있었다. 잔뜩 긴장한 롤리의 축축한 손에서 난 땀이 벌써부터 내 어깨에 스며들고 있었다.

"안녕." 나는 아무렇지 않게 대답하려고 애썼다.

"안녕!" 롤리는 나보다도 더 어색하게 대답했다. "매점에 물 좀 사러 가는 길이었거든. 너도 갖다줄까?"

클라크가 눈살을 찌푸리며 우리를 보았다. 작전을 시작하는 게 좋겠군.

"좋지." 내가 말했다. "고마워. 아 참, 롤리, 이쪽은 클라크야. 클라크, 이쪽은 롤리라고 해."

롤리가 손을 불쑥 내밀었다. "안녕." 클라크가 천천히 손을 내밀자 롤리가 말했다. "만나서 정말 반가워."

"나도." 클라크가 심드렁한 얼굴로 말했다. 그리고 다시 나를 보며 말했다. "할 말 있니?"

"너도 진실 부대 음악 들으러 온 거구나, 맞지?" 롤리가 나랑 클라크를 보다가 곧장 클라크에게 눈길을 맞추며 말했다. "진짜 좋은 밴드지, 전에도 들어 봤어?"

"음, 아니. 안 들어 봤는데." 클라크가 말했다.

"아, 진짜 대단한 밴드인데." 롤리가 거드름을 피우며 말했다. 내가 한발 옆으로 비켜서자 롤리는 재빨리 클라크에게 가까이 끼어들었다. "나는 수없이 들었거든."

"있잖아, 나는 가서 오언한테 뭐 마실 거냐고 물어봐야겠다." 내가 말하자 클라크는 나를 노려보았다. 이제는 화난 표정이 역력했다. "저기, 음, 1분 안에 돌아올게. 아니면 2분."

그리고 나는 재빨리 그곳을 벗어났다. 오언에게 돌아가니 짧은 검정 머리에 표정이 강렬한 남자애와 같이 있었다.

"……완전히 난장판이야." 내가 다가가는데 까만 머리가 말했다. "우리가 표를 발행했을 때가 훨씬 나았어. 적어도 그때는 시간과 장소만이라도 우리가 정할 수 있었지. 근데 지금은 불건전한 행사 단체의 볼모 노릇이나 하고 있는 거라고."

"재수가 없네." 오언이 말했다.

"그러니까. 적어도 싱글 음반은 라디오 방송에서 전국적으로 틀어준대. 근데, 그건 그 사람들 말이지. 그게 진짜인지 아닌지 누가 아냐?" 검은 머리가 고개를 저으며 말했다.

나는 클라크네 탁자 쪽을 건너다보았다. 롤리는 아직도 그 자리에 서서 열띤 얘기를 하고 있었고 클라크는 그저 묵묵히 듣고만 있었다.

"애너벨, 얘는 테드야. 테드, 이쪽은 애너벨." 오언이 말했다.

"안녕." 테드가 보는 척 만 척하며 대답했다.

"안녕."

무대에서 누군가 마이크를 툭툭 쳐서 시험하는 소리가 났다. "아, 아,

이거 켜진 건가?" 마이크를 시험하는 목소리가 말했다. 관객 가운데 한 사람이 우, 소리로 대답을 대신했다.

테드가 한숨을 내쉬었다. "봐, 내 얘기가 바로 이거야. 저런 웃기지도 않는 놈들이 몇 곡 하기로 한 건데 아직 시작도 안 했어." 테드가 말했다.

"재네들은 누군데?" 오언이 물었다.

"내가 어떻게 아냐." 테드가 역겹다는 투로 말했다.

"원래 오프닝을 하기로 했던 밴드가 독감에 걸리는 바람에 저 자식들을 대타로 불렀다나."

"너희들이 그냥 일찍 시작하지 그랬어. 이건 연령 제한 없는 공연이잖아. 게다가 사람들은 다 너희들 보려고 여기 온 거고." 오언이 말했다.

"내 말이 그 말이야. 게다가 우리한테 시간을 좀 더 주면 새 곡들을 선보일 수도 있거든. 뭐랄까, 우리로서는 완전히 새로운 시도인데."

"그래?"

테드가 갑자기 활기를 띠며 고개를 끄덕였다. "그러니까 우리가 지금까지 해 왔던 곡과 많이 동떨어진 건 아니야. 테크니컬한 터치를 주고 약간 느리게 만든 곡이야. 에코도 조금 넣고."

"테크니컬하다고? 아니면 테크노?" 오언이 말했다.

"딱 잘라서 말하기는 어려워. 그 자체로 독창적이라고 할까. 아마 두 번째 무대에서 두 곡은 연주할 수 있을 거야. 듣고 네 생각을 말해 줘, 알았지? 그게, 음. 실험적이지만 그래도 무슨 느낌인지 알 수 있을 거야."

오언이 힐끔 나를 보며 말했다. "있잖아, 감상이라면 애너벨한테 물어봐야 돼. 테크노를 싫어하거든."

이제는 두 사람 다 나를 보았다. "흠, 사실은……." 내가 입을 열었다.

"그러니까 애너벨이 좋아하면 그렇게 실험적인 곡은 아니라는 거지. 하지만 만약에 싫어한다면 대중성은 얻기 힘들 거다." 오언이 말했다.

"싫으면 싫다고 말을 해준다는 거지." 테드가 말했다.

"그렇지. 얘는 정말 끔찍하게 정직하거든. 아무것도 숨기지 않아." 오언이 고개를 끄덕이며 말했다.

그 말을 듣는 순간 내 마음 한구석이 내려앉았다. 그 말이 사실이기를 정말 바랐고, 한 때는 내가 그렇다고도 믿었기 때문이다. 그렇지만 두 사람의 시선을 받으며 거기 앉아 있는 동안 나는 이 세상에서 가장 심한 거짓말쟁이가 된 기분이었다.

무대에서 기타 소리가 터져 나오고 드럼 소리도 뒤를 따랐다. 마침내 오프닝 밴드가 연주를 시작한 거였다. 테드는 얼굴을 찌푸리더니 칸막이 밖으로 나가며 말했다. "저런 쓰레기 같은 소리는 도저히 못 듣겠다. 뒤로 가야겠어. 같이 갈래?"

"그럼." 오언이 말했다. 누군가 서글픈 신음소리를 내자 마이크 소음이 더 커졌다. 오언이 나에게 말했다. "가자."

나는 오언과 테드를 따라 객석 뒤편으로 가는 길에 클라크가 있는 탁자를 지나쳤다. 롤리는 아직도 거기서 두 손을 흔들어 가며 신나게 얘기를 하고 있었다. 클라크가 롤리의 말을 듣고 있는 걸 보니 아예 실패는 아닌 것 같았다.

테드는 우리를 데리고 매점 옆에 있는 문으로 가더니 다시 어두컴컴한 복도를 지나갔다. 너무 어두워서 지나가는 길에 있는 화장실도 겨우 알아봤다. 테드가 '외부인 출입금지'라는 안내문을 손으로 써 붙인 문을 열자 갑자기 불빛이 환해져서 눈을 제대로 뜨기 힘들었다.

안에서 맨 먼저 눈에 띈 건 바닥에 웅크리고 앉아 소파 아래를 살피는 검은색 곱슬머리 남자였다. 그 남자가 우리를 보더니 활짝 웃으며 자리에서 일어났다. "오언! 어떻게 지내냐?"

"그럭저럭. 너는?" 오언이 그 남자와 악수하며 말했다.

"늘 똑같지 뭐." 남자가 핸드폰과 배터리를 보여줬다. "방금 망가트렸어. 또.'

"이쪽은 애너벨이야."

"난 덱스터라고 해." 덱스터가 내게 손을 내밀었다. 그리고 테드에게 말했다.

"어떻게 됐어?"

"개막 밴드 공연을 막 시작했어. 너희들 준비는 다 됐고?" 테드가 조그만 냉장고로 가서 맥주 한 병을 꺼내며 대답했다.

근처에 있는 탁자에서 남자 둘이 카드놀이를 하고 있었다. 그 가운데 머리가 빨간 남자가 대답했다. "준비된 것처럼 보이냐?"

"아니."

"흠, 겉모습만 보고 판단하면 안 되지. 왜냐면 준비됐거든."

탁자에 같이 앉아 있던 다른 남자가 웃음을 터뜨리며 카드 한 장을 던지자 테드는 노려보더니 소파에 털썩 주저앉으며 탁자 위에 발을 올렸다.

“그건 그렇고.” 덱스터가 소파 끝에 앉으며 입을 열었다. 핸드폰을 무릎 위에 놓고 배터리를 살피면서 말이다. “지역 음악계에 뭐 새로운 거 없어?”

“얘기할 만한 건 없어.” 오언이 대답했다.

“농담 아니야.” 테드가 받았다. “지금 프랫 록* 커버곡을 하고 있는 밴드를 너도 들었어야 해. 완전히 스피너베이트 따라쟁이더라고.”

“스피너베이트?” 내가 물었다.

“밴드 이름이야.” 오언이 대답했다.

“지긋지긋한 스피너베이트!” 빨간 머리가 카드를 짝, 소리가 나게 던지며 말했다.

“자, 자.” 덱스터가 배터리를 조심조심 핸드폰에 끼우며 말했다. 하지만 손을 떼자마자 찰카닥 소리를 내며 다시 바닥으로 떨어져 버렸다. 덱스터는 몸을 굽히고 배터리를 주워들었다. “이 동네가 대단한 게 바로 그거야.” 덱스터가 다시 배터리를 끼우며 말했다. “골라잡을 밴드가 널리고 널렸거든.”

“그중에 제대로 연주를 하는 밴드가 있어야 말이지.” 테드가 말했다.

“맞아. 하지만 다양성은 언제나 좋은 거야.” 덱스터가 다시 배터리를 떨어뜨리며 말했다. 그리고 핸드폰을 뒤집어서 다시 똑같은 방식으로 끼워 보려고 했다. 소용없었다. “밴드가 별로 없어서 고르고 싶어도 못

* 강하고 경쾌한 음이 특징인 미국 록앤롤의 하위 장르 가운데 하나.

고르는 데도 있어. 그거야말로 실망스러운 일이지." 배터리가 다시 떨어졌다.

"덱스터." 구석에 있는 의자에 앉은 금발 머리 여자가 눈에 들어왔다. 여자는 노란색 형광펜을 손에 들고, 무릎 위에는 교과서를 펼쳐 놓았다. 처음 보는 여자였다. "내가 도와줄까?" 여자가 덱스터에게 물었다.

"아니. 괜찮아. 아무튼 고맙다."

여자가 교과서에 펜을 넣은 다음 옆구리에 끼더니 덱스터에게 다가왔다. "이리 줘 봐."

"아니야, 내가 할래." 덱스터가 핸드폰을 다시 뒤집으며 말했다. "아무래도 이번엔 완전히 망가진 것 같아. 뭔가 떨어져 나갔나 봐."

여자가 손을 내밀며 말했다. "내가 해 볼게."

덱스터가 핸드폰을 건넸다. 우리가 모두 쳐다보는데 여자는 잠시 핸드폰을 살피더니 배터리를 끼우고 밑으로 밀었다. 딸깍, 소리와 함께 진동음이 울리며 핸드폰이 켜졌다. 여자는 핸드폰을 덱스터에게 주고 소파에 앉았다.

"와, 고마워, 자기." 덱스터가 핸드폰을 뒤집어서 들여다보며 말했다.

"고맙긴." 여자는 책을 펼쳤다. 『비즈니스 응용 통계』라는 책이었다. 그런 다음 여자가 우리를 보며 웃음을 지었다. "난 레미라고 해."

"이런! 미안해!" 덱스터가 말했다. 덱스터는 여자의 머리카락을 부드럽게 쓸어내리며 말했다. "여기는 오언이랑 애너벨. 그리고 이쪽은 레미야."

"안녕하세요." 내가 인사하자 레미가 고개를 끄덕이며 다시 형광펜을 집어 들었다.

“레미는 가을 방학 동안 우리를 따라서 여행 중이야. 스탠퍼드에 다니지. 엄청 똑똑해.” 덱스터가 설명했다.

“근데 왜 너랑 같이 다니지?” 빨간 머리가 큰 소리로 말했다.

“나도 모르겠어.” 덱스터가 대답하자 레미가 눈을 부릅떴다. “아무래도 내가 키스하는 솜씨가 대단한가 봐.” 덱스터는 레미에게 몸을 굽히며 시끄럽고 과장스럽게 뺨에 키스를 퍼부었다. 레미는 질색하며 밀어내려 했지만 덱스터는 긴 다리를 소파 너머로 뻗으며 레미의 무릎 위로 털썩 드러누웠다.

“그만해, 맙소사.” 레미가 크게 웃으며 말했다.

바깥에서 갑자기 마이크 소음과 함께 야유 퍼붓는 소리가 들려왔다. “제발, 저 자식들이 빨리 끝내면 좋겠다. 그럴 마음이 있는지 모르겠지만 나가서 공연 준비 시작할 사람?” 테드가 말했다.

“싫어.” 빨간 머리가 말했다.

“절대 안 가지.” 다른 남자가 덧붙였다.

테드가 두 사람을 노려보았다. 그러더니 맥주병을 탁자 위에 탁 소리가 나게 내려놓고 문을 벌컥 열었다. 복도로 나가 쾅, 소리가 나게 문을 닫아 버렸다. 아주 세게.

빨간 머리가 카드를 모두 내려놓았다. “끝!” 두 손을 머리 위로 치켜들며 승리의 표시를 해 보였다. “드디어 이겼다!”

“아, 나도 거의 다 했는데.” 다른 남자가 말했다.

“일어나.” 레미가 말하자 덱스터는 레미의 무릎에서 일어났다. 그 와중에 핸드폰이 다시 바닥에 떨어졌다. 그래도 이번에는 배터리가 떨어지지 않고 붙어 있었다.

"테드 말이 맞아." 테드는 벌써 나간 뒤였지만 덱스터가 말했다. "이제 슬슬 준비해야지. 오언, 공연 끝날 때까지 기다릴 거지?"

오언이 나를 보며 말했다. "당연하지."

"좋았어. 그럼 이따가 보자, 알았지?"

"좋지."

그리고 갑자기 모두 행동을 개시했다. 덱스터는 핸드폰을 주머니에 넣었고, 빨간 머리는 의자를 밀치고 일어나고, 다른 남자는 카드를 정리했다. 오언은 나를 데리고 복도로 나갔다. 지나면서 보니 테드가 아직도 기분 나쁜 얼굴로 벽에 기대 서 있었다. 오언이 공연 잘하라고 인사하자, 테드가 뭐라고 중얼거렸는데 알아들을 수는 없었다.

다시 칸막이로 돌아가는 길에 클라크가 있는 쪽을 건너다보았다. 클라크는 아직 그 자리에 무대를 보고 있었는데 롤리의 모습은 보이지 않았다. '됐어, 난 최선을 다했으니까.' 나는 생각했다.

"좋아." 자리에 앉으며 오언이 말했다. 무대에서는 오프닝 밴드가 공연을 마무리하는 소리가 들려왔다. "이제 진짜 음악이 나오겠군. 너도 좋아할 거야."

나는 고개를 끄덕여 주고, 뒤에 있는 벽에 몸을 기대며 흘러내린 머리카락을 귀 뒤로 넘겼다. 옆을 힐끔 보니 오언이 나를 빤히 보고 있었다. "왜?" 내가 물었다.

"너, 무슨 일 있구나. 왜 그래?" 오언이 말했다.

나는 그 자리에서 얼어붙었다. 그렇게 단도직입적으로 묻다니. 어쩌면 대답을 할 수도 있었다. 그냥, 아무렇지도 않게, 입 밖으로 내뱉을 수도. 어쩌면…….

“내 말은, 내가 어떤 음악이 좋다고 했을 때 네가 순순히 그럴 것 같다고 한 적이 없다고. 여기 ‘썰물’ 같은 노래가 나올 수도 있어. 너 열 있거나 어디 아픈 거 아니야?”

그 말을 하면서 웃기에 나도 애써 웃음을 지어 보였다. 그렇지만 마음속 깊은 곳에서는 내가 억누르고 있는 것들, 수많은 거짓말과 하지 않고 생략한 말들이 갑자기 무겁게 느껴졌다.

“괜찮아.” 누군가 기타를 조율하는 소리가 들렸다. “나 방해하지 마. 음악에 집중해야 하니까.” 내가 말했다.

앞서 공연 때보다 훨씬 더 많은 관객들이 몰려들었고 오래지 않아 내 눈앞에는 사람들의 등과 어깨만 가득 들어찼다. 오언이 자리에서 일어서며 말했다. “너도 일어나야겠다.”

“난 괜찮아.”

“밴드 연주를 적극적으로 봐야 그 밴드를 제대로 알 수 있어.” 오언이 말하며 손을 내밀었다.

쇼핑센터를 떠나는 순간부터 나는 무대에서 에밀리와 있었던 일을 지워 버리려고 애썼다. 그렇지만 오언을 쳐다보는 순간 모든 게 다시 떠올랐다. 공연에 불러 준 그날뿐만 아니라, 처음부터 그날까지 오언이 한 모든 행동들, 나한테 손을 내밀어 주고 나를 구해 준 우정까지 모든 것이. 몹시 외롭고, 두렵고, 화가 났던 날들, 하나같이 나를 외면하고 무시했던 순간들을 어쩐지 오언은 다 알고 있는 것만 같았다. 오늘 밤 에밀리를 봤을 때 내가 그랬던 것처럼.

오언은 아직도 손을 내밀고 있었다. 나를 기다리고 있었다.

"저기, 음, 화장실에 가야겠어." 나는 벽을 떨치고 일어나서 칸막이 밖으로 나서며 말했다. "금방 올게."

"잠깐만." 오언이 손을 내리고 무대를 힐끗 보며 말했다. "이제 곧 연주를……."

"알아. 금방 올게."

그리고 오언이 뭐라고 더 말하기 전에 자리를 빠져나왔다. 다시 거짓말을 하기는 정말 싫었다. 게다가 신맛이 입 안에 가득 솟구쳐 올랐다. 그 자리를 벗어나야 했다.

믿을 수 없을 만큼 관객이 빽빽하게 들어찬 탓에 출입구까지 가는 길이 만만치 않았다. 그사이에, 진실부대가 노래를 시작하자 수많은 사람들이 기다렸다는 듯이 따라 부르기 시작했다. 감자에 대한 가사인 것 같았다.

나는 누구랄 것 없이 앞만 보고 있는 군중들의 옆모습만 끊임없이 바라보며 옆으로, 옆으로 헤치고 나아갔다. 내가 밀치고 지나가는 동안 어떤 사람은 고개를 살짝 돌리며 얼굴을 찡그렸고 또 어떤 사람은 무시했다. 마침내 여기저기 빈틈이 보이기 시작했다. 출입구에 거의 다 다가선 순간 누군가 내 팔을 움켜쥐었다.

"애너벨!" 롤리였다. 롤리가 활짝 웃는 얼굴로 물병을 두 손 가득 들고 있었다. "됐어!"

내가 멍하니 롤리를 보는 사이 관객들이 갑자기 환호성을 터뜨리며 박수를 쳤다. “뭐?”

“됐다고.” 롤리가 물 한 병을 쳐들며 말했다. “그 애랑 같이 음료수까지 마시러 갔지 뭐야. 효과가 있었어! 드디어 진짜 그런 일이 생겼다고! 믿어지니?”

롤리는 행복한 나머지 얼굴이 발갛게 달아올랐다. “잘됐다.” 내가 말했다. “근데, 난 지금……”

“받아.” 롤리가 내 말을 자르며 말했다. 그리고 셔츠 주머니에 한 병, 옆구리에 한 병을 끼고 남은 물 두 병을 내밀었다. “너랑 오언 거야. 가서 오언 말이 맞았다고 전해 줘. 다 맞았다고 말이야. 알았지?”

내가 고개를 끄덕이자 롤리는 엄지손가락을 치켜 보이더니 사라졌다. 군중 속으로 사라지는 롤리의 뒷모습을 바라보며, 나도 롤리에게 부탁해서 오언에게 얘기를 전해 달라고 할 걸 그랬다는 생각을 했다. 나는 관객들을 둘러보았다. 거기 어딘가에 오언이 나를 기다리고 있을 거였다. 그렇지만 우리 사이에 벌어진 거리가 너무 멀고 막막하게 여겨졌다. 입은 신맛이 가득하고 손바닥은 축축했다. 나는 출입구로 걸어갔다.

바깥으로 나온 순간 차가운 공기가 나를 때리듯 휘감았다. 건물을 등지고 걷는 동안 발밑에서 자갈 밟히는 소리가 들려왔다. 속이 부글부글 끓어오르고, 목이 따끔거리는, 너무나 익숙한 증상이 또다시 일어났다. 나는 간신히 차까지 걸어간 다음 바닥에 물을 쏟으며 털썩 무릎을 꿇고 앉았다. 손을 들어서 머리카락을 뒤로 쓸어 넘겼다. 그렇지만 이번에는 배가 딱딱하고 구역질은 나는데 토해지지는 않았다. 대신 가쁜 내 숨소리와 심장이 두근거리는 소리, 그리고 멀리서 연주하는 음악 소리만 귓가에 희미하게 들렸다.

15

"자, 그럼 시작해 보자." 엄마가 자동문 앞에 세워 놓은 카트 한 대를 꺼내며 말했다. 엄마는 가방을 앞에 놓고 물품 목록을 꺼내 펼쳤다.

12월 둘째 주, 집에 올 커스틴 언니를 맞이하기 위해 식료품을 사는 엄마를 도와 마트에 간 길이었다. 휴가 기분에 잔뜩 부푼 엄마와 달리 나는 모든 게 심드렁하기만 했다. 하지만 엄마가 카트를 밀고 스르륵 열리는 자동문 안으로 들어서며 웃음을 보일 때는 나도 최선을 다해서 미소를 지었다. 그즈음, 매사가 그런 식이었다.

지난 두 달 반 동안은 모든 게 흐릿했다. 내가 또렷하게 자각하는 한 가지가 있다면 그건 내 생활이 처음 학기를 시작했던 때와 똑같은 모습으로 되돌아갔다는 거였다. 오언과 함께 보낸 시간은 처음부터 존재하지 않은 것처럼 여겨졌다. 나는 다시 학교에서 외톨이가 되었고 하고 싶지 않은 모델 일을 하고 있었다. 둘 다 어떻게 내가 바꿔볼 수 없는 일이었다.

벤도에 다녀온 다음 날인 일요일, 나는 오언이 방송을 하는 7시 정각에 눈을 떴다. 눈을 뜨자마자 오늘은 여느 일요일과는 다르다는 생각과 함께 시계를 외면하고 다시 잠을 자려고 애를 썼다. 그렇지만 마음 한 구석이 완강하게 일어나기를 바랐고, 조금씩, 조금씩, 그러다가 마침내는 그 마음에 굴복하고 말았다.

오언은 나에게 몹시 화가 났을 터였다. 결국 아무 설명도, 아무것도 없이 나 혼자 도망쳐 온 셈이었다. 최악인 점은 도망쳐 나오면서 잘못됐다는 걸 스스로 알고 있었다는 것, 그러면서도 어쩔 수가 없었다는 거였다. 내 행동을 바로잡는 길은 모든 걸 털어놓고 정직하게 내가 떠난 이유를 설명하는 거였지만 그렇게 할 수가 없었다. 오언을 위해서도 말이다.

그렇지만 나중에 알고 보니 그날 밤에 대한 얘기를 하냐 마냐는 나에게 달린 것이 아니었다. 다음 날 다시 학교에서 만났을 때 오언이 우리에 대한 결정을 내렸다.

막 주차를 하고 차 안에 앉아 있는데 운전석 창가에 오언이 불쑥 나타났다. 오언은 창을 두드렸다. 똑, 똑, 똑, 세 번 강하게. 나는 깜짝 놀라서 고개를 돌렸다. 오언은 나와 눈이 마주치자 손을 내리고 앞 범퍼를 돌아 조수석 쪽으로 왔다. 오언이 문을 열 때 나는 꿀꺽 숨을 삼켰다. 차가 물속에 가라앉는 순간 마지막으로 들이마시는 숨처럼. 그리고 오언이 차에 탔다.

"어떻게 된 거야?"

예상했던 대로, 안녕 같은 인사말은 없었다. 말을 꺼내기 어려운 무거운 침묵도 아니었다. 그저 지난 시간, 약 36시간 동안 오언의 마음속에 있던 한마디가 그렇게 흘러나온 거였다. 더 나쁜 건, 오언이 화난 얼굴로 뚫어지게 나를 보았고 나는 그 눈길을 잠시도 마주할 수가 없었다는 점이다. 입을 굳게 다물고 얼굴이 붉게 상기된 오언의 존재가 좁은 공간을 가득 채웠다.

"미안해. 그게……" 내가 입을 열었다. 떨리는 내 목소리가 내 귓가에 들렸다.

상대의 말을 잘 들어주는 사람 앞에서는 그렇게 말을 하는 게 아니었다. 그런 사람은 말하는 중간에 끼어들어서 내 대신 문장을 끝내주지 않으니까. 아니면 어떻게 겨우 꺼낸 말이 흐지부지되도록 말을 자르고 들어오지 않으니까. 오언은 기다렸다. 나는 얘기를 계속하는 수밖에 없었다.

"무슨 말을 해야 할지 모르겠어." 마침내 나는 그렇게 입을 열었다. "난 그냥…… 모르겠어."

오언은 한참이라고 생각할 만큼 오래 입을 다물고 있었다. 정말 괴로웠다. 그때 오언이 말을 꺼냈다. "토요일에 거기 오기 싫었으면 그냥 나한테 얘기를 하지 그랬어."

입술을 지그시 깨물며 내 두 손을 내려다보는데 창 옆으로 남자아이 둘이 축구 연습에 관한 얘기를 큰 소리로 하며 지나갔다. "가고 싶었어."

"근데 왜 그랬어? 왜 가 버린 거야? 무슨 일인지 몰라서 난 너를 기다렸어.".

마지막 말 한마디에 가슴이 몹시 아팠다. '난 너를 기다렸어.' 오언다운 행동이었다. 그리고 오언은 나와 다르기 때문에, 비밀이 없기 때문에 그렇게 말할 수 있는 아이였다. 오언과 함께 있으면 보이는 그대로 받아들이면 되었다.

"미안해." 나는 다시 말했다. 그렇지만 내가 듣기에도 어설프고 무력하고 의미 없는 말이었다. "그냥…… 많은 일들이 있었어."

"무슨 일이?"

나는 고개를 저었다. 이제는 더 물러설 데도 없이, 사실대로 털어놓는 길밖에 없었지만 나는 그럴 수 없었다. "그냥 여러 가지 문제가." 내가 말했다.

"문제." 내 말을 되받는 오언을 보며 내 머릿속에는 '대체어'라는 용어가 떠올랐다. 하지만 오언은 그 말을 꺼내지 않았다.

대신 한숨을 내쉬며 앞 창문으로 고개를 돌렸다. 그제야 나는 눈을 들어서 오언의 모습을, 낯익은 그 모습을 보았다. 강한 턱선, 손가락에 낀 반지, 목에 느슨하게 걸쳐진 이어폰을. 희미하게 흘러나오는 음악 소리에 나는 습관적으로 오언이 무슨 음악을 듣고 있는지 궁금해졌다.

"난 이해가 안 돼." 오언이 입을 열었다. "내 말은, 틀림없이 이유가 있을 텐데 너는 그걸 얘기하기가 싫은 거야. 그리고 그게……." 오언은 입을 다물고, 머리를 흔들더니 다시 말했다. "너 같지가 않아."

잠시 정적이 흘렀다. 지나가는 사람도 없고 뒤로 들어오는 차도 없었다. 그 정적 속에서 내가 입을 열었다. "그게, 그렇지만."

오언이 가방을 다른 쪽 다리 위로 옮기며 나를 보았다. "뭐?"

"그게 나야." 내가 말했다. 내가 듣기에도 가라앉은 목소리였다. "그게 바로 나라고."

"애너벨." 오언이 그건 사실일 리 없다는 듯, 틀렸다는 듯, 화난 말투로 말을 이었다. "그러지 마."

나는 다시 내 손을 내려다보았다. "나는 달라지고 싶었어. 하지만 지금 이 모습이 진짜 내 모습이야."

첫날 나는 애써 그 얘기를 했다. 내가 늘 진실을 얘기하는 사람은 아니라고, 나는 충돌 상황을 잘 다루지 못한다고, 충돌에서 비롯된 화가 두렵다고, 사람들이 화를 내면 그저 조용히 자리를 피하는 게 습관이라고 얘기했었다. 우리의 실수는 우리 둘 다 내가 얼마든지 변할 수 있을 거라고 믿은 데 있었다. 변한 것도 있었다. 그렇지만 이제 와서 돌이켜 보면, 그 변화는 가장 큰 거짓말이 되고 말았다.

그때, 일 교시 시작종이 크게 한참 울렸다. 오언이 몸을 움직이며 손잡이에 손을 올려놓았다.

"이유가 뭐든 간에, 나한테는 얘기해 줄 수 있었어. 너도 알지?"

오언이 문에 손을 댄 채 그 자리에 앉아서 기다리고 있다는 걸 알고 있었다. 오언이 믿고 싶어 했던 당당한 여자가 되어 사실대로 얘기해 주기를 기다리고 있다는 걸. 오언은 그렇게 내 생각보다 오래 기다리다가 문을 열고 밖으로 나갔다.

그리고 가 버렸다. 가방을 메고 어느새 이어폰을 귀에 꽂은 채, 주차장을 가로질러서 가 버렸다. 1년쯤 전에도 로니를 때려눕힌 다음 꼭 그런 모습으로 멀어지는 오언을 나는 보고 있었다. 놀라고 두려운 마음이

들었던 그때와 같은 감정을 느끼며 내 침묵과 두려움의 대가가 무엇인지 다시금 깨달았다.

나는 두 번째 종이 울릴 때까지 기다렸다. 운동장이 거의 비워졌을 즈음, 나는 마침내 차에서 내려서 교실로 갔다. 나는 오언을 만나고 싶지 않았다. 아무도 만나고 싶지 않았다. 오전 내내 나는 어찌할 줄을 모르며 주변에서 떠도는 소리들을 차단하기 위해 귀를 틀어막았다. 점심시간에는 도서관으로 가서 미국 역사관 옆에 있는 개인 열람석에 앉아 책을 몽땅 펼쳐 놓고, 단 한 글자도 읽지 않았다.

점심시간이 끝날 무렵, 나는 가방을 챙겨서 화장실로 갔다. 화장실에는 얼굴을 모르는 여자애 둘만 세면대 앞에 서 있었다. 화장실 안으로 들어가는 순간 두 아이가 얘기를 하기 시작했다.

“내가 말하고 싶은 건 뭐냐면 말이야.” 수돗물을 틀어서 물소리를 내며 한 아이가 시작했다. “걔가 거짓말을 하는 것 같지 않다는 거야.”

“야, 말도 안 돼.” 높은 목소리에 콧소리가 섞인 다른 아이가 말했다. “그 남자는 마음만 먹으면 아무 여자나 만날 수 있는 사람이야. 여자가 없어서 아쉬운 남자가 아니라고. 근데 왜 그런 짓을 했겠어?”

“그 남자가 안 그랬는데 걔가 경찰서에 신고했을 것 같아?’

“관심을 끌려고 그런 건지도 모르지.”

“말도 안 돼.” 물소리가 그치고 핸드타월 뽑는 소리가 났다. “걔랑 소피는 가장 친한 친구야. 그리고 이제 그 얘기를 모르는 사람이 없어. 근데 왜 그런 거짓말을 하겠냐?”

나는 그 자리에서 얼어붙고 말았다. 둘은 에밀리 얘기를 하고 있었던 거다.

“혐의가 뭐래?” 첫 번째 여자애가 물었다.

“성폭행. 아니면 이급 강간, 어느 쪽인지는 나도 잘 몰라.”

“정말로 체포되다니 믿을 수가 없다.”

“에이프레임에서 잡혔대! 메간이 그러는데 경찰이 들이닥치고 사람들이 뿔뿔이 도망쳤대. 다들 미성년자 음주 단속이라고 생각했다나.” 그 아이의 친구가 말했다.

“그럴 리가.” 배낭 지퍼 여는 소리가 들렸다. “소피는 봤니?”

“아니. 오늘 안 나온 것 같더라.” 다른 여자애가 말했다. “젠장. 너도 줄까?”

둘은 구두 소리를 울리며 화장실을 나갔다. 그래서 그다음 말은 듣지 못했다. 대신 나는 화장실 안에서 한 손으로 벽을 받친 채 서 있었다. 벽에 누가 파란색 펜으로 ‘여긴 진짜 싫어.’라고 낙서를 해 놓은 게 보였다. 나는 변기 덮개를 덮고 앉아서 내가 들은 얘기를 조각조각 맞춰 보았다.

에밀리는 경찰을 찾아갔다. 그리고 고소했다. 에밀리는 모든 일을 털어놓았다.

그 사실을 알아차린 순간 너무 충격이 커서 무릎 위에 두 손을 꼭 잡고 멍하니 앉아 있었다. 윌이 체포됐다. 사람들이 그 사실을 알고 있었다. 토요일 밤부터 나는 에밀리가 나처럼 침묵과 두려움 속에서 자기가 당한 일을 참고 억누르며 혼자만 간직하고 있을 줄 알았다. 그런데 에밀리는 그렇게 하지 않았다.

오후가 지나는 동안 나는 주변 사람들의 얘기에 귀를 기울인 끝에 나머지 사연을 알아냈다. 내가 듣기로 에밀리는 소피와 함께 에이프레임에서 파티 장소까지 함께 차를 타고 가기로 했는데, 소피가 뭔가에 붙잡히는 바람에 윌이 대신 태워 주기로 했다고 한다. 그런데 윌이 길가에 차를 댔고, 어느 쪽 말을 믿을지는 각자 자유지만, 윌이 에밀리를 덮쳤다는 설도 있고, 에밀리가 도발하는 바람에 윌이 놀랐다는 설도 있었다. 그때 한 여자가 개를 데리고 지나가다가 그 광경을 목격하고는 당장 떠나지 않으면 경찰에 신고하겠다고 협박을 했다고 한다. 그 틈에 에밀리는 차에서 내려서 다른 차를 얻어 타고 집으로 돌아가 자기 엄마에게 모든 일을 털어놓았다는 거였다. 토요일 오전에는 경찰서에서 고소장을 작성했다고 한다. 토요일 밤에 경찰이 찾아가서 수갑을 채우는 순간, 윌은 소리를 바락바락 질렀다고 한다. 윌의 아버지는 몇 시간 안에 보석금을 치르고 아들을 빼낸 뒤 도시에서 가장 잘나가는 변호사를 고용했다고도 들었다. 소피는 사람들에게 에밀리가 윌한테 푹 빠져서 꼬리를 쳤는데 윌이 관심을 주지 않자, 강간을 당했다고 광고하며 다닌다고 주장했다고 한다. 그리고 오늘 소피는 학교에 나오지 않았고 에밀리는 나왔다.

마지막 종이 울릴 때까지도 나는 에밀리를 보지 못했다. 문득 하루를 마칠 때면 소란스럽던 학교에 어김없이 낯선 정적이 감돈다고 생각하며 사물함에서 공책을 꺼냈다. 그렇다고 해서 쥐 죽은 듯 조용했다는 게 아니라 그저 좀 더 조용해졌다는 의미였다. 고개를 돌리는 순간 에밀리가 복도를 따라 내 쪽으로 다가오고 있었다. 움츠러들거나 외로운 기색은 없었다. 양옆에는 소피를 만나기 전에 친구로 지내던 여자아이 둘도 나란히 붙어 있었다. 나는 그 사건을 겪은 뒤 내 옆에 남아 있는 사람이 아무도 없을 거라고, 모두 소피가 하는 말만 받아들일 거라고 생각했다. 누군가 내 말을 믿어줄 수 있다는 생각은 하지 못했다.

그 뒤로 며칠 동안 에밀리와 윌 사이에서 벌어진 사건은 뜨거운 주제로 떠돌았지만 나는 그 얘기에 관심을 갖지 않으려고 안간힘을 썼다. 하지만 아무리 애를 써도 안 되는 순간이 있었다. 이를테면 영어 수업 시간에 코앞에 닥친 중간고사 시험공부를 벼락치기로 하고 있는데 뒤에 앉은 제시카 노퍽과 타비사 존슨이 윌에 대한 얘기를 꺼냈다.

"나도 들은 얘긴데 말이야." 반에서 회계를 맡고 있고 내가 보기에는 험담을 잘 즐기지 않는 제시카가 입을 열었다. "윌이 전에도 그런 적이 있대."

"정말이야?" 타비사가 물었다. 1년 내내 내 뒤에 앉아서 펜을 딸깍거리는 아이였는데, 그 소리 때문에 미칠 지경이었다. 그날도 마찬가지였다.

"응, 퍼킨스 데이에 다닐 때 그런 소문들이 자자했다더라. 그런 비슷한 얘기를 한 여자애들이 거기도 있었대."

"그런데 체포까지 된 적은 없었잖아."

"흠, 그렇지. 어쨌든, 반복되는 일인 것 같다는 거야."

타비사가 여전히 펜을 딸깍거리며 한숨을 내쉬었다. "세상에, 소피가 불쌍하다."

"그러니까. 나랑 데이트하는 사람이 그런 짓을 한다는 게 상상이나 되니?"

얘기를 엿듣다 보면 그 끝은 늘 소피로 맺어졌는데 그리 놀라운 일도 아니었다. 소피와 윌은 빈번하고 공공연한 다툼 때문에 모르는 사람이 없는 커플이었으니까. 그래서 첫날 소피가 학교에 나오지 않은 게 이상했다. 에밀리도 놀라웠지만 소피도 마찬가지였다. 모습을 드러내지 않은 것뿐만 아니라 마침내 나타났을 때의 행동도 이상했다.

소피는 그 사건 때문에 아무것도 달라진 게 없다는 것처럼 운동장에 앉아 있지 않았다. 아니면 나한테 그랬던 것처럼 여러 사람 앞에서 에밀리와 맞서지도 않았다. 사실, 내가 처음 봤을 때 소피는 혼자였다. 혼자서 통화를 하며 복도를 걷고 있었다. 점심시간에 도서관 창밖을 내다보니 소피는 항상 앉던 벤치가 아닌 자동차 회차 지점 옆 인도에 앉아서 차를 기다리고 있었다. 대신 벤치는 낯선 2학년 여학생들이 차지하고 있었다. 에밀리는 아이들에 둘러싸인 채 야외 탁자에 앉아 물을 마시며 감자 칩을 먹고 있었다.

그렇게 소피는 혼자였다. 나도 혼자였다. 그리고 오언도 혼자였다. 적어도 내 추측으로는. 이따금 수업 시작 전이나 마친 뒤에 다른 사람들보다 우뚝 큰 오언이 샛길을 가로지르거나 모퉁이를 돌아 사라지는 모습이 보였다. 오언을 볼 때면 모든 걸 다 털어놓고 싶을 때도 있었다. 그런 생각은 갑자기, 예기치 않게 파도처럼 나를 덮쳤다. 하지만 다음 순간 이제는 오언도 듣고 싶어 하지 않을 거라고 생각했다. 이어폰을 낀 채 무표정으로 운동장을 걸어가는 오언을 볼 때면 뒤로, 뒤로 한없이 되돌려서 전혀 모르는 사이일 때가 되어버린 것 같았다. 비밀스럽고 어떤 사람인지 전혀 알 수 없는, 군중 속에 섞인 모르는 얼굴로.

학교생활은 스트레스였고 집에서도 딱히 나을 건 없었다. 적어도 나는 그랬다. 그런데 나 말고 다른 가족들은 만사가 순조로웠다. 내 옆에 있는 엄마는 드디어 온 가족이 한자리에 모이게 되어 행복하기 그지없다는 얼굴로 마트의 농산물 코너 사이사이로 카트를 밀고 다니는 중이었다. 추수감사절을 앞두고 커스틴 언니는 초과 근무도 해야 하고 밀린 공부도 할 것이 있다는 핑계를 댔었다. 그런데, 나중에 언니는 강의 조교 브라이언와 같이 칠면조 요리를 먹었다는 언급을 했다. 하지만 전혀 커스틴 언니답지 않게 그 이상 자세한 얘기는 해 주지 않았다. 그런 언니가 이제 크리스마스를 맞아 일찍이 집에 온다고 하자 엄마가 팔을 걷어붙이고 나선 길이었다.

"감자 요리를 두 가지 할 거야." 엄마가 비닐봉지를 두 장 뽑으라는 몸짓으로 나에게 말했다. "나는 크림을 넣어서 찔 거고 휘트니는 올리브 오일을 발라서 구울 거야."

"그래요?" 나는 봉지를 엄마에게 건네며 말했다.

"모이라 씨가 언니한테 레시피를 줬대. 대단하지 않니?"

그랬다. 내 문제는 그렇다 치고 최근 휘트니 언니의 변화는 놀라지 않을 수 없었다. 언니의 문제가 터진 건 1년 전이었다. 지금도 언니는 완전히 치유된 건 아니었지만, 눈에 띄게 변화하는 게 보였다. 그리고 변화는 하나같이 좋은 쪽이었다.

먼저, 언니가 요리를 하기 시작했다. 그렇다고 많이 하는 것도 항상 하는 것도 아니었지만 말이다. 나한테 저녁을 해 준 뒤부터 하나둘씩 시작됐다. 알고 보니 모이라 벨 씨가 자연식품과 유기농 요리에 무척 빠져있어서, 언니가 스파게티 만드는 얘기를 꺼내자 요리책 두 권을 빌려주기도 했다. 엄마가 만든 음식은 크림이 많이 들어가고 영양가가 풍부한 쪽이었다. 크림을 넣은 버섯찜을 비롯한 여러 가지 찜 요리와 진한 소스, 고기, 그리고 녹말이 들어간 요리들이었다. 어쩌면 당연하게도 휘트니 언니의 요리는 엄마와 다른 쪽으로 기울었다. 저녁 식탁에 가끔 샐러드를 내기 시작하더니 농장에서 여는 시장에 가서 채소를 사 온 다음 얇거나 두껍게 써는 일로 시간을 보냈다. 언니의 소스는 식초 베이스에 허브가 들어간 것들이었다. 누군가 사우전드아일랜드 드레싱이나 랜치 드레싱을 찾으면 안 된다는 듯이 째려보기도 했다. 그리고 패션쇼가 열린 주말에는 부모님을 위해 라임 소스를 바른 연어구이를 했고 추수감사절 때는 으레 올라오는 끈적끈적한 찜과 양파튀김 대신에 상큼한 레몬과 삶은 깍지 콩을 내놓았다. 엄마는 본능으로 요리를 하는 타고난 요리사여서, 일일이 계량하는 법 없이 그저 손대중만으로도 얼마든지 음식을 만들었다. 반면 휘트니 언니는 일일이 꼼꼼하게 계량을 하고 드레싱에 대해, 또는 인간이 버터 없이도 어떻게 살아갈 수 있는지와 같은 이야기를 은근히 으스대며 늘어놓는 게 요리 과정 가운데 하나였다. 그렇지만 가장 성가실 때도 이 모든 것이 나아지고 있다는 뜻이었고, 우리 모두는 전보다 건강하게 먹고 있었다. 좋든 싫든 간에.

언니는 글도 썼다. 10월 말에 자신의 과거에 대한 글을 마쳤는데, 그 뒤로도 식탁에 공책을 펼치고 뭔가를 끄적이거나 난롯가에 웅크리고 앉아서 펜 끝을 잘근잘근 씹는 날이 많았다. 그때까지도 언니는 자기가 쓴 글을 나한테 보여 주지 않았다. 나도 보여 달라고 한 적은 없지만 말이다. 그래도 계단이나 식탁 위에 놓아둔 언니 공책이 눈에 띄면 그걸 열어서 도대체 무슨 글을 그렇게 정성스럽게 썼는지 확인해 보고 싶은 충동이 일었다. 하지만 참았다. 누구나 남에게 알리고 싶지 않은 비밀이 있다는 걸 나도 이해하니까.

그렇지만 가장 놀라운 건 허브였다. 창가에 화분을 둔 지 두 달 동안은 아무 기척이 없더니 핼러윈 직전에 갑자기 로즈메리 싹이 돋아났다. 처음에는 여리고 푸른 싹 한 잎이 돋더니 그다음 주에는 다른 잎들도 따라 나왔다. 휘트니 언니는 날마다 화분을 들여다보고 손가락으로 흙을 만져서 촉촉한지 확인하고 햇빛이 가장 잘 드는 쪽으로 자리를 바꿔 주었다. 한때는 언니를 떠올리면 닫힌 문이 생각났는데, 이제는 다른 모습이 그려졌다. 언니의 손. 칼질을 하고, 펜을 쥐고, 물뿌리개를 조절하고, 식물을 쓰다듬고, 화분을 돌보는 언니의 손이 떠올랐다.

한편 커스틴 언니는 학생과 교수들 앞에서 언니 작품을 선보이는 일에 그친 게 아니라 경쟁에서 당당히 이기고 일등상까지 수상했다. 나는 언니가 전화해서 의식의 흐름대로 온갖 디테일까지 설명하며 특유의 입담으로 우리를 즐겁게 해 줄 걸 기대했는데 기껏 상을 탔고 기쁘다는 내용으로 2분 남짓의 메시지만 남겼다. 그야말로 기록적이라 할 만큼 짧은 메시지였다. 그 점이 너무 찜찜해서 우리는 모두 뭔가 잘못된 게 틀림없다고 생각했다. 그런데 내가 다시 전화를 걸었을 때 언니는 그 반대라고 했다.

"문제는 무슨 문제. 아주 좋아."

"정말이야?"

"언니 메시지가 너무 짧아서 말이야."

"그랬니?"

"처음에는 기계가 잘못 돼서 내용이 잘린 줄 알았어."

언니는 한숨을 쉬었다. "흠, 그럴 수도 있었겠다. 그런데 내가 요새 스스로를 어떻게 전달하는지에 대해서 많이 생각하고 연습하고 있거든."

"정말?"

"그럼, 정말이지." 언니가 기분 좋은 한숨을 쉬었다. "이번 학기에 들은 수업이 얼마나 대단했는데. 그러니까 영화 제작이랑 브라이언 선생님 강의를 통해서 커뮤니케이션의 진정한 의미에 대해 많이 배웠어. 덕분에 내 눈이 많이 트였지."

나는 언니가 더 얘기하기를, 더 설명하기를 기다렸다. 특히 브라이언에 대해서. 그런데 언니는 말하지 않았다. 대신 나를 사랑한다고, 이제 끊어야 한다고, 곧 보러 오겠다고만 했다. 그리고 우리는 전화를 끊었다. 4분도 채 안 되는 통화였다.

커스틴 언니는 진정한 커뮤니케이션에 도달했는지 모르지만 나는 딱하게도 실패한 처지였다. 오언과의 관계뿐만 아니라 엄마와도 마찬가지여서 그 많은 일들이 벌어지는 와중에 콥프의 또 다른 광고를 맡겠다고 해 버렸다.

에밀리가 고소를 한 그 주에 일어난 일이었다. 금요일에 학교에서 돌아오니 엄마가 문에 서서 나를 기다리고 있었다.

"무슨 일인지 맞혀 봐!" 문턱을 넘기도 전에 엄마가 외쳤다. "방금 린디한테 전화가 왔어. 어제 콥프 사람들이랑 만났는데 그쪽에서 너한테 봄 광고를 맡기고 싶다고 했대."

"네?"

"가을 광고를 보고 아주 흡족했나 봐. 아무래도 지난 주말에 마케팅 담당자를 만난 게 손해는 아니었나 보다. 촬영은 1월에 시작한다는데 의상을 맞춰 보게 12월에 미리 보자고 하더라. 대단하지 않니?

대단하네요, 나는 생각했다. 사실 두어 달 전이라면 좀 더 대단한 일로 다가왔을 것이다. 이주 전이라면 일을 그만둘 수 있었을지도 모른다. 하지만 이제는 그저 자리에 서서 겨우 고개만 끄덕이는 수밖에 없었다.

"너한테 얘기하고 나서 곧바로 린디한테 전화해 주기로 했단다." 엄마가 부엌으로 들어가 전화기를 들어 올리며 말했다. 번호를 누르며 엄마가 덧붙였다. "린디가 그러는데 어린 여자애들한테 광고가 아주 잘 먹혔대. 그래서 콥프 사람들이 너를 선택한 거야. 애너벨, 너는 롤 모델이 된 거야! 좋지 않니?"

나는 말로리의 방을, 캡처한 사진을 줄줄이 붙여 놓은 그 방의 벽을 떠올렸다. 그리고 카메라를 응시하는 말로리의 표정과 위로 휘날리는 깃털 목도리의 깃털을.

"전 롤 모델이 아니에요."

"아니긴 왜 아니야." 엄마는 너무 쉽게 말했다. 그리고 고개를 돌려 나를 보다가 전화기를 반대편으로 옮겨 들며 웃음을 지어 보였다. "아가, 넌 정말 자랑스러운 점이 많은 아이야. 정말로 그래. 그러니까……

린디?…… 여보세요! 나 그레이스예요. 전화를 하려고 했는데…… 직원이 나갔어요? ……아직도? ……안됐군요. ……네, 방금 애너벨한테 얘기했더니, 좋아서 팔짝팔짝 뛰네…….”

팔짝팔짝 그건 아닌데, 나는 생각했다. 그리고 롤 모델도 아니라고 생각했다. 문제는 그런 게 아니었다. 나를 그렇게 생각하는 사람이 있는 한 나는 오로지 그런 아이로 규정된다는 게 문제였다.

10월이 저물어 11월로 접어들더니 미처 의식하지 못한 사이에 12월이 되면서 낮이 점점 짧아지고 추워졌다. 라디오에서는 크리스마스 음악이 흘러나오기 시작했다. 나는 학교에 가고, 공부하고, 집으로 돌아왔다. 학교에서 말을 붙이는 아이가 있어도 나는 겨우 대답만 했다. 오랜 고립 생활이 이제는 차라리 마음 편하기까지 했다. 처음에는 주말 밤이 되면 엄마와 아빠는 내가 왜 밖에도 안 나가고 집에만 있는지 궁금해했다. 하지만 모델 일과 수업을 같이 하려니 피곤하고 밀린 공부도 해야 해서 그렇다고 몇 번 얘기한 뒤로는 그마저도 물어보지 않았다.

그래도 나는 주변에서 일어나는 일들은 다 의식하고 있었다. 윌의 재판이 임박하고, 퍼킨스 데이에 다닌 여학생 몇이 에밀리와 비슷한 일이 있었다고 증언할 것 같다는 소문도 들어서 알고 있었다. 에밀리만 보자면 아주 잘 지내는 것 같았다. 에밀리는 전혀 숨지 않았다. 복도, 운동장, 주차장 그 어디서나 여자애들 사이에 둘러싸여 우르르 몰려다니는 에밀리의 모습은 쉽게 눈에 들어왔다. 일주일쯤 전이었나, 나는 쉬는 시간에 복도에 서서 저만치 사물함 옆에서 웃고있는 에밀리를 힐끔 훔쳐보았다. 에밀리는 뺨을 발갛게 물들인 채 웃음이 터지는 입을 손으로 막고 있었다. 한 순간, 한 장면에 지나지 않았지만 그 모습이 그날 내내, 그리고 다음 날까지도 잊히지 않았다. 머릿속에서 떨쳐 낼 수가 없었다.

소피는 별로 잘 지내는 것 같지 않았다. 볼 때마다 거의 혼자였고 그즈음에는 날마다 점심시간에 까만색 차 한 대가 와서 소피를 태우고 갔다. 윌은 아니었다. 나는 윌과 소피가 아직도 사귀는지 궁금했다. 아직까지는 다른 소문이 없는 걸로 봐서 헤어지지는 않은 것 같다고 생각했지만.

개학을 한 게, 그리고 내가 소피를 두려워했던 때가 백만 년은 더 지난 것 같았다. 이제 소피를 보면 그 아이나 나나 지치고 서글픈 느낌만 들었다. 다만 오언을 볼 때면 쓸쓸함 같은, 찌릿한 통증이 일었다. 하지만 서로 말도 하지 않고 지내면서도 나는 나만의 방식으로 음악만은 듣고 있었다.

일요일 아침 7시면 정확하게 눈을 뜨는 그 나쁜 습관은 어쩐 일인지 좀처럼 없어지지 않았지만 라디오는 듣지 않았다. 그 습관보다 떨쳐 내기 더 힘든 건 음악이었다. 오언의 음악뿐만 아니라 모든 음악.

정확히 언제부터였는지 모르지만 나는 갑자기 정적에 무척 민감해졌다. 가는 곳마다 어떤 종류든 소음이 필요했다. 차에 타면 스테레오부터 틀었다. 방에 들어서면 먼저 불을 켜고 시디플레이어 '재생' 버튼을 눌렀다. 심지어는 교실이나 부모님과 함께 둘러앉은 식탁에서도 머릿속으로 몇 가지 노래를 떠올리고 몇 번이나 되풀이해서 들었다. 피닉스에 살 때 음악이 자신을 구원해 줬다고, 음악이 다른 소음을 모조리 압도

해 버렸다고 오언이 그랬는데 이제는 내 생활이 그와 똑같았다. 음악을 듣고 있으면 생각하기 싫은 문제들을 적어도 흐릿하게 지울 수 있었다.

하지만 그렇게 되기까지는 음악을 굉장히 많이 들어야 했고 몇 주 지나지 않아 갖고 있던 음악은 모조리 몇 번씩 들어서 닳을 지경이었다. 그래서 얼마 전 어느 토요일에 하는 수 없이 오언이 준 시디들을 꺼냈다. 절박하군. 나는 '저항 노래'가 담긴 시디를 열어서 플레이어에 넣으며 생각했다.

음악은 여전히 마음에 안 들었다. 어떤 노래는 낯설었고 어떤 건 이해할 수 없었다. 그렇지만 오언의 음악은 이상할 거라는 예상을 미리 하고 들었더니 놀랍게도 마음이 편안했다. 내가 깨우치기를 바라며 나를 위해서 음악을 고르고, 주제별로 신경 써서 모았을 오언의 모습을 그려 보는 것도 기분 좋았다. 무엇보다도 그 시디들은 우리가 한 때는 친구였다는 것의 증거였다.

지난 몇 주 동안 나는 그 노래들을 한 곡 한 곡 빼놓지 않고 외울 때까지 들었다. 시디 한 장을 끝낼 때마다 남은 시디들도 모두 끝이 있을 것이란 생각에 서글퍼졌다. 그래서 '그냥 들어 봐'라는 제목이 붙은 시디를 아껴두고 있었다. 한때 오언처럼 그 시디는 정체를 알 수 없었고, 어쩌면 풀지 않는 게 나은 수수께끼 같았다. 그래도 나는 이따금 그 시디를 꺼내서 이리저리 뒤집어 보다가 다시 시디 꾸러미의 맨 밑으로 집어넣었다.

마침내 장을 다 보고 엄마와 함께 마트 주차장으로 나오는 길, 놀랍게도 눈이 내리고 있었다. 결정이 크고 뚱뚱한, 쌓이지 않고 녹아버릴 종류의 예쁜 눈이어서 엄마랑 나는 잠시 그 자리에서 내리는 눈을 바라보았다. 차에 타고 주차장을 빠져나올 무렵에는 벌써 눈발이 약해져서 이리저리 바람에 흩날리고 있었다. 신호등 앞에서 엄마는 와이퍼를 켜고, 창에 부딪히는 눈송이를 바라보았다.

"참 아름답지 않니? 눈이 내리면 온 세상이 상큼하고 새롭게 보이는 것 같아. 안 그러니?"

엄마의 말에 나는 고개를 끄덕였다. 신호는 오랫동안 바뀌지 않았고, 시간은 겨우 5시였지만 벌써 어두워지고 있었다. 엄마가 싱긋 웃으며 나를 보더니 라디오를 틀었다. 엄마가 음량을 높이자 차 안에 클래식 음악이 가득 흘렀다. 나는 고개를 옆으로 돌렸다. 차가운 유리가 뺨에 닿고 예쁜 눈송이가 내리고 나는 두 눈을 감았다.

16

내가 점심시간을 보내는 도서관 개인 열람실은 오른쪽 구석에 깊이 박혀 있어서 지나가는 사람도 많이 없었고 시선도 잘 닿지 않는 곳이었다. 누군가와 함께 있어 본 적이 없었다. 그래서 크리스마스 휴일 전, 점심시간이 30분쯤 남았을 무렵 에밀리가 찾아왔을 때 먼저 알아본 쪽도 나였다.

처음에는 저만치서 빨간 옷이 곁눈을 스치고 지나간다 했는데, 한 번 두 번 자꾸 아른거렸다. 나는 벼락치기 공부를 하려고 펼쳐 놓았던 영어 공책에서 눈을 들어 주위를 살폈다. 아무도 없었다. 적막한 책장도 그대로고, 책장에 꽂힌 책들도 그대로였다. 그런데 잠시 뒤 발자국 소리가 났다. 고개를 돌려보니 바로 내 뒤의 서가 끝에 에밀리가 서 있었다.

“아, 여기 있었네.” 에밀리가 조용조용한 목소리로 말했다.

마치 내가 실종됐었던 것처럼 말이다. 한참 안 보여서 건조기에 빨려

들어갔으려니 싶었던 양말 한 짝을 엉뚱한 곳에서 찾은 것처럼 말했다. 마음이 너무 어지럽고 혼란스러워서 아무 말도 나오지 않았다. 내가 고른 자리는 벽에 붙어서 고립된 데다 어디서 봐도 잘 드러나지 않는 곳이었다. 바로 그런 이유로 갇히기에는 최악인 장소이기도 했다.

에밀리가 다가오자 나는 나도 모르게 뒤로 물러나다가 뒤에 있는 열람석에 부딪쳤다. 에밀리는 가슴에 팔짱을 낀 채 걸음을 멈추었다.

"있잖아, 올해 우리 사이가 좀 이상했다는 건 나도 알아. 하지만…… 꼭 할 얘기가 있어." 에밀리가 입을 열었다.

근처 어디쯤에서 남자애 하나와 여자애 하나가 수다를 떨며 서가를 지나는 소리가 들려왔다. 에밀리도 소리를 듣고 그쪽으로 고개를 돌렸다. 소리가 잠잠해지자 가까이에 있는 의자를 내 곁으로 끌고 와서 앉았다. 그리고 굳이 목소리를 낮추지는 않고 얘기를 시작했다. "무슨 일이 있었는지는 들어서 알 거야. 윌이 나한테 한 짓 말이야."

에밀리가 바짝 다가앉은 탓에 과일과 꽃향기가 섞인 향수 냄새가 났다.

"그 일이 있고부터 네 생각을 했어. 학기말 파티가 있었던 날 밤도." 에밀리가 초록색 눈을 나한테 맞추며 말했다.

내 숨소리가 내 귀에도 들려왔다. 아마 에밀리 귀에도 들렸을 것이다. 에밀리의 뒤로는 창이 있었는데 그 창에 드리운 나뭇가지 사이를 뚫고 햇살 한 줄기가 책장을 가로지르며 쏟아졌다. 그 빛줄기 속에서 먼지가 춤을 추고 있었다.

"그날 밤 일에 대해서는 나한테 말하지 않아도 돼. 그러니까, 네가 나를 싫어한다는 건 나도 알고 있어."

벤도에서 의자에 앉은 채 나를 쳐다보던 클라크의 얼굴이 떠올랐다. 그렇게 생각하니? 내가 에밀리와 똑같이 말했을 때 클라크는 그렇게 물었다.

"하지만 문제는, 만약에 그런 일이…… 내가 당한 일이랑 똑같은 일이 있었다면 너도 도울 수 있어. 내 말은, 그런 일이 일어나지 않도록 해야 해. 그 인간을 막아야 한다고."

나는 여전히 아무 말도 하지 않았다. 아니 할 수가 없었다. 다만 그 자리에 꼼짝하지 않고 앉아 있었다. 에밀리는 청바지 뒷주머니에서 작은 흰색 명함을 꺼냈다.

"내 사건을 맡은 여자분 명함이야." 에밀리가 명함을 건네며 말했다. 내가 선뜻 손을 내밀지 않자 에밀리는 책상 위, 내 팔꿈치 옆에 앞면이 보이도록 올려놓았다. 이름은 까만색으로 왼쪽 윗부분 테두리에는 조그만 로고가 새겨진 명함이었다. "재판은 월요일에 열리는데 법원에서는 지금도 관련된 사람들을 찾고 있어. 이분한테 전화해서…… 뭐든 하고 싶은 대로 얘기하면 돼. 정말 좋은 분이야."

그 무엇보다 나를 두렵게 하는 문제는 그날 밤 벤도에서 그토록 괴로웠지만 오언에게 정직하지 못했던 이유를 에밀리는 쉽게 얘기하고 있다는 거였다. 유일하게 나를 받아 줄 거라고 여기는 사람에게도 하지 못한 얘기인데 낯선 사람을 대체 어떻게 믿고 털어 놓을 수 있단 말인가? 안 될 말이었다. 내가 바란다고 해도 안 될 말이었다. 바라지도 않았지만.

"그냥, 한 번 생각해봐." 에밀리가 말했다. 그런 다음 숨을 한 번 들이쉬고 무슨 말을 덧붙이는가 싶더니 입을 다물고는 자리에서 일어섰다. "그럼 또 보자, 알았지?"

에밀리는 의자를 제자리에 두고 가장 가까운 서가 쪽으로 걸어갔다. 그런데 몇 걸음 걷다가 돌아서서 나를 보며 말했다. "그리고 애너벨? 미안해."

잠시 우리 둘 사이의 허공에 그 두 마디가 맴돌았고 에밀리는 이내 걸음을 옮기더니 텅 빈 열람석 끝자리를 돌아서 사라졌다. '미안해.' 그건 내가 에밀리에게 하고 싶었던, 패션쇼가 열린 토요일 밤부터 줄곧 하고 싶었던 말이었다. 에밀리는 무엇 때문에 사과를 한 걸까?

그 생각에 마음이 붙들려 있으면서도, 나는 조금 전에 일어난 일에 대한 본능적인 반응으로 상황 판단을 해 보려고 애를 썼고, 그 누구보다 진실에 가까이 다가선 사람은 에밀리라는 걸 알 수 있었다. 나의 진실에. 그리고 갑자기 속에서 뭔가가 솟구쳐 오르는 느낌이 들었다. 나는 도대체 어디로 가야 조용히, 마음껏 아파할 수 있을지 주위를 살폈다. 그런데 뜻밖의 일이 일어났다. 내가 울기 시작한 것이다.

울었다. 몇 년 만에 처음으로 엉엉 울었다. 억제할 수 없는 흐느낌이 파도처럼 터져 나와서 나를 끌어내렸다. 갑작스러운 눈물이 줄줄 흐르고 흐느낌이 목을 타고 오르면서 내 어깨를 흔들었다. 나는 허둥지둥 몸을 숨기려다가 팔꿈치로 열람석 가장자리를 쳤고 그 바람에 에밀리가 두고 간 명함이 팔랑팔랑 날리다가 내 발치로 떨어져 내렸다. 나는 손으로 머리를 감싸고 어떻게든 눈물을 막아 보려고 손바닥으로 힘껏 눈을 눌렀지만 눈물은 그칠 줄 모르고 쏟아졌다. 나는 그렇게 도서관 한 구석에서, 가슴이 따끔따끔 쑤실 때까지 울고 또 울었다.

다른 사람한테 우는 모습을 들킬까 봐 두려웠지만 아무도 나타나지 않았다. 우는 소리를 들은 사람도 없었다. 그렇지만 내 귀에 들리는 흐느낌은 동물 같고 무서워서 할 수만 있다면 기계를 끄듯 멈추고 싶었다. 그렇지만 내가 할 수 있는 일이란 그 울음이 그칠 때까지 내버려 두는 것밖에는 없었다. 내가 괜찮아질 때까지.

마침내 끝이 났을 때 나는 두 손을 내리고 주위를 살폈다. 변한 건 아무것도 없었다. 책장의 책, 햇살 속에서 춤추는 먼지, 발밑의 명함 모두 그대로. 나는 명함 끝을 잡고 주워 올렸다. 이름은 읽지도, 힐끗 보지도 않았다. 하지만 가방 주머니에 깊이 찔러 넣었다. 바로 그때 종이 울리며 점심시간은 끝이 났다.

***

그날 오후는 휴일을 앞둔 설렘이 사방에 가득했고 모두들 방학이 시작되기를 애타게 기다리고 있었다.

나는 시험을 늦게 끝내고 사물함에 들렀다가 화장실로 갔다. 화장실에는 여자애 하나만 거울 앞에 바짝 붙어서 파란색 리퀴드 아이라이너를 바르고 있을 뿐 다른 사람은 보이지 않았다. 화장실 안으로 들어가자 그 여자애가 나가는 소리가 들렸고 나는 이제 혼자라고 생각했다. 그런데 밖으로 나와 보니 클라크 레이놀즈가 청바지에 '진실 부대' 티셔츠를 입고 세면대에 기대어 서 있었다.

"안녕." 클라크가 말했다.

나도 모르게 뒤를 살폈다. 눈앞에 거울이 있고 거울 속에는 나 말고 다른 사람은 안 보이는데도 바보 같은 짓을 했다.

"안녕." 내가 말했다.

나는 클라크를 지나 옆의 세면대로 간 다음 물을 틀었다. 손을 헹구고 물비누 통을 누르는 동안 나를 지켜보는 클라크의 시선이 느껴졌다. 비누통은 늘 그렇듯이 비어 있었다.

"저기 말이야." 클라크가 말했다. 클라크의 목소리에 딱딱한 느낌이 전혀 없다는 사실을 나는 다시 한번 알아차렸다. "너 괜찮니?"

나는 물을 끈 다음 입을 열었다. "뭐가?"

클라크가 손을 들어서 안경을 매만졌다. "나만 궁금해하는 건 아니야. 저기. 그게, 나도 그렇지만 오언도 너를 궁금해하거든."

클라크의 입에서 나온 오언이라는 이름이 몹시 낯설어서 한동안 생각해야 했다. "오언이라고."

클라크가 고개를 끄덕였다. "걔가……." 클라크는 말끝을 흐렸다가 다시 이었다. "걱정하고 있다는 게 맞는 표현일 것 같다."

"나를." 나는 다시 한번 확인했다.

"응."

그 부분에서 뭔가가 확실치 않았다. "걔가 너한테 나랑 얘기해 보라고 한 거니?"

"아니, 아니야." 클라크는 고개를 저었다. "그냥 몇 번 네 얘기를 하기에 나도 궁금해졌고…… 근데 오늘 너를 본 거야. 점심시간 끝나고 도서관에서 나올 때 보니까 기분이 많이 안 좋아 보여서."

클라크가 오언 이야기를 꺼내서였을 수도 있다. 그게 아니라면 클라크와 나에 관한 한 이 시점에서 내가 잃을 게 별로 없어서일 수도. 이유야 어떻든 나는 정직해지기로 했다. "좀 놀랍다. 네가 내 기분까지 신경 쓸 줄은 몰랐어."

클라크는 입술을 살짝 깨물었다. 순간 어렸을 때 그 버릇을 수도 없이 봤던 기억이 났다. 그건 내가 클라크의 허를 찔렀다는 뜻이었다. "너 정말로 그렇게 생각해? 내가 너를 안 좋아한다고?"

"안 좋아하잖아. 넌 소피가 온 여름부터 나를 안 좋아했어."

"애너벨, 아니, 나를 찬 사람은 너였어. 생각 안 나?"

"그래, 하지만……."

"그래, 하지만 뭐. 애너벨, 나를 안 좋아한 건 너야." 클라크의 목소리는 담담했다. "그 여름부터 지금까지 쭉 그랬어."

나는 클라크를 빤히 보았다. "하지만 학교에서 마주쳐도 넌 날 쳐다보지도 않았잖아. 한 번도. 그리고 개학 첫날, 담장에서도……"

"너 때문에 속상했어." 클라크가 말했다. "맙소사, 애너벨. 우린 가장 친한 친구였는데 네가 나를 완전히 걷어찼잖아. 내가 도대체 어떤 기분이었을 것 같아?"

"너한테 얘기하려고 했었어! 그날 수영장에서."

"그거, 딱 한 번으로 끝이었지. 그래, 나 화났었어. 그때는 화가 났다고! 하지만 넌 다시는 나타나지도 않고 전화도 안 했잖아. 그냥 가 버렸잖아." 클라크가 쏘아붙였다.

'미안해'라고 한 에밀리처럼 모든 게 내가 생각했던 것과 반대였기 때문에 뭐가 뭔지 정신을 차릴 수 없었다.

"근데 지금은? 지금은 왜 나랑 말을 하는 건데?"

클라크는 한숨을 쉬었다. "그게, 정직해지기로 했으니까. 롤리 때문에도 그렇고."

롤리. 그날 밤 물병을 움켜쥐고 있던 롤리의 모습이 떠올랐다. '오언한테 가서 그 녀석 말이 다 맞았다고 전해 줘.' 롤리는 들떠서 그렇게 말했다. "너랑 롤리가?" 내가 물었다.

클라크는 다시 입술을 깨물었고 아주 잠깐이지만 클라크의 뺨이 발그레해지는 걸 보았다. "그냥 얘기만 하는 사이야." 클라크가 '진실 부대' 티셔츠 밑단을 만지작거리며 말했다. 그제야 티셔츠가 눈에 들어왔다. 겨우 한 달 반 전에 처음으로 밴드를 알게 된 사람이 입은 셔츠치고는 너무나 닳고 해진 상태였다. "그건 그렇고, 그날 밤 클럽에서 롤리가 너한테 나를 소개시켜 달라고 했을 때 내가 너를 싫어한다고 했다며. 그래서 몇 년 전에 우리한테 있었던 일을 모조리 생각해 보게 됐어. 그리고 오언이랑 네 얘기를 하다 보니까…… 내 마음속에 네가 있더라고. 그래서 오늘 너를 봤을 때, 네 얼굴이……."

"잠깐만, 오언이 내 얘기를 한다고?"

"별 얘기는 안 해. 그냥 너희 둘이 친군데 일이 좀 있어서 네가 돌아섰다고. 이런 말 하기는 조심스러운데, 나한테도 익숙한 상황으로 들렸어. 무슨 말인지 알겠지만."

나는 얼굴이 화끈거렸다. 클라크와 오언이 내가 회피하는 행동을 두고 이야기를 하다니. 정말이지 당혹스러웠다.

“특별히 너에 대해서 얘기한다거나 그런 건 아니야.” 클라크가 내 속을 들여다보기라도 한 것처럼 덧붙였다. 그런 클라크가 새삼스러웠다. 전에도 언제나 내 마음을 잘 읽어 내는 아이였기 때문이다.

클라크는 나를 걱정했다. 에밀리는 나에게 사과했다. 참 이상한 날이었다.

“근데 말이야.” 클라크가 입을 여는데 여자애들이 우르르 들어와 담배를 꺼내다가 우리를 보더니 고개를 숙였다. 그리고 투덜투덜하며 우리가 나가기를 기다린다는 듯 한발 뒤로 물러났다. “너 괜찮니?”

나는 그 말에 어떻게 대답해야 할지 몰라서 그저 가만히 서 있었다. 그리고 지난 몇 주 사이에 나는 오언뿐만 아니라, 오언과 함께 있을 때 사뭇 정직해질 수 있었던 내 자신까지 그리워하고 있다는 사실을 깨달았다. 정직해지기, 지금 여기서는 불가능할 수도 있었다. 하지만 거짓말을 할 이유도 없었다. 그래서 그럴 때면 언제나 내가 취했던 태도를 선택했다. 중간 지점.

“모르겠어.” 내가 대답했다.

클라크는 잠시 나를 보다가 말했다. “저기, 얘기할 사람이 필요해?”

기회는 충분히 많았다. 클라크, 오언, 에밀리. 정말 오랫동안 내 말을 들어줄 사람이 필요하다고 생각했는데 사실은 전혀 아니었다. 문제는 나였다. 내가 나를 그렇게 만들어 온 거였다. 그리고 이제 다시 그 문제를 되풀이하고 있었다. “아니, 그래도 아무튼 고맙다.” 내가 말했다.

클라크는 고개를 끄덕이더니 세면대에서 발을 뗐고 나는 클라크를 따라서 화장실 밖으로 나갔다. 복도에서 각자의 길로 헤어지기 전 클라크가 가방 안에서 펜과 종이를 꺼냈다. “받아.” 클라크가 쪽지에 글씨를 써서 내밀었다. “내 전화번호야. 마음이 바뀌면 전화해.”

번호 밑에 써 놓은 클라크의 이름이, 또박또박하면서도 살짝 옆으로 기운 클라크의 낯익은 글씨체가 눈에 들어왔다. “고마워.”

“고맙긴. 메리 크리스마스, 애너벨.”

“너도.”

클라크와 헤어져서 걸으며 나는 전화를 거는 일은 없을 거라고 생각했다. 그래도 가방을 열고 에밀리가 준 명함 옆에 클라크가 준 쪽지를 집어넣었다. 두 개 다 다시 꺼낼 일이 없을지라도, 가방 안에 명함과 쪽지가 있다는 사실만으로도 기분이 나쁘지 않았다.

여느 연휴 때처럼 우리는 공항으로 갔다. 꼭 1년 전처럼 부모님은 앞자리에, 나는 뒷자리에 앉아서 고속도로를 빠져나가는데 비행기 한 대가 자동차 앞 유리 귀퉁이에서 반대편 귀퉁이 쪽으로 떠올랐다. 휘트니 언니는 저녁을 준비한다는 핑계로 집에 남았다. 그래서 우리 셋만 게이트 앞에 서서 커스틴 언니가 나오기를 기다렸다.

“저기 온다!” 엄마가 빨간 외투를 입고 머리를 하나로 올려 묶은 언니를 보고 손을 흔들며 말했다. 커스틴 언니도 캐리어 가방을 끌고 다가오면서 손을 흔들었다.

“안녕!” 언니가 아빠를 와락 껴안으며 말했다. 다음엔 공항에서 마중

하고 배웅할 때마다 늘 그렇듯 벌써 눈물이 그렁그렁한 엄마를 안아 주었다. 내 차례에 이르러서 언니가 나를 꽉 껴안자 나는 눈을 감고 언니의 냄새를 맡았다. 비누, 차가운 공기, 그리고 박하 샴푸 냄새. 모두 친근한 향이었다. “우리 식구들 보니까 정말 정말 좋다!”

“여행은 어땠니?” 아빠가 언니 가방을 대신 끌고 모두 공항을 가로질러 나갈 때 엄마가 물었다. “별일은 없었어?”

“없었어요. 다 좋았어.” 커스틴 언니가 내 팔짱을 끼며 말했다.

나는 언니의 다음 말을 기다렸지만 그게 끝이었다. 대신 나를 보고 그저 싱긋 웃다가, 차가운 바깥으로 나서면서는 팔짱을 풀고 손으로 내 팔을 꽉 붙잡았다.

차를 타고 집으로 가는 길에 부모님은 커스틴 언니에게 이것저것 물었다. 학교생활에 대해 물으면 언니는 대답했고, 브라이언에 대해 물으면 기분 좋게 얼버무리거나 얼굴이 붉어지기도 했다. 통화하면서 느낀 대로 언니는 달라져 있었다. 퉁명스럽지는 않지만 한결 간결해진 언니의 반응들이 낯설어서 언니가 한마디 하고 나면 자꾸 침묵이 이어졌다. 우리는 언니가 다시 입을 열기를 기다리는데 말없이 한숨을 쉬거나 창밖을 보거나 아니면 계속 잡고 있던 내 손을 힘주어서 꼭 움켜쥐거나 할 뿐이었다. 집에 가는 동안 내내.

“확실히,” 차가 우리 동네로 접어들 무렵 엄마가 입을 열었다. “우리 딸이 좀 달라진 것 같아.”

“진짜요?” 커스틴 언니가 물었다.

“정확히 뭐라고 얘기해야 할지 모르겠는데…….” 엄마가 생각에 잠긴 표정으로 말했다. “근데, 내 생각에는…….”

“다른 사람들한테 얘기할 기회를 더 많이 주는 것 같지?” 아빠가 백미러로 커스틴 언니를 힐끗 보며 엄마 대신 말을 맺어주었다. 빙그레 웃는 얼굴로. 그리고 아빠 말이 맞았다.

“아, 아빠, 제가 그렇게 말이 많지는 않았잖아요, 안 그래요?” 커스틴 언니가 말했다.

“그야 그렇지!” 엄마가 말했다. “그냥 우린 네가 하는 얘기를 듣는 게 참 좋았다는 소리야.”

커스틴 언니가 한숨을 쉬며 말했다. “좀 더 간결한 사람이 되는 방법을 많이 배웠어요. 다른 사람들이 저한테 하는 말을 잘 들으려고 노력하는 것도 그런 방법이죠. 음, 요즘은 정말로 잘 듣는 사람들이 거의 없는 것 같아요.”

나도 언니와 같은 생각이었다. 사실, 학교가 끝나고 공항으로 출발하기 전에 오언이 준 시디들 중에 마지막 것, 마지막 곡을 들었다. ‘올드스쿨 펑크/스카*’라는 제목이 붙은 시디였다. 그것 말고는 이제 ‘그냥 들어 봐’만 남은 셈인데 그 사실이 나를 서글프게 했다. 그동안 밤낮으로 시디를 들으며 시간을 보내는 데 익숙해져 있었다. 오언의 음악을 듣는 일은 어떤 의식을 치르는 기분이었고, 전혀 차분하지 않은 음악도 듣고 있으면 이상할 만큼 마음이 편안해졌다.

음악을 들을 때면 눈을 감고 침대에 누워서 음악을 듣는 나 자신을

* 자메이카 기원의 대중 음악, 초기의 레게.

잊어버리려고 애썼다. 그런데 오늘은 레게 스타일의 박자로 음악이 흘러나오자 가방을 침대맡으로 끌어당겨 에밀리가 준 명함과 클라크가 준 전화번호를 꺼내 펼쳐 놓았다. 음악이 흐르는 동안 나는 반드시 기억해야 할 중요한 것이라도 되는 것처럼 그것들을 뚫어져라 들여다보았다. 봉긋한 글씨체로 박은 검사 조수의 이름은 '안드레아 톰린슨' 이었고 클라크의 전화번호에는 '7' 자가 두 개 들어 있었다. 둘 다 내가 연락할 필요는 없다고 혼자 중얼거렸다. 그건 선택사항일 뿐이었다. 오언의 반지에 새긴 두 개의 메시지 같은. 그리고 선택지가 무엇인지 확실한 것은 언제나 좋은 일이었다.

집에 도착할 무렵에는 벌써 어두웠는데 집에는 불이 환했고 부엌에서는 휘트니 언니가 가스레인지 앞에서 뭔가를 휘젓고 있었다. 차가 집 앞으로 들어가는데 커스틴 언니가 다시 내 손을 꼭 쥐었다. 나는 언니가 불안한 건 아닌지 궁금했다. 하지만 언니는 아무 말이 없었다.

따뜻한 집 안으로 들어서자 배가 고파 왔다. 커스틴 언니는 눈을 감고 숨을 깊이 들이마셨다. "와, 냄새 정말 좋다." 언니가 아빠를 따라 들어가며 말했다.

"휘트니의 볶음 요리 냄새야." 엄마가 말했다.

"휘트니가 요리를 해요?" 언니가 물었다.

나는 아일랜드 식탁 앞에 서 있는 휘트니 언니를 건너다보았다. 두 손에 행주를 들고 있었다. "그럼. 5분 안에 준비될 거야."

"한 상 그득하게 대접받을걸!" 엄마가 좀 크다 싶은 목소리로 말했다. "휘트니가 요리를 얼마나 잘하는데."

"와." 커스틴 언니가 말했다. 그리고 또다시 침묵이었다. 그러다가 휘트니 언니에게 말했다. "아무튼 보기 참 좋다."

"고마워, 언니도 보기 좋네." 휘트니 언니가 대답했다.

아직까지는 좋았다. 내 옆에서 엄마가 빙그레 웃었다.

"네 가방 위에 올려다 놓으마." 아빠가 말하자 커스틴 언니는 고개를 끄덕였다.

"그럼 난 샐러드를 만들어 줄게." 엄마가 말했다. "그다음엔 온 식구가 다 같이 앉아서 맛있게 먹자. 그동안에 너희들은 올라가서 좀 쉬어라. 어떠니?"

"좋아요. 듣기만 해도 기운이 나네요." 커스틴 언니가 대답하며 다시 한번 휘트니 언니를 보았다. 아빠는 가방을 들고 계단으로 갔다.

나는 방에 앉아서 주변의 소음에 귀를 기울였다. 커스틴 언니가 떠난 뒤로 언니 방은 비어 있었기 때문에 서랍 열리고 닫히는 소리, 가구 옮기는 소리들이 벽 너머로 들려오는 걸 듣자니 기분이 묘했다. 한편 휘트니 언니 방에서 나는 소리들은 귀에 익었다. 침대 삐걱거리는 소리와 낮게 흘러나오는 라디오 소리. 엄마가 저녁 준비 다 마쳤다고 소리치자 우리는 모두 방에서 나와 복도에서 만났다.

커스틴 언니는 셔츠를 갈아입고 머리를 풀어 내린 모습이었다. 언니는 나를 보더니, 내 뒤에서 스웨터를 껴입는 휘트니 언니에게 시선을 돌렸다. "준비됐니?" 언니는 우리가 먼 길이라도 나서는 것처럼 물었다. 내가 고개를 끄덕이자 언니가 앞장서서 계단을 내려갔다.

식탁 위에 음식이 가득했다. 큰 접시에 그득한 볶음 요리, 현미밥, 엄마가 만든 샐러드, 그리고 당연히 휘트니 언니의 까다로운 드레싱도 빼놓지 않았다. 모두 맛있는 냄새가 풍겼다. 아빠가 식탁 머리에 자리를 잡고 우리는 모두 아빠를 중심으로 둘러앉았다.

모두 자리를 잡자 엄마는 커스틴 언니와 아빠에게 와인을 따라주었다. 그리고 감자와 고기처럼 평범한 음식밖에 모르는 아빠가 휘트니 언니에게 요리에 대해 설명해 달라고 부탁했다.

"템페*랑 채소를 섞어서 센 불에 볶은 거예요. 소스는 땅콩 호이신 소스고요." 휘트니 언니가 설명했다.

"템페? 그게 뭐냐?"

"아빠, 됐어요. 그것만 알면 돼요." 커스틴 언니가 말했다.

"입맛에 안 맞으면 안 드셔도 돼요. 이제까지 제가 만든 것 중에서는 아주 잘된 것 같긴 하지만 말이에요." 휘트니 언니가 말했다.

"그냥 좀 드려 봐라. 좋아하실 거야." 엄마가 말했다.

하지만 휘트니 언니가 접시에 요리를 담아 줄 때도 아빠는 의심스러운 표정이었다. 휘트니 언니가 다른 요리도 조금씩 덜어 옮기는 동안 나는 식탁에 둘러앉은 우리 가족을 살펴보았다. 1년 전과는 사뭇 달라 보였다. 다시 예전으로 돌아갈 수는 없겠지만 적어도 우리 가족은 모두 함께였다.

그런 생각을 하는데 불빛이 살짝 비쳤다. 보나 마나 허브 화분이 놓인 창 너머로 차 한 대가 지나간다는 표시였다. 차는 속도를 늦추더니

* 콩을 거미줄곰팡이균에서 발효시켜 만든 인도네시아 음식.

우리 집을 들여다보았다. 나는 다시 한번 그렇게 스쳐가면서 힐끗 들여다보는 것만으로는 절대로 진실을 알 수 없을 거라고 생각했다. 좋은지 나쁜지, 옳은지, 그른지. 보이는 것보다는 안 보이는 것들이 훨씬 많은 법이었다.

우리 집 규칙은 요리를 안 한 사람이 설거지를 맡는 거였으므로 저녁을 먹은 커스틴 언니와 아빠, 그리고 나는 다 같이 의무를 지키러 나섰다.

"그거 진짜 맛있더라. 소스가 끝내주던데." 커스틴 언니가 세제 묻힌 냄비를 헹구라고 건네주며 말했다.

"그렇지?" 부엌 탁자에 앉아서 커피를 마시던 엄마가 하품을 하며 말했다. "너희 아빠는 세 번이나 가져다 드셨잖니. 휘트니도 눈치챘겠지? 요리사한테 최고의 칭찬인데 말이야."

"전 요리는 안 해요. 배달도 요리로 친다면 모를까." 커스틴 언니가 말했다.

"그렇지." 아빠가 언니에게 말했다. 아빠도 설거지를 돕기로 되어 있었지만, 그때까지 아빠가 한 일이라고는 쓰레기를 내다 버리고 한참 동안이나 봉투를 새로 씌우는 일이었다. "전화해서 배달시키는 게 내가 가장 좋아하는 요리법이지."

엄마가 아빠를 보며 얼굴을 찡그리는데, 저녁 먹고 위층으로 올라갔던 휘트니 언니가 재킷을 걸치고 손에는 자동차 키를 들고 들어왔다. "잠깐 나갔다 올게요. 늦지는 않을 거예요." 언니가 말했다.

물에 손을 담그고 있던 커스틴 언니가 고개를 돌려서 휘트니 언니를 보았다. “어디 가는데?”

“그냥 카페에서 사람 좀 만나기로 했어.” 휘트니 언니가 말했다.

“그래.” 커스틴 언니가 고개를 끄덕이며 말했다. 그리고 다시 개수대로 눈길을 돌렸다.

“언니…….” 휘트니 언니가 말을 꺼냈다가 멈추었다. “같이 가고 싶었어?”

“방해하고 싶지는 않아. 안 갈래.” 커스틴 언니가 말했다.

“괜찮아. 저기, 잠깐 같이 나가도 난 괜찮은데.”

다시 그런 느낌이 들었다. 언니들 사이의 주저주저하는 조심스러운 평화, 얄팍하지는 않지만 견고하지도 않은 평화가 주는 느낌. 엄마 아빠가 서로 눈길을 주고받았다. “애너벨, 너도 가고 싶니? 가면 내가 카페모카 한 잔 사 줄게.” 커스틴 언니가 말했다.

언니의 시선을 느끼며 아까 내 손을 꼭 쥐던 게 떠올랐다. 어쩌면 언니는 보기보다 더 긴장하고 있는지 모르겠다는 생각이 들었다. “좋지. 갈게.” 내가 말했다.

“잘됐다!” 엄마가 말했다. “셋 다 나가서 재미있게 놀아라. 나머지는 아빠랑 내가 치울게.”

“정말이세요? 이제 겨우 반밖에 못 했는데…….” 내가 물었다.

“괜찮아. 얼른 가.” 엄마가 일어나서 다가오더니 소매를 걷어붙이며 나랑 커스틴 언니에게 비키라는 몸짓을 보냈다. 나는 복도에 서 있는 휘트니 언니를 쳐다보았다. 어쩌다 이 어중간한 상황에 끼게 됐는지 알 수 없었다. 하지만 그게 내 처지였다.

"안녕하세요, 이곳 점프 자바에서 펼치는 열린 마이크의 밤에 오신 여러분을 환영합니다. 저는 오늘 밤 여러분을 위한 사회를 맡은 에스더라고 해요. 전에 와 보신 분들은 규칙을 아실 겁니다. 참가 신청은 뒤에서 해 주시고, 누군가 낭독할 때는 조용히 해 주세요. 그리고 무엇보다 중요한 건 바리스타님에게 반드시 팁을 주시기 바랍니다. 고맙습니다!"

처음엔 우연히 행사를 진행하는 날 우리가 온 줄 알았다. 그런데 저쪽에서 누군가 우리에게 손을 흔들자, 우연이 아니라는 것이 확실해졌다. 휘트니 언니와 모임을 함께 하는 친구들이었다.

"그래서 준비는 다 됐어?" 제인이라는 키가 크고 매우 마른 여자가 말했다. 주문한 커피가 나오고 휘트니 언니가 우리를 소개한 참이었다. 제인은 빨간 스웨터를 입고 있었는데 앞주머니에 담뱃갑이 삐죽 나와있었다. "그리고, 이게 중요한데 혹시 떨려?"

"휘트니 언니는 안 떠는 사람이야. 잘 알잖아." 맞은 편에 있던 헤더가 말했다. 내 또래처럼 보였는데 까만 머리를 뾰족뾰족 짧게 자르고 입술과 코에 온갖 피어싱을 하고 있었다.

커스틴 언니와 나는 서로 눈길을 주고받았다. "네가 떨 일이 뭐가 있는데?" 커스틴 언니가 내 옆에 앉아서 무릎 위에 놓은 가방을 뒤적거리던 휘트니 언니에게 물었다.

"낭독 때문에 그래요. 오늘 밤에는 휘트니 언니가 한다고 신청했거든요." 제인이 앞에 놓인 머그잔을 들어서 한 모금 홀짝거리며 말했다.

"반드시 등록을 해야 해요. 낭독은 '모이라의 필수'거든요." 헤더가 덧붙였다.

"모이라의 필수?" 내가 말했다.

"우리 모임에서 하는 거야." 휘트니 언니가 가방에서 반으로 접은 종이를 꺼내더니 앞에 있는 탁자 위로 올려놓으며 말했다. "그게, 숙제 같은 거야. 모이라는 나를 담당한 의사고."

"아, 그렇구나." 커스틴 언니가 말했다.

"그럼 언니가 쓴 글을 읽는 거야? 언니의 개인사에 대해서?" 내가 물었다.

휘트니 언니가 고개를 끄덕이며 대답했다. "그런 셈이지."

"좋습니다. 이제 시작할 준비가 됐네요. 제일 먼저, 제이콥부터 시작하겠습니다. 제이콥, 어서 와요!" 에스더가 말했다.

다들 박수를 치는 가운데 까만 털모자를 쓴, 키가 크고 비쩍 마른 남자가 탁자 사이를 누비며 마이크 앞으로 나갔다. 그리고 스프링 달린 공책을 꺼내더니 목청을 가다듬었다. "제목은 '무제'입니다." 제이콥이 입을 열자 때마침 뒤에서 에스프레소 기계가 쉿, 하는 소리를 냈다. "이건, 음, 제 옛날 여자 친구에 관한 글입니다."

제이콥이 낭독하는 시는 환한 낮과 꿈에 관한 이미지로 시작했다. 곧이어 내용이 고조되기 시작하고, 한 구절 한 구절 읽는 제이콥의 목소리가 점점 높아지더니 끝내는 스타카토로 낱말을 하나하나 연달아 내뱉었다. "차가운, 금속, 끝없는, 배신!" 시를 읊는 중간에 마이크로 침이 튀기도 했다. 나는 입술을 깨물고 있는 휘트니 언니를 힐끔 보았다.

그리고 커스틴 언니에게 눈길을 돌려 보니 완전히 몰입한 표정이었다.

"저게 무슨 뜻이야?" 내가 소곤거렸다.

"쉬이이." 커스틴 언니가 말했다.

제이콥의 시 낭송은 끝을 짐작할 수 없을 만큼 오래 이어지더니 마침내 숨 막히는 결말에 이르렀다. 낭송이 끝나자 우리는 모두 박수를 쳐도 되는 시점인지 눈치를 보느라 잠시 조용히 앉아만 있었다.

"와, 엄청나다." 내가 헤더에게 말했다.

"아, 저건 아무것도 아니야. 지난주에 왔어야 하는데. 지난주에는 거세에 관한 글로 10분을 채웠잖아." 헤더가 말했다.

"역겨웠어. 흥미는 있었는데, 역겹더라고." 제인이 덧붙였다.

"다음은 낭독에 처음 참여하는 분이네요. 여러분, 휘트니에게 박수를 주시기 바랍니다." 에스더가 말했다.

제인과 헤더가 열광적인 박수를 치기 시작했고 커스틴 언니와 나도 따라 했다. 휘트니 언니가 마이크 앞으로 걸어 나가는 동안 나는 다른 사람들의 반응을 살폈다. 다들 언니 쪽으로 고개를 돌리다가 언니의 미모에 다시 한번 눈길을 멈추는 모습이었다.

"저는 짧은 글을 읽을 거예요." 언니가 가냘픈 목소리로 말했다. 언니는 마이크 앞으로 더 가까이 다가섰다. "우리 언니에 관한 짧은 글입니다." 언니가 되풀이해서 말했다.

나는 놀라서 눈을 깜박이며 커스틴 언니를 보았다. 나는 뭔가 말하고 싶었지만 다시 조용히 하라는 소리를 들을 것 같아서 잠자코 입을 다물었다.

휘트니 언니는 마른침을 삼킨 다음 낭독할 글을 내려다보았다. 종이 가장자리가 가늘게 떨리는 모습이 보였다. 언니는 겁에 질린 듯한 표정이었고 갑자기 주위가 너무 조용하게 느껴졌다. 하지만 언니는 낭독을 시작했다.

"나는 둘째 딸이다." 언니가 읽기 시작했다. "가운데에 끼인. 맏이도 아니고 막내도 아니고 아주 당당하지도 않고 아주 다정하지도 않다. 나는 잿빛 그림자이며 보기에 따라서 반쯤 차거나 반쯤 빈 유리잔이다. 나는 살아오면서 우리 셋, 내 앞의 언니나 내 뒤의 동생 가운데 최초로 해낸 일도, 더 잘한 일도 별로 없다. 그렇지만 우리 셋 가운데서 뼈가 부러져 본 사람은 나밖에 없다."

딸랑, 하고 문 열리는 소리가 나서 고개를 돌려 보니 긴 곱슬머리에 나이 든 아주머니가 들어와서 뒤에 섰다. 아주머니는 마이크 앞에 서 있는 휘트니 언니를 보더니 빙그레 웃으며 목에 두른 스카프를 풀기 시작했다.

"내 막내 여동생의 아홉 번째 생일 파티가 있던 날이었다." 휘트니 언니가 낭독을 이어 갔다. "나는 완전히 무시당하거나 지나치게 들볶인다는 느낌에 온종일 뿌루퉁하게 집안을 돌아다니던 중이었다. 열한 살이나 됐을 때였는데 그게 내 기본 모드였다."

우리 옆자리에 앉아 있던 남자가 큰 소리로 웃음을 터뜨리자 커스틴 언니는 눈을 크게 떴다. 다른 자리에서도 키득거리는 소리가 들렸다. 휘트니 언니는 얼굴을 붉히면서도 싱긋 웃었다. "사교성이 좋은 우리 언니가 자전거를 타고 동네 수영장으로 친구를 만나러 간다면서 같이 가자고 했다. 나는 가기 싫었다. 혼자 있고 싶었다. 우리 언니는 싹싹하고 내 동생은 다정했지만 나는 어둠이었다. 내 고통은 아무도 이해하지 못했다. 심지어 나 스스로도."

이번에는 건너편에서 다시 웃음소리가 터져 나왔고, 언니도 웃음을 보였다. 휘트니 언니는 웃길 줄도 알았다. 누가 알았을까?

"언니는 자전거를 타고 수영장으로 갔고 나는 언니를 따라가기 시작했다. 나는 늘 따라가는 사람이었고, 같이 자전거를 타고 가는데 그것 때문에 슬슬 화가 나기 시작했다. 두 번째인 게 지긋지긋했다."

나는 다시 커스틴 언니를 보았다. 언니는 다른 사람은 없고 오로지 휘트니 언니만 보이는 것처럼 뚫어져라 집중하고 있었다. "그래서 나는 뒤로 돌아섰다. 그러자 내 눈 앞에 갑자기 텅 빈, 완전히 새로운 도로가 펼쳐졌다. 도로가 모두 내 차지였다. 나는 있는 힘껏 페달을 밟고 달려나가기 시작했다."

헤더가 커피에 설탕을 더 타느라 스푼 쨍그랑거리는 소리를 냈다. 나는 꼼짝도 하지 않고, 조용히 앉아 있었다.

"정말 대단했다. 늘 머릿속에서 그리던 자유가 느껴졌다. 하지만 눈앞에 아무도 보이지 않는 길을 한참 달리다가 문득 내가 너무 멀리 와 버렸다는 사실을 깨달았다. 아직도 전속력으로 내달리며, 집에서 너무 멀리 떨어졌다 싶은 순간 갑자기 앞바퀴가 푹 꺼지는가 싶더니 몸이 붕 날아올랐다."

옆에서 커스틴 언니가 자리를 고쳐 앉았고, 나는 내 의자를 언니 가까이로 가져갔다.

"느닷없이 공중으로 떠오르는 느낌은 재미있었다." 휘트니 언니가 이어서 읽어 나갔다. "그런데 그 재미도 잠시, 몸이 떴다고 느낀 순간 곧바로 곤두박질쳤다. 아스팔트에 부딪쳤을 때 내 팔의 뼈가 부러지는 소리가 들렸다. 그 뒤로는 내 자전거 바퀴가 돌아가면서 틱틱거리는 소리가 이어졌다. 그 순간 내 머릿속에 떠오르는 건 내가 항상 생각해온 것, 그러니까 불공평하다는 거였다. 이제 막 자유의 맛을 보는가 싶었는데 순식간에 벌을 받게 되다니 말이다."

나는 고개를 돌려서 문가에 서 있는 아주머니를 보았다. 아주머니는 휘트니 언니를 뚫어져라 보고 있었다.

"온몸이 아팠다. 나는 뺨을 길바닥에 누른 채 눈을 감고 기다렸다. 무엇을 기다렸는지는 모르겠다. 구조되거나, 발견되기를. 하지만 아무도 오지 않았다. 나는 늘 혼자 남겨지기를 바란다고 생각했다. 그때까지는."

나는 그 대목을 들으며 침을 꿀꺽 삼켰다. 그리고 손가락으로 커피잔을 쓰다듬었다.

"그렇게 얼마나 있었는지 모르겠지만 우리 언니가 나를 찾으러 돌아왔다. 나는 지금도 하늘에 흘러가던 구름과 언니가 내 이름을 부르던 목소리를 기억한다. 자전거를 타고 달려와서 내 옆에 멈춘 언니, 내가 기대하던 사람은 아니었다. 하지만 그 전과 그 후로 수없이 많은 시간 그랬듯이, 나에겐 언니밖에 없었다."

휘트니 언니는 잠시 멈추고 숨을 들이쉬었다.

"언니는 나를 일으켜서 자전거 핸들에 앉혔다. 언니에게 고마워해야 한다는 건 알고 있었다. 그렇지만 집으로 가는 돌아가는 길, 나는 화가 났다. 넘어진 내 자신한테, 그리고 그걸 다 본 언니에게. 집 앞으로 들어서자 생일을 맞은 우리 막내가 바깥으로 튀어나왔다. 그리고 내 얼굴과 힘없이 흔들거리는 내 팔을 보고 안으로 달려가며 엄마를 소리쳐 불렀다. 언제나 그랬듯이, 그게 막내로서 내 동생의 역할이었다. 소식을 전하는 역할."

나도 그때가 떠올랐다. 그때 처음 든 생각은 언니 둘이 같이, 그것도 너무나 가까이 붙어있어서 무슨 일이 난 게 틀림없다는 거였다. 그런 일은 단 한 번도 없었다.

"우리 아빠는 나를 데리고 응급실로 가서 뼈를 맞췄다. 집에 돌아왔더니 파티는 거의 끝나서 선물을 뜯어보고 케이크도 막 잘라서 나눈 뒤였다. 그날 나는 깁스가 내 팔을 붙여주지 못할 것 같다는 듯, 팔로 깁스를 꼭 감싸 안고 사진을 찍었다. 내 옆에는 그날의 영웅, 언니가 있고 다른 옆에는 생일을 맞은 주인공인 동생이 있었다."

나도 그 사진을 알고 있었다. 사진 속에서 나는 수영복을 입고, 한 손에는 케이크를 들고 있다. 커스틴 언니는 불쑥 내민 엉덩이를 한 손으로 받치고 씩 웃는 얼굴이다.

"그 사진을 볼 때마다 한동안은 부러진 내 팔만 눈에 들어왔다. 나중에야 다른 것들이 보이기 시작했다. 언니랑 동생이 똑같이 웃는 얼굴로 나한테 몸을 기대고, 나는 언제나처럼 그 둘 사이에 서 있는 모습 같은 것."

휘트니 언니는 숨을 한 번 들이쉰 다음 다시 글을 읽었다.

"언니랑 동생에게서 벗어나고 싶은 게 한두 번이 아니었다. 차라리 혼자가 낫겠다고 생각한 때도 많았다. 나는 여전히 둘째로 살고 있다. 하지만 이제는 다른 눈으로 본다. 가운데 자리가 있어야 한다고. 그 자리가 비면 온전하게 전체를 이룰 수 없다. 사이의 그 자리는 모두를 하나로 묶어 주고 있다. 감사합니다."

여기저기서 박수를 치기 시작하더니 이내 박수 소리가 실내를 가득 채웠다. 나는 뜨거운 기운이 울컥 솟구치는 걸 느끼며 가만히 앉아 있었다. 얼굴이 발갛게 상기된 휘트니 언니는 한 손으로 가슴을 꾹 누르고 빙그레 웃으며 마이크 뒤로 물러났다. 옆을 보니 커스틴 언니 눈가에 눈물이 그렁그렁 맺혀 있었다.

휘트니 언니가 우리 자리로 오는 동안 사람들이 눈인사를 보내주었고 나는 그런 언니가 몹시 자랑스러웠다. 언니가 그 글을 소리내어 읽기까지 얼마나 힘든 시간을 보냈을지 짐작할 수 있었기 때문이다. 낯선 사람들뿐만 아니라 바로 우리 자매 앞에서도. 하지만 언니는 해냈다. 그 자리에 앉아서 언니를 보며 나는 어느 쪽이 더 어려울까 생각해 보았다. 말을 하는 행동 자체, 아니면 말을 전달하는 상대? 아니면, 가까스로 말을 꺼낸다고 해도 실은 말하고자 하는 내용만이 중요한 것일 수도 있었다.

17

침대 옆에 있는 시계가 빨간빛을 내며 12시 15분을 나타냈다. 계산을 해 보니, 나는 3시간 8분째 잠을 자려고 노력하고 있었다.

전날 저녁에 휘트니 언니가 글을 낭독한 뒤부터, 떨쳐버리려고 애를 썼던 문제들이 갑자기 나를 괴롭혔다. 오언과 멀어진 것, 에밀리가 준 명함, 그리고 나한테 다시 말을 걸어 준 클라크. 집 안은 충만하고, 활기차고, 부모님은 오랜만에 느긋해 보이고, 언니들은 서로 얘기를 주고받을 뿐만 아니라 실제로 사이가 좋아진 느낌이었다. 그 갑작스러운 조화는 너무나 예기치 않은 것이어서 내 기분이 더 가라앉는 것 같았다.

전날 밤, 커피숍에서 집으로 돌아오는 길에 커스틴 언니는 휘트니 언니에게 영화 얘기를 하며 영화와 휘트니 언니의 글이 매우 비슷하다고 말했다. 휘트니 언니가 영화를 보고 싶다고 해서, 오늘 밤 저녁을 먹기 전에 커스틴 언니가 커피 탁자에 노트북 컴퓨터를 가져오면 온 가족이 다 같이 모여서 보기로 했다.

부모님은 소파에 앉고 휘트니 언니는 소파 팔걸이에 걸터앉았다. 커스틴 언니가 위치를 잡으며, 나한테 가까이 다가앉으라고 했지만 나는 고개를 저으며 뒤로 물러났다. “난 다 봤는데 뭐. 언니가 저기 앉아.” 내가 말했다.

“그럼 나는 백만 번은 봤겠다.” 언니는 말은 그렇게 하면서도 자리를 잡고 앉았다.

“이거 정말 재미있다!” 엄마가 우리를 휘둘러 보며 말했다. 나는 온 가족이 모인 게 재미있다는 뜻인지 영화 보는 게 재미있다는 뜻인지 짐작할 수가 없었다.

커스틴 언니는 숨을 한 번 들이쉬더니 팔을 내밀어서 버튼을 눌렀다. “자, 이제 시작합니다.”

첫 장면으로 푸르고 푸른 잔디가 나타나자 나는 어떻게든 화면에 눈길을 주려고 애를 썼다. 하지만 내 눈은 어느새 영화 대신 우리 식구들을 살피고 있었다. 아빠는 진지한 얼굴로 화면을 뚫어져라 들여다보았다. 그 곁에서 엄마는 무릎 위에 얹은 두 손을 만지작거리고 있었다. 휘트니 언니는 아빠 곁에서 가슴에 무릎을 세우고 앉아있었고 나는 영화가 흐르면서 언니 얼굴에 비치는 화면 불빛을 바라보았다.

“아니, 휘트니.” 여자아이들이 자전거를 타고 길을 달리는 장면에서 엄마가 입을 열었다. “이건 얼마 전에 네가 우리한테 읽어 준 글이랑 비슷하다, 안 그러니?”

“맞아요.” 커스틴 언니가 부드럽게 말했다. “이상해, 그렇죠? 우리도 어젯밤에야 알았어요.”

휘트니 언니는 아무 말 없이 화면을 보고 있었다. 작은 여자애가 넘어지고, 자전거 바퀴가 헛도는 모습을 카메라가 멀리서 비춰 주는 화면이었다. 그다음에는 더 무섭게 변한 이웃 풍경들이 펼쳐졌다. 사납게 짖는 개, 신문 줍는 늙은 남자. 초록색 화면과 함께 마침내 영화가 끝나고, 우리는 모두 잠시 말이 없었다.

"커스틴, 세상에, 정말 엄청나다." 마침내 엄마가 입을 열었다.

"엄청나긴요." 커스틴 언니가, 머리카락을 귀 뒤로 넘기며 말했다. 하지만 표정은 흐뭇해 보였다. "이제 겨우 시작인데요 뭘."

"네가 저런 시선을 가진 줄은 몰랐는데?" 아빠가 팔을 뻗어서 언니 다리를 꼭 움켜쥐며 말했다. "그렇게 티브이를 보더니, 보람이 있구나."

커스틴 언니가 아빠에게 웃음을 지어 보였다. 하지만 언니의 진짜 관심은 아직 아무 말도 안 꺼낸 휘트니 언니에게 있었다. "그래, 너는 어때?" 커스틴 언니가 물었다.

"마음에 들어." 휘트니 언니가 말했다.

"언니가 나를 남겨 놓고 가 버렸다는 생각은 안 해 봤지만 말이야."

"나도 네가 뒤로 돌아서서 달렸다는 건 짐작도 안 해 봤는데 뭐. 정말 재미있다." 커스틴 언니가 맞받았다.

휘트니 언니는 말없이 고개를 끄덕였다. 그러자 엄마가 한숨을 쉬며 말했다. "흠, 난 그날이 너희들한테 그렇게 대단하게 남아 있는 줄도 몰랐다!"

"그럼, 휘트니 팔이 부러진 것도 생각 안 나세요?" 커스틴 언니가 물었다.

"너희 엄마는 선택적으로 기억하잖니." 아빠가 말했다. "하지만 나는 우리의 집단적 트라우마를 또렷하게 기억하고 있지."

"당연히 나도 기억한단다." 엄마가 말했다. "근데…… 그 일이 너희 둘의 마음을 함께 울리게 하는 사건인 줄은 몰랐다는 거지." 엄마가 고개를 돌려서 뒤를 살피다가 나한테 눈을 맞췄다. "애너벨, 너는 어떠니? 너는 그날을 어떻게 기억하고 있어?"

"아홉 살이 되는 날이었는데, 그렇지?" 아빠가 거들었다.

나는 모두가 나를 보기에 고개만 끄덕였다. 그렇지만 언니들의 시선에서 많은 부분이 이미 이야기되기도 했고, 그날의 기억이 내게는 그렇게 많이 남아있지 않았다. 그날은 내 생일이었고 케이크를 받았으며 엄마한테 달려가서 휘트니 언니가 다쳤다고 얘기했다. 하지만 나머지는 또렷하지 않았다.

나는 저녁 내내 가족들을 지켜보았다. 커스틴 언니는 영화 제작 강의를 같이 듣는 사람들이 얼마나 매력적인지 이야기했다. 휘트니 언니는 오후 내내 만든 초밥에 대해 자세히 설명했고 엄마는 뺨을 발갛게 물들이며 웃었다. 아빠도 온 가족이 한결 나아진 모습으로 모인 걸 기뻐하며 편안해 보였다. 다 좋은데 나만 어쩐지 동떨어진 느낌이었다. 마치 이제는 내가 바깥에서 천천히 지나가며 들여다보는 차가 된 것 같았다. 단지 가까이 있다는 것 빼고는 아무 공통점도 없는.

나는 이불을 박차고 일어나 방문을 열었다. 복도는 조용하고 어두운데 계단 아래서 희미한 불빛이 보였다. 아빠가 아직 깨어 있다는 의미였다.

내가 거실로 들어가자 아빠는 얼른 티브이 소리를 줄이며 말했다.

"잠이 안 오니?"

나는 고개를 저었다. 화면에는 옛날 뉴스를 다룬 거친 흑백 영상이 흐르고 있었는데 두 남자가 탁자를 사이에 두고 악수를 나누는 모습이었다. 두 사람 뒤에서 군중들이 박수를 쳤다.

"음, 때마침 잘 왔다. 나 좀 도와다오. 한쪽은 일차세계대전 발발 시점을 다룬 멋진 방송이고, 또 한쪽은 모래 폭풍에 대한 방송이거든. 어느 쪽을 보는 게 좋겠니?" 아빠가 물었다.

나는 아빠가 채널을 바꿔서 보여 주는 방송 화면을 보았다. 황폐한 풍경 속을 자동차 한 대가 천천히 가로지르고 있었다. "모르겠어요. 둘 다 마음에 안 드는데요."

"얘, 역사를 두고 험담하는 거 아니다. 이건 아주 중요한 거야."

나는 웃으며 아빠 소파로 가서 앉았다. "알아요. 근데 재미를 느끼기가 힘들단 말이에요. 그냥, 저는 그렇다고요."

"어떻게 이런 내용이 재미없을 수 있니?" 아빠가 물었다. "이건 실화야. 가짜로 만든 우스꽝스러운 방송이랑은 다르다고. 이건 정말로 일어난 사건들을 다룬 거야."

"아주 오래전에 일어난 일들이죠." 내가 덧붙였다.

"바로 그거야!" 아빠가 고개를 끄덕이며 말했다. "내 말이 그거야. 그래서 잊으면 안 되는 거지. 세월이 아무리 많이 흘러도 이런 사건들은 우리가 살아가는 세상에 여전히 영향을 미친단다. 과거에 관심을 두지 않으면, 절대로 미래를 이해할 수 없는 거야. 모두 얽혀 있거든. 무슨 뜻인지 알겠니?"

처음에는 몰랐다. 하지만 화면 속에서 펼쳐지는 장면을 다시 보며 나는 아빠 말이 옳다는 걸 깨달았다. 과거는 몇 가지는 알아챌 수 있는 방식으로, 그리고 수백만 가지는 미처 알 수 없는 방식으로 현재와 미래에 영향을 미친다는 걸. 시간은 쉽게 쪼갤 수 있는 게 아니었다. 중간이나 시작, 또는 끝의 경계를 그을 수 없는 게 시간이었다. 나는 과거를 묻어버린 척했지만, 그렇게 떼어낼 수 있는 게 아니었다.

앉아 있는 동안 티브이 화면에 집중해 보려고 아무리 애를 써도 마음이 걷잡을 수 없이 초조해졌다. 너무 조급해서 아무 생각을 할 수 없는 지경이 되어 나는 다시 침대로 돌아갔다.

미치겠네, 나는 다시 천장을 말똥말똥 올려다보며 생각했다. 양옆에 있는 언니들의 방은 조용했다. 눈을 감으면 지난 며칠 동안 벌어진 일들이 파편처럼 조각조각 스쳐 갔다. 심장이 뛰었다. 내가 이해하지 못한, 이해할 수 없는 일이 벌어지고 있었다. 나는 이불을 걷어차고 일어나 앉았다. 마음을 가라앉히거나, 그 어지러운 생각들을 잠시라도 잊게 해 줄 방법이 필요했다. 나는 침대 옆 서랍을 열고 헤드폰을 꺼내 시디플레이어에 꽂은 다음 책상 앞으로 갔다. 오언이 준 시디를 다 헤집은 끝에 서랍 맨 밑바닥에 있는 걸 찾아냈다. '그냥 들어 봐'라는 제목을 붙인 노란색 시디였다.

'정말 싫어할 수도 있어. 아닐 수도 있고. 네가 꼭 필요하던 것일지도 몰라. 그게 이 음악의 아름다움이지. 알아듣겠어?'

재생 버튼을 눌렀지만 들리는 건 정적뿐이었다. 나는 자리를 잡고 눈을 감은 채 첫 번째 노래가 나오기를 기다렸다. 하지만 나오지 않았다. 몇 분이 지나도록 아무 소리도 들리지 않았다. 나는 그제야 깨달았다. 그 시디는 비어 있었다.

어쩌면 장난삼아 만든 시디일 수 있었다. 아니면 깊은 뜻이 담긴 것인지도. 하지만 나는 가만히 누워서 정적과도 같은 그 소리를 귀로 느꼈다. 문제는 그 정적이 너무나 크게 느껴졌다는 거다.

음악과는 아주 다른 그 소리가 정말 기묘했다. 아무 소리도 없이 비어 있지만, 동시에 모든 걸 밖으로 밀어내서 나를 고요하게 만들었다. 나는 아득하게 멀리서 들려오는, 구분하기 어려운 소리를 가까스로 이해하기 시작했다. 나직한 그 소리는, 내가 처음 보지만 익히 아는 곳에서부터 다가오고 있었다.

'쉬이이, 애너벨. 나야.'

하지만 그 소리는 중간 부분에 지나지 않았다. 그 소리 너머에는 시작 지점도 존재하고 있었다. 그리고 나는 문득 내가 거기, 정적만 감도는 곳에서 도망치지 않고 가만히 머물러 있으면 그 소리를 듣게 될 거라는 사실을 깨달았다. 그러자면 파티가 열린 날 밤, 에밀리가 소피를 부르는 소리를 처음 들었던 그 지점까지 곧장 되돌아가야 했지만 상관없었다. 결국 그 길이 끝에 이를 수 있는 유일한 길이니까.

이제껏 내가 바란 건 모든 걸 잊는 거였다. 그렇지만 잊었다고 생각했을 때조차도 경험의 파편이 불쑥 떠오르기 일쑤였다. 마치 나무 조각 하나가 물 표면으로 떠올라서, 수면 아래 난파된 배가 가라앉아 있다는 단서가 되듯이 말이다. 분홍색 상의, 내 이름을 부르는 목소리, 목덜미에 닿는 손길. 그건 과거로부터 도망치려 할 때마다 고개를 든 파편들이었다. 그것들은 나를 따라다니는 데서 그치지 않았다. 나를 내리 덮쳐서 미래를 지우고, 주위의 풍경과 하늘마저 지워 버린 탓에 나는 집으로 돌아가는 길을 찾을 수가 없었다. 그것들을 정면으로 돌파하지 않으면 길은 영영 찾을 수 없을 것이었다.

이제 이해할 수 있었다. 시도 때도 없이 나를 옭아매고, 소리쳐 부르고, 들어 달라고 애걸하던 그 목소리는 윌의 목소리가 아니었다. 그건 내 목소리였다.

18

"여기는 WRUS, 여러분의 지역 라디오 방송국입니다. 지금 시간은 7시 58분, 여러분은 화 다스리기를 듣고 계십니다. 이제 마지막 곡입니다."

팅, 하는 현악기 소리에 이어서 삐, 하는 마이크 소음이 터져 나왔다. 뭔가 실험적이고 형식이 다른 음악인 것 같은데 듣기 편한 곡은 전혀 아니었다. 또다시 찾아온 일요일, 오언의 방송이 흐르고 있었다.

그렇지만 나한테는 그냥 일요일이 아니었다. 헤드폰을 끼고 보낸 전날 밤과 오늘 아침 사이 어디쯤에선가 나는 달라져 있었다. 침대에 누운 채 정적 위를 표류하며 오랜 시간 동안 파티가 있던 그날 밤의 나를 되짚어 보고 나자, 마침내 내 머릿속에 있던 목소리가 말하기 시작했다. 아침 7시에 눈을 뜨고서야 헤드폰을 쓴 채 잠이 들었다는 걸 알았다. 내 심장 뛰는 소리가 귀까지 들려왔다. 일어나서 헤드폰을 벗었다. 이제는 나를 둘러싼 정적이 텅 비거나 광활하게 여겨지지 않았다. 대신 그 정적이 처음으로 충만하게 느껴졌다.

라디오를 틀자 강렬한 기타 음 너머로 누군가 울부짖는 소리의 올드스쿨 메탈 곡과 함께 방송이 시작되고 있었다. 그 뒤를 이어 러시아 팝송 같은 곡이 나왔고 마침내 오언이 등장했다.

"방금 들으신 곡은 레닌그라드였습니다." 오언이 말했다. "여러분은 화 다스리기를 듣고 계십니다. 저는 오언이고요. 지금 시간은 7시 6분, 저희 방송과 함께 해 주셔서 감사합니다. 신청곡이 있다고요? 건의할 일도요? 토론 거리도? WRUS 555번으로 전화 주세요. 이번 곡은 도미니크 웨벌리입니다."

이어서 나온 음악은 테크노 곡이었는데, 불협화음 같은 경쾌한 리듬으로 시작하더니 나중에 가서는 한데로 뒤섞였다. 전에는 일요일마다 오언이 틀어 주는 음악을 좋아하려고, 아니면 적어도 이해하려고 노력하며 몹시 집중해서 들었다. 하지만 둘 다 실패했을 때 오언에게 말하기 주저한 적은 없었다. 만약 다른 모든 것들에 대해서도 그렇게 말할 수 있었다면 얼마나 좋았을까. 하지만 언제나 완벽한 순간일 수는 없었다. 가끔은 주어진 상황에서 할 수 있는 최선을 다해야 할 때도 있는 법이었다.

바로 그런 이유때문에 나는 차를 몰고 우리 동네를 벗어나 WRUS방송국으로 달리기 시작했다. 방송국 주차장에 들어설 무렵, 시간은 8시 2분이었다. 오언의 뒤를 이어서 '약초 처방'이라는 방송이 막 시작되고 있었다. 나는 오언과 롤리의 자동차 사이에 차를 대고 조수석에 둔 시디를 챙겨 방송국 안으로 들어갔다.

조용한 로비를 가로지르는 동안, 중얼거리듯 은행나무에 대해 설명하는 목소리가 들려왔다. 오른편 복도 끝 유리로 둘러싸인 방송실이 보였다. 가까이 가 보니 방송실에 딸린 조그만 제어실에 앉아 있는 롤리의 모습이 맨 먼저 들어왔다. 롤리는 진초록색 티셔츠에 야구 모자를 거꾸로 쓴 채 그 위로 헤드폰을 끼고 있었다. 그 옆에는 일요일 신문의 낱말 퍼즐을 펼쳐 놓고, 테이크아웃 잔에 커피를 마시는 클라크가 있었다. 둘은 나를 알아차리지 못하고 얘기를 나누는 중이었다. 그런데 방송실로 눈을 돌리는 순간, 오언이 나를 똑바로 쳐다보고 있었다.

오언은 시디를 잔뜩 늘어놓고 마이크 앞에 앉아 있었다. 표정으로 봐서는 나를 반기는 빛이 아니었다. 주차장에서 만났을 때보다 더 심각한 표정이었다. 그 표정 때문에라도 문을 열고 안으로 들어갈 이유가 충분해 보였다. 그래서 그렇게 했다.

"안녕." 내가 말했다.

오언은 잠시 나를 보기만 하다가 마침내 심드렁한 목소리로 말했다. "안녕."

윙, 소리가 나더니 뒤쪽에서 롤리의 목소리가 울렸다. "애너벨!" 롤리가 소리쳤다. 겨우 참고 있는 것 같은 오언과는 딴판으로 밝고 활기찬 목소리였다. "야! 어떻게 지냈어?"

나는 롤리를 보며 손을 흔들어 주었다. 롤리와 클라크도 손을 흔들었다. 롤리는 몸을 굽히며 나한테 뭐라고 말을 하려다가, 자기를 노려보는 오언을 보더니 슬그머니 물러섰다. 짤깍, 소리와 함께 마이크가 꺼졌다.

"여긴 웬일이야?" 오언답게도 바로 본론부터 물었다.

"할 얘기가 있어서." 내가 대답했다.

갑자기 옆방에서 부산스럽게 움직이는 기척이 느껴졌다. 고개를 돌려 보니 클라크가 서둘러서 신문을 가방에 쑤셔 넣고 있었고, 롤리는 헤드폰을 벗으며 자리에서 일어났다. 롤리가 불을 끈 후 둘이 종종걸음으로 방을 나서자 이제는 충돌을 회피하는 사람이 누구인지 생각했다.

"우리는 저기, 음, 베이컨 먹으러 가려고. 거기서 볼래?" 롤리가 우리 뒤로 지나가며 오언에게 말했다.

오언이 고개를 끄덕이자 롤리는 나에게 웃어 보인 뒤 발길을 돌렸다. 클라크는 열린 문손잡이를 잡은 채 잠시 머뭇거렸다. "괜찮니?" 클라크가 물었다.

"응. 괜찮아." 내가 대답했다.

클라크는 가방을 어깨에 둘러메고 오언에게 나로서는 짐작할 수 없는 눈짓을 던졌다. 그리고 롤리를 쫓아 뛰어갔다. 클라크와 롤리는 나란히 손을 잡고 로비 모퉁이를 돌아서 모습을 감추었다.

다시 오언에게 고개를 돌리니 헤드폰 줄을 감으며 나갈 준비를 하고 있었다. "시간이 별로 없어. 그러니까 할 얘기 있으면 빨리 해." 나한텐 눈길도 안 주며 오언이 말했다.

"알았어." 나는 입을 열었다. "그게……" 심장이 빠르게 뛰며 온몸의 기운이 빠져나갔다. 다른 때 같으면 겁에 질려서 말을 멈추고 물러설 상황이었다. "이것 때문인데." 나는 손에 든 시디를 들어 보이며 말했다. 그리고 목소리가 떨리기에 목을 가다듬었다.

"내가 엄청 감동할 거라고 했던 이 시디, 기억나?"

오언이 시디를 힐끗 보더니 조심스럽게 말했다. "어렴풋이."

"어젯밤에 이걸 들었어. 근데 음, 내가 제대로 이해했는지 알고 싶어서. 그러니까 네 의도를 알고 싶어."

"내 의도." 오언이 내 말을 되풀이했다.

"음, 있잖아, 해석의 여지가 워낙 많은 것 같더라." 그제야 목소리가 안정되는 느낌이었다. 그 시디가 주는 힘이었다. "그래서 있잖아, 내가 정말로, 제대로 이해했는지 알고 싶었어."

우리는 서로의 얼굴을 빤히 바라보았다. 나는 오언의 눈길을 피하지 않으려고 애썼다. 하지만 피하고 싶었다. 그런데 오언이 손을 내밀어서 시디를 받았다.

오언은 시디 케이스를 보더니 뒤집어서 살폈다. "곡목을 안 적어놨네."

"무슨 시디인지 기억 안 나?"

"오래됐잖아." 오언이 나를 쏘아보며 말했다. "그리고 너한테 만들어 준 게 한두 장이어야지."

"열 장이지. 다 들었어."

"그래?"

나는 고개를 끄덕였다. "응. 그 시디 듣기 전에 다른 것부터 다 들으라고 네가 그랬잖아."

"아, 이제 와서 내 말에 관심을 가지는 모양이지."

바깥에서 롤리와 클라크가 탄 차가 뒤로 후진하는 모습이 보였다.

롤리가 뭐라고 얘기하자 클라크는 머리가 흔들릴 정도로 웃었다.

“네 말이라면 난 항상 신경 쓰고 있어.”

“그래? 지난 두 달 동안 나를 피해 다니던 걸로 봐선 잘 모르겠던데.” 오언은 손을 내밀어서 앞에 있는 기계의 버튼을 눌렀다. 플레이어 문이 스르르 열리자 오언이 시디를 집어넣었다.

“난 그게 네가 바라는 건 줄 알았어.”

“왜?” 오언은 손을 밑으로 내려 플레이어 밑에 있는 손잡이를 살짝 눌렀다.

나는 마른침을 꿀꺽 삼켰다. “그날 주차장에서 내려서 가 버린 사람은 너잖아. 네가 나를 두고 갔잖아.”

“너는 클럽에서 나를 두고 가버렸으면서 이유도 얘기 안 했잖아.” 오언이 목소리를 높이며 나를 노려보았다. 그리고 손잡이를 살짝 돌렸다. “애너벨, 난 정말 화났었어.”

“그래.” 내가 입을 여는데 머리 위에서 빈 시디가 돌아가는 소리가 났다. “화가 났겠지. 내가 너를 실망시켰으니까. 나는 네가 생각한 것처럼 솔직한…….”

“……그래서 그냥 도망친다고?” 오언이 내 말을 가로채며 손잡이를 다시 두드렸다. 빈 시디 돌아가는 소리가 더 크게 들렸다. “한 번 다툰다고 사라져 버려? 그렇게 완전히?”

“내가 어떻게 하길 바랐는데?”

“무슨 일인지 얘기를 해 줘야지.” 오언이 말했다. “맙소사. 나한테 얘기를 하라고. 말했잖아, 얘기만 해 주면 이해할 수 있다고.”

"아무 말 안 한 것을 이해해 줄 수는 없었어? 넌 그때 너무 무서웠어."

"그게 어때서? 그럴 만한 상황이었잖아." 오언이 다시 한번 기계를 노려보았다. "사람은 다 화낼 수 있어, 애너벨. 그렇다고 세상이 끝나는 건 아니야."

"그래서 내가 너한테 다 설명하고, 네가 화내는 걸 받아 주면 문제가 다 풀려서……"

"그럼 난 다 풀리겠지."

"……아닐 수도 있지." 나는 오언을 노려보며 말했다. "어쩌면 모든 게 다 변해 버릴지도 모르지."

"이미 변해버렸잖아!" 오언이 말했다. "지금 어떤지 봐. 적어도 네가 무슨 일인지 나한테 얘기했다면 그 문제는 벌써 끝났을 거야. 근데 네가 아무 말도 않고 망설이는 바람에 해결된 게 하나도 없잖아. 이게 네가 원하는 거였어? 내가 잠시 화내는 것보다 아예 사라져 버리는 게 낫다고 생각했어?"

나는 가슴에 박히는 오언의 얘기를 들으며 그 자리에 서 있었다. "난, 거기까지는 생각하지 못했어.".

"나한테는 그렇게 보였어." 오언이 말을 하며 머리 위에 있는 스피커를 쳐다보았다. 빈 시디 소리가 더 크게 들렸다. "아무튼 상황이 이렇게까지 나빠지지 않을 수도 있었어. 네가 솔직하게 얘기만 했다면 말이야. 진짜로 무슨 일인지 말해 봐."

"그게 쉽지가 않아."

"이건 쉽고? 서로 무시하고, 피하고, 친구였던 적이 없는 것처럼 구는 건 쉽고? 너한테는 쉬울지도 모르겠지만 난 아니야. 나는 힘들었다고."

그 말을 듣는 순간 속이 이상했다. 하지만 다른 때처럼 뒤틀리는 느낌은 아니었다. 그보다는 약한 기운이었다. "나도 좋아서 그런 건 아니야. 하지만……"

"이 지경이 될 정도로 큰 문제라면 말이야." 오언이 방송실과 빈 시디가 돌아가는 소리, 그 한복판에 있는 우리를 가리키며 손을 크게 흔들었다. "그때부터 벌어진 이 어색하고 거지 같은 상황을 덮을 만큼 큰 문제라면 속으로 억누르고만 있을 수는 없는 거야. 너도 알잖아."

"아니." 내가 말했다. "오언 너나 알지. 너는 네가 화를 내든 다른 사람이 화를 내든 크게 문제가 안 되는 사람이잖아. 너는 그 화 다스리기 용어들, 네가 배운 것들 덕분에 언제나 정직하고, 네가 한 말이나 행동에 때문에 후회하는 법도 없고……"

"맞아, 난 그래."

"……근데 난 안 그래. 난 아니야." 나는 그렇게 말을 맺었다.

"애너벨, 그럼 넌 어떤데?" 오언이 나를 노려보며 말했다. "첫날 나한테 말한 것처럼 거짓말쟁이니? 그러지 마. 그 말이야말로 제일 큰 거짓말이야."

나는 오언을 가만히 보았다. 손이 떨리고 있었다.

"네가 거짓말쟁이라면 나한테도 거짓말을 했겠지." 오언이 빈 시디 돌아가는 지직거리는 소리가 다시 커지자 화면을 보며 말했다. "그냥 아무 문제없는 것처럼 행동했겠지. 하지만 넌 안 그랬잖아."

"그래." 나는 고개를 저으며 말했다.

"그리고 이런 일이 나한테 쉽다는 말은 하지 마. 안 쉬우니까. 두 달 동안 너한테 무슨 일이 있는지도 모르고 지내는 게 너무 괴로웠어. 애너벨, 무슨 일이야? 나한테도 못하는 얘기가 대체 뭐야?"

심장이 두근거리고 맥박이 빠르게 뛰었다. 오언은 다시 기계로 고개를 돌리고 음량을 높였다. 그러자 잡음이 내 귓가에 가득 들어찼고 동시에 그게 무슨 느낌인지 알아차렸다. 나는 화가 난 거였다.

몹시 화가 났다. 나를 공격하는 오언에게. 화가 난 오언에게 맞서 다투기까지 너무 오래 걸린 내 자신에게. 내가 붙잡지 못했던 모든 기회에게. 그 몇 달 동안 나는 긴장이나 두려움을 핑계로 매사에 그런 식으로 반응해 왔다. 그건 아니었다.

"너는 이해 못 해." 나는 오언에게 말했다.

"일단 얘기를 해 봐, 이해할 수도 있잖아." 오언이 자기 앞에 있던 빈 의자를 밀어주며 쏘아붙였다. "그리고 이 시디는 대체 왜 이래? 왜 노래가 안 나오지? 아무것도 안 들리는데." 오언이 목청을 높이며 말했다.

"뭐라고?"

오언이 작은 소리로 욕을 해가며 이 버튼 저 버튼 번갈아 가며 눌렀다. "아무것도 없잖아. 빈 거야."

"그게 요점 아니었어?"

"뭐가? 무슨 요점?"

맙소사. 나는 팔을 뻗어서 오언이 밀어준 의자를 당겨 앉았다. 그리고 그 시점에서 깊이, 깊이 생각해 보니 그건 단순한……실수였다. 기계

불량. 내가 틀린 거였다. 완전히 틀린 거였다.

아닐 수도 있고.

갑자기 모든 소리가 크게 들렸다. 오언의 목소리, 내 심장이 뛰는 소리, 지직거리는 소리가 실내를 가득 채웠다. 나는 눈을 감고 그 전날 밤, 오랫동안 정적 속에서 들었던 소리를 찾아 거슬러 올라갔다.

쉬이이, 애너벨, 목소리가 들려왔다. 그렇지만 이번에는 다르게 들렸다. 귀에 익은 목소리. 바로 내 목소리였다.

오언이 음량을 낮추자 머리 위에서 지직거리는 소리가 차츰 잦아들었다. 살다 보면 그런 순간이 있다. 온 세상에 고요해지고 오로지 내 마음만 남게 될 때. 그럴 땐 그 소리를 듣는 법을 배워야 한다. 그렇지 않으면 마음이 하는 소리를 영영 이해할 수 없으니까.

“애너벨?” 차분해진 오언의 목소리가 가까이서 들려왔다. 걱정스러운 목소리였다. “왜 그래?”

오언은 이미 나에게 아주 많은 걸 주었지만 그 순간 오언에게 기대며 나는 마지막으로 부탁했다. 그 누구보다 오언이 잘할 수 있는 일이었다.

“생각하지 말고, 판단하지도 말고, 그냥 들어 줘.”

“애너벨? 영화 시작하려고 하는데…….” 엄마가 부드러운 목소리로 말했다. 엄마는 내가 자는 줄 알고 있었다. “준비됐니?”

“거의 다 됐어요.” 내가 대답했다.

“좋아, 그럼 아래층에서 보자.” 엄마가 말했다.

그 전날, 나는 오언에게 파티 날 일어난 일만 얘기하지 않고 모두 다 말했다. 학교에서 소피와 부딪친 일, 휘트니 언니의 회복, 커스틴 언니의 영화 얘기까지. 또다시 광고를 찍기로 한 일, 아빠랑 역사 얘기를 나눈 일, 그리고 그 전날 밤에 오언이 준 빈 시디를 들은 일까지. 오언은 가만히 앉아서 한마디 한마디 다 들어 주었다. 그리고 마침내 얘기를 마치자, 오언은 딱 두 마디를 했다. 보통은 별 의미 없는 말이지만 그 순간에는 모든 게 다 담긴 말이었다.

"애너벨, 미안해. 그런 일이 있었다니, 정말 미안해."

어쩌면 나는 처음부터 그 말을 기대하고 있었는지도 모른다. 사과가 아니라, 오언에게 사과를 받고 싶었던 게 아니라, 내 마음을 받아 주는 것. 하지만 무엇보다 중요한 건 마침내 내가 해냈다는 거였다. 처음, 중간, 그리고 끝까지.

그렇다고 해서 문제가 다 끝났다는 뜻은 아니다.

"이제 어떻게 할 거야?" 오언이 나중에 그렇게 물었다. 유쾌한 지역 부동산 중개업자가 진행하는 다음 방송 때문에 방송실을 비워줘야 해서 오언의 차 옆에 서 있을 때였다. "그 여자분한테 전화할 거니? 재판에 관해서?"

"모르겠어."

다른 때였으면 오언이 자기 생각을 곧이곧대로 털어놓았을 테지만 그 때만큼은 참고 있었다. 잠시 동안은.

"문제는, 인생에서 무언가를 바꿀 수 있는 기회가 그리 많지 않다는 거야. 근데 이번은 그 기회인 것 같아."

"말하기는 쉽지. 넌 늘 올바른 일만 하잖아."

"아니, 안 그래. 나는 그저 최선을……" 오언이 머리를 저으며 대답했다.

"……주어진 상황에서 최선을 다한다고, 나도 알아." 나는 오언의 말을 대신 끝맺었다. "하지만 난 무서워. 내가 그렇게 할 수 있을지 모르겠어."

"당연히 할 수 있어."

"어떻게 그렇게 확신하니?"

"왜냐면 넌 벌써 했으니까." 오언이 말했다. "여기로 와서 나한테 말했잖아? 그건 엄청난 거야. 그렇게 할 수 있는 사람은 몇 안 돼. 하지만 넌 했잖아."

"할 수밖에 없었어. 설명하고 싶었거든."

"또 할 수 있어. 그냥 그 여자분한테 전화해서 나한테 한 것처럼 얘기하면 돼."

나는 머리카락을 쓸어 넘겼다. "그렇게 간단한 문제가 아니야. 그 여자분이 증언 같은 걸 하라고 하면 어떡해? 그럼 부모님께도 말씀을 드려야 하고, 우리 엄마가……우리 엄마가 그걸 받아들일 수 있을지 모르겠어."

"받아들이실 거야."

"넌 우리 엄마를 모르잖아."

"내가 너희 엄마에 대해서 알아야 할 필요는 없지. 봐, 이건 중요한 일이야. 너도 알잖아. 네가 해야 할 일을 먼저 하고, 다른 문제는 그다음에 생각해. 너희 엄마도 네 편이 되어 주실 거야."

울컥, 목이 메는 느낌이었다. 그 말을 다 믿고 싶었고 어쩌면 그대로 될 거라는 생각도 들었다.

오언이 가방을 바닥에 떨어트리더니 그 옆에 쪼그리고 앉아 가방 안을 헤집기 시작했다. 언젠가 학교 뒤편에서 똑같이 가방을 뒤지던 오언의 모습이 떠올랐다. 그날 나는 오언 암스트롱이 도대체 뭘 꺼내서 내밀지 짐작하지 못하고 어리둥절해 있었다. 잠시 뒤 오언은 사진 한 장을 꺼냈다.

"봐, 용기를 내라고 주는 거야." 오언이 사진을 건네며 말했다.

말로리의 사진을 찍던 날 오언이 찍은 내 사진이었다. 노란 불빛이 가득 찬 의상실 문 앞에 서서 맨얼굴로 편안하게 찍힌 사진. 봐, 넌 이렇게 생겼어. 그날 오언은 그렇게 말했다. 그 사진을 보고 있자니 말로리의 벽이나 콥프의 광고 속에 나오는 아이, 심지어 5월의 그 파티 장소에 있었던 아이는 진짜 내가 아니라는 게 비로소 증명되는 것 같았다. 지난가을을 보내는 동안 나는 오언 덕분에 다른 사람이 되어 있었다. 그 사실을 이제야 볼 수 있게 되었지만.

"말로리가 이 사진 너한테 주라고 했는데……." 오언이 입을 열었다.

"그런데?".

"……안 줘어." 오언이 말을 맺었다.

어쩌면 더 묻지 말아야 할 것 같았다. 하지만 그냥 물었다.

"왜?"

"사진이 좋아서. 벽에 걸어 두고 싶었어." 오언이 어깨를 으쓱하며 말했다.

나는 오후 내내 그 사진을 들여다보다가 용기를 내서 에밀리가 준 명함의 주인공, 안드레아 톰린슨에게 전화했다. 자동응답기에 용건을 남겼더니 10분도 안 되어 전화가 왔다. 에밀리 말이 맞았다. 안드레아는 좋은 사람이었다. 우리는 45분 동안 얘기를 나누었다. 안드레아가 필요할 경우에 대비해서 다음 날 법원으로 나와 줄 수 있느냐고 하길래 그게 무슨 뜻인지 알면서도 가겠다고 했다. 전화를 끊자마자 나는 오언에게 전화했다.

"잘됐다." 내 얘기를 들은 오언이 말했다. 오언의 목소리는 따뜻했고, 핸드폰을 귀에 꼭 붙인 채 마음껏 그 목소리를 들었다. "네가 옳은 일을 한 거야."

"응. 알아. 하지만 이제 사람들 앞에 나서야겠지……."

"넌 할 수 있어." 오언이 말했다. 그리고 내가 자신 없는 소리로 한숨을 쉬었더니 이렇게 말했다. "할 수 있어. 있잖아, 내일 네가 떨리면……"

"그러면?"

"……그럼 내가 같이 가 줄게. 너만 괜찮다면."

"그래 줄래?"

"그럼." 오언이 대답했다. 너무 쉽게, 당연하다는 듯이. "시간이랑 장소만 알려 줘."

우리는 아홉시쯤 법원 앞 분수에서 만나기로 했다. 오언이 없어도 혼자가 아닐 거란 건 알고 있었다. 하지만 선택권이 있는 건 좋은 일이었다.

이제 나는, 마지막으로 사진을 한 번 더 들여다본 뒤 침대 옆 서랍에 집어넣었다.

가족들이 모인 거실로 들어가는 길에 잠깐 멈춰서 현관에 걸린 사진을 보았다. 늘 그렇듯 내 얼굴을 먼저 본 다음 언니들을, 마지막으로 우리 틈에 끼어서 몹시 왜소해 보이는 엄마를 보았다. 그런데 이번에는 그 사진이 달리 보였다.

사진을 찍던 날 우리는 모두 엄마를 둘러싸서 보호했다. 하지만 그건 그날 하루 한 장면에 지나지 않았다. 그 뒤로 우리는 여러 차례에 걸쳐 스스로의 위치를 배열하고 또 재배열해 왔다. 휘트니 언니가 마다해도 우리는 모두 휘트니 언니를 에워싸며 모였었고, 휘트니 언니가 밀쳐 낼 때는 나랑 커스틴 언니가 전보다 더 가까워졌다. 그날 밤, 엄마와 언니들이 다시 탁자를 둘러싸고 모여 있는 건 분명했지만 그 순간에도 우리는 어디론가 흘러가고 있었다. 이전엔 나만 겉도는 것처럼 느껴졌지만 사실은 항상 손 뻗으면 닿을 거리에 있었다. 내가 요청하기만 하면 언제라도 그 사이로 들어가 나를 둘러싼 품 안에서 안전하게 보호받는다는 느낌을 가질 수 있었다.

나는 티브이를 사이에 두고 가족들이 모여 앉아 있는 거실로 들어갔다. 처음에는 아무도 내가 온 걸 눈치채지 못해서 잠시 가만히 서서 모두를 바라보았다. 마침내 엄마가 고개를 돌렸고 나는 깊은숨을 들이마셨다. 엄마의 표정이 어떻든 할 수 있다고 다짐하면서. 해야만 하는 일이었다.

"애너벨. 이리 와라." 엄마가 입을 열었다. 그리고 웃음을 지으며 내가 앉을 자리를 만들어 주었다.

잠시 망설이고 있는데 휘트니 언니가 눈에 들어왔다. 진지한 표정으로 나를 보는 언니의 모습에서 1년 전 어느 날 밤, 욕실 문을 열고 불을 켠 순간 드러났던 언니의 몸이 떠올랐다. 언니한테 벌어진 일 때문에 나는 견디기 힘들 만큼 두려웠지만 언니는 잘 이겨냈다. 그래서 나는 언니 얼굴을 보며 식구들 틈을 비집고 들어가 내 자리에 앉았다.

엄마가 다시 웃어 보이는 순간, 내가 곧 하려는 이야기를 생각하니 슬픔과 두려움의 물결이 일렁였다. 준비됐니? 라고 엄마가 물었지만 나는 준비되지 않았다. 어쩌면 영원히 안 될지도 몰랐다. 하지만 이제 다른 방법은 없었다. 그래서 또다시 내 얘기를 털어놓기 전, 오언이 여러 번 내게 해 주었던 행동부터 시작했다. 나는 엄마에게, 그리고 우리 식구들에게 손을 내밀었다. 그리고 이번에는 내가 식구들을 꼭 잡아끌었다.

19

법원에 처음 발을 들여놓는 순간 오로지 윌 캐쉬만 보였다. 윌의 뒤통수, 양복을 입은 팔, 옆모습이 스쳐 지나갔다. 처음엔 그 모습에 기가 꺾이고 더 긴장됐지만, 내 이름이 불릴 순간이 가까워질수록 그것도 나쁘지 않다는 생각이 들었다. 어떤 일부분과 작은 조각은 소화하기 쉬운 법이었다. 그러나 큰 그림, 처음과 끝을 포함한 모든 이야기는 훨씬 까다로울 수 있었다. 물론 그건 아무도 모르는 일이었다. 때로 사람들은 예상치 못한 행동을 하니까.

가족들 앞에서 내 얘기를 털어놓는 일은 오언에게 했던 것보다 훨씬 힘들었다. 하지만 해냈다. 아무리 꺼내기 힘든 부분이라도, 엄마가 숨을 멈추는 기색을 보이더라도, 아빠가 눈살을 찌푸리는 느낌이 들어도, 옆에 앉은 커스틴 언니가 몸을 떨어도, 나는 멈추지 않았다. 마음이 많이 흔들린 순간에는 한 번도 꼼짝 않은 휘트니 언니를 보았다. 우리들 중에서 가장 의연한 언니한테 눈길을 맞추며 끝까지 얘기를 마쳤다.

가장 놀라운 건 엄마의 반응이었다. 내가 겪은 일을 듣기 힘들 거라고 확신했지만 엄마는 무너지지도 구겨지지도 않았다. 그사이 커스틴 언니는 울음을 터뜨렸고, 휘트니 언니는 아빠와 함께 내 방에 있는 안드레아 톰린슨의 명함을 찾아왔다. 아빠가 안드레아에게 전화를 걸고 자세한 얘기를 나누는 동안, 엄마는 내 곁에서 팔로 어깨를 감싼 채 머리를 계속 쓰다듬어 주었다.

법원으로 가는 날 아침, 나는 차 뒷자리 언니들 사이에 앉아 부모님을 지켜보았다. 이따금 움직이는 엄마의 어깨는 엄마가 아빠의 손을 부드럽게 두드리고 있다는 뜻이었다. 얼마 전 우리가 모르던 또 다른 일이 밝혀졌을 때 운전하는 엄마의 손등을 아빠가 다독여 주었듯이.

평생 엄마 아빠는 그렇게밖에 존재할 수 없는 것처럼 서로를 다독거리는 모습이었다는 걸 깨달았다. 한 사람이 약해지면 한 사람은 강해지는 식으로. 한 사람이 두려워하면 한 사람은 담대해지는 식으로. 나는 삶이든 사람이든 절대적인 것은 없다는 사실을 이해하기 시작했다. 오언의 얘기처럼 순간순간이 안 되면 매일매일 최선을 다할 수밖에 없었다. 우리는 스스로 감당할 수 있는 만큼의 무게를 견뎌낼 뿐이었다. 그리고 행운이 따른다면 가까운 곳에 기대어 쉴 수 있는 누군가의 어깨가 있을 수도 있었다.

법원으로 들어갈 무렵 시간은 8시 45분이었다. 나는 분수대 근처의 광장을 훑어보며 오언을 찾았다. 오언은 보이지 않았다. 그때도 안 보였고, 엄마와 내가 근처에 있는 안드레아 톰린슨의 사무실에서 다시 한번 내 얘기를 하고 나온 뒤에도 안 보였다. 재판정 문이 열리고 가족들과 나란히 들어갈 때도, 에밀리네 가족 바로 뒷줄에 자리를 잡고 앉을 때까지도 나타나지 않았다. 나는 마지막 순간에라도 늦지 않고 나타나기를 기대했지만 오언은 끝내 오지 않았다. 오언답지 않은 일이라서 걱정이 됐다.

1시간 30분 뒤, 검사가 내 이름을 불렀다. 나는 자리에서 일어나 앞줄의 긴 의자 등받이를 손바닥으로 훑으며 끝에 앉은 언니들을 지나 통로로 나왔다. 통로를 걸어 내려갈 때 나는 혼자였다.

앞으로 나오자 방청객을 비롯해 판사, 검사, 변호사의 모습이 한눈에 들어왔다. 나는 증인석 옆에서 나를 기다리고 있는 집행관에게만 눈길을 맞추었다. 자리에 앉아 집행관의 물음에 대답을 하고 판사가 나를 보며 고개를 끄덕이는 걸 보는 내내 가슴이 두근거렸다. 검사가 일어나서 내 쪽으로 다가오는 순간 나는 마침내 윌 캐쉬에게 눈을 돌렸다.

처음 내 눈에 들어온 건 윌이 차려입은 고급 양복이 아니었다. 새로 이발한 머리, 더 어리고 순진하게 보이려는 듯 학생처럼 짧게 자른 머리도 아니었다. 눈썹을 찌푸리고 입술을 꼭 다문 표정도 눈에 들어오지 않았다. 보이는 건 오직 윌의 왼쪽 눈가에 시퍼렇게 든 멍과 빨간 볼이었다. 멍 자국을 가리려고 화장을 한 것 같았지만 그래도 드러났다. 아주 또렷하게.

"기록을 위해 성명을 진술해 주십시오." 검사가 나에게 요청했다.

"애너벨 그린입니다." 내 목소리가 떨렸다.

"애너벨, 윌 캐쉬를 알고 있습니까?"

"네."

"윌 캐쉬가 누구인지 가리켜 볼 수 있습니까?"

참으로 오랫동안 침묵했는데, 지난 24시간 동안 너무 많은 말을 한 것 같은 느낌이 들었다. 하지만 운이 좋으면 그것도 이제 곧 끝낼 수 있었다. 마음이 차분히 가라앉는 느낌과 함께 나는 단숨에 시작했다.

"저기 있습니다." 나는 손가락을 들어서 윌을 가리키며 말했다. "바로 저 사람입니다."

***

마침내 증언을 마치고 다 함께 어두컴컴한 법원 로비를 지나 밖으로 나온 순간, 정오의 환한 햇살이 쏟아졌다. 눈부심에 적응하고 나서 제일 먼저 눈에 들어온 건 오언의 모습이었다.

청바지에 하얀 티셔츠, 그리고 파란색 재킷을 입은 오언이 목에 이어폰을 두르고 분수대에 걸터앉아 있었다. 점심시간을 맞아 광장에는 수많은 사람이 바쁘게 오가고 있었다. 서류 가방을 든 회사원들, 대학생들, 서로 손을 잡고 줄지어 걸어가는 유치원생들. 나를 보자 오언이 자리에서 일어났다.

"내 생각에는 다 같이 가서 뭘 좀 먹었으면 좋겠구나. 애너벨, 어떠니? 배고프지?" 엄마가 손으로 내 팔을 쓰다듬으며 말했다.

오언은 두 손을 주머니에 찔러넣고 나를 바라보고 있었다. "네, 근데 잠깐만요." 엄마에게 말했다.

계단을 내려가는 나를 보며 아빠가 어딜 가냐고 묻고 엄마가 모르겠다고 대답하는 소리가 들렸다. 가족들이 모두 보고 있다는 걸 알았지만 돌아보지 않고 광장을 가로질러 오언에게 다가갔다. 한 번도 보지 못한 낯선 표정을 짓고 서 있는 오언에게. 오언은 누가 봐도 불편한 모습으로 서성이고 있었다.

"안녕." 내가 가까이 다가가자 오언이 빠른 속도로 인사했다.

"안녕."

오언은 숨을 들이쉬고 입을 여는가 싶더니 손을 들어서 얼굴을 비볐다. "저기, 나한테 화났다는 거 알고 있어." 오언이 말했다.

이상하게도 화는 나지 않았다. 처음에는 놀랐다가 오언이 나타나지 않자 걱정이 됐고, 증인석에 서 있는 동안에는 한편으로 후련하기도 했지만, 그 과정을 감당하느라 오언을 잊고 있었다. 그 말을 해 주려고 입을 여는데 오언이 먼저 얘기를 시작했다.

"꼭 왔어야 하는데 못 왔어. 변명은 안 할게. 변명의 여지가 없어." 오언이 고개를 숙이고 발로 바닥을 툭툭 차며 말했다. "저기, 이유는 있어. 변명은 아니고."

"오언, 있잖아……."

"일이 좀 있었어." 오언이 머리를 흔들며 한숨을 쉬었다. 얼굴이 붉어진 오언은 아직도 안절부절못했다. "좀 바보 같은 짓이었는데. 내가 실수를 해서……."

그때, 바로 그때 퍼즐이 맞춰졌다. 오언이 나타나지 않은 것. 당황해서 안절부절못하는 행동. 그리고 윌 캐쉬의 멍든 눈. 맙소사.

"오언." 나는 낮은 목소리로 말했다. "안 돼."

"판단 실수였어. 그리고 후회 비슷한 것도 하고 있어." 오언이 재빨리 말했다.

"비슷한 거라고."

"응."

회사원 한 사람이 핸드폰으로 기업 합병에 관한 통화를 하며 우리 곁을 지나갔다. "그건 대체어인데.".

오언이 움찔하며 말했다. "네가 그렇게 얘기할 줄 알았어."

"내가 그렇게 얘기할 줄 알았다면서 왜 그래."

"좋아, 좋아." 오언이 손으로 머리를 쓸어 넘기며 말했다. "엄마랑 아주 심도 깊은 토론을 해야 했어. 그래서 쉽게 못 빠져나온 거야."

"토론? 무슨 토론인데?"

오언이 다시 주춤거렸다. 많이 거북해 보였다. 하지만 나는 참을 수 없었다. 항상 진실되길 요구받는 사람은 나였는데, 질문을 하는 쪽이 되니 조금 재밌기도 했다.

"음." 오언이 입을 열었다가 기침을 했다. "일단 나는 지금 벌 받는 중이야. 아니 사실은 조만간이지. 잠깐 유예하도록 협상했거든. 그러느라 생각보다 시간을 많이 썼어."

"외출 금지구나." 내가 정확하게 따졌다.

"응."

"뭐 때문에?"

오언은 움찔하고 고개를 가로젓더니 분수대를 쳐다보았다. 세상에서 가장 정직한 아이, 오언 암스트롱에게도 진실이 그렇게 힘들 수 있다는 걸 누가 알았겠는가. 하지만 내가 물으면 얘기할 아이였다. 나는 그걸 아주 잘 알고 있었다.

"오언." 눈에 띄게 어깨를 움츠리며 머뭇거리는 오언에게 내가 말했다. "무슨 짓을 한 건데?"

오언은 잠시 나를 멍하니 보았다. 그리고 한숨을 쉬며 말했다. "윌 캐쉬 녀석 얼굴을 쳐버렸어."

"무슨 생각으로?"

"저기, 생각 같은 건 없었어." 오언의 얼굴이 더 붉어졌다. "그럴 의도는 아니었는데."

"그냥 우연히 쳐버렸다고."

"아니." 오언이 나를 쏘아봤다. "알았어, 정말로 알고 싶어?"

"그럼 왜 물었겠어?"

"있잖아. 사실 어제 네가 가고 나서 정말 화가 났어. 그러니까, 나도 사람이잖아. 안 그래?"

"그렇지."

"난 그냥 그 자식을 제대로 한번 보고 싶었어. 그것뿐이었다고. 그리고 그 자식이 시시한 퍼킨스 데이 밴드랑 가끔 공연한다는 것도 알고 있었지. 마침 어젯밤에 벤도에서 쇼케이스 공연이 있다길래 그놈도 나타날 거라고 생각한 거야. 내 짐작이 맞았지. 따지고 보면 그 자식 진짜 비열한 놈이야. 어떤 사람이 자기 재판 전날 클럽에 가냐? 심지어 시시하기 짝이 없는 밴드를 보러, 그건……."

"오언."

"진짜야! 걔네가 얼마나 형편없는지 알아? 커버곡도 제대로 연주 못 하는 한심한 새끼들이지. 내 말은, 자기 곡도 만들지 못한다는 걸 인정하고 나왔으면 적어도 다른 밴드의 음악 연주는 제대로……"

나는 가만히 오언을 바라보았다.

"그래." 오언이 다시 머리를 쓸어 넘기면서 말했다. "그건 그렇고, 그 자식이 거기 있더라, 그래서 제대로 한 번 봤어. 그게 끝이야."

"내가 보기엔, 그게 끝이 아닌 것 같은데." 나는 딱딱한 말투로 말했다.

오언이 내키지 않는다는 듯 다시 입을 열었다. "걔네 무대를 한 번 봤어. 말했다시피 엉망이더라. 그래서 바람이나 쐬려고 밖으로 나갔는데 그 자식이 담배를 피우고 있었어. 근데 나한테 말을 붙이더라고. 마치 알던 사이처럼 말이야. 자기는 더러운 인간쓰레기가 아니라는 듯이 말이지, 완전 싸가지없는 새끼가."

"오언." 나는 부드럽게 불렀다.

"점점 더 화가 치밀어 오르지 뭐야." 오언이 조금 누그러지며 말을 이어갔다. "그때 호흡을 조절하고 그냥 돌아 나와서, 뭐 아무튼 그렇게 했어야 한다는 건 나도 아는데 못했어. 그런데 그 자식이 담배를 다 피우고 내 어깨를 한 대 치고 가는 거야. 그래서 그냥……"

나는 오언에게 한 걸음 더 다가섰다.

"……폭발해 버렸어, 완전히."

"괜찮아.".

"그 순간에도 내가 후회할 거라는 건 알고 있었어. 이럴 가치도 없는 새끼라는 걸. 근데 이미 일을 저질러 버린 거야. 솔직히 말하자면 나도 내 자신한테 무지무지 화가 났어."

"나도 알아."

"딱 한 대였어." 오언이 투덜거리더니 재빨리 덧붙였다. "그래서 괜찮다는 건 아니지만. 클럽 경비원이 와서 뜯어말리더니 둘 다 꺼지라고 하더라. 경찰을 안 부른 게 정말 미친 듯이 운이 좋았어. 만약 그때 신고했다면……." 오언이 말끝을 흐렸다. "아무튼 멍청한 짓을 한 거야."

"경찰은 안 불렀지만 너희 엄마한테는 얘기했구나."

"집에 갔더니 내가 화나 보였나 봐. 무슨 일이 있었냐고, 그래서 털어놓을 수밖에 없었는데……."

"왜냐면 넌 정직하니까." 나는 한 걸음 더 다가서며 말했다.

"흠, 그래." 오언이 나를 내려다보며 말했다. "엄마는 분노했어. 부드럽게 표현한 거야. 그래서 이 벌을 받은 건데, 받을 만했지만. 아무튼 오늘 어떻게 해서라도 여기 오려고 했는데 문제가 꼬인 거야."

"괜찮아." 나는 다시 말했다.

"하지만 말이야." 오언의 뒤에서 분수가 솟구치고 물살 위로 햇빛이 부서졌다. "나 그런 사람 아니야. 이제는 아닌데. 그냥……제정신이 아니었어."

나는 손을 들어 오언의 얼굴에 흘러내린 머리카락을 쓸어 주었다. "흠, 그런가."

"뭐가?"

"모르겠다. 내가 보기엔 제정신이었던 것 같은데." 나는 어깨를 으쓱해 보이며 말했다.

“아니야.” 그러다 오언이 나를 가만히 보았다. “아, 그렇구나.” 마침내 오언이 그렇게 말했다.

“내 말은, 내 생각은 이래.” 나는 더 가까이 다가가며 말했다. “제정신이 아니라는 건 쉽게 도망치고, 문제가 있어도 아무한테도 얘기하지 않고, 혼자 부글부글 끓다가 폭발하는 거야.”

“아, 음, 그건 의미론적인 문제인 것 같은데.”

“나도 그렇게 생각해.”

사람들은 아직도 우리 곁을 오가며 오후 일과를 시작하기 전, 남은 점심시간을 즐기고 있었다. 저 뒤 어딘가에서 가족들이 기다리고 있다는 걸 알았지만 나는 아랑곳하지 않고 오언의 손등을 어루만졌다.

“있잖아.” 오언이 내 손을 잡으며 말했다. “너 모든 해답을 찾은 것처럼 보인다.”

“아니야. 난 그냥 주어진 상황에서 최선을 다하는 거야.”

“잘 되고 있어?”

나는 아무 대답도 하지 않았다. 수많은 일들이 그렇듯 그건 복잡한 이야기였으니까. 하지만 어떤 이야기를 진실되게 만드는 것은 잘 들어줄 사람이 있다는 걸 아는 거였다. 그리고 이해해 주리라고 믿는 것.

“음, 너도 알잖아. 매일 조금씩 좋아지는 거.” 오언에게 말했다.

나를 보며 웃는 오언에게 나도 웃으며 한 발 더 가까이 다가갔다. 고개를 들고 오언의 얼굴을 향해 더 가까이. 오언이 고개를 숙여 내 입술에 키스한 순간, 나는 두 눈을 감고 암흑과는 사뭇 다른 것을 보았다.

더 밝고, 더 빛나고, 작지만 끝없이 반짝이는 것들을. 내 안의 한 부분을 끝없이 밀어 올리고 밀어 올린 끝에 마침내 만난 빛이었다.

20

나는 헤드폰을 쓰고 롤리를 건너보았다. 롤리가 엄지손가락을 올려 보이자 마이크 앞으로 몸을 숙였다.

"지금 시간 7시 50분, 여러분은 지역 방송 WRUS를 듣고 계십니다. 화 다스리기 방송을 기다리시는 분들께 알려 드릴게요." 나는 노래 제목을 가지런히 적어 놓은 노트 윗부분에 느낌표를 붙여 써놓은 숫자 '2'를 힐끔 보며 말을 이었다. "화 다스리기 진행자는 이주 안에 돌아옵니다. 저는 그사이에 진행을 맡은 애너벨이고, 이 방송은 '내가 사는 이야기'입니다. 이번 곡은 '클래시'입니다."

나는 헤드폰을 쓴 채 롤리가 클래시의 '혁명 왈츠'를 트는 모습을 지켜보았다. 그런 다음에야 긴장으로 참고 참았던 숨을 내쉬었다. 그때 내 머리 위에 있는 스피커가 켜지며 클라크의 목소리가 울렸다.

"잘했어. 긴장한 것처럼 거의 안 들리더라." 클라크가 말했다.

"그거, 티 난다는 말이잖아."

"너 진짜 잘하는 거야." 롤리가 말했다. "잘하면서 뭘 그렇게 걱정하는지 모르겠네. 사람들 앞에서 수영복 입고 걷는 것도 아닌데." 클라크가 고개를 돌려 롤리를 노려보았다. "뭐? 맞는 말이잖아!"

"이게 더 힘들어." 내가 헤드폰을 벗으며 끼어들었다. "훨씬 힘들다고."

"왜?" 롤리가 물었다.

나는 어깨를 으쓱해 보이며 말했다. "몰라. 이게 더 현실적이니까. 사적이기도 하고."

그랬다. 오언의 엄마가 윌 캐쉬한테 저지른 죄에 대한 벌로 라디오 방송 진행을 금지한 동안, 나에게 대신 방송을 맡아달라고 오언이 부탁했을 때 깜짝 놀랐다. 하지만 롤리(그리고 클라크)가 기계적인 일도 도와주고 매주 데려다주기까지 할 거라는 오언의 설득에 일단 한 번만 해 보겠다고 했다. 그렇게 시작한 게 사 주째인데, 여전히 긴장은 됐지만 한편으로는 즐거웠다. 롤리는 벌써 내게 지역 라디오 방송 교육을 받은 다음 내 방송을 따로 해 보라고 귀찮을 만큼 얘기했지만 아직 그렇게까지 할 마음은 없었다. 하지만 절대로 하지 않겠다는 말은 하지 않았다.

당연하게도 오언은 내가 진행하는 방송에 관여했다. 첫 진행을 앞둔 나에게 자기의 플레이리스트에서 벗어나면 안 된다고 주장했다. 내가 싫어하는 음악이라고 해도 어쩔 수 없다고 했다. 하지만 첫 주가 지나면서 나를 말릴 수 없다는 걸 깨닫고 태도를 누그러뜨렸다. 덕분에 나는 내가 고른 곡들도 조금씩 내보낼 수 있었다. 내 손으로 뭔가를 세상 속으로 내보내고, 그걸 사람들이 나름대로 받아들이게 만든다는 건 굉장히 매력 있는 일이었다. 그게 노래든 이야기든 심지어 내 목소리든. 내가 어떻게 보일지, 사람들이 생각하는 나의 이미지에 내가 들어맞는지 걱정할 필요가 없었다. 오랫동안 나를 뜯어보고 살펴보는 사람들의 시선에 얽매여 지내다가 음악으로 말하고, 음악만 대변할 수 있는 이 일이 좋았다. 아주 많이.

롤리가 앞에 있는 유리창을 두드리더니 다음 곡을 틀 준비가 됐다는 신호를 보냈다. 다음 곡은 내 첫 번째 진실한 팬, 말로리를 위한 제니 리프의 노래였다. 말로리는 매주 꼬박꼬박 알람을 맞추고 일어나 방송을 듣더니 전화로 신청곡을 요청했다. 나는 알았다는 신호를 보내고 클래시의 곡이 잦아들기를 기다렸다가 버튼을 눌러 그 신나는 비트를 내보냈다(간격을 띄우지 않고 내보낸 노래 때문에 오언이 짜증 낼 거라는 사실은 알고 있었다. 오언은 이런저런 이유를 대며 방송은 차 안에서 혼자 듣겠다는 고집을 꺾지 않고 있었다). 음악이 흐르자 의자를 옮겨 내 모니터 옆에 나란히 붙여 놓은 사진을 바라보았다. 처음 방송을 할 때는 너무 긴장해서 무엇이든 힘이 될 만한 것은 다 활용해야겠다고 생각했다. 그래서 깃털 목도리로 얼굴을 두르고 있는 말로리 사진을 가져갔다. 적어도 내 방송을 듣는 사람이 한 사람은 있다는 걸 떠올리기 위해서. 오언이 찍어준 내 사진은 청취자가 말로리 한 사람밖에 없다고 해도 괜찮다는 걸 잊지 않기 위해서 가져다 놓았다. 그리고 또 한 장이 있었다.

새해를 맞아 엄마랑 언니들과 찍은 사진이었다. 현관에 걸어 놓은 사진과 달리 전문가처럼 잘 찍은 것도 아니고 멋진 배경이 있는 것도 아니었다. 대신 우리 모두 부엌 아일랜드 식탁에 서서 찍은 사진이었다. 나는 기억도 안 나는 이야기를 하고 있었는데 커스틴 언니의 남자 친구 브라이언이 여기 보라고 해서 무심코 고개를 들었다가 찍힌 사진이었다. 언니와 브라이언은 학기가 끝나면서 자유롭게, 공공연하게 사귀는 중이었다. 사진이 기술적으로 뛰어난 건 아니었다. 뒤쪽 창에 비친 플래시도 보이고, 엄마는 입을 벌렸고 휘트니 언니는 웃고 있었다. 하지만 나는 그 사진이 마음에 들었다. 자연스러운 우리 모습이 담겨 있었기 때문에. 그리고 무엇보다 이번에는 아무도 한가운데에 둘러싸이지 않았다.

그 사진을 볼 때마다 나는 비밀이 없어진, 내 새로운 삶이 얼마나 좋은지 새삼스럽게 떠올렸다. 그건 새로운 출발이었고 나는 이제 모든 걸 다 가진 아이, 아무것도 못 가진 아이 그 무엇도 될 필요가 없었다. 나는 그냥 나였고, 어쩌면 이제는 말을 잘하는 아이일 수도 있었다.

“이제 2분 남았어.” 롤리의 말을 듣고 다시 헤드폰을 썼다. 롤리가 마이크 앞에서 물러나자 클라크가 손을 들고 롤리의 머리를 헝클어뜨렸다. 롤리는 웃음을 지었다가, 클라크가 다시 낱말 퍼즐로 눈길을 돌리자 인상을 찌푸렸다. 클라크는 매주 방송 시간마다 그 퍼즐에 매달렸다. 승부욕이 강한 클라크는 심지어 자신과의 싸움에서도 지려 하지 않는 아이였다. 그건 클라크에 대해서 내가 오랫동안 잊고 있다가 다시 기억해 낸 점 가운데 하나였다. 이를테면, 라디오에서 나오는 노래를 다 따라 부른다거나, 공포 영화를 싫어한다거나, 말도 안 되는 문제로 나를 미친 듯이 웃게 만든다거나 하는 것들 중 하나. 우리는 그렇게 조심스럽게 우정을 되찾아가고 있었다. 우리가 늘 친구였던 건 아니지만, 우리 둘 다 그 상태에서 벗어나고 싶었다. 그래서, 일단은 같이 어울리는 것부터 시작했다. 모든 게 그렇듯이 날마다 차츰차츰 나아갔다.

그게 요즘 들어 내가 모든 사람과 모든 것을 대하는 방식이었다. 좋은 일이 오면 좋은 걸 취하고, 나쁜 일이 와도 같은 방식으로 받아들였다. 모든 건 때가 되면 지나가기 마련이라는 걸 아니까. 언니들은 아직도 가끔 다투기는 하지만 이제는 서로 대화를 하고 지냈다. 커스틴 언니는 두 번째 영화 제작 강의를 들으며 영화도 열심히 만들고 있었다. 유난스럽게도 모델에 관한 영화인데, 무슨 말인지 이해할 수 없었지만 언니 말로는 '우리의 삶을 뒤흔드는' 작품이 될 거라고 장담했다. 1월에 휘트니 언니는 몇 가지 자격 요건에 맞춰서 지역 대학에 등록하고 글쓰기 강의 두 과목을 신청했다. 하나는 회고록 작법, 다른 하나는 소설 작법이었다. 봄에는 담당 의사의 축복과 함께 아파트를 얻어서 독립했다. 햇빛이 잘 들어서 식물이 잘 자랄 집이었다. 나는 가끔, 아직도 창가에 남아 있는 언니의 허브 화분 앞을 지나갈 때면, 손가락으로 뾰족뾰족한 잎을 쓰다듬어서 향기가 멀리멀리 퍼져 나가도록 해 주었다.

엄마로 말하자면 당연히 눈물을 조금 흘리기는 했지만 새로운 변화를 모두 받아들여서 나를 또 한 번 놀라게 만들었다. 나는 마침내 엄마에게 얘기해서 모델 일을 완전히 그만두었고 엄마는 나의 일부이자 엄마의 일부이기도 했던 모델 일을 떠나보내는 걸 못내 아쉬워하긴 했지만, 아직도 직원을 구하지 못해서 애를 태우던 린디 아줌마 일을 시간제로 맡는 것으로 보상을 삼았다. 아주 좋은 선택이었다. 이제 엄마는 다른 여자아이들을 전화로 불러서 고객과 연결해주는 일을 하며, 가족에게서 벗어나 스스로 가장 위안을 받았던 세계에 단단히 발을 딛었다.

그래도 몇 주 안에 콥프의 새 광고가 상영되면 엄마가 좀 힘들어할 거라는 건 나도 알고 있었다. 듣기로는 새 광고도 내가 했던 광고 컨셉과 똑같이 하기로 결정하고 봄철 스포츠와 무도회에 모두 어울리는 이상적인 여학생에 초점을 맞췄다고 했다. 나를 대신해서 뽑힌 모델이 그 아이가 아니었다면 나도 신경 쓰였을 것이다. 하지만 새 모델은 에밀리였다. 그리고 에밀리는 여자아이들의 롤 모델이 되기에 누구보다도 적합한 사람이었다.

에밀리와 내가 딱히 친구라고는 할 수 없었다. 하지만 함께 겪은 일 때문에 싫든 좋든 언제까지나 서로 연결될 거라는 사실은 우리 둘 다 알고 있었다. 이제 우리는 복도에서 마주칠 때마다 적어도 인사는 하고 지나갔다. 애써 우리 둘을 무시하는 소피보다는 나은 셈이었다. 윌은 2급 강간죄로 유죄판결을 받고 징역 6년을 선고받았다. 그래봤자 형량보다 빨리 나올 테지만 말이다. 아무튼 그 뒤로 소피는 한동안 조용히 지냈고, 그 일로 여기저기 입에 오르내리는 걸 불편해하는 게 역력했다. 소피가 복도에 혼자 있을 때, 점심시간을 혼자 보내는 걸 볼 때면 내가 먼저 다가가 소피는 절대로 하지 않았던 일을 하면 갈라진 틈이 메워지고 소피가 좀 괜찮아질까 싶기도 했다.

아닐 수도 있지만.

그런 생각을 하며 엄지손가락에 낀 헐렁한 반지를 내려다보았다. '말 듣지'라고 새겨진 반지를. 반지가 너무 커서 맞는 손가락이 없길래 테이프로 감싸서 엄지에 고정했는데, 롤리가 맞는 반지를 만들어 주겠다고 약속한 동안은 버틸 만했다. 새 반지가 생길 때까지 오언은 자기 반지를 끼면서 자기가 선택할 수 있는 게 무엇인지 아는 건 좋은 거라는 사실을 떠올려 보라고 말했다.

"30초." 헤드폰을 통해 롤리의 목소리가 들려왔다.

나는 고개를 끄덕이고 의자를 마이크 앞으로 바짝 당겼다. 일 초씩 시간이 흐르는 동안 왼쪽에 있는 창밖을 내다봤다. 파란색 랜드 크루저 한 대가 주차장으로 들어오고 있었다. 정확한 시간이었다.

"자, 이제……" 롤리가 말했다. "시작해."

"들으신 곡은 제니 리프의 '뭐든지'입니다." 나는 진행을 시작했다. "여기는 WRUS, 지금까지 애너벨의 '내가 사는 이야기'였습니다. 다음에는 '약초 처방'이 이어집니다. 들어 주셔서 감사합니다. 마지막 곡 보내 드릴게요."

레드 제플린의 '고맙습니다' 전주가 흘러나오자 의자를 뒤로 밀고 두 눈을 감았다. 그 곡이 나올 때마다 치르는 나만의 작은 의식이었다. 후렴구가 막 흘러나올 때 문 열리는 소리가 나더니 누군가 내 어깨에 손을 얹었다.

"나랑 얘기 좀 하자." 오언이 내 옆에 있는 의자에 털썩 주저앉으며 말했다. "내 방송에서 제니 리프의 노래를 틀다니."

"신청곡이었어." 내가 말했다. "그리고 내가 진행할 때는 방송 이름부터 다르다고. 너도 내 마음대로 틀어도 된다고 했잖아."

"그래도 분별이 있어야지. 그러니까 내 방송 청취자들이 헷갈릴 수도 있다는 걸 신경 써야 한다는 뜻이야. 그 사람들은 아직도 내 방송 시간에 라디오를 틀고 질 높은 음악이 나오기를 바라고 있다고. 깨우침을 기대하지, 기업 마케팅에 완벽하게 휘둘린 십 대들이나 따라 부르는 저속한 상업 광고 음악을 기다리는 게 아니란 소리야."

"오언."

"내 말은 풍자의 여지도 있겠지만, 그것도 섬세하게 조화를 맞춰야 하는 거야. 너무 한쪽으로 쏠리면 신뢰성을 잃게 돼. 그게 무슨 의미냐면……."

"너 지금 내가 튼 노래는 듣고 있는 거야?"

오언은 화를 내다 말고 머리 위에 있는 스피커를 쳐다보며 잠시 귀를 기울였다. "그렇지, 음, 이런 게 바로 내가 말한 거야. 이건 내가……"

"네가 가장 좋아하는 레드 제플린의 노래지. 나도 알아." 내가 오언 대신 말을 맺어주었다.

옆 칸에서 클라크가 한심하다는 듯 눈을 흘겼다.

"그래, 알았어." 오언이 의자를 내 쪽으로 당겨 앉으며 말했다. "제니 리프의 노래를 틀었지. 그래도 나머지는 꽤 괜찮았어. 두 번째 시간에 대조되는 노래들을 연달아 배치한 점에 대해서는 잘 모르겠지만……."

"오언."

"……에타 제임스랑 앨러먼스 곡을 나란히 튼 것도 그래. 약간 튀었어. 그리고……."

"오언."

"왜?"

나는 오언에게 몸을 기대 입술을 오언의 귀에 바짝 대고 말했다. "쉬이이."

오언은 계속 뭐라고 말하려 했지만 내가 오언의 손을 감싸며 손가락을 꼭 쥐었더니 입을 다물었다. 그렇다고 끝은 아니었다. 나중에라도 기어코 자기 주장을 밀어붙이거나 아니면 논쟁을 거쳐서 항복을 받아내고 말 테니까. 하지만 그 순간에는 머리 위로 음악이 흐르고 다시 후렴 부분이 시작되고 있었다. 나는 더 가까이 다가가 오언의 어깨에 머리를 기대고 음악을 들었다. 창문을 통해 햇빛이 비쳐 들어왔다. 밝고 따뜻한 햇살이 내 엄지손가락에 낀 반지를 비추자 오언이 천천히, 천천히 그 반지를 돌렸고 그 위로 음악이 흘렀다.

역자 후기

뜻이 맞는 사람들과 함께 스승을 모시고 '마음공부'를 5년쯤 해오고 있다. 말 그대로 내 마음의 작용을 관찰하고 느끼고 나누는 모임이다. 처음에 그 거창한(?) 공부를 해야겠다고 마음먹은 이유는 그저 막연히 좀 달라져야겠다는 생각에서였다. 알게 모르게 벌컥벌컥 화를 내는 일이 잦고, 세상일이 뜻대로 되지 않아서 조바심이 나고, 뭔지 모를 불안감이 수시로 휩싸고 들고……. 그런 내 상태를 좀 바꿔서 고요하고 평온한 삶을 유지하고 싶다는 열망 때문이었다. 그리고 1년쯤 공부하면 그렇게 될 줄 알았다.

5년이 흐른 지금, 결론을 말하자면 나는 아직도 그 모양 그대로 살고 있다. 그렇다고 해서 달라진 게 전혀 없는 건 아니다. 그건 '나'에 대해서 새로 알게 된 게 많다는 사실이다. 여태 제대로 눈길 한 번 주지 않았던 나를 처음으로 찬찬히 들여다보게 되었다는 것이다.

나는 생각보다 훨씬 화를 잘 내는 사람, 다른 사람의 눈에 보이는 내 모습을 무척 중요하게 여기는 사람……무엇보다 자신을 사랑하지 않는 사람. 내가 스스로를 사랑하지 않는다는 사실을 맨 처음 알게 된 건 '칭찬' 프로그램을 하는 자리에서였다.

"구체적인 사례를 들어서 한 사람 한 사람 모두에게 세 가지씩 칭찬을 해 주세요."

스승의 말을 듣는 순간 나는 난감한 기분에 빠졌다. 내가 다른 사람을 칭찬하는 일은 어렵지 않았다. 누구나 세 가지쯤은 칭찬할 장점을 갖고 있으니까. 내가 난감했던 건, 칭찬할 게 거의 없을 게 틀림없는 나 때문에 다른 사람들이 곤혹스럽겠구나, 하는 염려 때문이었다.

웬걸, 내 염려와는 달리, 그 자리에 있던 열 명 남짓한 이들 모두 나에 대한 칭찬을 세 가지씩 꼬박꼬박 써서 읽어주었다. 그 가운데는 서로 겹치는 사례도 꽤 여러 경우가 있었다. 그런데 그 칭찬을 듣는 내 얼굴이 화끈화끈했다. 속으로는 끊임없는 중얼거림이 차올랐다.

'아닌데……, 다들 잘못 아셨어요, 그건 내 진짜 모습이 아니에요, 그런 모습을 보였다니, 난 참 위선자로군요, 난 그렇게 괜찮은 사람이 진짜 아니에요…….'

그건 칭찬을 듣는 순간 반응하기 마련인 '겸양의 미덕'이 결코 아니었다. 정말로 나한테는 그런 미덕이 없다고 여겼기 때문에 스스로 인정하기 부끄러운 감정이었다. 결국 나는 나를 사랑하지 않고 살아왔던 것이다. 그런 내 마음을 간파한 스승은 나중에 과제를 주었다. 내 마음의 소리를 잘 들어보라고. 판단하지도 평가하지도 말고 그저 잘 들으라고.

그즈음에 만난 인물이 이 글의 주인공 애너벨이었다. 남들은 부러워하지만 스스로는 아무것도 가진 게 없다고 여기는 존재. 남이 규정하는 대로 그에 맞춰서 살아가는 존재. 남모르는 비밀의 무게에 짓눌려서 한없이 외롭고 괴로운 존재. 그래서 스스로를 사랑할 수 없는 존재. 그런 애너벨이 오언을 만나면서 변해가는 과정에 나는 역자 또는 독자 이상의 감정으로 몰입해 갔다.

애너벨은 오언을 통해서 자신에게도 정직하고, 재미있고, 솔직한 면이 있다는 걸 어렴풋이 알아간다. 오언과 함께 음악을 듣고 음악을 논하며 자기도 모르게 편견을 지워나간다. 음악도, 똑같은 사건이지만 각자 기억하는 방식이 다른 식구들의 시선도, 더 나아가서는 세상의 모든 일이, 옳고 그름의 잣대로 판단할 수 없는 것이라는 진리를 깨우쳐 간다.

그리고 애써 회피했던 사건을 정면으로 마주 보게 된다. 그 사건 속의 자신을 있는 그대로 직시하고, 있는 그대로 받아주고, 결국은 스스로를 옥죄던 족쇄를 시원하게 벗어던지는 용기를 내기에 이른다. 자신의 눈으로 자신을 보고, 자신을 있는 그대로 인정하고, 나아가 사랑하게 되면서 새털처럼 가벼운 자유를 얻어 가는 애너벨의 마음의 행로를 나는 조마조마한 심정으로 지켜보았다.

그 과정의 핵심은 '듣기'였다. 무슨 내용이든 편견 없이 들어주는 오언이라는 친구가 매개체로 등장하지만, 애너벨의 목소리를 궁극적으로 들어준 이는 바로 애너벨 자신이었다. 마음 깊은 곳에서 제발 들어달라고 애원하는 또 다른 '나'의 목소리에 비로소 귀를 기울이게 되는 일, 그것이야말로 자신을 진정으로 사랑하는 첫걸음이라는 걸 깨닫게 되면서 애너벨은 한 차원 다른 성장을 하게 된다.

어디 애너벨 뿐일까. 애너벨 못지않게 자책하고, 스스로를 미워했던 휘트니도, 진정한 커뮤니케이션이 듣기에 있다는 걸 깨우쳐가는 커스틴도 비슷한 과정을 거쳐서 성장한다. 이제 세 자매는 모두 알게 된다. 애너벨의 독백처럼, '어떤 이야기를 진실되게 만드는 것은 잘 들어줄 사람이 있다는 걸 아는 것, 그리고 이해해 주리라고 믿는 것'이라는 사실을.

애너벨과 함께 나도 알게 되었다. 내 말을 잘 들어줄 타인이 필요한 게 아니라는 것을. 그 누구보다 내 목소리를 잘 들어주고 이해해 줄 사람은 바로 내 자신이어야 한다는 사실을. 그 목소리가 어떻든, 좋은 말이든 싫은 말이든, 생각하지도 말고 판단하지도 말고 그냥 가만히 들어주면 된다는 것을.

우리 모임의 스승은 늘 강조한다. 좋으면 좋은 대로, 나쁘면 나쁜 대로 가만히 지켜보라고. 지켜보노라면 지나간다고. 영원한 것은 아무것도 없다고. 생각하거나 판단하지 말고 그냥 지켜보라고. 그 지켜보라는 말이 내 안의 목소리에 귀를 기울이는 것과 그다지 다를 게 없다는 걸 나는 애너벨과 함께 배웠다. 십 대의 애너벨만 성장한 게 아니라, 사십 대의 나도 조금은 성장했다.

그러나 아직은 애너벨처럼 가벼운 자유와 사랑을 얻지는 못했다. 다만 그 길이 나를 사랑하고, 나를 사랑함으로써 타인도 진정으로 사랑하게 되는 길이라는 믿음을 얻었을 뿐이다. 그 믿음으로 잠자리에 누워 눈을 감을 때마다 떠올린다. 스승이 내게 준 과제이자, 애너벨이 알려 준 지혜로운 주문을 말이다.

'그냥 들어 봐'

2010년 1월

박수현

미치도록 시끄러운 정적에 관하여

지은이 | 사라 데센
옮긴이 | 박수현
초판 1쇄 발행 | 2010년 3월 1일
개정판 1쇄 발행 | 2023년 2월 24일
2쇄 발행 | 2023년 6월 5일
펴낸이 | 최윤정
만든이 | 유수진 안의진 전다은 김정빈
펴낸곳 | 바람의아이들
디자인 | 이아진
등록 | 2003년 7월 11일 (제312-2003-38호)
주소 | 서울특별시 종로구 필운대로 116 (신교동) 신우빌딩 501호
전화 | (02) 3142-0495 팩스 | (02) 3142-0494
이메일 | barambooks@daum.net
제조국 | 한국

www.barambooks.net

ISBN 979-11-6210-201-5 44800
ISBN 978-89-90878-04-5 (세트)